Jack Vance Treasury

スペース・オペラ

ジャック・ヴァンス
浅倉久志・白石朗◉訳

Jack Vance *Space Opera*

国書刊行会

目次

スペース・オペラ

" Space Opera " 1965
" The New Prime " 1951
" The Devil on Salvation Bluff " 1955
" The Gift of Gab " 1955
" The Narrow Land " 1967
by
Jack Vance

スペース・オペラ

白石　朗訳

Space Opera

1

ロジャー・ウールはパラディアン歌劇場の伯母のボックス席のうしろにすわり、自分のグラスをこれで三杯めになるシャンペンで満たした。伯母、すなわちデイム・イサベル・グレイスはふたりの客との会話に夢中で、まったく気づいていない。ロジャーはうまくいった心地よい満足感を嚙みしめながら、背もたれに体をあずけた。

開幕五分前！　場内には金色の光がふんだんにあふれ、甘美な期待が濃厚に立ちこめていた。全世界いたるところで成功をおさめてきた惑星ルラールの第九歌劇団が、ついにこのパラディアン歌劇場へやってきた。この歌劇団のすばらしい演目の数々は、いまやだれもが知っていた――どれをとっても、地球上ではいまだかつてだれも目にしたことのない演目の数々。魅力的で胸を締めつけられるようなものもあれば、そら恐ろしくなるような破滅の雰囲気をはなつものもあった。

第九歌劇団への関心をさらに増していたのは、全世界で彼らについてまわったひとつの疑問だった――はたして一座の団員たちは本当に僻遠の惑星の生まれなのか？　それとも、ずばぬけた切れ者の音楽家たちによる手のこんだ〝ぺてん〟なのか？　どこの地でも、批評家や専門家の意見はまっぷたつに分かれた。音楽面での特徴はどちらともとれるものだった――地球とはまったく異質の側面をそなえている一方、ある種の地球の音楽に恐ろしいほど似ている面もあったからだ。

ロジャー・ウールはわざわざ見解をいだくほどの関心すらなかったが、歌劇連盟の監査役をつとめるデイム・イサベル・グレイスはもっと深くこの件にかかわっていた――それどころか、アドルフ・ゴンダーが世界各地の劇場やオペラハウスに入場できたのは、ひとえにデイム・イサベルの威光あってこそだ。いまこの瞬間、デイム・イサベルはふたりの客と真剣に話しこんでいた。ひとりはトランスアトランティック・タイムズ紙に寄稿している音楽評論家のジョゼフ・ルイス・ソープ。もうひとりはギャラクティック・レビュー誌の演劇欄を担当するエルジン・シーボロ。ふたりともこれまで実際の公演を見たこともないくせに、第九歌劇団について皮相な意見を開陳していた。デイム・イサベルはふたりに、ぜひその知識の穴を埋めるべきだと主張していた。

舞台の幕が左右にひらいていくと、なにもない舞台が見えてきた。団長のアドルフ・ゴンダーが前へ進みでてきた。陰気なひたいともの思いに沈む黒い目、長く伸びた憂鬱なあごと頤《おとがい》をもつ長身黒髪の男。自信の空気をはなっている男ではないが、大がかりなぺてんを考えだせる男でもなさそうだ。ゴンダーは短い前口上を述べて退場した。空気が帯電したような数秒間ののち、第九歌劇団のオーケストラ団員が登場して、ステージ片側にもうけられた演壇にあがり、それぞれ気のないようすで楽器を手にとって演奏しはじめた。甘い調べのかぼそい音楽、今宵《こよい》はほとんど陽気といってもいい雰囲気だった。

まもなくほかの団員が登場し、快活で軽い内容のオペレッタを演じはじめた。まるで即興かと思うほどのさりげなさだったが、じっさいにはタイミングが正確にあわされ、洗練と優雅をつくりだすべく、きわめて精巧に組みあげられていた。筋立て？　言葉では語れなかった。いや、筋立ては最初からないのかもしれない。ロジャーは演技を楽しみつつ、これにどんな意味があるのかと首をひねった。

出演者たちは――共感を呼ぶ程度には似ているとはいえ――完全に人間とはいえない雰囲気だった。柔軟そのものの体は華奢《きゃしゃ》で、内臓の形も配置も地球人とは異なっているという印象を、なぜとはなく見る者に与えていた。男たちは腱のようにぴんと伸びた体格、肌は息をのむほどの白さで、黒い瞳はきらめき、つややかな黒髪をもっている。女たちはそれよりも丸みのある目を奪われるような体つきで、魅力的な小さな顔の半分がふわりとした黒髪に隠れていた。そんな女たちは跳ねるように踊りながら舞台を右へ左へ移動し、動きながら哀調を帯びた甘い声で歌い、目を疑うほどすばやく衣裳を変えていた。一方で男たちは思い思いの方向をむいたまま微動だにせず立っているか、あるいはひとりの動作を別の人がつぎつぎに真似ていくパターン――輪唱のダンス版であることはまちがいないが、見てとることができないパターン――にしたがって、くるくると身をひるがえしていた。そのあいだほかの団員たちは音楽をかなでていた。はかなげな多声音楽《ポリフォニー》――ときには秩序のない音に思えることもあり、そんな疑いの念が確信にまで高まったところで、一転して魅惑的な和音にまとまり、これまで流れていた音のすべてを説明して秩序を与えていた。

面食らってしまうところはあるが、見ていて楽しい――ロジャー・ウールはそんなふうに思いながら、グラスにまたシャンペンをそそいだ。ボトルをもどそうとしたときに氷が音をたてると、デイム・イサベルがきっとふりかえり、ものすごい形相でにらみつけてきた。ロジャーは大げさなほど慎重な手つきでボトルをもどした。

やがて幕間《まくあい》になった。デイム・イサベルはジョゼフ・ルイス・ソープからエルジン・シーボロに顔をむけると、いかつく挑みかかるような勝利の気配をただよわせていった。「これでもう、あなたがたの疑いや不安は完全に拭いさられたと思ってよろしいかしら?」

ジョゼフ・ルイス・ソープは咳払いをして、エルジン・シーボロをちらりと見てからいった。「すばらしき妙技であることはまちがいありません。いや、まったく、まったく」

　エルジン・シーボロはいった。「その点に異論はありません――いま見せられたのは才気あふれる斬新な集団で、かなりのまとまりを見せているといえます。独創的な新しい才能ですな。まったくもって独創的だ」

「妥当な見解でしょう」ソープが述べた。

　デイム・イサベルは眉根を寄せた。「つまりあなたがたは、アドルフ・ゴンダーと第九歌劇団が本物だとお認めになったということ？」

　ジョゼフ・ルイス・ソープは落ち着かない笑い声をあげた。「お言葉ですが、わたしはゴンダー氏の指揮が心地よいだけのものとは対極にある、という感想をくりかえすしかありませんよ。そもそも、なぜゴンダー氏は取材に応じないんですか？　これまで人種学者があの団員たちを調べてない理由はどこに？　情況証拠だけがいくらそろっても、ゴンダー氏の主張をすんなり信じてもらえることにはつながりませんよ」

「つまり、ゴンダー氏がまんまとわたくしを騙しているとお思いなのね？　なにはどうあれ、今回のツアーはすべてわたくしの監督の下《もと》でおこなわれました――金銭面のいっさいをわたくしが取りしきったのです。それなのにわたくしの目が節穴だと非難するなんて、もってのほかです」

「いやいや、そんなつもりはこれっぽっちもありませんとも！」ソープはきっぱりといった。「あなたの率直さは、そう、悪名高いといってもいいほどですし」

「アドルフ・ゴンダーはすばらしい人物かもしれません」シーボロが口をはさんだ。「たったひとつ、われわれの目をくらまそうとしている点をのぞいては」

「たしかに」ソープはいった。「ときにゴンダー氏とはいったい何者なのかな？」

デイム・イサベルが唇を固く引き結び、ロジャーはそのようすをうっとりと見つめた。

「ゴンダー氏は」デイム・イサベルは異論を許さない口調でいった。「繊細、かつ明敏そのものの男性です。本職は宇宙船の船長で、これまで何十という遠い世界を訪れた経験があります。そしてそのひとつ、ルラールという惑星において、氏はこの第九歌劇団の面々を説得し、今回の地球での公演ツアーを実現させせました。わたくしには、おふたりの疑いが理解できません――なんといっても、このわたくしが念を押しているにもかかわらず」

シーボロは愉快そうに笑った。「まず疑ってかかるのがわたしたちの商売でしてね。軽々しく人の話を信じる批評家なんてきいたことがありますか？」

「わたしが意見を保留している根拠は――」ソープがいった。「ひとつは音楽理論の面にあり、もうひとつは大宇宙について一般人としてそなえた豊富な知識にあります。たとえ理解の容易な音楽的イディオムであれ、異星人がそれを利用できるとは信じがたいこと。さらに、話からすれば高度に発達した文明があるようでありながら、〝ルラール〟なる惑星名がまったくの初耳であることです」

「そう」デイム・イサベルはいった――いまその瞼《まぶた》が目を隠しかけていた。その表情に目をとめたロジャーは落ち着かない思いで顔をしかめた。「つまりあなたは先ほどの出演者たちのことを、異星人のふりをした普通の地球人だとお考えなのね？」

シーボロは肩をすくめた。「わたしはそうはいってません。たしかにわたしたち全員が奇跡としか思えない公演を目にしました。しかし、それがきわめて効果的な演出であることも知っています。出演者たちは、はっきり目につく非地球人的な特質を見せてはいなかった。あなたが、出演者たちはプロキオン星系の惑星にあるゴリウォーグのケイクウォーク地球村アカデミーの卒業予定クラスの面々だと話したとしても、わたしは信じないことはないでしょう」

「あなたたちは愚か者よ」デイム・イサベルは、熟慮をめぐらせた上で最終判断を述べる人ならではの口調でいいきった。

　シーボロはふんと鼻を鳴らし、すわったまま体をめぐらせた。ソープは神経質な笑い声をあげた。

「ずいぶんと！　ごむたいな！　しょせんわたしたちは命にかぎりのある人間、だれもがそれぞれのもっとも濃い闇を押し分けつつ歩くしかないのです！　バーナード・ビッケル、あの者ならおそらく知っていましょうが――」

　デイム・イサベルはきわめて不愉快に思っている声を洩らし、「わたくしの前でその名前を出さないでちょうだい！」と鋭く切りかえした。「あれは自説に固執する気取り屋《ポズール》、うわっ面だけで中身のない男よ」

「ビッケルはおそらく世界きっての比較音楽学の権威でしょう」シーボロがそっけなくいった。「それゆえ、わたしたちがビッケルの意見に影響されてもしかたありません」

　デイム・イサベルはため息をついた。「まあ、どうせこの程度の話しかきけなかったでしょうけど」

　そして舞台ではふたたび幕があがりはじめていた。

　第九歌劇団は園遊会《フェット・シャンペトル》を演じていた。ピンクと青、緑と青、黄色と青の組み合わせでつくられた菱形模様の舞台衣裳に身を包んだ団員たちは、妖精と道化師の半々の集団をつくっていた。ひとつ前のステージとおなじように、ここでも筋立ては決まっていないようだったし、これといって見てとれる動きのパターンもなかった。音楽は囀《さえず》りと軽《かろ》やかな回転と涼しげな音を組み合わせたもので、おりおりに霧笛の音か一気に吹き鳴らしたほら貝の音を思わせる荒々しい轟音で強調されていた。出演者たちは右から左へ、ここからあちらへと動いていく――パヴァーヌ？　田園地帯の祝祭？　明らかに意味のない動作、膝をかがめてのお辞儀のしぐさ、跳ねまわったり早駆けしたりといった瑣末《さまつ》な動きが進展も変化もないままつづいたかと思うと、いきなり胸騒ぎを起こさせるような直感が観客を襲った——ここには笑劇はないし、心地よいエンターテインメントもない。いま見せられているのはもっと暗澹《あんたん》とした恐怖に満ちたなにか、胸の張り裂けんばかりの悲哀を呼び起こすものだ。照明が翳《かげ》って、場内が闇に閉ざされた。そこに目もくらむような青緑の閃光が走り、なにかに注意をむけつつも問いかける姿勢をとっている第九歌劇団の面々の姿が浮かびあがった。自分たち自身がさしだした問題に困惑しているかのようだ。ふたたび観客に舞台が見えたときには、すでに幕は降りていて、伴奏もおわっていた。

「よくできているね」ソープがつぶやくようにいった。「しかし統一感に欠けている」

「統制のとれていない部分にはわたしも気がついたよ」シーボロが感想を述べた。「豊饒さでは賞賛にあたいするし、伝統的な形式からの脱却を目指してもいる。しかし、そう、きみのいうとおり統一感に欠けているね」

「それではよい夜をお過ごしください、マダム・グレイス」ソープがいった。「ご招待いただけましたこと、心より感謝しています。それから、そちらもよい夜を」最後のひとことはロジャーにあてられたものだった。

エルジン・シーボロは同業者とおなじ挨拶をくりかえした。ふたりは席をあとにした。

デイム・イサベルは立ちあがった。「とんだ野暮天《やぼてん》コンビだこと。さあ、おいでなさいな、ロジャー」

「伯母さんをこちらに残していくものとばかり思ってました」ロジャーは答えた。「ぼくには約束があって——」

「嘘はおよしなさい。おまえはこれから、リリアン・モンティーグルの立食パーティーまでわたくしを送ることになっているのよ」

ロジャー・ウールは従うしかなかった。なんといっても伯母からの多大な援助にかなりの部分を頼っている身であり、この手のこまごまとした多種多様な言いつけどおりにしたほうが好都合でもある。ふたりはボックス席をあとにして屋上へあがっていった。ロジャー所有の小さく控えめなハーリングフォス型の飛空艇が駐艇場から運ばれてきた。デイム・イサベルは手を貸そうというロジャーの申し出を断わって堂々と搭乗、前のシートに身を落ち着けた。

川の対岸にあるリリアン・モンティーグルが住む屋敷は、古い宮殿を現代の快適性の基準にあわせて改修工事をほどこしたものだった。デイム・イサベルに比肩する資産家であり、手のこんだ娯楽を供することで名をはせている。とはいえ、この夜の立食パーティーは、ふだんとくらべれば肩のこらないあつまりだった。知らずにしたことなのか、わずかながら悪意があったのかはいざ知らず、リリアン・モンティーグルは著名な音楽学者にして宇宙探険家、講演者にして美食家でもあるバーナード・ビッケルもパーティーに招いていた。

紹介されているあいだ、デイム・イサベルはそれとわからぬほどかすかに唇を引き結んでいたし、アドルフ・ゴンダーやルラールの第九歌劇団と自分とのかかわりについてはいっさい語らなかった。

しかし、話題が出るのは避けられなかった。話が出るどころか、リリアン・モンティーグルその人がデイム・イサベルをいたずらっぽく横目で見ながら、いま大きな話題になってる歌劇団の公演を見にいったのか、とビッケルに質問したのだ。

バーナード・ビッケルは薄笑いをのぞかせてかぶりをふった。中年にさしかかったばかりのハンサムな男で、鋼鉄を思わせる灰色の髪に短く刈りこんだ口ひげ、たやすく人をとりこにする自信のある雰囲気をただよわせている。

「テレビでひと幕のうちの一秒か二秒ばかりは見ましたが、それほど真剣に見てはいません。どうも地球の善良な人々は、ちょっとした気晴らしや新奇なもの、当節流行のものや一過性のものに、あまりにも飛びつきやすくなっているだけなのではないでしょうかね。アドルフ・ゴンダーという男は、ますますつけあがるでしょうよ——怠惰で愚かな人々が喜んで金を払うとなったら、ゴンダーがその金を受けとらない道理がありません！」

「あらまあ、ミスター・ビッケル」リリアン・モンティーグルは異論をとなえた。「あの歌劇団の素性が触れこみとはちがうと疑ってらっしゃるような口ぶりですこと」

バーナード・ビッケルは静かに微笑んだ。「それでは、こういうにとどめましょう。わたしは寡聞にして〝ルラール〟——だかなんだか、正式な発音は異なるかもしれませんが、そんな星の話は一度もきいたことがありません。はばかりながら、みなさんご存じのように、わたしは宇宙をかなり広範囲に旅してきた男ですぞ」

テーブルの反対側にいた若い女性が身を乗りだしてきた。「ビッケル先生ったら！　それはかなり不公平な見方じゃありませんこと？　公演を一回もごらんになっていらっしゃらないのに！　わたしは鑑賞してきました。心底から昂奮させられましたわ」

バーナード・ビッケルは肩をすくめた。「正体は何者なのか……なんなのかはともかくも、アドルフ・ゴンダーが筆舌につくしがたいほど巧みな興行屋であることだけはまちがいないですね」

デイム・イサベルは咳払いをした。椅子に腰かけていたロジャーは、わずかに肩の力を抜いた。どうして緊張や不安に負けていなくてはならない？　どのみちなるようにしかならないのだ。年齢と性別にくわえ、威風堂々たる風采という美点をそなえるデイム・イサベルは、つねに威厳をそこなわれることなく場にあらわれ、敵対者は怖じけづくと決まっている。デイム・イサベルは口をひらいた。

「そのお言葉には異議をとなえずにはいられませんわ。アドルフ・ゴンダーには、興行主としての才覚はかけらもありません。ただし、宇宙船の船長としてはきわめて有能といえましょう——それがあの男の本職ですもの」

「ほう？」バーナード・ビッケルは物問いたげに片眉をアーチ状に吊りあげた。「あえていうまでもなく、そのお言葉はあの男の主張をもっともらしく色づけしますな。あつかましくも、わたし自身のことをいわせていただければ——」ワイングラスをかかげ、真紅の輝きを検分する。「——このわたしは比較音楽学や象徴音調学、さらにはあっさりと音楽学などなど、さまざまな呼び名のある分野の第一人者といってもさしつかえありますまい。そのわたしなればこそ、正体不明のアドルフ・ゴンダーのぺてんにうかうかひっかかるものですか。ゴンダーのつくる音楽は理解可能——これがすべてを語っています。音楽は言語のようなもの。学ばなければ、あるいは生まれついてのものでないかぎり、理解はできません」

「謹聴、謹聴！」そう低い声ではやす者があった。デイム・イサベルはこのふらちな輩《やから》を特定しようと、ぐるりと頭をめぐらせた。

ついでデイム・イサベルは冷ややかな声でいった。「それではあなたは、ある惑星の感受性ゆたかな知的生物には、おなじく感受性ゆたかな他星の知的生物がうみだした——音楽もふくむ——芸術が理解できるとはお信じにならないとおっしゃるのね？」

バーナード・ビッケルは自分が思いのほか手強《てごわ》い女を相手にしてしまったと悟り、退却することに決めた。「いえいえ、むろんそんなことはいってません。これっぽっちもね。いま思い出しているのはカペラ第四惑星で体験した愉快な冒険のことです。いっておけば、哀れに思えるほどちっぽけな星でした。もしご旅行を考えておられる方がいれば、どうかわたしの助言を受け入れて——おやめなさい！　それはともかく、わたしは鉱物探査チームに同行しておりまして、いっしょに奥地を転々と移動しておりました。そんなある夜、わたしたち現地民の部族がいるところの近くで野営をしました。ビドラチェイド・デンディキャップ族という名前に心あたりの方は……？」テーブルをかこむ面々を見まわす。「おられない？　いやまあ、従順な生き物ですよ。身長は百五十センチほどで、全身ぶあつい黒い毛でおおわれていましてね。小さな二本の足で歩き、毛の下になにがあるのかはだれも知らない。それはとにかく、わたしたちが野営地を設営しおわったころ、三十人ばかりのキャップ族がやってきました。わたしたちは彼らに硫黄《いおう》を贈りました――わたしたちが塩を好むように、あの連中は硫黄が大好きなんですな。わたしはちょっとしたお遊びで小型のレコードプレーヤーを動かしました。デュオデックスの小型プレーヤー、長時間再生用スラグをかけられます。小さくて頑丈なタイプでしてね、まあ、たいした音質ではありませんが――なにもかもいっぺんに手にいれるのはできない相談です。すると、よろしいか、みなさん、キャップ族は心底うっとりとしてすわっていたのですぞ！三時間ものあいだ、筋肉ひとつ動かさずに小さな機械をじっと見つめていました。硫黄にさえ見向きもせずにね」

ビッケルは回想に笑みをのぞかせた。テーブルの左右から、話を愉快に思っている低い声があがっていた。リリアン・モンティーグルがいった。「なんというか、胸が熱くなるようなお話でしたわ！きっと、生まれて初めて耳にしたすばらしい音楽だったのでしょうね！」

こんな質問の声があがった。「ええと、その――キャップ族ですか、彼らには……どういえばいいでしょうか……正しく理解したり鑑賞できていたりした気配はありましたか？」

バーナード・ビッケルは声をあげて笑った。「では、こんなふうにいいましょうか。彼らにブランデンブルク協奏曲の要点がわかったとはとても思えません。しかし彼らはこのバッハ作品にも、へくるみ割り人形組曲〉と同等の関心を見せていました。ですので、少なくともうわべだけをとりつくろっていたとして、彼らを非難することはできません」

デイム・イサベルは眉をひそめた。「お話がよくわかりませんね。つまりあなたは、音楽には全宇宙を通じての普遍性があるとおっしゃっているの？」

「ええ——もちろん、ある種の条件が満たされた場合にかぎって、ある程度は……ということですが。音楽はコミュニケーションです——より正確にいえば感情のコミュニケーション。となれば、そこには象徴学の文脈でいうところの合意の形成があるといえます。ここまでの話はおわかりですか？」

「当然でしょう？」デイム・イサベルはいいかえした。「わたくしは歌劇連盟の会計担当監事——音楽のことをなにも知らないのに、この仕事をつづけさせてもらえることがあるとお思い？」

「ごもっとも。いえ、あなたが——こういう言い方をさせていただければ——その種のセミプロ的なお立場にあるとは知らなかったもので」

デイム・イサベルはきっぱりとうなずいた。

ビッケルはつづけた。「わたしがいいたいのはこういうことです。音楽象徴学は一面では単純でありながら、同時に複雑でもある。ゆっくりと静かなリズムを刻む音楽は、宇宙のほぼすべてを通じて、心をなごませる効能がある。高い金管楽器の音が連続した場合には昂奮させる作用をもつ。これは初歩の抽象概念ですよ。和声や和声進行、トーン・クラスター、旋律構造などの諸要素を検討したなら、次は本質の検討にうつります——本質がそなえる象徴的な意味においては、これまでよりも大幅に伝統の問題にかかわってきます。たとえ地球上のさまざまな音楽同士ですら、そういった伝統のもつ意味あいについての合意は形成されていません。お好みならば、銀河内の各惑星で音楽象徴学上の一致現象があってもおかしくはないという仮説を立てることはできましょう。文化変容のプロセスを通じるなり、並行進化なりがあれば、そのように想像するのも不可能では――」だれかが笑いはじめると、ビッケルは片手をかかげて制止した。「――いやいや、早まって眉に唾などおつけにならないように！　全音階は決して異常現象でもなければ、偶然に発見されたものでもない。例をとって説明しましょう――どの音でもいいので、まずその話から。そうですね、話の基調音として――簡単に説明できるように――ドの音を例にとりましょう。ドの音にもっとも調和するのが、音階で一オクターブ上か下の音であることは子供の耳でもわかります。この場合、振動数の比率は二対一になります。おなじように調和する音として基本的なものをあげるなら、振動比率が三対二の音になるでしょう。あてはまる音はソ――これは第五度の音、すなわち属音と呼ばれます。では、ドに対してソが果たしていた実際的な関係を、ソに対してそなえる音は？　答えはレの音です。レを主音とした場合、属音はラ音。ラ音が主音のときにはミが属音。こんなふうにして十二の音が姿をあらわすやいなや、わたしたちはふたたびドにきわめて近い音を見いだすことになるのです。こうした音のすべてをおなじオクターブに入れ、あちこちにわずかな手をくわえれば、馴染み深い全音階が手にはいります。神秘の要素はどこにもありません。想像しうるかぎり、もっとも基本的な経験則の手続があるだけです。では、この話の要点はどこにあるのか？　単純な話です――完全に異なる惑星に住む、わたしたちとは完全に異なる知的生命体が、地球のものに酷似した楽器をもちいて、わたしたちに馴染み深い〝ドレミファソラシド〟音階を採用していたとしても、いささかも驚くにあたらない、ということです」

「は、は！」デイム・イサベルはそんな声をあげた。「それこそわたくしがつねづね、アドルフ・ゴンダーと第九歌劇団のつまらぬ悪口をいっている愚かな人々に語りきかせていることよ」

バーナード・ビッケルは薄笑いでかぶりをふった。「それはまったくちがう問題ですな！　全音階がたしかに全宇宙に共通する道具だということには同意します――たとえば蝶番《ちょうつがい》やもやい結び、たとえばピタゴラスの定理のようにね。しかし、正体を明らかにしないアドルフ・ゴンダーの問題はまた別の話だ。いえいえ――」ビッケルは忠告するように片手をかかげた。「――意見が一貫していないという批判はお控えくだされ。異星種族の音楽的象徴や伝統が――この〝ルラール第九歌劇団〟とやらは異星種族だというお話ですな――わたしたちの音楽的象徴や伝統と完璧に融合して、わたしたちの感情に訴えかけるまでにいたる、などという話が、個人的にはとうてい信じがたいだけです。いかがでしょう、論理的ではありませんかな？」

「きわめて論理的ね」デイム・イサベルはいった。「それこそ、あなたの論理の流れにひそんでいる明々白々たる誤りが見えてくるほど。事実はこうです。わたくしはゴンダー氏の後援者をつとめています。今回のツアーの金銭面いっさいの担当もしました。そして、わたくしは騙されやすい女などではありません」

バーナード・ビッケルは笑った。「そういうことでしたら、わたしも自分の考えを見なおして、〝明々白々たる誤り〟をさがす必要があるでしょうね」

「あなたには公演を鑑賞することをおすすめしますわ」デイム・イサベルはいった。「ご都合さえよろしかったら、あしたの公演でわたくしのボックス席にお招きしてもいいし」

バーナード・ビッケルは重々しい口調でいった。「スケジュールを調べないことにはなんともいえませんが、時間が許せばぜひともうかがいたいものです」

しかし、バーナード・ビッケルが、ルラール第九歌劇団の公演をデイム・イサベルのボックス席から楽しむことは結局一度もなかった。その夜、第九歌劇団の全員が姿を消してしまったからだ――痕跡も手がかりもいっさい残さぬまま、なにもない宙に溶けこんでしまったかのように。

2

バルゥー峡谷を見下ろす壮麗な古い屋敷のバルゥー館まで伯母のデイム・イサベルを飛空艇で送りとどけたのち、ロジャー・ウールは市街にあるアパートメントへは帰らず、今夜はここに泊まることに決めた。そんなわけで、執事のホルカーが映話器をブレックファストテーブルに置き、「ミスター・ゴンダーからお電話です、マダム。お急ぎのご用件のことです」と低い声で伯母にいったときにも、ロジャーはその場に居合わせていた。

「お世話さま、ホルカー」

ついでデイム・イサベルがキーを押すと、スクリーンにアドルフ・ゴンダーの顔が表示された。その目はいちだんと悩ましい光をたたえていた。いかにも心ここにあらずの表情をのぞかせている顔には、人が歌劇団の団長に期待する明るさは一片もなかった。

「どうかしたの、アドルフ?」デイム・イサベルはたずねた。「なにか困ったことでも起こった?」

「単純な問題です」ゴンダーは答えた。「第九歌劇団が消えました」

「消えた……といったのね?」デイム・イサベルはじっくりと考えをめぐらせる目つきでゴンダーを見つめた。ロジャーはふと、バーナード・ビッケルの言葉がデイム・イサベルに本人も認めたくないほど重くのしかかっていたのではないか、と思った。「それで、正確にはどのような情況だったのかしら？」

「ゆうべの公演のあと、わたしは歌劇団の一行をみずから劇場のペントハウスへ送りとどけました。団員たちは食事をつくって食べ、そのあとはくつろいで夜を過ごしているように見えました――いえ、ひょっとしたら昂奮しているようだった、といわなくてはならないかもしれません――ええ、はしゃいでいる感じだったと。というのも、団員たちに気晴らしの観光を約束していたんですね――ミスター・サヴェリノのヨットでセーリングをさせるという約束でして。それが理由で彼らが昂奮しているものだとばかり思っていました……。そしてきょうの朝になったら――彼らがひとり残らず消えていたんです。ポーターにたずねたところ、表通りに面した出入口から出ていった者はひとりもいないという返事でした。フライトデッキの係員にもたずねましたが、離陸した機もなければ着陸した機もないということです」

「由々しき事態ね」デイム・イサベルはいった。「今回の公演にはわたくしの評判がかかっているのよ。だから、とても満足したなんていえないわ」

「満足していないですって？」ゴンダーはうめいた。「なぜ満足できないんですか？　あなたは過去三カ月の興行収入すべてを一手におさめてます。不平不満のいわれはないでしょうに」

「わたくしがとった予防策は、すべてが完璧に実行されていたようね。あなたもご存じでしょうけれど、歌劇団が主張どおりの存在ではないのではないかという皮肉まじりの疑いをもつ向きもあった。もっとも、これまではずっと無視していたのだけれど、こうなった以上、団員たちがなぜ、どうやって消えたのかと考えざるをえなくなったわ」

ゴンダーの渋い表情はそのままだった。「わたしとの関係をおわらせるのなら、こちらに異論はありません。ただ、わたしの金をわたしてくれるだけでいい」

「関係を絶つつもりはないわ」デイム・イサベルはいった。「当初からの協定にわたくしが固執している理由はひとつだけ――詐欺や欺瞞の気配がわずかでもあれば、わたくしは関係しているお金の全額を返金しなくてはならない立場にあるからよ。いまの時点でいわせてもらうと、わたくしは決して満足してはいない。あなたはこれまで、〝ルラール〟という惑星についてまともに話してくれていない。ですから返金するにしても、その前にわたくし自身の立場がどこにあるのかをきっちり確かめておかなくては」

ゴンダーはしぶしぶうなずいた。「きょうの午前中はご自宅にいらっしゃいますか？」

「こういった緊急事態だもの、もちろん在宅していますとも」

「では三十分後におうかがいします」映話機のスクリーンが暗くなった。

デイム・イサベルは不満もあらわに鼻を鳴らしながら、ロジャーにむきなおった。「世界のすべてが見かけ倒しの下卑たものに思えてくることもあるわね」

ロジャーは立ちあがった。「それではぼくは用事があるので――」

「おすわりなさい、ロジャー。あなたにはここにいてほしいの」

ロジャーはふたたび椅子に腰をおろした。

執事のホルカーが、アドルフ・ゴンダーの到着を告げた。ゴンダーは白のパイピング飾りと腰に真紅の三角布飾りのついた濃紺のスーツと、スペースマンの徽章《きしょう》がついた大きめの濃紺の帽子という、いたって地味ないでたちだった。ゴンダーはもってきた小さなケースをわきへ置いた。

「コーヒーでもいかが？」デイム・イサベルはたずねた。「それとも紅茶のほうがお好みにあうかしら？」

「どちらも遠慮します」ゴンダーはそう答えると、いったんロジャーを見てからつかつかと前へ進み、テーブルをはさんでデイム・イサベルの前に立った。けさのデイム・イサベルはレースと青い繻子《しゅす》のローブという美しい服装だった。

「よかったらおかけになって、ミスター・ゴンダー」

ゴンダーは椅子に腰をおろしてから前へ引いた。「いただくはずのお金を支払ってもらう必要があると考えます。これまでわたしは、あなたとの契約にしたがって働き――」

デイム・イサベルはいった。「それについては、わたくしが決めさせてもらいます。わたくしたちの契約には、〝事実の歪曲や虚偽の陳述、あるいは事実の隠蔽〟などを禁じる保証条項がある。わたくしは、こういった条件に仔細に目を通して――」

「それはこちらもおなじです！」

「ところが、いっさいの包み隠しのない関係ではなかった。これまであなたは多大な努力を傾注して秘密主義をつらぬき、重要な事実を多々わたくしに知らせなかった――これはわたくしたちの契約に違反するのではないかしら」

ゴンダーはショックに思わずのけぞった。「それはどういう意味です？」

「あなたとの契約は無効だと考えます。ですから、歌劇団の公演による興業収入をそちらに支払うことは拒否させていただくわ」

ゴンダーは青ざめた顔をこわばらせた。「あなたには、事実以外のことはひとつも話していません」

「でも、わたくしにすべてを話した？　第九歌劇団をいったいどこで見つけ、どうやって公演を了解させたの？　なぜ彼らは姿を消したの？　団員たちはいまどこにいるの？」

ゴンダーは最後の質問にだけは答えることにした。「あくまでも私見ですが、出身地へ帰ったものと思われます」

「つまり〝ルラール〟という星へ？」デイム・イサベルの声には疑念がたたえられていた。

「ええ。どうやって帰ったのかはわかりません。あの星の人々は、わたしたち地球人の知識ではおよびもつかぬ技術や科学のすべてを心得ています。彼らは故郷へ帰ろうと思いたち、それを実行したのでしょう」

「なにやら超自然的な手管で……といいたいのね？」デイム・イサベルの声からは軽蔑がしたたっていた。

「それがわかればいいんですが。知っていれば自分でつかいたいくらいですよ。ルラールでは、言葉ではとても説明できないものを数多く見てきました――圧倒的と形容するしかないミュージカル公演の数々です。いや、あなたなら歌劇《オペラ》とお呼びになるでしょう」

デイム・イサベルの好奇心が刺戟された。「どういった種類のオペラなの？　第九歌劇団の公演のようなオペラ？」

「いいえ、ちがいます。第九歌劇団は――ええ、決して喜歌劇専門ではありませんが、公演の演目はどれもわたしたちが〝軽め〟と表現するたぐいのものです」

「なるほど……」デイム・イサベルは一、二秒ほど窓の外の景色に目をむけた。「第九歌劇団に地球まで来ることを了承させるにあたって、あなたはどのような条件を向こうに提示したの？」

今回考えこむのはゴンダーの番だった。「あれはルラール滞在もそろそろ四カ月になるころでした。彼らの言葉も多少は身についていました。彼らのオペラの質を見てとったわたしは、地球にも似たような芸術があると話し、相互の文化交流プログラムを立ちあげることも可能かもしれないと話したのです」

これをきいてロジャーは笑いかけたが、デイム・イサベルにちらりと視線をむけられ、ゴンダーがかすかに不愉快そうな表情をのぞかせたことも見てとり、あわてて笑いを飲みこんだ。

「なに、むずかしいことはひとつもありません」ゴンダーは話をつづけた。「わたしはこうして第九歌劇団を地球へ連れてきました。いずれは地球の歌劇団をルラールへ連れていくと提案したんです。しかしいまは――」ゴンダーは両手をひろげた。「――全員が消えた。わけがわかりません」

デイム・イサベルは心ここにあらずなようすで銀のポットからコーヒーをそそぎ、カップをゴンダーに手わたした。「そのルラールという惑星をもう一度さがしあてることはできる？」

「ええ、必要とあれば」

デイム・イサベルは眉根を寄せた。「いまの情況には、人の心を騒がせる要素がある。それに、さまざまな噂を打ち消すことは、わたくしたち相互の利益になる。歌劇団は、あなたに知らせずにどこかへ行ってしまうことはできないはずだったのね？」

ゴンダーはかぶりをふった。「私見では、団員たちは人智のおよばないなんらかの手段でルラールへ帰ったものと思われます」

「その惑星の科学は高度に発達したものかしら？」

「わたしならそうはいいません。事情がそれほど単純ではないからです――いや、それどころか根底から異なっているのです。あまり根をつめて働いている者は見受けられません――最下層の者以外には」

「それで？　つまり階層社会なの？」

「そういってもまちがいではないと思います。頂点に君臨しているのは貴族階級です。彼らは音楽家でもあり、またパントマイム俳優でもあります。その下がいわゆる中流階級で、ここにも芸術家や音楽家がいます。底辺が定住しない流れ者、なんの才能ももちあわせていない貧民です。それ以外に科学者がいたかもしれませんし、なにかをつくる工場があったのかもしれませんが、わたしは見ていません」

「つまり、惑星をくまなく探険したわけではない？」

「ええ。惑星全土に足を運ぶのは、決して――ええと――安全ではないと納得させられたので。ただし、理由はだれも教えてくれませんでした」

「なるほど、なるほど。とても興味深いわ。地球とルラールの関係はぜったいに維持しておくべきね。ロジャー、あなたの意見は？」

「全面的に賛成ですよ。疑問はいっさいありません」

「今夜、歌劇連盟の会合があるの」デイム・イサベルはいった。「あなたからきかされた話をみなに報告し、あわせて文化交流プログラムの実施を提案しましょう」

「けっこうです」ゴンダーは力なくいった。「しかし……わたしが受けとるべき金の件は？」

「いずれそのうちに」デイム・イサベルは答えた。「お金は安全なところに預けてあり、着実に利息を増やしてる。さらに踏みこんだことをいわせてもらうと、あなたはこれまでずっと不注意だった――きわめて不注意だったといえるわ」

ゴンダーは困惑顔を見せた。「どういうことです？」

「ルラールに歌劇団を派遣する必要があるなんて話、これまでひとことも口にしなかったでしょう？こういった問題に生半可にあたるのは禁物、あだやおそろかに対処してはならないわ」

ゴンダーは長いあごを疑わしげに撫でていた。いったん横にいるロジャーに目をむけてから、デイム・イサベルに視線をもどす。「わたしには実現可能なプロジェクトかどうか決めかねますな――いや、いま考えると、はっきりいって……」

デイム・イサベルの目が石のように無表情になった。「ミスター・ゴンダー、わたくしはこれまでどっちつかずな態度をとったことも、他人に不実な接し方をしたこともなく、ほかの方にもそのような接し方を求めているのよ。いいこと、あなたはルラールの歌劇団が地球にやってきたのは、文化交流プログラムの半分を実現させるためだと、はっきりそういったの」

「ええ、それはそのとおりですが——」

「あの発言は事実？　それとも事実ではない？」

「当然、事実です。しかしながら——」

「事実なら、わたくしたちの義務は明白よ。それに——わたくし同様、世間での評判があやうくなっているあなたなら同意すると思うけれど——わたくしたちの誠実さを攻撃している向きに、堂々と反論しなくては。まさか、それに反対だとでも？」

「いえ。いえ、反対なんてめっそうもない。大賛成です」

「音楽家の代表団を組織してルラールへ派遣すれば、わたくしたちのふたつの目的は達成できるわ」

ゴンダーは酸《す》っぱいものを食べたように顔をしかめた。「わたしはよんどころない事情で地球を離れたくありません。とにかく、いま現在は」

「だったらわたくしには、管理しているお金をどこか意義ある慈善団体にでも寄付することしかできない。そうでもしなければ、わたくしたちの潔白を主張する手だてがないのですもの」

ゴンダーは真剣に考えをめぐらせたのち、深々とあきらめのため息を洩らした。「わかりました。あなたの歌劇団ツアーの計画をまとめてください。それなら損になることはひとつもないにちがいありません」

「よかった。歌劇連盟はまずまちがいなく、この計画を熱心に支援するはずよ」

ところが、これはデイム・イサベルの見こみちがいだった。なんとも意外なことに、歌劇連盟の理事会はこの計画への支援案を却下したのである。

「われわれもまた、みずからの威厳を顧慮しなくてはなりません」理事長のスティルマン・コードウェイナーはいった。「わたしは信頼すべき筋から、アドルフ・ゴンダーがぺてん師であるとの情報を得ています。これは私見ですが、われわれはゴンダーとのいっさいの関係を拒否し、今後はより慎重な態度を心がけるべきでしょう」

「その意見には全面的に賛成ですな」ブルーノ・ブルーノフスキーがいった。「さもないと、次は踊る熊の劇団に支援を要請されそうだ」

デイム・イサベルはとっておきの冷ややかな声でいった。「これで理事会が、わたくしたちの義務をいいかげんに投げすてる道を選んだことが明らかになりました。あえていわせていただきますが、理事会の方針は事なかれ主義で役立たず、鈍感で無思慮もいいところ。こうなった以上、わたくしはいまこの瞬間から効力を発揮する辞表を正式提出せざるをえません。ルラールへの歌劇団派遣は、このわたくしが個人として責任をもって実現させましょう。あなたがたが後任の会計監事を選任したら、わたくしは手もとの書類や口座情報のすべてをその方に引き継ぎます」

3

朝刊で伯母の計画なるものを知らされたとき、ロジャー・ウールをまっさきに見舞ったのは驚愕の思いだった。つづいて感じたのは狼狽。そして三番めが、手おくれになる前に行動しなくては……という、本能めいたやみくもな衝動だった。

ロジャーがかけた映話に出た執事のホルカーは、書き物机でプログラムや覚書のたぐいに目を通していた伯母に映話をつないだ。ロジャーはわざとおどけた声で伯母に話しかけた。「イサベル伯母さん、新聞をごらんになりましたか？　いやはや、こんな馬鹿げた話が堂々と記事になるのは前代未聞ですね！」

「あら、そう？」デイム・イサベルは書類からろくに顔もあげずに、「ビアンコレッリがいたはず。それからオットー・フォン・シーラップも」といい、つづいてロジャーにむかって、「ええと、それでなんの話をしていたの？」と、たずねた。

「新聞です」ロジャーはいった。「伯母さんが歌劇団をひきいて宇宙ツアーに乗りだす予定だと書いてあります――まったく、徹頭徹尾馬鹿げた話じゃないですか。ぜひとも新聞社を訴えるべきですね――訴えの理由としては、その――」

「どんな理由で?」デイム・イサベルはロジャーにたずねた。

「いちじるしい誹謗と中傷ですよ――不特定多数の大衆にむかって、こんな馬鹿らしい話を――」

「ロジャー、そうきゃんきゃん吠えないでちょうだい。あの記事はどこからどう見ても事実そのもの。わたくしは本当に歌劇団を組織して、惑星ルラールへ連れていくつもりだもの」

「でも――考えてみてください! 費用のこともあるし、さまざまな問題が山積みだ。歌劇団となったら最低五十人は必要で――」

「そうね、七十二人、あるいは七十三人そろえばなんとかなりそう。歌劇団は多才な人たちの集団にすることが絶対に必要ね。随行するスタッフは、だれもがどんな些細な仕事でもすすんで引き受けてくれて、ちゃんとこなせることが大事」

「しかし、それ以外にも宇宙船がひとつ必要じゃないですか――乗組員や食料や――」

「お友だちのラセロウ提督が、この計画に興味をもってくださったの――提督は現実的なチャーター料金で適切な宇宙船を提供してくださる。いろいろな問題のなかでも、これがいちばん小さな問題よ」

「でも、そんなふうにあっさり宇宙へ旅立つなんてもってのほかです! 危険があることも考えてください!」

「馬鹿おっしゃい。ミスター・ビッケルは宇宙のいたるところで、それはもう下へもおかない歓迎を受けてきたわ。だいたいあなたは、やたらに扇情的な小説の読みすぎなのよ、ロジャー。あなたには、ありあまる元気のはけぐちが必要ね――どう、仕事でもしたら?」

「真剣になってください」ロジャーはいった。「伯母さんには問題が見えてない――計画のこまかな詰めの部分も、頭痛の種も……」

「いわれなくたって、そういった課題をこなせる有能な人を雇うつもりよ」

「しかし、費用はどうするんです！　これだけの大事業となれば、数百万の金がかかるんですよ！」

デイム・イサベルは肩をすくめた。「わたくしには豊富な私財があるわ。それにね、いくらお金をもっていても、死んでしまえば、なんの役にも立たないもの」

ロジャーには反論できなかった。伯母にいちばん近い血縁者として、ロジャーは自分が相続人だと考えていた。それゆえ伯母イサベルが金食い虫同然の宇宙旅行計画に注ぎこもうとしている大金は、長い目で見た場合には自分の金である。

「それこそ、気がついたら利益をあげているかもしれなくってよ」デイム・イサベルは楽しげにつづけた。「そもそもわたくしには、この歌劇団の公演を惑星ルラール上に限定する気はまったくない。わたくしは音楽が全宇宙に不遍の価値をもっていると強く確信しているの。それにね、毛むくじゃらの動物がレコードプレーヤーの音楽にききいっていたというミスター・ビッケルのお話に、わたくしは深い感銘をうけたわ」

ロジャーは口をひらきかけたが、黙っていたほうが得策だと思いなおした。

「わたくしは長期的な視野で考えているのよ」デイム・イサベルはつづけた。「はるか彼方の惑星の住人たちには、わたくしたち人間のもっている音楽の感覚が欠如している種族も珍しくないし、それはみんな知っている。それでも、わたくしたちがきっかけをつくれるかもしれず、最初の火花をつくれるかもしれない。いずれはそこから、このうえなくすばらしい音楽イベントが芽生えるかもしれない。そういった異星人たちのなかから、未来の力強くも新しい音楽が生まれてもおかしくないと、そう示唆したのはほかならぬミスター・ビッケルではなくって？」

「たしか伯母さんはミスター・ビッケルの意見など、薄っぺらだとお考えだったのでは？」

「人にはだれしも、その人独自の視点というものがある。少なくともミスター・ビッケルは、広範な調査研究の権威をもって話している。それにひきかえ、ミスター・ソープやミスター・シーボロのような人たちには、仲間うちでのおしゃべりから仕入れた知識しかないの」

ロジャーは不満げな声を洩らした。「ぼくにはとうていアドルフ・ゴンダーなる男を信頼することはできません。伯母さんはあの男のなにを知ってるんです？」

「わたくしに協力しなければ、ゴンダーは稼いだお金に指一本ふれられないことをね。そうそう、お金の話のついでに話しておくけど、あなたもいいかげんに職を見つけて身を落ち着ける頃合よ。きのうは呼ばれて、あなたの支払いをいくつかすませてきたわ。あなたにはかなり気前のいい金額を支給しているのよ。それなのに、これだけの説明できない浪費は……」

ロジャーはようやくのことで映話での会話をおわらせた。むっつりと将来のことに考えをめぐらせる。デイム・イサベルが見せる奇矯さにも、ある程度は慣れていた。しかし今回の件にかぎっては、ただの奇矯さのあらわれどころか、もっと壮大なスケール、かつもっと徹底したものに思えた。つまりこれは――そこまで考えたところで、ロジャーは礼節を重んじて、次につづくべき語を頭から消し去った。

そして、いまの自分の立場は？　労働。仕事につかざるをえない。貴重な時間を多少割き、その引き換えにごくわずかな代償を得る。そんな真似がいやでも必要になるかもしれない。今回の酔狂な気まぐれにグロテスクこのうえない巨費を投じることで、デイム・イサベルが全財産をうしなう事態も考えられないではないからで……そこで、バーナード・ビッケルのことを思い出した。デイム・イサベルを説得できる人間がいるとすれば、ビッケルをおいてほかにはいない。ロジャーは、〈ノーマッド・イン〉に逗留中のビッケルに電話をかけた。

ビッケルは電話に出た。ロジャーの訪問を大歓迎するし、いますぐ来てくれるのがいちばん好都合だ、との返事だった。

ロジャーは飛空バスで〈ノーマッド・イン〉まで行った。ビッケルはロジャーをロビーで出迎え、近くの〈スターフェアラー・ラウンジ〉でコーヒーを飲もうと誘ってきた。

コーヒーとケーキのトレイをあいだにはさんでそれぞれが身を落ち着けると、ビッケルは物問いたげな目をロジャーへむけてきた。

「ぼくが訪ねてきた理由は、ひょっとしたらもうお察しかもしれませんね」ロジャーはいった。

「困ったことに、さっぱり見当もつかないよ」

「では、伯母が新しく思いついた計画についてはなにもご存じない？」

ビッケルは頭を左右にふった。「ずっと街を留守にしていたのでね。もしかして、なにか愉快な話でも？」

「愉快な話ですか……」ロジャーは苦々しく相手の言葉をくりかえした。「伯母は、大歌劇団を編成して、惑星ルラールへ派遣しようとしています。まばたきひとつせずに、数百万の大金を注ぎこむ意向なんですよ」

ビッケルはおりおりにうなずき、気まぐれに唇をすぼませながら話をきいていた。「きみの伯母さまは、悲しいかな、絶滅寸前の人種の典型例のようだね――裕福なアマチュア、潤沢な資産をもつ変人。じつに見あげた女性だ――ただしわたしは、伯母さまとはちがって、ゴンダー船長を信頼してはいないが」

「ひどい話もあったものです！」ロジャーはきっぱりといった。「あの男はまんまと伯母を丸めこみ、途方もない額の金が必要になるこの計画に引きずりこんだんですからね！　しかも伯母は旅の途中で、あちこちの惑星に立ち寄ろうともしています――これには、あなたの影響もあるんですよ。あなたが、プレーヤーから流れる音楽を一心不乱にきいていたビドラチェイト・デンディキャップ族の話なんかするから」

バーナード・ビッケルは信じられないといいたげに笑った。「しかし、あれはただの馬鹿話だよ！　あの異星種族はただ、わたしがあんな小さな箱のなかに、どうやってあれだけ多くの昆虫を詰めこめたのかと不思議に思っていただけだ――そう、あの星の昆虫は高くて大きな声で鳴くんだよ。伯母さまの考え方は――いや、ぶしつけな物言いにきこえたなら勘弁ねがうが――愚かしいとしかいいようがない。デンディキャップ族は協奏曲と鼻に食らったパンチの区別もつけられないんだから」

ロジャーは弱々しく笑った。「それでも伯母はあなたの話に大きく影響されました。どう話せばいいのかわかりませんが、あなたなら伯母の目をしっかりと見ひらかせ、正面から現実にむきあわせることもできるんじゃないでしょうか」

バーナート・ビッケルは眉を寄せ、美しい銀色の口ひげに指を走らせた。「もちろん、伯母さまに助言してさしあげるのにやぶさかではないが、急いで駆けつけて、わが見解をたっぷり浴びせるような真似はむろんできないよ」

「ぼくに案があります！」ロジャーは声を高めた。「きょう、ぼくの訪問客としてバルゥー館へいらしてください。伯母はあなたを歓待するはずです」

ビッケルはわずかに肩をすくめた。「そうだね、ほかに予定もないことだし――喜んで伯母さまのお屋敷を拝見させていただこう」

「ありがたい！　そちらのご都合のいい時間なら、いつでも出発できます」

「それなら……二時はどうかな？」

「すばらしい！　飛空艇でお迎えにあがります」

ロジャーとバーナード・ビッケルは、午後三時少し前にバルゥー館に到着した。ロジャーがフライトデッキに飛空艇を着陸させ、高齢のポーターのグルミアーノが車で格納庫まで牽引していった。

バーナード・ビッケルは欄干に歩み寄って、屋敷の敷地を見わたした。「最高にすばらしいお住まいだ。文句なく豪壮そのものだね！　建てられてから数百年になるにちがいない！」

「ええ、美しい屋敷です。この美しい屋敷が競売にかけられるような事態は、できれば見たくない……。ああ、伯母は薔薇園にいると思います。さもなければ南のテラスに」

はたしてデイム・イサベルは、南のテラスにある大理石のテーブルの前にすわり、録音機に手紙を口述しながら、同時に映話機でどこかに連絡をとろうとしていた。ふたりを見てそっけなくうなずいたが、同行者がバーナード・ビッケルその人だとは気づいていないようだ。「おすわりなさいな、ロジャー。こっちの用事はすぐにすませるから。いまマルジク・イプシゴーリと映話で打ちあわせ中で、いろいろな条件を詰めているところ。わたくしたちに力を貸してくれそうよ」

ロジャーとバーナード・ビッケルが待っているあいだ、デイム・イサベルはいま名前の出た有名なバリトン歌手と話をしていた。やがてわかったのは、そのバリトン歌手が来年一年間の契約内容を精査してみないことには確たる返事はできかねる、とデイム・イサベルにいっている、ということだった。

デイム・イサベルは映話機のスイッチを切ると、椅子をぐるりとまわしてロジャーとビッケルにむきあった。「さて、ロジャー。お友だちはどなた？　いえ、きくまでもない——ミスター・ビッケルね」

「いかにも。このたびはお屋敷とその眼福そのもののお庭を拝見できて、このうえなき光栄に存じます」

デイム・イサベルはうなずいた。「このバルゥー館がもっともすばらしい姿を見せるのは夏よ。ロジャー、ホルカーをさがしてお茶を淹《い》れるようにいってちょうだい」

ロジャーがもどると、デイム・イサベルとバーナード・ビッケルは熱っぽく会話をかわしながら、薔薇園を散策していた。デイム・イサベルはおりおりに心から楽しそうな笑い声をあげ、ビッケルもこのひとときを楽しんでいる顔を見せていた。少なくとも――ロジャーは思った――伯母は話をききながら立腹してはいない。もしかしたら、今回のプロジェクトがどれほど複雑怪奇なものかに気づいて、心もとなく思いはじめているのかも。ロジャーは安堵の吐息をついた――かかえていた難題をバーナード・ビッケルにゆだねたのは賢明な判断だった。

ホルカーがテーブルに茶器一式をならべた。デイム・イサベルとビッケルがもどってきて、ロジャーとテーブルをかこんだ。

「すばらしいニュースよ、ロジャー！」デイム・イサベルが大声をあげた。「ほんとにすばらしいニュース！　ミスター・ビッケルが諸惑星をめぐるわたくしたちのツアーに同行してくださるの！　音楽顧問として。法外ともいえそうな高額の報酬をお支払いするのは、正直にいうなら痛いところ――」いいながら、いたずらっぽい含み笑いを洩らす。「――でも、これでわたくしたちはミスター・ビッケルの専門的な知識に導いてもらえるようになったわ！」

ロジャーはショックと痛みを同時に感じつつ、バーバード・ビッケルに目をむけた。ビッケルは笑顔でうなずいた。

「包み隠さず本心からいわせていただきますが――」ビッケルはいった。「雇うにしても、わたし以上の人材はいません。落とし穴は何十とあります――専門家の助言なしでは、そういった落とし穴にはまりこむに決まっています」

ロジャーは席を立った。デイム・イサベルが驚いた顔で見あげた。「ロジャー、ここで夕食をとっていかないつもり？」

「ええ」ロジャーは答えた。「たまたま約束を思い出したもので」

それからロジャーは暗い顔でバーナード・ビッケルにお辞儀をすると、屋敷を辞去した。

デイム・イサベルは嘆息した。「わたくしにはロジャーがさっぱり理解できない。根はいい子なのだけれど、同世代の若者たちの例に洩れず、あの子も道を見うしなっているのね。だからあの子には、アトランティック証券に働き口を世話してあげたの。証券や債券の世界はすこぶる昂奮に満ちているというお話だったから。定時で働くという経験も、あの子にとっては刺戟になると証明されるはずですもの」

「ご高説、まことにごもっとも」バーナード・ビッケルはいった。「思慮深い決断をおくだしになられましたな」

4

ジャーナリストの立場から見ると、この時代の世界はひとことでいうなら、ぬるま湯の世界だった。政治勢力同士の争いはひとつもなかった。ホール対アンダースンの誹謗中傷合戦の裁判はすでに結審していた。古代アテネの復元は完了していた。ネス湖の怪物の目撃例は数カ月にわたって途絶えていた。バーバラ・バンクワイラーとチベット大公の離婚は予想されていた出来事だった。飛空艇の新モデルの発表は、あいかわらず数カ月先とされていた。もちろん、そこかしこでニュースらしき事件が起こってはいた。〈ブルーマン協会〉はモーリタニアのチンチェイン湖を中心に四十万ヘクタールの土地を買収、休暇旅行で訪れた協会メンバーが古代の放浪民の生活を体験できるようになった。内部の中空部分に約三百九十ミリリットルのビールを注入したプレッツェルが発売された。近づくワールドシリーズでは、グアダラハラ・コヨーテズとラスヴェガス・ドジャーズ、オーサカ・アースクエイクス、セントルイス・ブラウンズ、ミラノ・グリーンソックス、それにバンガロール・アヴァターズのいずれもが優勝候補と見なされていた。しかし、そのどれをとっても夏のニュース日照りをわずかに乱したにすぎない。そんなわけで、デイム・イサベルが僻遠の惑星へむけてツアーを敢行するという話が、がぜん全世界の関心事になった。専門家諸氏がコメントを求められた。彼らの発言が微にいり細をうがって検証されるうちに、論壇には史上最大スケールで論争の嵐が吹き荒れることになった。ある見解を代表する面々はいたって単刀直入にデイム・イサベルを乱心者と呼び、ツアー計画は音楽の無駄づかいにほかならない、といってはばからなかった。異なる見解の面々からは、この経験が——なにはともあれ——関係者一同に利するだろう、という意見が出された。コスモロジシアン誌に寄せた説得力あるエッセイで、バーナード・ビッケルはこう書いた。

あらゆる惑星のあらゆる住人がすべての演目を完全に理解できることはないかもしれない——しかし、彼らになんらかの衝撃を与えることだけはまちがいない。最悪でも、音と色彩によって素朴な驚嘆を引きだせる。最上の結果ならば、熱狂的な——そして、もしかしたら直観に訴えかけるような——反応が期待できよう(ゆめゆめお忘れなきよう——公演の基本になるのは、音楽のなかでももっとも様式化され、洗練をきわめたグランド・オペラだ)。精緻な聴覚器官をそなえた種族に出会うこともあるだろう。そういった種族は多い——このわたしが何度も出会っている。なかには、まったく音をききとれない種族もないではない。音楽は彼らの想像の埒外《らちがい》にある。にもかかわらず、彼ら異種族が古典的なグランド・オペラの壮麗さや、それをつくりだした人々の芸術的エネルギーに感銘をうけないいわれはない。少なくともわれわれは、すばらしい広告宣伝を達成するはずだ。最善の場合、われわれは人類ほどの幸運に恵まれていない種族に意義深い経験をさずけることができるのである。

またほかの記事では、バーナード・ビッケルは惑星ルラールについて慎重な言いまわしでこう書いた。

あいにくわたしは、第九歌劇団の公演を短時間しか見る機会に恵まれなかった。その〝ほんのひと口《スープソン》〟だけでも、わが思考の糧《かて》となったことはいっておかねばなるまい。ルラールの所在について、わたしはいうべきことをもたない。だれよりもよく宇宙を遍歴している音楽学者であっても、知的種族の住むごく小さな惑星にあまねく足を運んでいるわけではないのだ。わたしが指摘しておきたい点はただひとつであり、これについては指摘の前例がないようだ。あらゆる報告によれば、第九歌劇団は人間以上、あるいは人間以下の固体によって構成されているが、その一方、全宇宙に無数に存在しているヒューマノイド・タイプの種族のひとつだ。外見的特徴や体内組織や肉体組成が並行進化を示しているとすれば、音楽的イディオムが共通している可能性もある——なんといっても、和音は化学とおなじように客観的な科学ではないか。

あらゆる疑問を、さしあたっていまばかりは棚上げにしておこう。天の摂理とアドルフ・ゴンダーがともにはたらいたおかげで、われわれはかの驚異の惑星を訪問することになり、われわれの目で確かめられるめぐりあわせを得た。その惑星の実情がかねてよりの話どおりなら——あるいは、話と異なっていたなら——いずれにせよ、われわれは確実な情報をもち帰ることができよう。そのときまでは判断をさし控えるよう、みなさんに助言しておく。

ロジャーはアトランティック証券に就職する話を受け入れた。あえて悶着を起こさないほうがいいとわかっていたからだ。逆風が吹いたらば柳に風と受け流すにかぎる。はたして、ロジャーの予想どおりの展開になった。愛すべき失敗ばかりの一週間がつづいたのち、ロジャーは上司のミスター・マクナブに呼びだされ、金融情勢に警戒すべき兆候が見られたために人員削減を余儀なくされた、と告げられた。まず最初に辞めてもらうのは、いちばん最近入社した新人、すなわちミスター・ロジャー・ウールだ、と。

ロジャーは悄然と肩を落とす芝居をしながら会社を出ると、伯母に事情を説明するべくバルゥー館へむかった。しかし、あいにく伯母はバーナード・ビッケルともども宇宙港へむかったと知らされた。ロジャーがあとを追って宇宙港へむかうと、デイム・イサベルは敷地北側にある艤装ドックにいた。宇宙船〈ポイボス号〉——デイム・イサベルはこの船にギリシア神話にちなんだこの名をつけていた——がここに係留されており、もっかその特別な使途のために艤装工事が進められていた。

デイム・イサベルをさがすために船体のまわりを歩いたロジャーは、この〈ポイボス号〉が巨大な宇宙船であることを知らされた——直径十八メートルほどの五つの球体が卵形のチューブで連結されており、チューブのいちばん太い部分は直径が六メートルあった。球体のひとつの側面がひらいていて、舞台をつくるための工事が内部で進んでいた。デイム・イサベルはここで工事責任者と打ちあわせ中だった。デイム・イサベルはロジャーに手短な挨拶をよこしたが、そこには驚きも非難もないように思われた。

ロジャーは慎重に数回ばかり呼吸をくりかえし、肩をひいて胸をはった。最悪の事態を切り抜けたという手ごたえがあった——過去にも今回同様に、デイム・イサベルが苛烈な言葉をたっぷりと浴びせてきたことがあったが、そのときとおなじ気分だった。いまデイム・イサベルは、宇宙船内に舞台を設営する方法を説明しているエンジニアの言葉に熱心に耳をかたむけていた。五つの球体がおおざっぱに五角形をつくっている〈ポイボス号〉の中央部には、かなり広い空間がある。中央に支柱を立て、支柱の頂点と各球体のあいだにケーブルを張ったのち、軽い布地で全体を覆うことによって、テント状の劇場がつくれそうだった。

バーナード・ビッケルが打ち合わせにくわわった。これまで居住区画を見まわって検査していたビッケルは遺漏はない、と報告した。ただし、デイム・イサベルの船室はいささか手狭のようだ——ビッケルはそういった——また自分の船室と執務室も狭いかもしれない。せめてほんの少しでもいいから、ふたりの部屋を広げてもらうことは可能だろうか？　エンジニアはその件を調べてみると約束した。

デイム・イサベルは注意力が散漫になっていたが、ふとその視線がロジャーをとらえるなり表情が一変した。「ロジャー、いったいあなたはここでなにをしているの？　どうして職場にいないの？」

ロジャーはすっかり虚をつかれ、「一時的な休業措置です」とおぼつかない口調で答えた。「いや、それならいいんですけどね。いまは市場の動きが冷えこんでるんです。ミスター・マクナブからききましたが、金融情勢はこの先かなり大荒れになるとのことです。そんなこんなで、ミスター・マクナブは部下の三分の一ばかりを自宅待機にするほかなかったんですね」

「本当に？」デイム・イサベルは冷ややかきわまる声だった。「わたくしと話をしたときには、そんなことはひとこともいってなかったけれど」

ロジャーは、金融の世界では稲妻のスピードで大破滅が襲ってくることは珍しくないと説明した。「もちろんミスター・マクナブはぼくを残留させたいのは山々だけど、それではほかのみんなからえこひいきと見られかねない、といってました。それでぼくは、ぼくの気持ちに斟酌《しんしゃく》したりせずにやるべきことをやってください、といったんです」

「ロジャー」デイム・イサベルはいった。「あなたをどうしたらいいのか、本当にわからないのよ。文句のつけようのない学歴があって、礼儀作法も身につけている。それがふさわしいとなれば、どこか気の抜けたような魅力をまとうこともできるし、おまけにお金を湯水のようにつかう生活を送る才能に恵まれていることは確かね。わたくしからの給付金がなくなったらどうするつもり？　飢えて死ぬの？　それとも、胃が食べるものを求めたら、そのときはじめて現実に直面する？」

これだけこきおろされても、ロジャーは自分では驚異的にさえ思えるほどの威厳ある態度で言葉を受けとめていた。

やがてデイム・イサベルは両手をさっとふりあげた。「どうやら手もとにたくわえがあるあいだは、ずっとあなたに分け与えるしかなさそうね」

それだけいってデイム・イサベルはふたたび注意をエンジニアにむけ、ロジャーはほっと安心して顔をそむけた。

ついでロジャーは、とびきり愛らしい若い女が〈ポイボス号〉を調べていることに目をとめた。黒いパイピングのついた茶色のスーツ、頭には茶と黒の縁のないトーク帽。背は平均よりもわずかに高く、それと意識せずとも健康な者ならではのなめらかな身ごなし。髪は茶で、瞳は焦茶色で、顔だちは完璧だった。ロジャーがとっさに感じたのは好意で……そのあと、第二、第三の感情がこみあげてきた。娘は女ならではの磁力を発散していた。その姿をひと目見たら、そばに近づきたい、触れてみたいと思い、ひとり占めする権利を獲得したいと思うのが当然だった。しかも、肉体的な魅力以上のものがそなわっていた。最初にひと目見たときから——いっておけば、自分が直観にすぐれた人間だと思ったことのないロジャーですら——この女には奇跡めいたなにかを、なみはずれたなにかを、決して定義できない伝説の〝活命《エラン》〟を感じとっていた。

女がロジャーの視線に気づいた。といっても、不快そうではなかった。ロジャーは笑みをのぞかせたが、ほとばしる情熱のようなものは欠けていた。つい先ほど伯母にこきおろされたせいで、自己評価が高まった状態とはいえなかったからだ。しかし女は、賞賛といっても過言ではない表情でロジャーを見つめていた。ロジャーは思った——もしやこのとんでもなく美しい女には魔法の力があり、それでぼくの奥深くまでを見通し、真のぼくがそなえる最良の本質部分を理解してくれたのか？

そして——これを驚きといわずしてなにを驚きというのか！——女が近づいて、話しかけてきた。柔らかな声はロジャーにははっきりきこえない震える顫音《せんおん》をともない、それが口から出る言葉すべてに詩の搏動《はくどう》を与えていた。「あちらにいらっしゃる女の人——あれはデイム・イサベル・グレイス？」

「ああ、そうだ。まさしくそのとおり」ロジャーはいった。「これ以上の真実はないくらい」

「デイム・イサベルと話をしているのはだれ？」

ロジャーは顔をうしろへめぐらせた。「ミスター・ビッケルだ。音楽の専門家——というか、本人はそう思いこんでいるね」

「あなたは音楽家？」

いきなり、本当に音楽家だったらよかったのにという思いが頭をかすめた。ロジャーが音楽家であってほしいと女が考えていることは明白、もし音楽家なら褒めそやしたいとまで思っていることも明らか……。いや、いつになっても学ぶことはできる。

「まあ、そんなところかな」

「すごい。ほんとに？」

「ああ、ほんとだよ」ロジャーはいった。「演奏している楽器は——まあ、楽器ならなんでもこなせるタイプのひとりでね。……ところで、きみはだれ？」

女は微笑んだ。「その質問には答えられないの——自分でもよくわかっていないから。でも、名前なら教えてあげる——あなたが名前を教えてくれたなら」

「ぼくはロジャー・ウール」

「デイム・イサベル・グレイスのご親戚？」

「あの人は伯母だ」

「ほんとに！」娘は賞賛の目をむけてきた。「それじゃあなたも、ほかの惑星をめぐるこの旅に同行するのね？」

いまこの瞬間まで、ロジャーは自分がそんなことをするとは一度たりとも考えていなかった。眉を寄せて、慎重にちらりと伯母を盗み見た……つもりだったが、伯母と視線があって、思わずぎくりとした。デイム・イサベルは値踏みするような目を女にむけていた。ロジャーは即座に、伯母が女をこころよく思っていないことを察した。伯母が好きなのは、何層もの秘密を隠していたり暗い影を帯びたりしていない、快活な実際家肌の女だ。ところが目の前の娘には何層もの秘密があり、影があり、一千ものちらちらする揺らめきに満たされていた。

「そうだね」ロジャーは答えた。「たぶんいっしょに行くことになると思う。だって楽しそうじゃないか」

女はロジャーが大宇宙の真理を述べたといいたげに、まじめくさった顔でうなずいた。「わたしも宇宙を旅してみたいわ」

「まだ名前を教えてもらってないけど」ロジャーはいった。

「わたしもまだ教えてない。奇妙な名前なの——人からそういわれるわ」

ロジャーはじれったさに我を忘れそうだった。「教えてくれよ」

娘の唇がひくひくと動いた。「マドック・ロズウィン」

ロジャーは綴りをたずね、娘は教えた。

「ウェールズのバーウィン山脈の西側、メリオネスシアの苗字。でも、いまではおなじ苗字の人はもうにひとりも残ってない。わたしが最後のひとりよ」

ロジャーはマドックを慰めたくなった。しかしデイム・イサベルが、きびきびした小刻みの足どりで近づきつつあった。「ロジャー、お友だちはどちらのお方?」

「デイム・イサベル・グレイス、こちらはマドック・ロズウィン」

デイム・イサベルはそっけなくうなずいた。マドック・ロズウィンがいった。「こうしてお会いできて大変光栄です、デイム・イサベル。あなたはすばらしいことをなさっていると信じていますし、できれば旅にごいっしょさせていただきたいのです」

「なるほどね」デイム・イサベルはマドック・ロズウィンの頭のてっぺんから爪先にまで、すばやい一瞥《いちべつ》を走らせた。「音楽の才能があるの?」

「プロというほどではありません。歌えます。ピアノやコンサーティーナを弾けるほか、ティン・ホイッスルみたいなつまらない楽器ならこなせます」

デイム・イサベルはこれ以上はないほど冷淡な声で答えた。「あいにく、わたくしたちの演目は――まあ、頽廃期初期のものもひとつふたつ上演してもいいとは思っているけれど、それ以外はグランド・オペラで占められているのよ」

「幕間に音楽を流すとか、たまには軽い演目を上演するということはないんですか? わたし、これでもとても臨機応変に対応できますし、何十もの各方面でお役に立てること請けあいですよ」

「それは本当かもしれないわね」デイム・イサベルはいった。「でも、船内では空間がとても貴重なの。あなたが最高クラスのソプラノ歌手で、ロシアとフランス、イタリアとドイツのオペラで主役を確実にこなせるなら、オーディションを受けさせてあげないでもない――いまの条件を満たすほかの六人の歌手といっしょにね。この歌劇団はなめらかに動く機械にも負けないように機能させなくてはならないの——あらゆる要素のいずれもが、全体に奉仕するようにね。コンサーティーナやティン・ホイッスルのように無関係なものは、わたくしたちにとっては無駄でしかないわ」

マドック・ロズウィンは礼儀正しく微笑んだ。「もちろん、あなたが決めたことですから受け入れるしかありません。でも、少しでも肩のこらない軽い演目をお考えになることがあったら、そのときはわたしを思い出してください」

「ええ、そこまでなら約束してさしあげられる。それに、どうせロジャーがあなたと連絡をとりあうことになるのでしょうし」

「ええ、もちろん。お時間を割いていただいて感謝します。大成功をおさめられますように」

デイム・イサベルはくるりと背をむけたが、すぐに顔をうしろへめぐらせて声をはりあげた。「ロジャー、今夜バルウー館まで来てちょうだい。ふたりで話しあって決めなくてはならないことがあるから」

ロジャーはふいに大胆になって、マドック・ロズウィンの腕をとった。そうやって触れるだけで、腕全体の神経にちりちりと痺れが走った。「いいことを思いついた。ぼくがきみを昼食へ連れていくから、きみは料理と料理のあいだにティン・ホイッスルを吹いてくれ」

「あら、忘れずにもってくればよかった」

ロジャーは小型の飛空艇までマドック・ロズウィンをエスコートしていき、そのあと空を飛んで山のてっぺんにある小さなホテルへ行った。ロジャーがこれほど魅惑に満ちた昼食をとったのは生まれて初めてだった。ロジャーは数十もの大言壮語をし、マドック・ロズウィンはそのすべてを愉快な気持ちと疑いと忍耐のそれぞれを正確な比率で混ぜた態度できいていた。ロジャーはマドック・ロズウィンのすべてを知ろうとした。わずか一時間という短いあいだに、この娘を知らずに過ごしてきたこれまでの歳月、実のある目的すべてが無駄になっただけのこれまでの一生の穴埋めをしようとしていた。マドック・ロズウィンの生い立ちは、本人の説明によれば単純だった。一家は、遠くウェールズの地主兼農家で、本人は採石場のある小さな村の学校に通ったのち、ランゴレンの学校に進んだ。両親が世を去ったのちに古い農場を売却、それからは世界を旅してまわっているという。自分でもなにをしたいのかがわからないまま、あちらでこんな仕事、こちらであんな仕事についてはいたが、自分の自由を犠牲にすることだけは避けてきた。ロジャーは悟った——これこそぼくが陥っている苦境そのものじゃないか。ぼくは怠け者でもないし無能でもない。ただ、ひとつの仕事に縛りつけられるのが怖い閉所恐怖症というだけだ。マドック・ロズウィンの人となりは——こうして率直に話してもらってはいても——まだ謎のままだった。わけいっても、さらに未知の土地が広がるばかり。決して予見できない感情の急変。そして、本人の口からヒントひとつ出てこないゴールや目標の数々。

結局、わかったことに胸の痛みを感じただけ——マドック・ロズウィンのことをいくら知ろうとも、手のとどかないところには永遠がまだそのまま残されていた……。当初の熱意も冷め、ロジャーはマドック・ロズウィンを住まいまで送っていった。今夜、マドック・ロズウィンをバルゥー館へ連れていきたい気持ちはあったが、なぜか勇気が奮い起こせなかった。

晩餐の席でデイム・イサベルはあてつけがましく、マドック・ロズウィンの話題をいっさい出さなかった。バーナード・ビッケルが同席していたこともあり、話題はもっぱら歌劇団の編成についてだった。

「わたくしはグイード・アルトロッキを強く推《お》すわ」デイム・イサベルはいった。「ネルズ・レッシングも参加してもらえそうよ。それどころかネルズは無給で歌劇団に参加するといってくれてて、一方アルトロッキは法外な報酬を要求してる――でも、妥協するつもりはなくてよ。参加できるのは最上の才能だけ」

バーナード・ビッケルは、わが意を得たりとばかりにうなずいた。「ああ、あなたのような方がもっと多ければいいのですが！」

ロジャーは顔をしかめた。「もしぼくが責任者だったら、3Dレコードをつかいますよ。なぜつかわないんです？　どれだけ手間が省けて、どれだけ経費を節約できるかを考えてください！」

デイム・イサベルはかぶりをふった。「データを再生したものは、しょせんは不充分よ。そんなものでは音楽の活力や生命感、息づかいや存在感を伝えることはできないわ」

「未開の惑星には、その程度でも充分でしょうに」ロジャーはむっつりと答えた。

「わたくしたちも、それなりに機械のお世話にはなってるわ、ロジャー。もしわたくしたちの音楽がすべて機械に頼るほかないとなったら、そのときはいさぎよく降参して、人類の未来への希望を残らず捨てることになるでしょうけど」

「そもそもオペラが音楽だという仮定の話ですよね」ロジャーは小声でぼそりといった。

「なんですって！」

「ぼくはただ、多額の節約もできないではないことを強調しただけです」

「お若いの、きみにもいつか――」バーナード・ビッケルがいった。「――伯母さまの知恵と勇気の真価がわかる日が来るはずだよ。わずかな端金《はしたがね》がなんだというんだ？　正真正銘の音楽体験ならではの昂奮をつくりだすのなら、一糸乱れぬ動きで役割を果たす芸術家たちがじっさいにそこに身を置くことが、なにはなくとも必要なんだよ――いっておくなら、その昂奮やその〝驚異の感覚〟こそ、わたしたちが伝えたがっているものなんだ」

ロジャーはそれ以上の異論を出すこともできないまま、カッサンドラ・プルーティを団員にした場合の美点をネリー・ムラノーワの場合の美点と比較対照しているデイム・イサベルとバーナード・ビッケルの会話に耳をかたむけていた。またふたりは、ルガー・マンデルボームの卓越した舞台センスという長所と、特定の役が演じられない肥満体という短所を秤にかけていた。ブリッツァ・ソーナーはイタリア語の面で心もとないながら、頽廃期の作品の理解にかけては他の追随を許さない。バーナード・ビッケルはアンドレイ・ズィンクを舞台監督に推挙した。デイム・イサベルは同意した。話しあいはそんな調子でさらに二時間つづき、そのあいだロジャーはスプーンでテーブルクロスにひたすら輪を描きつづけていた。

「あるひとつの人選については、議論の余地はいっさいないと思うの」デイム・イサベルは宣言した。「わたくしたちの指揮者といえば、サー・ヘンリー・リクソンをおいてほかにいないわ！　あの人なしに計画を進めるなんて、わたくしには考えられません」

ロジャーはテーブルから目をあげて、こんなふうなことを思った——なんとか手だてを見つけて、サー・ヘンリー・リクソンを半年ばかり雲隠れさせられないか？　とにかく伯母が、この目がまわるほど金のかかる贅沢旅行に興味をなくすまで。

バーナード・ビッケルは眉を寄せて考えをめぐらせていた。「サー・ヘンリー・リクソン——さもなければシーバート・ホルジェネスでしょうな」

「あら、うっかりしてた！　あの人のことを忘れてたなんて」デイム・イサベルは認めた。「それに、そう、年は若いながらもすばらしいジャーヴィス・エイカーズもね」

ロジャーはふたたび注意をテーブルクロスへむけた。サー・ヘンリー・リクソンひとりなら、なんとか策を弄して絶海の孤島に幽閉することも無理ではないかもしれないが、同類がさらに半ダースもいては打つ手がない。

デイム・イサベルはようやく顔をめぐらせ、ロジャーに目をむけた。「それからね、ロジャー、わたくしたちはあなたをどうすればよいのかしら？」

「そうですね」ロジャーは答えた。「いまでは〈ポイボス号〉に乗って、いっしょに旅をしたいほうに気持ちがかたむいてますよ」

デイム・イサベルは力をこめてきっぱりと頭を左右にふった。「それは無理よ、ロジャー。お友だちのマドック・ロズウィンにもいったとおり、船内空間はとても貴重なの」

どうせこの程度の返事しかもらえないことはわかっていた。「それでも、せめてミス・ロズウィンにオーディションを受けさせてやってください。たいへんな才能のもちぬしですよ」

「ええ、そうでしょうとも。ところで、あの若い娘さんはいったい何者なの？　あなたとはどういう関係？」

「なんの関係もありませんよ。ただ、たまたま音楽の才能に恵まれていることを知ったもので――」

「ロジャー、お願い。自分でもさっぱり理解できていない分野の話をするのは控えてちょうだい」

翌日もロジャーはマドック・ロズウィンと昼食をとった。マドック・ロズウィンはロジャーといっしょにいるのが楽しそうだったし、レストランを出るとロジャーの手に手を滑りこませてきた。

ふたりは飛空艇に乗りこみ、大海原を目指した。ロジャーは唐突にこんなことをいった。「きみと知りあってまだ二日だけどね、ぼくの気分でいうと、その二日がまるで――そう、正直にいえば、二日にさえ思えるよ」

マドック・ロズウィンは笑った。「あなたが好きよ、ロジャー。あなたといると気が休まるの。ぜんぜん押しつけがましくないし……あなたが旅立ったら、すごく寂しくなりそう」

ロジャーはごくりと唾を飲みこみ、雄々しくも自己犠牲の精神を発揮した。「宇宙ツアーなんかどうだっていい。それより、きみといっしょにいたい。はっきりいえば――そう、結婚しよう！」

マドック・ロズウィンは悲しげにかぶりをふった。「わたしのことを口実にこのすばらしい大旅行の機会を棒にふったら、いずれあなたはわたしを恨みだすに決まってる。すぐにはそうならないかも――でも、そのうち落ち着かない気持ちになって、いずれわたしを憎みはじめる。前にそういうことが、ほかの人に起こったところを見たもの……。あなたの迷惑になるのはいや。あなたはツアーに出るべきよ。わたしはこれまでどおりに暮らしていくから」

「イサベル伯母さんがあんなに強情な年寄りでさえなければ――」ロジャーは口走った。「――きみとふたりで旅立てるのに！」

「ああ、ロジャー！　そうなったらどんなにすてきでしょう！　でも、現実になりっこないわ」

「無理じゃない！　現実にしてみせる！　とにかくぼくにまかせろ！」

「ああ、ロジャー――なんだか胸が高鳴る！」マドック・ロズウィンは両腕をロジャーの首に巻きつけてキスをしはじめた。ロジャーは飛空艇を自動操縦モードに切り替えたが、マドック・ロズウィンは座席を横にずれて体を離した。「ロジャー、お行儀よくしなくちゃだめ。あなたは、だれよりも熱くなりやすいんだから……」

「ぼくと結婚してくれるかい？」

マドック・ロズウィンは唇を歪めて引き結んだ顔で考えこんだ。「もうじき離れ離れになるのだったら、そのお話はお断わり」

ロジャーは両腕を上にふりあげた。「ちんけな宇宙旅行がなんだ！　ぼくは地球にとどまってやる」

「ほらほら、ロジャー。話がふりだしに逆もどりよ」

「ほんとだ。忘れてた。だとしたら、ふたりいっしょに〈ポイボス号〉に乗って宇宙へ行くしかないな」

マドック・ロズウィンは夢見るように微笑んだ。「その点について、伯母さまはとっても厳しいのではなくて？」

「ぼくにまかせろ」ロジャーはいった。「あの偏屈ばあさんの操縦法なら心得がある」


デイム・イサベルはいたって上機嫌だった。それというのもサー・ヘンリー・リクソンとアンドレイ・ズィンク、それにワグナーをやらせたら天下一品のバス歌手のエフライム・ザーナーの全員が、〈ポイボス号〉に乗りこむ歌劇団の一員になることを了承してくれたからだ。こうなれば、同等の権威あるほかの音楽家をあつめるのは造作もないだろう。

ロジャーは部屋の壁ぎわで、オーケストラについての考え方の概略を述べているサー・ヘンリーの話に耳をかたむけていた。

「われわれもあちこちで妥協せざるをえないだろうな。いやいや、百二十人編成のオーケストラを考えても話にならないのは当然。それにあなたもご承知のように、わたしはかねがねもっと小さなオーケストラのほうが、多方面に応用できるばかりか、聴衆にぴりっとした刺戟も与えられると考えていてね。そこで、あなたの承認を得られたら、その線で各楽器の演奏者の選任をわたしにまかせてもらいたい」

ほどなくしてサー・ヘンリー・リクソンは去っていった。デイム・イサベルはすわったまましばし考えをめぐらせてから、ベルを鳴らしてお茶を求め、ロジャーにむきなおった。「どう？　サー・ヘンリーのことはどう思う？」

「じつに傑出した人物ですね」ロジャーは答えた。「あの地位には、望めるかぎり最高の逸材だと思います」

デイム・イサベルはくすくすと笑った。「あなたのお褒めにあずかれて、わたくしもひと安心よ」

「ええ、ぼくもツアーを楽しみにしてます」

ホルカーが茶器一式を載せたワゴンを押してやってきた。デイム・イサベルはきっぱりした仕草で、ふたつのティーカップに紅茶をそそいだ。「ロジャー、前にもいったはずだけれど、このツアーにあなたを連れていくつもりはなくてよ。あなたが宇宙船に乗っても、無駄な重量が増えるだけだもの」

「でも、どうしてぼくが宇宙ツアーを楽しんではいけないのか、理解に苦しみますね」ロジャーはこぼした。「伯母さんが雇いいれた寄生虫どもは、みんな大いに満足しているっていうのに」

「頼むから、あの人たちのことを寄生虫呼ばわりしないで。あの人たちは音楽家よ」

「寄生虫、音楽家――おなじものをいいかえてるだけですね。どうせ未開の惑星に住む連中には、そのちがいなんかわからない」

「あら、そうかしら？」デイム・イサベルは棘を隠しもった妙にやさしげな口調でいった。

「わからないに決まってます。そもそもこのプロジェクト自体、正気の沙汰じゃない。ほかの惑星に住む連中は、ぼくたち人間とはまったく異質なんです。七人の詩神たちの名にかけて――そんな連中がどうやって、グランド・オペラはもちろん、そもそも音楽をきちんと鑑賞することができるというんです？　ぼくの助言はこうです――いますぐプロジェクトを中止して、大金を節約しましょう」

デイム・イサベルはまたしても、冷ややかなふくみ笑いを洩らした。「あなたもときには、文句のつけようのない見事なレトリックを駆使するのね。詩神たちを引きあいに出すあたりには、とくに感心させられたわ。でもね、わたくしのお財布を心配してくれるのはありがたいけれど、あなたは事実をいくつか見落としていてよ。たとえば、第九歌劇団の公演が地球であれほどの成功をおさめた事実を、あなたはどう説明するつもり？」

ロジャーは紅茶のカップに口をつけた。「まあ――あの団員たちは地球人のようなものでしたし」

デイム・イサベルはおだやかな声でいった。「そして銀河系の知的種族のなかには、人間に似た種族が数百はいるのよ」

ロジャーは、ここへ来たそもそもの目的を思い出した。顔をしかめてティーカップを見おろしたのち、ロジャーはゆっくりとうなずいた。

「そうですね――伯母さんのいうとおりかもしれません。旅は興味深いものになりそうだ。となると、日々の出来事をだれかが正確に記録しておく必要があります」ロジャーはいきなり天啓に打たれたようにさっと顔をあげた。「その仕事を、ぜひぼくに割りふってくださいよ。いずれはその日誌を、ツアーの公式記録として出版することもできそうです。写真を入れて、サウンドクリップもつけて……。そう、伯母さんにはなんとしても序文を書いてもらわないと」

デイム・イサベルはなにかを話しかけ、すぐに口を閉じた。しばらくして伯母はいった。「ロジャー、あなたがそういった仕事をきちんとこなせることは確かなの？」

「もちろんです！　ぼくが才能をいちばん発揮できるのは物書き仕事ですとも」

デイム・イサベルはため息をついた。「わかったわ、ロジャー。是が非でもツアーに同行したいという決意のほどがよくわかったからには、乗船を許可するほかはなさそうね」

「ありがとうございます、イサベル伯母さん」

「だったら、グランド・オペラの歴史と進化についても多少はお勉強して、わずかなりとも自分の趣味を養い育てておくことをおすすめしておくわ。遠い惑星の異星人にとりかこまれて、しかも彼らのほうが音楽にずっと深い感情を揺り起こされているとなったら、きっとあなたは自分が愚かになった気分を味わってしまうもの」

「その恐れはありません」

ロジャーがいうと、デイム・イサベルはその言葉に裏があると疑っている鋭い目をむけてきた。

「ともあれ旅行計画によく目を通しておいたほうがよさそうだ」ロジャーはいった。「それなら、さっそく下調べにかかれますからね」

デイム・イサベルは一枚の書類をロジャーにわたした。ロジャーは一、二秒ばかり中身に目をむけると、失望まじりの驚いた顔をあげていった。

「まともに探査されたことのない惑星もいくつかありますよ！」

「わたくしたちの旅行計画は――」デイム・イサベルはいった。「――わたくしたちを歓迎し、なおかつ音楽を理解してくれそうな種族の住む諸惑星の座標をもとに策定することが必要なの。あのね、ロジャー。あなたの考えとは正反対だけれど、わたくしたちは無責任でもなければ理想主義に走っているわけでもない。海に浮かんだポリプ群生のたぐいに近づいていって、〈ワルキューレ〉を上演するような予定はないのよ。せめてそれくらいは信じてちょうだい」

「ええ、わかります」ロジャーはリストを見ながらいった。「それでこのうちのどれが、高度に文明が発達した惑星ルラールなんです？」

「頼むから皮肉は慎んでちょうだい。あなたが今回のツアーに参加する話は、いまのところまだ暫定的なものでしかないのよ。ルラールの件なら、いずれ適切な時期になったらゴンダー船長が案内してくれる予定。あの人にはそれなりにきちんとした理由があって、〈ポイボス号〉が地球を離れるまで、ルラールの所在を自分の胸ひとつにしまっておくことにしているのだから」

「そうなるかもしれないし、ならないかもしれない」むっつりとロジャーはいった。「ぼくが伯母さんの立場なら、このゴンダーという男からなんらかの言質《げんち》をとっておきますね――ぼくたちをはるか宇宙の彼方にある未開の惑星に置き去りにしない、という意味のね。いや、皮肉なんかじゃない。ただの常識のたぐいです」

デイム・イサベルの堪忍袋《かんにんぶくろ》の緒《お》もそろそろ切れかかっていた。「わたくしはゴンダー船長に全幅《ぜんぷく》の信頼をおいてるわ。さらにいっておけば、あの人がいずれ受けとる莫大な報酬は、いまわたくしが管理しているお金よ。三番めにいいますけど、不慮の出来事の発生がそれほどまでに怖いのなら、無理してツアーに同行しなくてもけっこう」

「ぼくはただ、伯母さんとこのツアーのことを心配してるだけです」ロジャーはいいかえした。「だったら、トラブルの火種になりそうなものにあまねく目を光らせていて当然じゃないですか」

「それならわたくしがもうやってるわ。さて、連絡の手紙を何通か書く用事があるので、そろそろお引きとり願えるかしら。そうそう、船内の設備をあちこち工面して、あなたの居住スペースもつくらなくてはね」

「ああ、ぼくだったらそんなに広い部屋はいりません」ロジャーは率直にいった。「どうせぼくの秘書はビッケルの執務室で働きますし、そもそもビッケルに執務室なんか必要ない。寝る場所の件だったら――ええ、ぼくと秘書用の寝棚がどこかにひとつあれば充分です」

デイム・イサベルは驚愕の顔でまじまじとロジャーを見つめた。「いったい全体なんの話をしているの？　その〝秘書〟という言葉が、宇宙港で紹介されたあのとことん謎めいた若い女のことならば、そんな料簡《りょうけん》はいまこそきっぱりと改めるべきよ」

「あの子は有能な秘書ですよ」ロジャーは口をとがらせた。「ついでにいっておけば、ぼくの婚約者でもあります」

デイム・イサベルは苛立たしげな身ぶりを見せた――それは表現しがたい感情を思うように表現できない自分に腹を立てているようにも見えた。やがてデイム・イサベルはこういった。「あなたには基本が見えていないようね。これは芸術の理想に身を捧げる人々が参加してくれている真剣な巡業計画よ――断じて、浮わついた恋物語なんかじゃないわ」

その日、夜になってからロジャーはマドック・ロズウィンに映話をかけた。ロジャーの話をきかされて、マドック・ロズウィンの喜ばしさに満ちた口もとが寂しげに沈んだ。「ああ、ロジャー、本当に残念。伯母さまは考えを変えると思う?」

「その見こみはないな。理由はいざ知らず、伯母は――その、なんというか、毛ぎらいというのじゃないんだが――」

マドック・ロズウィンはうなずいた。「わたし、女の人から好かれたためしがないの。どうしてかはわからない。男の人にちょっかいを出すとか、気を引こうとするとか、そんなことはしてないのに――」

「それはね、きみがひたすら美しいからさ」ロジャーはいった。「そんなきみが、ぼくのようになんの取柄もない平凡な男との結婚をどうしてまた了承してくれたのか、さっぱりわからないくらいだ」

「あなたがいないあいだ、なにをしていればいいのかもわからない」マドック・ロズウィンは嘆息した。「パリに行って暮らしてもいいかも。友だちが何人かいるから、寂しい思いをしないですみそう」

「あんな馬鹿げたツアーには行かずぼくが地球に残ってもいい」ロジャーはわめいた。「かまうものか、ぼくは――」

「だめよ、ロジャー。それじゃうまくいきっこない」

「だったら、なにがなんでもきみを連れていく。たとえきみを箱に詰めこまなくてはならなくたって」

「ああ、ロジャー。本当にそんなことをしてくれる？」

「もちろんやってやるとも！　いいかいぼくはだれよりも剛胆な並ぶものなき問題児、伯母に逆らうことではこのヒューマノイド宇宙きっての男だぞ。もし信じないのなら、これからきみのアパートメントへ行って信じさせてやる」

「あなたのことは信じてるわ、ロジャー――でも、そんなことをして、ただですませてもらえるの？」

「そんなことって？」

「わたしを箱に詰めるようなこと」

ロジャーはためらった。「本気でいってるのかい？」

「ええ」

ロジャーは深々と息を吸いこんだ。「わかった。やってやろうじゃないか」

5

〈ポイボス号〉が宇宙空間に出てから二時間たっていた。歌劇団の面々や音楽家たちは立ったまま、ややもすれば憧憬のにじむ目で遠ざかりつつある地球を見つめていた。デイム・イサベルは体調が思わしくないといって船室にこもったきり――船内の噂によれば急性宇宙酔いらしい。船医のドクター・シャンドが船室をひんぱんに出入りしていることが、この噂に信憑性をあたえていた。

アドルフ・ゴンダー――いまではゴンダー船長――は、人好きのする青年航宙士のローガン・ド・アップリングとともに船橋《ブリッジ》にとどまっていた。ロジャー・ウールの姿は船内のそこかしこで目撃されていた。青白い顔色や過度に神経質になっているそのようすは、宇宙酔いによるものと思われていた。バーナード・ビッケルは船内をあちこち移動して、質問に答えたり、不安をなだめたりしつつ、全体的には歌劇団の意欲を高めていた。一方、サー・ヘンリー・リクソンは楽器倉庫の点検に余念がなく、離陸にともなう震動が二台のグランドピアノに悪影響を与えていないかどうかを確かめていた。

ほどなく、旅の最初の食事が告知された。当然のことながら肩のこらない食事がカフェテリア形式で供された。給食係は、ロジャーがトレイを手にして二回めに給仕口の前を通ったことに気がついて、からかいの声をあげた。「おやおや、これはとびっきりの健啖家《けんたんか》だ！　そんなふうに食べていたら、たちまち太っちまいますぞ！」

ロジャーは顔を赤らめ、「たまたま腹が減っていてね」とそっけなく答えたきり、トレイを手に離れていった。

「つんけんしやがって」給食係は打楽器奏者のジョージ・ジェイムスンに話しかけた。「あの手の連中があまりたくさん船に乗ってないことを祈るよ」

「あいつはデイム・イサベルの甥っ子だよ」ジェイムスンは答えた。「デイム・イサベルがきびしく監督していてね。ちょっと言動が風変わりなのも意外じゃない」

「しかし、あれだけの料理がどこにおさまるのか見当もつかないな」給食係はいった。「それほど大食らいの男には見えないがね」

次の食事時間にも、ロジャーの大食ぶりは人の目にとまった。

「見てよ」給食係助手がいった。「あの人、食堂からトレイをもちだしてる。どうだろう、食べ物をためこんでいる人なのかな？」

そのあと一、二回の食事では、ロジャーは用心深く行動していた。しかしほどなくして給食係助手が、わずかな量の料理をロジャーがこっそり袋に落としこんでいる現場を目にすることになった。

二時間後、お偉方のごきげんとりが得意な給食係助手がロジャーのもとへやってきて、いますぐデイム・イサベルが話をしたがっている、と告げた。

ロジャーは鉛のように重く感じられる足を引きずって。デイム・イサベルの船室へおもむいた。宇宙酔いの影響でオートミールそっくりの色になった顔には、いかめしい表情が貼りついていた。

「おかけなさい、ロジャー」デイム・イサベルはいった。「あなたにいくつか話しておきたいことがある。その前にまず、ありとあらゆる人間の欠陥のうち、わたくしにもっとも耐えがたく感じられるのが忘恩だということは、ぜひともいっておきたいわ。わかってもらえる？」

「一般論ということなら、ええ、わかります」

「では、話をはっきりさせましょう——あなたの〝婚約者〟なる人物が乗船している件について話したいの」デイム・イサベルはさっと片手をあげた。「最後まで黙っておききなさい。わたくしもこれまであなたには愛情をもって接してきたし、いずれこの命が絶えるときがきたならば、あなたには遺産から少なからぬ部分を譲りわたすつもりもあった。ただし、この一時間で判明した事実をかんがみるに、わたくしとしてもその意向を完全に変えるほかはないわ。これ以上はなにもいわない——でも、これだけはいわせて。次の寄港地は惑星シリウスよ。到着したら、あなたとあの女には下船してもらいます」

「イサベル伯母さん！」ロジャーはあたふたとして大声をあげた。「そんな……伯母さんが思ってるようなことじゃありません！　説明させてください！」

「事実が雄弁に語ってるわ。あなたの情婦はいまゴンダー船長が拘留中よ。なんでも船倉内に臨時に監禁室をつくったらしい。あなたも同様のあつかいをうけなかっただけでもありがたいと思いなさい。さあ、もう出ておいき。この忌まわしい宇宙酔いだけでも困っているのに、そのうえ恥知らずの甥というお荷物まで背負わされてはたまったものじゃないわ」

「最後にひとつだけいわせてください」ロジャーはいった。「あの人はぼくの情婦なんかじゃない、婚約者だ！　ぼくだってなんの努力もしなかったわけじゃない。でも、あの人はいまでも結婚するまでは頰にキスをする以上のことは、ぜったいぼくにさせまいとしてる——その結婚も早くしたいと思ってます。伯母さんがそれでいいなら、ぼくたちを惑星シリウスに置き去りにすればいい。でも、ぼく相手に偽善者になるのはやめてください。五十年前の伯母さんの話もきいてますよ。あれが事実なら、ミス・ロズウィンの密航なんてちっぽけな罪もいいところだ」

「出ておいき、恥知らずの青二才」デイム・イサベルが声を高めた。深く鼻にかかったかすれ声は、伯母がこれ以上はないほど険悪な気分になっていることのしるしだった。

ロジャーは船室をあとにすると、力なくうなだれて船内通路をさまよい歩いた。勘当された！　遺産相続人からはずされた！　勘気《かんき》をこうむってしまった！　ため息が出た。しかし、それがどうした？　マドック・ロズウィンの愛情がそれをおぎなってあまりある。ゴンダー船長と談判をしようとして船橋に足を運んだロジャーは、その場のベンチにマドック・ロズウィンがすわっているのを目にして驚いた。近づくロジャーに気づいて顔をあげたものの、すぐ手もとに目を落とす。その姿があまりにも頼りなく、あまりにも打ち沈み、あまりにもよるべなく見えたので、ロジャーは耐えきれず部屋を横切るように走っていって慰めを与えようとした。しかし、まずゴンダー船長にむきなおる。黒い制服をまとったゴンダーはこれまで以上に沈鬱で気むずかしげに見えた。

「伯母がミズ・ロズウィンをあなたの拘留下においたという話をききました」ロジャーはいった。

「そのとおりだよ、ミスター・ウール」

「ミズ・ロズウィンとふたりきりで少し話をさせてもらえますか？」

ゴンダー船長の答えは、ある意味では意外なものだった。「これだけのことをしでかして、それでもまだ不足なのかね？」

それでロジャーにも、ほっそりとした長い船長の顔が怒りに引き攣《つ》っていることがわかった。ゴンダーはつづけた。

「ミズ・ロズウィンが話をしたいというのであれば、わたしに否やはない」

マドック・ロズウィンはゴンダー船長に目をむけながら、顔に奇妙な表情をのぞかせていた。そのことにロジャーは困惑した——船長になにかを懇願しているようにも見えたからだ。ゴンダー船長はすばやく荒々しい身ぶりで顔をそむけた。マドック・ロズウィンは立ちあがると、ロジャーのあとから通路に出てきた。ロジャーはその体を両腕に抱きとめようとしたが、マドック・ロズウィンはあとずさった。

「お願い、ミスター・ウール——いいたいことがあるなら早くいって。それをきいたら——」

「愛しい人！」ロジャーは息を切らせていた。「なにか困ることでも？」

「困ること？」マドック・ロズウィンは苦々しい笑いを盛らした。「あなたがわたしを引きずりこんだこの泥沼や、わたしについてあなたが話したあれこれ——これでもまだ、わたしに評判のかけらでも残っていたら、そのほうが驚きだわ」

「なんの話か、さっぱりわからないな！」ロジャーは弱々しくいった。「ぼくはただ——」

「そう、あなたはただこのわたしを最低最悪の泥沼に引っぱりこんだだけ！　それでも、あなたからもっとひどい目にあわされる前に、あなたがとんだ自分勝手な男だとわかってよかったって思ってる！　お願いだから、もうどこかへ行って、二度とわたしに話しかけないで！　少なくともゴンダー船長は、わたしに寝る場所を用意して、わたしがお腹をすかさないように目をくばってくれる神経はもってるわ！」

ロジャーはあたりもろくに見ないまま体をくるりとひるがえし……ドアのところに立っていたゴンダー船長に体当たりしそうになった。

そして一時間後、ゴンダー船長はデイム・イサベルの前へ出ていった。

「あら、船長。あっちはどんなようす？」

「万事、まったく問題なしですね、マダム。例の女性……甥御さんが犠牲にしようとたくらんでいたかにも思えるあの女性については手配をととのえておきました」

「なんですって？　ロジャーがわたくし以外のだれを犠牲にしようとたくらむの？　だれにせよ、あんな邪《よこし》まで自堕落な娘でないことは確かね」

ゴンダー船長の顔がくもった。「いずれは一部始終の真実がマダムのお耳にもはいりましょう。一方であの女性は後悔の念でいっぱいになっているばかりか、知らぬこととはいえ、自分が引き起こした問題についての償いをしたいと望んでいます」

「まるで謎かけみたいな話しぶり」デイム・イサベルはきつい声でいった。「あれだけのことを、どうすれば〝知らぬこと〟といえて？」

「ミスター・ウールが言葉巧みに騙して、あの女性を乗船させたのです。女性は薬を盛られて意識をなくし、気がついたときには船倉の鍵がかかる小部屋に閉じこめられていました。さらにミスター・ウールはあの女性を襲うことを目論《もくろ》みましたが、幸い実行にはいたりませんでした」

デイム・イサベルは、鴉《からす》めいたしゃがれた笑い声を洩らした。「それが事実なら――といっても、わたくしには疑わしく思えるけれど――ロジャーはやはり、わたくしの見立て程度の実行力しかない男だったのね。若い娘を小部屋に閉じこめて、薬を盛って、手も足も出ない状態にしていながら、あっさりはねのけられたとは。いやはや、いやはや。なんと憐れなロジャーだこと」

「またあの女性はマダムが宇宙酔いで苦しんでいるという話をきいてたいそう心を痛めておりまして、自分が知っている特別な治療の妙法を喜んで教えてさしあげたい、と話しております」

デイム・イサベルは血の気《け》の失せたひたいをさすった。「こんなに具合がわるいのだもの、悪魔その人からも治療法の教えを乞いたいくらい。どんな治療法なの？」

「いま当人をここへ連れてきますので、その目でお確かめになれましょう」

マドック・ロズウィンが入室してきた。一、二秒ほどじっとデイム・イサベルを見つめたのち、なにやら考えをめぐらせる顔でうなずき、ゴンダー船長に静かな声でふたことみこと話しかける。船長が部屋を出ていくと、マドック・ロズウィンはデイム・イサベルに近づいた。

「さあ、マダム。よろしければ体をリラックスさせ、目をおつむりになってください。これから、環境の変化で痙攣を起こしてしまったマダムの神経を刺戟します。いまゴンダー船長が飲み薬をとりにいってくださってます――ウェールズ地方の農家に昔から伝わる調合の水薬で――」言いながらマドック・ロズウィンはデイム・イサベルの体のあちこちを、のどや首筋やひたいにふれていった。

ゴンダー船長がグラスを手にもどってきた――見ればグラスには、濃厚な液体がなみなみとたたえられていた。

「それはなに?」デイム・イサベルは疑いの声でたずねた。

「硫黄と蜂蜜、それにウィスキーをほんの一滴垂らした薬です。お飲みになれば、生まれ変わったご気分になれますよ」

デイム・イサベルは水薬を飲み、顔をしかめた。「人をなおす薬か、さもなければ人を殺す毒薬ね」

マドック・ロズウィンはせわしなく動く指先をちらちら見るだけで、なおもデイム・イサベルの体のあちこちに触れていった。やがてデイム・イサベルは椅子のなかで身を起こすと、驚嘆もあらわな声でこういった。

「あら、どうしたことかしら――すっかり気分がよくなったわ!」

「それはなによりです」マドック・ロズウィンはそう答え、静かに船室をあとにした。

「ふむふむ」デイム・イサベルはいった。「あの子はたしかにこつを心得てる……不思議な女だこと……もちろん、惑星シリウスで下船してもらわなくては。でも、それまでのあいだは船で快適に過ごさせてあげましょう。そのくらいの借りはあるわ。ふむふむ。問題はまぬけのロジャー。あの子はいったいどうなることやら……？」

〈ポイボス号〉はオークの木にできた虫こぶのなかの虫のように、非物質につつまれたまま、思考の速度で宇宙を滑るように移動していた。太陽はやがてあまたの星々のひとつになり、シリウスが真正面にひときわ明るく輝く星になってきた。楽団員たちは演奏の練習に余念なく、声楽家たちはやはり練習とリハーサルをくりかえしていた。避けがたいことながら感情を爆発させる者がおり、親しいグループが形成されては分解し、いくつかのロマンスが生まれ、それとおなじくらいのいさかいがあり、大量のゴシップが流れ、あてこすりや辛辣なコメントがやりとりされた。こうした活動のおかげもあって、宇宙酔いの症状が激しく荒れ狂うことがおおむね避けられもした。

最初の目的地までの中間地点に達すると、デイム・イサベルはシャンペン・パーティーを開催、参集者にこんなスピーチをした。

「みなさんが宇宙旅行というこの環境にうまく適応してくださったことを、まことに喜ばしく思っています。前方には恒星シリウスと惑星シリウスがあります。わたくしたちの大多数はそのシリウスで、異星における公演という冒険の最初の一歩を踏みだすのです。惑星シリウスは、重力と大気組成以外は地球とまったく異なった星です。恒星シリウスは、じっさいにはシリウスAとシリウスBというふたつの恒星からなる連星で、惑星シリウスはそのふたつの主星と、たしか〝トロヤ群関係〟という表現であらわされる位置にあり、主星から受ける放射熱は地球が太陽から受ける放射熱のわずか十分の一にとどまっています。それにもかかわらず、惑星内部の地熱とすこぶる効果的に熱を保存する大気の〝温室効果〟で、快適な気温がたもたれています。植物相も動物相も、わたくしたちが慣れ親しんでいるものとはまったくちがいますし、さらにいうなら〝植物相〟〝動物相〟という言葉自体が不適切な表現かもしれません。というのも惑星シリウスの生命体の大多数は、どちらのカテゴリーにも属さないか、あるいはどちらのカテゴリーにもすんなりとおさまるからです。また現地には知的種族が住んでいますし、もちろんそれこそがわたくしたちの訪問の目的です。まもなくミスター・ビッケルから、その現地知的種族についての説明がありましょう。ただしミスター・ビッケルは、その種族が音楽の方面にすぐれているとはいえない、とだけおっしゃるものと予想されます――それどころか、現地の文明は最初にひと目見ただけではきわめて原始的なものとしか思えないかもしれません。というのも、彼らは洞窟や地面のあなぐらを住居にしているからです。しかし、わたくしたちは偏狭な見方を捨てなくてはなりません。ビザントール人――それが彼らの呼び名です――からすれば、わたくしたち人類がおなじように原始的に見えるかもしれないのですよ。

彼《か》の地での最初の公演でなにを演じるか、わたくしは熟慮に熟慮をかさねました。おそらくみなさんの想像を上まわるほどの困難な選択でした。絶妙なバランスをたもつことが必要だからです。わたくしたちの観客と意思を通じあうことを目指す一方、芸術家としてのわたくしたちの良心をあくまでも最高レベルで維持しなくてはならないからです。それを念頭におくと、わたくしたちが選ぶべきなのは観客の置かれている社会や文化がつくる環境と少しでも接点の多い作品、観客が自分たちの暮らしぶりと重ねあわせられるような情況を少しでもたくさん含んでいる作品ということになります。そこでわたくしは最初の演目を、ベートーヴェンの〈フィデリオ〉にすることに決めました。それというのも劇中の出来事の舞台は、ほとんどが地下牢だからであり、その地下牢が彼らビザントール人の住む地下のあなぐらに似ていなくもないからです。

さて、これからミスター・ビッケルより、ビザントール人と彼らの生活環境について、もう少しくわしいお話をうかがいましょう」

　バーナード・ビッケルが立ちあがり、洗練された仕草でお辞儀をした。きょうは黒いシルクのカジュアルな服をまとっている――足首と腰をきゅっときつく絞り、洒落《しゃれ》た金と銀のパイピングがあしらわれていた。ととのえた銀色の口ひげはワイヤブラシにも負けないくらい鋭い印象。控えめで礼儀正しい笑みを顔にのぞかせて、ビッケルは話しはじめた。

「デイム・イサベルのお話で話すべき必要のあることはあらかた語りつくされた観がありますが、わたしからもビザントール人と彼らの生活習慣について、二、三の補足をしたいと思います。というのも、わたしはこれまでに三回――いや、四回でしたか――惑星シリウスを訪れたことがあるのです。いずれにしても、わたしは入植区のボルツェン総督の知己を得ており、親交を深める機会を毎度楽しみにしています。

　デイム・イサベルのお話にもありましたように、惑星シリウスはどちらかといえば薄暗い星です――地球でいえば夕暮れ程度の明るさしかありません。それでも人間の目はたちまちこの薄暗さに適応しますし、そうなると惑星の風景が不気味な魅力で迫ってきます。シリウス入植区はトラペズス山脈のふもと、真下といっていい位置にあり、その近くに、この惑星きっての文化的な一族であるビザントール人のロイヤル・ジャイアント族が住んでいます。惑星の風景とおなじように、ビザントール人の外見も最初みなさんの目には醜くうつることでしょうし、たしかに彼らはヒューマノイドではありません。四本の腕と四本の足があり、さらには頭部状の部分がふたつあります。しかし、頭部に見えるものはただ感覚器官を収納しているにすぎず、本来の脳は胴体内にあります。人間には悪夢にも思えるこの外見とは裏腹に、彼らは外部の刺戟にすぐ反応する知的生物ですし、人類の習慣や方法やしきたりが自分たちにも有用だと見てとるや、たちどころに採用することをためらいません。とりわけこの特質があてはまるのは、彼らビザントール人のなかでも、トラペズス山脈近くの洞窟で暮らしているロイヤル・ジャイアント族です。彼らの生活の手段は一種の農業であり、苔の棚田はきわめて興味深いものですよ。彼らは穏やかな気質をもっています――感情を昂ぶらせるのは、ならず者やぐれ者といった連中、およびいうまでもなく非友好的な連中を相手にしたときにかぎられます。

惑星シリウスを訪れることが、わたしたちにとって利益になることはまちがいありません。しかしそれだけではなく、地球人の音楽の伝統がもたらすきらめきを、奇妙にもそちらの方面が欠如した種族に多少なりとも植えつけられるかもしれません。だれにわかりましょう？　もしかしたらわたしたちの訪問がきっかけになって、ビザントール人の生活が根底から革新されるかもしれないのです！」

デイム・イサベルには、なおいくつか話しておきたいことがあった。

「みなさんはまた、異星種族を前にしてオペラを演じることに、いささかの気おくれを感じるかもしれません。わたくしにいえるのはただひとつ――どうか最善をつくしてください！　もちろん、現地の方々の感性にあわせるべく些細な変更をほどこすかもしれません。またみなさんは、観客の反応に穴があいていたり、あるいはまったく反応がないように感じられるかもしれません――これについてもいえることはただひとつ、最善をつくすことだけです！」

デイム・イサベルとバーナード・ビッケルのスピーチのあいだ、ロジャーはサロンのずっとうしろの席にすわり、むっつり暗い顔でシャンペンを飲んでいた。これに先立ってロジャーはマドック・ロズウィンと会おうと試みたのだが、以前におなじことをしたとき同様、このときも会話をこばまれた。無意味なおしゃべりと笑い声にもうんざりしたロジャーはサロンから抜けだすと、五つある球体とそれぞれをつなぐ連結通路を歩いて〈ポイボス号〉をぐるっとめぐるように歩きはじめた。船橋を通り抜けたさいには、マドック・ロズウィンとゴンダー船長が船の前方をのぞむ舷窓の前に肩をならべて立って、シリウスのほうを見ている光景が目にとまったが、これでことさら気分が明るくなることもなかった――いや、彼らが見ていたのは、前方から船にむかって突き立ってくる圧縮された光の柱を、位相をずらすディフェーズ・システムで加工してスクリーンに投影したもの、というべきか。ゴンダー船長は自分の執務室をニール・ヘンダースン技官長へ明けわたし、空《あ》いた船室にマドック・ロズウィンをうつしていた。いまマドック・ロズウィンは、宇宙船の備品のひとつである水色のつなぎを着ていた。

ロジャーは数秒のあいだ、たたずむふたりを見つめていた。ふたりはなにやら熱心に話しこんでいた――この船の航路にまつわる話題のようだった。というのも、ロジャーが見ているあいだにゴンダー船長がシリウスの右側を指さし、マドック・ロズウィンがその方角へ目をむけていたからだ。

航宙士のローガン・ド・アップリングが通路にふらりと姿をあらわした。いかつい顔だちにすらりとした体格の若い男で、詩人のようなモップそっくりのカールした茶色い髪とまばゆい青い瞳のもちぬしだ。ド・アップリングは船橋のほうに目をむけると、困ったものだといいたげにかぶりをふった。

「ぼくの考えを話してきかせようか?」そうロジャーに話しかける。「ゴンダー船長はあの女にすっかり惚れこんでる。ぼくはそう見てるのさ」

それだけいうとド・アップリングはすばやく身をひるがえし、その場を歩き去った。

6

惑星シリウスが前方に浮かんでいた——重たげに垂れこめる極冠に覆われた南北の両極地と赤道直下につらなる浅い海、そして灰色の大草原と山脈群と噴煙をあげる火山からできた一対の大きな大陸から構成されている、ぼんやりとした灰色の世界だった。〈ポイボス号〉は高度三万二千キロメートルの惑星周回軌道に進入していった。つづいてゴンダー船長がシリウス入植区をさがしあてて、自分たちの到着を地上の面々に無線で伝えた。

ほどなくして承認と着陸許可の返事がとどいた。ゴンダーは自動航宙システムに適切な着陸プログラムを入力した。〈ポイボス号〉は周回軌道を離れ、傾斜軌道で地表へむかった。

ぼんやりした灰色の球体がぐんぐん大きくなり、惑星の大気が機体の周辺でうなり、耳をつんざくような鋭い音をたてはじめた。シリウス入植区はパドウェイ大平原のへりに位置し、トラペズス山脈が落とす影のなかにある——〈ポイボス号〉はそこに着陸した。

これに先立つ三日間、船内の空気はこの惑星の気圧と大気組成とおなじになるように調整され、さらに大気の変化で引き起こされる生物学的な副作用を最小限に抑えるために慎重に調合された薬剤が乗客と乗員たちにあたえられていたので、待機時間は必要ではなかった。着陸後ただちに舷門《げんもん》がひらかれ、降船タラップが延ばされた。ゴンダー船長がデイム・イサベルとともに船外へ足を進め、バーナード・ビッケルをはじめとする歌劇団の面々がつづいた。頭上の空は鉛色だった――恒星シリウスが冷たく白い光になって見えていた。四、五百メートル先に白いコンクリートづくりの建物が列をつくっていたが、通商関係や政府関係の出先機関というよりも、バラックめいていた。

入植区総督をつとめるダイラス・ボルツェンが副官のひとりをともなって、出迎えにやってきた。ボルツェンはいかめしい風貌をして砂色の髪をもつ痩せた男で、そっけない懐疑主義の雰囲気をただよわせていた。いまボルツェンはきびきびした足どりで前へ進みでていきながら、活気にあふれたおしゃべりに余念のない歌劇団の面々に好奇の目をむけていた。

「わたしが総督のダイラス・ボルツェンです。シリウス入植区へようこそ。最初に見ただけではたいした場所に思えないでしょうな。ただ、掛け値なしにいいますが――いずれ、これでもまだましだとわかるはずですよ」

ゴンダー船長はお義理で笑った。「わたしはゴンダー、本船の船長です。ここにいるのがデイム・イサベルとミスター・バーナード・ビッケル。ビッケル氏のことはご存じでしょうね？」

「ああ、もちろん。やあ、ビッケル。また会えてうれしいよ」

「ほかの面々はいちいち紹介しませんが、いずれも有名な音楽家やオペラ歌手です」

ボルツェン総督の麦わら色の眉が、ぴくんと吊りあがった。「歌劇団？　いったいなぜまたこの星へ？　惑星シリウスのどこをさがしても劇場はひとつもないのに」

デイム・イサベルが口をひらいた。「わたくしどもは自前の劇場をそなえておりますのよ。総督閣下のお許しさえいただければ、〈フィデリオ〉を上演させていただこうと思いまして」

ダイラス・ボルツェンは頭をぽりぽりと掻き、頭をめぐらせて副官を見やった。つづいてバーナード・ビッケルに目顔で問いかけたが、ビッケルはすかさず顔をそむけて、あたりの風景を検分しはじめた。つづいてボルツェンはゴンダー船長に視線をむけたが、船長は気のない目つきで見つめかえしただけ。結局、最後にはまたデイム・イサベルに目をむけた。「それはうれしいお話です――いや、すばらしいといってもいい。しかしですな、惑星シリウス全土にいる地球人はわずか五人で、おまけにそのうちふたりは調査旅行で出張中ですぞ」

デイム・イサベルは答えた。「もちろん、総督閣下がわたくしどもの公演に足をお運びくださるのは大歓迎です。しかし、やはりご説明してさしあげたほうがよろしいようね。わたくしどもは、自分たちを音楽の親善大使というふうに考えております。わたくしどもは、この大宇宙にいる知的な異星種族の前で公演をおこなう予定です――こんな機会でもなければ、地球の音楽に触れられない異星人の前で。ええ、この星のビザントール人はその条件にあてはまりますわ」

ダイラス・ボルツェンはあごを撫でた。「つまり、こういうことですか――みなさんは、ビザントール人のためにオペラを上演しようと考えている、と」

「そのとおり。しかも、ただのオペラではありません――なんと〈フィデリオ〉ですよ!」

ボルツェンはしばし考えこんだ。「ここでのわたしの責務のひとつは、ビザントール人の虐待や搾取を防ぐことです。しかしオペラを見せることが、彼らを傷つけるとは思えませんな」

「もちろんですとも!」

「入場料をとるおつもりではないでしょうな? というのも、そのおつもりであれば失望させられるだけですから。ビザントール人には、およそ商業観念というものがまったくありませんのでね」

「必要とあれば、入場無料で公演をおこないますわ――ええ、支払いの義務などまったくないかたちで」

ボルツェンは肩をすくめた。「どうぞ、お好きになさってください。わたしもなにが起こるのかには興味があります。たしか先ほど、自前の劇場を運んでいるとおっしゃっておられましたな」

「ええ、そのとおりです。ゴンダー船長、お手数だけれど、そろそろ舞台の設営や観客席の準備を監督してくださらない？　それから、アンドレイ、あなたは装置の具合を見ておいたほうがよろしくてよ」

「かしこまりました、マダム」

「御意《ぎょい》」

ゴンダーとアンドレイ・ズィンクのふたりはそう答えて、ふたたび船内へ引き返した。

デイム・イサベルは周囲の風景を見まわした。「わたくし、もっと目をみはるような光景を予想していましたわ。都市があるのではないかとね――そう、この惑星の先住民たちの文化を示すようなものをね」

ボルツェンは笑った。「ビザントール人が知的であることに疑問の余地はありません。しかし彼らは――このような表現でわかっていただけるかどうか――知性を彼らだけの目標追求にのみもちいています」

「ごめんなさい、お話がわからなくて」

「わたしがいいたいのは、こういうことです。彼らの知性の利用方法は、われわれ人類とまったくおなじ――すなわち日々の暮らしを楽にする、もっと安定したものや、もっと快適なものにするために知性を利用しているのです。彼らの岩石加工の技術や、あの山の斜面に見えるような苔の棚田をつくる技術はじつに巧妙です。しかし、穴のなかでの彼らの思考内容は――かりにわれわれに理解できたとしても――われわれ人間を困惑させるばかりでしょうな」

「つまりビザントール人は、高度な言語表現をもっていないということかしら？」デイム・イサベルはたずねた。「それぞれが考えをやりとりすることがない？」

「わたしならそこまでは断言しません。ビザントール人も、彼らがそう望んだときにはそれなりに知力を発揮します――さらには彼らのかなりの部分が、われわれ人類の言葉をじつに流暢《りゅうちょう》に話しもするんですよ。しかし疑問は残ります――決して消えない疑問がね。すなわち、巧妙な物真似にすぎないのではないかという疑問です」

「彼らには固有の文字はないの？　あるいは絵を描く才能は？」

「トラペズス山脈に住んでいるロイヤル・ジャイアント族は読み書きができます――といっても一部にかぎられます。また、彼らには独自の数学があります。ただし、われわれ人類の数学者にはまったく理解できません。しかし、わたしはビザントール人たちのほんの上っつらを一瞥したにすぎません。ああいった種族を理解するためには――たとえ表層だけを理解するにしても――彼らと何年も寝食をともにする必要がありますな」

「しかし音楽についてはどうかしら？」デイム・イサベルは食いさがった。「彼らに音楽をきく耳はありますか？　曲をつくることは？　この星に根ざした特色ある音楽が存在していますか？」

「そのようなものはないかと思います」ボルツェン総督は礼儀正しく慎重に答えた。「しかし、断言はできません。この入植区に赴任して六年になりますが、いまもって知らなかったことに日々驚かされていますからね」

デイム・イサベルはそっけなくうなずいた。ダイラス・ボルツェンの言動に怒りを誘われる部分はこれといってなかったが、この男の態度に格別愉快な心もちになることもなかった。つづいてデイム・イサベルは仰々しい言葉づかいで、歌劇団の面々を紹介していった。世に知られた名前の数々を口にしながら、デイム・イサベルは横目でダイラス・ボルツェンを見ていたが、この男にとってそういった名前はなんの意味もないようだった。

「にらんだとおり」デイム・イサベルはひとりごちた。「やっぱりあの男は、音楽についてはただの素人ね」

ダイラス・ボルツェンは来訪者一同に入植区を案内していった。入植区とはいっても、せいぜい四棟のコンクリートづくりの建物と、その建物が囲む荒涼とした中庭から構成されているにすぎなかった。四棟のうち二棟は貿易用の物品倉庫だった——片方は輸入品、もうひとつは輸出品。後者は、半透明の黒曜石、トルコ石、翡翠《ひすい》、紅玉髄、濃い青色のデュモルティィール石、黒玄武岩といった現地産の石材を磨きあげてつくられた鉢や盆、花瓶、ゴブレットや食器類だった。さまざまな宝石や水晶があり、ダイヤモンドやエメラルドやサファイアのペンダントが下がったシャンデリアがあり、トルマリンのウィンドチャイムがあった。そしてここの中庭で、訪問者たちは初めてビザントール人たちの姿を目にした——それぞれに箒や撒水器を手にした四人のビザントール人がチームをつくり、わき目もふらず丹念にコンクリート舗装の中庭の掃除に打ちこんでいた。現物の彼らは、写真で見るよりもさらにグロテスクだった。その印象をいちだんと強めていたのは、彼らの四本の腕と四本の足の動きであり、ふたつある頭の目鼻が奇妙な配置になっている顔であり、岩のように粗い灰色の皮膚の質感だった。

デイム・イサベルはダイラス・ボルツェンに話しかけた。「見たところは従順で、それどころか性格の温和そうな生き物ではなくって?」

ボルツェンは笑った。「あの四人のことを、われわれは——ほかにもっと適切な言葉がないからですが——老人たちと呼んでます。彼らは毎日ああやってここの中庭を掃除していますが、なんでそんなことをしているのかはわかりません。首のまわりにショールを巻いているのがわかりますか？　あれは岩石繊維を編んでつくられています。ときに、色彩には大きな意味があるんですよ。それこそ昔のスコットランド人にとってのタータンチェックなみにね。茶色と青と黒はロイヤル・ジャイアント族の特徴的な色彩で、房飾りの長さは地位や階級をあらわしています」

それからボルツェンは、ビザントール人のひとりを呼び寄せた。ビザントール人は太い足をぎこちなく動かし、〝かちかち〟という足音をコンクリートに響かせて近づいてきた。

「ビザントールの友人よ」ボルツェンはいった。「ここにいるのは天空より降りてきた人々だ。彼らは大きな船で当地へやってきた。そしてこの人たちは、ビザントールの友人たちにたくさんのすばらしいものを見せようとしているのだよ。そこで、ビザントールの友人たちを大きな船に招いてくれている。行けるか？」

胸郭の奥深くから、うなりのような声が沸きあがってきた。「たぶん行ける。ビザントールの友人たちは怖がってた」

デイム・イサベルが前に進みでた。「恐れることはひとつもありませんよ。わたくしどもは正真正銘の歌劇団ですし、みなさんに楽しんでいただけるはずのオペラを上演いたします」

「たぶん行ける。わたしたち、黄色のよくないビザントールたちをさがす。たぶん怖がってなかった」

ボルツェンが説明した。「怖がっているというのは、いわばもののたとえ——必要以上にトンネルから外へ出ることを好んでいない、といっているだけです。彼らにとっては、それがみずからの品位を落とすことなのです」

「おもしろい！　しかし、どうしてそうなるのかしら？」

「社会的地位の問題です。彼らは犯罪者や和を乱すトラブルメーカーを平野に追放します——追放された者たちは平野でならず者になるか、さもなければ異常者とでも呼べそうな集団の一員になる。つまり彼らビザントール人にとっては、平野が望ましくない環境のシンボルであることがおわかりになるかと思います」

「すっかりわかりましたわ」デイム・イサベルはいった。「オペラが上演されるのは宇宙船内ですので、ビザントール人たちが平野からオペラを鑑賞するような辱めをうける心配はありません」

ボルツェンは〝老人たち〟のひとりにむきなおった。「天空の者の話をきいたか？　この人たちは美しいものを見せて、美しい音をきかせてくれる。平野ではなく船のなかで。おまえや友人のビザントール人たちは急いで平野を走り抜けて船に乗り、そこで見物すればいい。それで大丈夫だな？」

「大丈夫。わたし、下へ行く。友人のビザントールたちに話す」

バーナード・ビッケルはつもる話をするためにボルツェン総督のもとに残ったが、それ以外の面々は〈ポイボス号〉に引き返した。船内の改装作業はすでにおわっていた。ゴンダー船長の指揮のもと、チューブや球体にとりかこまれた五角形の船内空間の中心に高い柱が立てられた。その柱からワイヤが張り綱の要領で張りわたされ、そこに金属繊維のシートがかぶせられて天幕をつくっていた。舞台の幕はあけられ、オーケストラ・ピットが広げられ、デイム・イサベルが視察に足を運んだときには、ちょうどマドック・ロズウィンが劇場内に折り畳んで収納可能なベンチを入念に配置しているところだった。

「なるほど！」デイム・イサベルはひとりつぶやいた。「わたくしから下船を命じられたくない一心で、ああやって自分を役に立つ人間に見せようとしているのね」

デイム・イサベルは意地わるく含み笑いを洩らしてからロジャーをさがした。しかし、甥の姿はどこに見つからなかった。

ほどなくしてバーナード・ビッケルが近づいてきた。「ボルツェン総督と、なかなか興味深い話をすることができましたよ。わたしからは、われわれの観点を説明できたように思います。ボルツェンには、いまもなおわずかな疑念が残っているようですが、害はひとつもないばかりか、いい効果をもたらす可能性もあるだろうということで意見が一致しました」

デイム・イサベルはふんと鼻を鳴らした。「わたくしは前からそう考えていたのに！」

「また総督は、あなたとわたし、それにゴンダー船長の三人を晩餐に招待したいとのことでした――食事がてら、ビザントール人についてのさらなる情報をわたしたちに披露できるかもしれない、といってます」

「それはまた、ずいぶんとご丁寧でご親切だこと」デイム・イサベルはいった。「ええ、喜んでうかがうわ」

「そうおっしゃるだろうと思いましたので、三人全員の招待を受けてきました」

三時間後、恒星シリウスは地平線の上、低い空にかかっていた――輪郭の下側が、平野のずっと先に立ちのぼっている淡く白い霧の峰に触れていた。歌劇団の面々は外にあつまって、宵闇の訪れをながめた――シリウスが雲のなかへと沈むなり、雲全体が真珠のような光沢を帯びた薄紅と緑色に満たされる。それは、だれもが思わず息をのむ景観だった。

デイム・イサベルとゴンダー船長とバーナード・ビッケルの三人は、約束の晩餐の席へむけて出発した。ひとりむっつりと平野をさまよい歩いていたロジャーは、ちょうどそのころ宇宙船にもどり、心ならずも立ちぎきをしてしまった。シリウスが没していく光景を見るために降船タラップの横で足をとめたが、タラップのいちばん下の段にマドック・ロズウィンとローガン・ド・アップリングのふたりがすわっていたことに気づかなかったのだ。キャンバス地の仕切りが、ロジャーの姿を隠してくれた。

　ロジャーは、わずかにかすれた声を耳にしてマドック・ロズウィンがいることに気づき、その場に棒立ちになった。

「お願い、ローガン、そんな言いかたはよして――あなたはまるっきり勘ちがいをしてるわ」

「いや、勘ちがいなものか！」ド・アップリングの声は、胸からあふれんばかりの激情にわなないていた。「あの男のことは、きみよりもよくわかっているんだから」

「ゴンダー船長はわたしにただの親切以上の態度で接してくれた。申しぶんのない心くばりもしてくれた。でも、それにつけこんで無理に迫ってきたりしたことはない。名前を口に出すのもけがらわしいロジャー・ウールとは大ちがいよ」

　ロジャーの耳がかっと熱くなり、肌は――冷たい風が顔をなぶって吹きつけているかのように――凍てついて、ちくちくとした痛みに襲われた。

「ゴンダーはきみにじわじわと迫っているんだよ」ド・アップリングはいった。「船長は厄介な男だよ、愛しいきみ《ダーリン》――」

「お願いだから、そんなふうに呼ばないで、ローガン」

「――それに自分本位で礼儀もへったくれもない。ぼくは知ってるんだよ。あの男がそういったことをしている現場を見てきたんだ」

「やめてよ、ローガン。そういう話はしないで。船長はわたしが下船させられないように手をつくしてくれているし、デイム・イサベルがわたしを船から降ろすようなことはないと約束もしてくれた。これ以上なにができるというの？」

マドック・ロズウィンのこの発言にド・アップリングが考えをめぐらせているのだろう、短い沈黙があった。ロジャーもおなじく考えをめぐらせていた。

ついでローガン・ド・アップリングは落ち着いた声で話しはじめた。「きみにとって、この旅がそこまで大事な理由は？」

「そういわれると――自分でもわからない」その声にロジャーは、わずかに肩をひねって小首をかしげ、唇がカーブを描いている魅力的なマドック・ロズウィンの姿をありありと思い描くことができた。「ただ旅がしたい、それだけかな。あなたはわたしに船を降りてほしいの？」

「その答えはきみが知っているはずだぞ。でも、いってくれ、きみの口からいってくれ、ぜったいに……そんなことをしないと――」

「そんなことって……なに？」マドック・ロズウィンが甘えた声でローガンにたずねた。

「アドルフ・ゴンダーにつけこまれて身を委ねるようなことはしない、と！」ド・アップリングは熱っぽく声を高めた。「そんなことになると想像するだけで、全身が冷えきって震えるほどだ。もしそんなことになったら船長を殺すか……わが手でわが命を絶つか……とりかえしのつかないことをしでかしそうだ……この忌まわしい船をぶっ壊すとか……」

「だめよ、ローガン、あとさき考えずに行動してはだめ。いまは、シリウスが沈んでいくこの景色を見ていましょう。すばらしいとは思わない？　とっても奇妙で不気味ね！　日没がひとつひとつ、ここまでちがうなんて想像もしてなかったわ！」

ロジャーは深々と息を吸うと、静かにその場を離れて宇宙船のまわりを一周した。

だれも予想しなかったことだが、ダイラス・ボルツェンはすばらしい晩餐を用意していた。当人の弁によれば、ひとえに物資補給船がシリウス入植区を離陸してから、まだ三週間しかたっていないからだ、という。

「この惑星は地球に近いとはいえ——もちろん比較的近いという意味ですが——寂しい惑星であることに変わりはありません。みなさんのような方々がふらりと訪ねてくることはめったにない。当たり前の話ですが、みなさんのように野心的な計画をそなえてくる来客は皆無です」

「それで、ビザントール人たちはわたくしたちを理解してくれると思います？」デイム・イサベルはたずねた。「態度を見るかぎり、人間に通じるところはまったくないように見受けられましたけど」

「ある意味ではイエスであり、ある意味ではノーでしょう。あるときには、両者の判断がとても似通っていることに驚かされる。またあるときには、ひとつの単純な行動を、どうしてこれほど異なる視点から見られるのかと驚きを禁じえないこともあります。わたしとしては、こういうにとどめましょう——ビザントール人たちにもわがことのように感じられるようなオペラを上演したいのなら、まず彼らをありのままに受けいれる必要があるでしょう、と」

「当然の話だね」バーナード・ビッケルがいった。「われわれは、まさにそうするつもりだよ。きみからなにか助言をもらえるだろうか？」

ボルツェンは一同のグラスにワインをそそいだ。「助言ならできると思いますよ。そうですね。最初はいうまでもなく、色の問題です。彼らは色彩に敏感です。黄色はならず者やはぐれ者の色ですから、観客が共感できない人物は黄色を身にまとうべきです。主人公や女主人公は青か黒、彼らの味方をする人物なら灰色か緑色です。さらに性の問題があります——愛とでもロマンスとでも、呼び名はお好きなように。ビザントール人の生殖過程はいささか特異でしてね——彼らのセックスには三つの段階があって、個々のビザントール人にはそのうちふたつの段階をこなす能力がそなわっています。

ですからある程度までこの事実を勘案しなければ、いくつとも知れない誤解が引き起こされかねないことはおわかりいただけるかと思います。また彼らは、抱擁やキスでの愛情表現をしません——彼らはセックスにあたって、意中の相手にねばねばする液体を吹きかけます。よもやみなさんも、そこまで似せようとは思わないでしょうな」

「まあ、思わないだろうね」バーナード・ビッケルがうなずいた。

「さて、もうちょっと考えてみましょうか……たしか記憶が正しければ、〈フィデリオ〉には——地下牢のシーンがあったのでは？」

「ええ、おっしゃるとおり」デイム・イサベルが答えた。「第二幕のほとんどは、舞台が地下牢です」

「そこで忘れてはならないのは、ビザントール人にとって地下牢はかけがえのない住まいだということです。乱心した者やはぐれ者は平原へ追放され、集団をつくって放浪します——ついでにいっておけば、決して自分たちだけであたりをうろつかないよう、歌劇団のみなさんに警告しておいてください。ならず者たちはすなわち野蛮というわけではないにしても、その行動はきわめて予測しがたいのです。とりわけ、石器を手にしている場合などは」

「なるほど……なるほど……なるほど」デイム・イサベルはゆっくりといった。「場面はそこそこたやすく変更できそうね。第一幕を地下牢で演じ、第二幕の第一場を平原の場面に変えるとか」

「みなさんが自分たちのことを相手に伝えたいのなら、この調子でさらに助言をさしあげますよ」

「伝えたいに決まってるじゃありませんか」デイム・イサベルはきっぱりといった。「わたくしたちが遠路はるばるやってきたのは、よもや観客を困惑させるためだけだとでもお思い？」

「ああ、たしかに伝えたいとも」バーナード・ビッケルもボルツェンに答えた。

「衣裳の問題もあります。ビザントール人たちがわれわれ人類のことを、彼らの言語でどう呼んでいるかはご存じですか？　天空虱《てんくうじらみ》です。ええ、まちがいではありません。彼らがわれわれをどう思っているかといえば――わたしが察しえたかぎりでいうなら――邪気のまったくない軽蔑、といったところでしょうか。彼らにとって、われわれ人類は利用するべき種族なのです――磨きあげた岩石のかけらを手にいれるためなら、精巧な金属製の道具さえ差しだす奇矯な連中のあつまり、それがわれわれなのです！」

デイム・イサベルはいささか途方にくれた顔でバーナー・ビッケルを見やった。ビッケルはひげをひねっていた。

「わたくしとしては」デイム・イサベルは心もとない口調でいった。「わたくしどものオペラ公演が、その見方を多少なりとも変えることを望むだけです」

「くりかえしになりますし――みなさんに、そこまでやる気があるかどうかはわかりませんが――みなさんの観客であるビザントール人の視点から見てオペラの公演がなんらかの意味あるものになるとすれば、それは彼らが歌手やストーリーのなかでの彼らの行動に共感し、自分たちを重ねあわせられる場合にかぎられます」

「でも、オペラを書き直すわけにはいかなくってよ」デイム・イサベルは不平を口にした。「そんなことをしたら〈フィデリオ〉を上演できなくなる――いうまでもないことだけれど、〈フィデリオ〉の上演こそがわたくしたちの目的なのに」

「お察しします――わたしも提案しているわけではありません。ただ情報を提供しているだけで、あとはみなさんがその情報を利用して、行動するかしないかを決めればよろしいでしょう。たとえば〝天空虱〟の歌手のみなさんが衣裳でビザントール人に姿かたちを似せれば、かなり大きな注目をあつめられることと思います」

「たいへんけっこうなお話ね」デイム・イサベルは食ってかかった。「しかし、いったいどうすればそんな凝った衣裳をつくれるというの？　無理に決まってます！」

「ある程度ならお力になれますよ」ダイラス・ボルツェンはそういうとまたワインをグラスにそそぎ、しばし考えをめぐらせた。そのあいだデイム・イサベルとバーナード・ビッケルは、この総督を注視していた。しばらくして、ボルツェンは口をひらいた。「倉庫にビザントール人の毛皮をなめしたものが保管されています——大英博物館に送る予定の品です。あれなら衣裳としてつかえます——というか、わたしにはつかえそうに思えます。みなさんがご希望なら、宇宙船まで運ばせてもいい。わたしからは、くれぐれも丁寧にとりあつかってくれとお願いするだけです」

「それはまあご親切に」デイム・イサベルはいった。「ミスター・ビッケル、あなたのご意見は？」

バーナード・ビッケルは目をぱちくりさせた。「そうですな……わたしたちの目的が、大宇宙にいる地球人以外の種族に音楽への関心を——なかんずく地球の音楽への関心を——かきたてることなら、わたしたちはきわめて真摯《しんし》に、そして全力をそそいで力をつくすべきだと、まあ、そんなふうに考えます」

デイム・イサベルはきっぱりとうなずいた。「そのとおり。それこそ、わたくしたちがやるべきことよ」

「では、ビザントール人の毛皮を宇宙船まで運ばせます」ダイラス・ボルツェンはいった。

「もうひとつ問題があります」デイム・イサベルは話を切りだした。「わたくしはあしたの開幕時間を午後三時と決めました——こちらの惑星でその時間をどう呼んでいるのかはともあれ」

「三時です」ダイラス・ボルツェンはいった。「この惑星の一日は二十時間十二分——ですので、ここでの正午と日付の変わる真夜中は、地球時間ではどちらも十時六分にあたります。三時というのはいい時間ですね」

「それでビザントール人たちが公演に来るようにあなたが全力をつくしてくれると、そう信じてよろしいかしら？」

「ええ、最善をつくします。本当に最大限に努力しますよ。それに、ビザントール人の毛皮はあしたの朝いちばんで宇宙船まで届けさせます」そういうとダイラス・ボルツェンはグラスをかかげた。

「公演の成功を祈って！」


夜は暗かった。平原の遠いところや山のなかから奇妙な物音がきこえてきた。静かな蹄《ひずめ》の音……ときおり、鋭く耳ざわりなきしり音がまじった。また一度か二度は哀調を帯びた横笛めいた音もきこえた。バーナード・ビッケルもゴンダー船長も音の正体はわからずじまいで、結局はこの惑星土着の下等生物がたてている物音だろうと結論づけた。

船から遠くまで離れる者はいなかったが、降船タラップから十五メートル、遠くても三十メートルほどまで離れて惑星シリウスの夜の闇のなかにたたずみ、異形の星座を見あげたり不気味な物音に耳をかたむけたりすることには、否定できないスリルがあった。

四時をまわるとほどなくして空が白みはじめ、五時になると恒星シリウスがトラペズス山脈の上にまばゆく光る白い球体として姿をあらわした。その一、二時間後、約束どおりボルツェン総督がジープでビザントール人の毛皮を船まで届けた。

〈フィデリオ〉でレオノーレを演じるハーミルダ・ウォーンは嫌悪の声をあげて、デイム・イサベルにむきなおった。「わたしたち歌手にこんなしろものを着ろと、本気でおっしゃるのですか？」

「ええ、もちろん」デイム・イサベルは澄ましかえって答えた。「わたくしたちがお迎えする観客の社交面での感受性に配慮して、このような譲歩をすることに決まったの」

ピツァロ刑務所長を演じるハーマン・スキャントリングが両手を宙へふりあげた。「四本の腕でどのように感情を表現すればいいのか、よかったら教えてほしいもんだね。それに、ふたつある頭のどっちに自前の頭を入れればいいのかも教えてくれ。なによりかにより、こんな厚ぼったいものをかぶった状態で、どうすれば声を遠くまで届かせられるものか、わかる人がいたら教えてほしいよ」

「この毛皮ときたら、鼻がひん曲がりそうな悪臭だな」フロレスタンの役を演じるオットー・フォン・シーラップがいった。「こんなものを着るのは馬鹿げているというほかはないね」

デイム・イサベルの唇が細く白い一本の線になった。「異論は受けつけません。午後の公演ではここにある衣裳をつかいます。この点での不服従をわたくしは認めません。あなたたちの契約書にも、こういった場合のことが明記されているのですよ。あなたたちは健康に害をおよぼすようなことは強制されない——しかし不便なことは一定程度まで予測されるし、その場合でも前向きに耐え忍ぶこと、とね。不平不満の爆発をわたくしが黙って見すごすと思ったら大まちがい。この件について、わたくしがいっておきたいのはそれだけです」デイム・イサベルは、近くに立っていたロジャーに顔をむけた。「さあ、ロジャー。あなたが人の役に立てる願ってもないチャンスよ。ここにある毛皮をそっくり楽屋のミスター・ズィンクのところへ運んだら、きょうの公演の出演者に着付けをするのをお手伝いなさい」

ロジャーは不快そうに顔をしかめながら毛皮の山に近づいた。ハーミルダ・ウォーンがきこえよがしに怒りのため息をついた。「こんな馬鹿げた条件はきいたこともないわ!」

デイム・イサベルはこの言葉をあっさりきき流すと、打ちあわせのためにダイラス・ボルツェン総督のもとへむかった。

ハーマン・スキャントリングがたずねた。「ここまで突拍子もない話が、これまでにあったかな?」

オットー・フォン・シーラップがいかにも不機嫌そうに頭をふった。「組合《ギルド》に報告してやるから、せいぜい楽しみに待っていろ! おれにいえるのはそれだけさ――首を洗って待っていやがれ! とんでもない騒ぎになるぞ!」

「そうはいっても――それまでどうするの?」マルツェリーネ役のラモーナ・ゾクステッドがいった。

「やっぱり、このおぞましいものを着なくてはならない?」

ハーマン・スキャントリングは不快感もあらわにうめいた。「あの女はおれたちを、この神さえ見捨てた石ころ同然の星に連れてきた――まだ報酬も支払ってもらっていなければ、帰りのチケットもわたされず、ほんとになんにもないままね」

「裁判を起こせばいいわ」ジュリア・ビアンコレッツリが、どこかおどおどとしたようすでいった。

ハーマン・スキャントリングもハーミルダ・ウォーンも、それにオットー・フォン・シーラップも答えないでいるなかで、ひとりラモーナ・ゾクステッドがこういった。「こういったツアーでは、どんなことになってもいいように覚悟しているほかなさそう」

午前中の時間が過ぎていき、十時六分を境に午後になった。一時三十分、ダイラス・ボルツェン総督が副官ともどもフラットタイプの飛空艇に乗ってやってきた。ボルツェンは急傾斜の綾線を浮きださせたホイップコード綿の半ズボンと頑丈そうなブーツ、それにフードつきのジャケットという服装だった。ベルトには武器を吊っている。ボルツェンは、上演台本に土壇場《どたんば》での変更を書きこんでいるデイム・イサベルに近づいて、こういった。

「申しわけないのですが、公演を拝見できなくなってしまいました。遺憾な事態が発生して、そちらに対処せざるをえなくなったのです。なにをしでかすかわからない状態のならず者の集団が、こちらの方向へむかっている姿が目撃されました。連中が棚田で騒ぎを起こしたりする前に、ほかの方向へ追いやらなくてはなりません」

「まあ、それは本当に残念ね！」デイム・イサベルはいった。「あんなにも尽力していただいたのに！　現地のみなさんがちゃんと公演を見にきてくれるように手配してくださった？」

「もちろんです。公演のことはもうみんな知っていますし、三時にはこちらへ来る予定です。運がよければ、わたしも最後のひと幕に間にあうようにもどってこられるかもしれません！」そういうとボルツェンは飛空艇へ引き返していった。飛空艇は滑るように飛んで北へむかった。

「あの人がオペラを見物できないのは残念だけど、どうしようもないことなのでしょうね」デイム・イサベルはいった。「さて、みんな、きいてちょうだい。〝地下牢〟という言葉はつかわないわ。代わりに〝砂漠〟といいかえましょう」

「それでなにが変わるんです？」ハーマン・スキャットリングがいった。「どうせこの惑星のけだものにはわからないドイツ語で歌うんですよ」

デイム・イサベルはおだやかな口調で答えた——それは、ともにオペラを上演する面々にいま以上の理解をうながす警告の口調だった。「ミスター・スキャットリング、わたくしたちが目指すべきは誠実さであり、根幹の部分での熱意よ。もしある場面の舞台が砂漠なら——げんにそう変更されたわけだけれど——その砂漠を〝地下牢〟と表現したとたん、たとえドイツ語でも欺瞞になってしまう。おわかりいただけて？」

「歌詞の韻律が変わるんですよ」オットー・フォン・シーラップが不満を口にした。「砂漠《ディー・ヴースト》と地下牢《ダス・ブルクフェアリース》ではね」

「全力をつくしてもらうしかないわ」

開演の三時が近づいていた。団員たちがオーケストラ・ピットにあつまり、サー・ヘンリー・リクソンがその場にあらわれて楽譜にちらりと目を通した。舞台裏では辛辣な非難や押し殺した声での罰あたりな罵倒や悲嘆の叫びがあがるなか、ビザントール人の毛皮に仕上げがほどこされ、可能な範囲で精いっぱいの着つけ作業が進められていた。

三時五分前、デイム・イサベルは外へ出て平原を見わたすと、「わたくしたちの観客はもうこちらにむかっていなければおかしいわ」といい、バーナード・ビッケルにむきなおった。「時間について、なにか誤解がなければいいのだけれど……」

「ボルツェン総督が別件で来られなくなったのは痛いですね」ビッケルはいった。「もしかすると、ビザントール人たちが引率者を待っているとかなんとか、そんな事情かもしれません。ボルツェンの話はご記憶でしょうが、ほら、あの連中はひらけた場所に、いささか含むところがあるといいますし」

「たしかにそのとおりね。どうかしら、バーナード、彼らの住んでいるあなぐらに散歩がてら足を運んで、なにが問題なのかを実地に確かめてくるのがいいんじゃないかしら？」

ビッケルは顔を曇らせて口ひげを噛んだが、有効な反論を口にすることはできなかった。ビッケルが入植区へむかっていくと、デイム・イサベルは舞台裏へ引き返し、すべてがとどこおりなく進行しているかどうかに目を光らせ……悲しみに頭を左右にふった。威厳はどこへ行ったのか、これまで思い描いていた巧まざる優雅な雰囲気はどこへ行ったのか？　ここにいる怒れるテノールやソプラノやバスたちのところにないのは確実だった。ふたつある頭の片方だけに帽子をかぶっている者がいた。四本ある腕のうち二本を袖に通し、残り二本を肩にかけている者がいた。デイム・イサベルはきびすを返して、その場を離れた。

三時十五分、ロジャーがデイム・イサベルのもとへやってきて、バーナード・ビッケルがビザントール人たちを連れて帰ってきた、と伝えた。

「すばらしい！」デイム・イサベルはいった。「ロジャー、お手数だけれど、あなたはお客を座席に案内してあげて。くれぐれも忘れないでね――あの小さなショールの房飾りが長ければ長いほど高貴な人たちなのよ」

ロジャーはうなずいてから、自分が役立つ人材であるとアピールしたい一心で急いで出ていった。

バーナード・ビッケルが報告にやってきた。「彼らはこっちへむかっていました――徒歩旅行のようなものから帰る途中だったようで、遅れたのも、おそらくそれが理由でしょう。わたしが強く迫って従わせ、いま彼らがここに来たというしだいです」

デイム・イサベルはのぞき穴から確かめた――はたしてそのとおり、客席はビザントール人で満席になっていた。こうして大人数があつまっていると、彼らはこれまで以上に奇妙で人間とかけ離れたものに見えてきた――そればかりか、どことなく不安をかきたてる存在にも見えた。デイム・イサベルはためらったのち、まだ閉まっている幕の前に出ていって歓迎のあいさつを述べはじめた。

「紳士淑女のみなさま、わたくしどものささやかな公演にようこそいらっしゃいました。これからごらんにいれますは歌劇〈フィデリオ〉、わたくしたち人類の誇るもっとも偉大な作曲家のひとり、ルートヴィヒ・ヴァン・ベートーヴェンの作品です。みなさまにこのオペラをお見せするのは、ひとえに地球のすばらしい音楽についてもっと学びたいという方が、このなかからひとりでも多く出てほしいとの願いからです。さて、こうしたわたくしの言葉がみなさんにどれほど理解されているのかもわからないことですし、わたくしはそろそろ舞台裏に引っこみ、あとは音楽そのものに語らせることにいたしましょう。お待たせしました、〈フィデリオ〉の開幕です！」

サー・ヘンリー・リクソンが指揮棒を一気にふりおろした。音楽がホールを満たした。

デイム・イサベルは降船タラップを降りていってホールの入口で足をとめ、序曲に耳をかたむけた。惑星シリウスでその楽の音《ね》がなんと美しく響いていることか！　この栄光に満ちた真髄、地球文明の第七の蒸留物ともいうべきこの音楽がシリウスの大気中に広がり、この星の惨めな境遇にある憐れきわまる生き物の魂まではいりこんでいくとは、なんと感動的なことか！　この体験がビザントール人にとって徳育になり、石を地面から掘り起こしているだけの存在から引きあげるだろうか？　この音楽にそなわる美と高揚の十分の一なりともが、彼らに伝わるだろうか？　ああ、なんてかわいそうなんでしょう！　デイム・イサベルは思った。そんなふうになると断言できなかったからだ。

幕があいて、最初の場面がはじまった。いずれもビザントール人たちの毛皮をまとったマルツェリーネとヤキーノが愛や切望を歌いあげていた。こうしてビザントール人たちを観客に迎えたいま、これまで救いがたいほど馬鹿馬鹿しく見えていた衣裳もそれほど珍妙には思えなくなっていた。そこへダイラス・ボルツェン総督が副官をともなってやってきた。デイム・イサベルは手をふった。ボルツェンは疲れもあらわに手をふりかえした。デイム・イサベルは前へ進みでて、総督を出迎えた。

「なにもかも、ただただ申しわけなく思っています」ボルツェンは深刻な口調だった。「お話しする時間がとれなかったのですが、きょうビザントール人たちがこちらへ来ないことはわかっていました。用心深さのほうが先に立ってしまって……」

デイム・イサベルはいぶかしげに両眉を吊りあげた。「だれが来られないですって？　ビザントール人たちが？　あの人たちなら来てますわ。満員御礼の大盛況よ！」

ダイラス・ボルツェンは驚き顔でデイム・イサベルを見つめた。「ここに来ている？　そんなことは信じられません。ならず者集団が山から降りてきているいま、彼らが住まいの洞窟から出てくることはありえませんからね」

デイム・イサベルは笑顔で反論した。「でも、みなさん、ここにいらしてますのよ。この劇場へやってきて、いまは大いに音楽を楽しんでいるところです」

ダイラス・ボルツェンは劇場の入口に近づいて、ホールをのぞきこんだ。それからゆっくりとあとずさる。つづいてデイム・イサベルにむけた総督の顔はすっかり蒼白、しかもひくひくと引き攣《つ》っていた。

「ここに来ている観客は――」と、奇妙な声で話しはじめる。「――みんな、ならず者たちです――ロイヤル・ジャイアント族が恐れている連中、乱心のあげく放逐されたはぐれ者の集団ですよ」

「な、なんですって？　それは確か？」

「ええ。ごらんになれませんか――ほら、黄色の服を身につけています。それに彼らの手には燧石《ひうちいし》の石器がある。彼らの気が立っている証拠です！」

デイム・イサベルは両手を揉みあわせた。「わたくしはどうすればいいの？　公演を中止したほうがよろしい？」

「なんともいえません」ボルツェンは答えた。「ほんの些細な刺戟でも爆発を引き起こしかねませんから」

「でも、わたくしたちにはなにができて？」デイム・イサベルは声を殺してたずねた。

「とにかく、どんな意味でも彼らを刺戟しないことです。いきなり大きな音を出すのは禁物です。オペラ台本もオリジナルにもどすのが無難でしょう。彼らの境遇に少しでも通じるような部分があれば、あの連中の怒りが爆発しかねません」

デイム・イサベルは舞台裏へ走っていくと、「全部変更よ！」と、大声で叫んだ。「なにもかもオリジナル版へもどしてちょうだい！　ちがう観客が来ているの！」

オットー・フォン・シーラップが信じられない思いもあらわに、デイム・イサベルを見つめた。「ちがう観客？　どういう意味ですか？」

「いま来ているのは蛮族なの――いいえ、それどころじゃない。ほんのちょっとしたほのめかし程度でも、頭に血がのぼって大騒ぎするような連中よ！」

オットー・フォン・シーラップは不安なまなざしを舞台へむけた。ハーミルダ・ウォーンがマルツェリーネの見当ちがいの愛を憐れむフィデリオとして歌っていた。歌いながらハーミルダはスカーフに手を伸ばしていた――スカーフで感情表現を強調するのがいつもの習慣だった。デイム・イサベルはいきなり舞台に走りでていき、ハーミルダの手からスカーフをひったくった。

「これは黄色よ」デイム・イサベルは、あっけにとられている歌姫にひとこと金切り声をぶつけると、ふたたび走って退場した。

そのあとデイム・イサベルはのぞき穴から観客席に目を凝らした。観客たちは座席のなかで落ち着きなく体を動かし、なにやら恐ろしげな雰囲気で頭を動かしたりねじったりしている。

デイム・イサベルはたずねた。「ミスター・ビッケルはどこ？」

アンドレイ・ズィンクが指さした。「観客席のあのあたりで、石の棍棒をもったでかい生き物にオペラの説明をしてますね」

「なんと恐ろしいこと！」デイム・イサベルは悲鳴じみた声でいった。それから走って宇宙船の球体Aを走りぬけて船橋へむかった。そこで見たのは、マドック・ロズウィンにキスをしているゴンダー船長の姿だった。

「ゴンダー船長！」デイム・イサベルは角笛のような声を張りあげた。「無理にとはいわないけれど、ひめごとのお楽しみを少しのあいだ忘れてもらえない？　深刻な緊急事態で、すぐにでも対処しなくてはならないの」

それからデイム・イサベルはできるかぎり簡潔に、現状を船長に伝えた。

ゴンダー船長はそっけなくうなずくと、インターフォンでクルーに手短な警告を発した。それをすませると、船長はデイム・イサベルのあとから船内連絡チューブを大股で歩いて舞台へむかった。

デイム・イサベルはまたのぞき穴の前へもどった。観客たちはまちがいなく落ち着かない状態だった。ならず者たちのなかには四本の足で立ちあがり、体を揺らしたり腕をふりまわしたり、さらには頭をぶつけあったりしている者も多かった。舞台上の歌手たちはこの動きから目を離せず、歌詞もつかえがちになっていた。サー・ヘンリー・リクソンはオーケストラにむけて渾身の力で指揮棒をふるっていたが、そこへまた観客席から気を散らす要素が新しくあらわれた。

バーナード・ビッケルは観客席にいて、このグループの長老だと目星をつけたならず者の隣席にすわり、ビザントール人のかぎられた理解力でもわかるような範囲でコメントを口にしていた。黄色いショールにも、鋲《びょう》のような燧石を埋めこんである棍棒にも気がついているようすはなかった。いや、ひょっとしたら後者の棍棒についていえば、純粋に儀式の道具にすぎないと勘ちがいしていたのかもしれない。自分の発言の正確にはどの部分がこの長老らしきビザントール人の逆鱗《げきりん》にふれたのか、ビッケルにはわからなかった――いずれにしても長老は、ビッケルのコメントを中断させようという意図もあからさまに棍棒を高々とふりあげた。しかし長老は、この音楽環境学者の秘められた能力を見くびっていた――以前にも、こうした緊急事態に直面した経験があったビッケルは拳で長老の右の頭を殴って棍棒の攻撃をすばやくかわすと、そのままオーケストラ・ピットに身を躍りこませ、打楽器群のあいだに落ちていった。唐突に響きわたったシンバルの大きく耳ざわりな音が、ビザントール人たちを昂奮させたようだった。一同はうなり、うめき、燧石の武器をふりあげながら、バーナード・ビッケルとオーケストラ・ピットに殺到した。

動ける楽団員はみな先を争って舞台へと逃げたし、観客席に近い側にいた楽団員は、ならず者をそれぞれの楽器で追い払おうとしていた。ゴンダー船長が大声で命令をくだしながら、前へ躍りでていった。一方、乗組員たちは消火用のホースを引っぱりだしてきた。

舞台上では歌手のひとりが狂乱のあまり毛皮を脱いで、観客席に投げ捨てた。これが、不安定な状態にあったならず者たちを即座に警戒させた。ほかの歌手たちが野次るような大声をあげながら、おなじように毛皮を脱ぎ捨てると、ビザントール人たちはあとずさっていった。つづいて高圧ホースから噴きだす大量の水を浴びせかけられると、ビザントール人たちは散り散りになって劇場から平原へと逃げていき、そこでいったん隊列を組みなおしてから、ぶかっこうにぴょんぴょん跳ねながら北へ逃げ去っていった。

それから三十分もすると、ようやく秩序といえそうなものがもどってきた。デイム・イサベルとバーナード・ビッケルとゴンダー船長、それにサー・ヘンリー・リクソンとアンドレイ・ズィンク、およびオーケストラ団員と歌手の大部分が船内のメインサロンに集合した。ボルツェン総督があまり気乗りのしない口調で、いまの顛末《てんまつ》について分析を披露したが、ほどなくその言葉は人々のざわめきにかき消されてしまった。

ようやくダイラス・ボルツェンが人々の耳目をとらえたのは、こんな発言をしたときだった。「あしたは、きょうのようにはなりません！　わたしがロイヤル・ジャイアント族の面々をかならずやこちらへ連れてきます――燧石の武器をぜったいにもたせずに！」

サロン全体が一瞬で静まりかえった。アンドレイ・ズィンクがサー・ヘンリー・リクソンになにか話しかけた。サー・ヘンリーはうなずき、デイム・イサベルをわきへ引っぱっていった。唇がきつく結ばれた——それから、なにか思いきった発言でもするかのように息を吸いこんだ——しかしそこでためらい、最後に小さく一回だけうなずいた。ダイラス・ボルツェンにむかって、デイム・イサベルはこういった。

「こんなことをいうのは心苦しいのですけれど、シリウス入植区ではもうオペラを上演しないことになりました。オーケストラ団員の大多数が演奏する気をなくしてしまいましたのでね——いえ、ほかにもやる気を削《そ》がれた者がたくさんいます。ということで、〈ポイボス号〉の離陸準備が完了したら、わたくしたちはただちにこの惑星を離れることにいたします」

7

歌劇団の最初の公演にともなう大騒動にまぎれて、デイム・イサベルはマドック・ロズウィンをシリウス入植区で下船させる予定だったことをすっかり失念していた。マドック・ロズウィンも、デイム・イサベルの目につかないように身をひそめていた。

そのことを思い出したデイム・イサベルは、大きく舌打ちをした。あの女にゴンダー船長が明らかにのぼせあがっているのを思い出すと、またもや舌打ちが出た。しかし――あまり気が進まないまま――自分の知ったことではない、と考えることに決めた。次にゴンダー船長と二番めの寄港地について話しあったさいには、マドック・ロズウィンの名前が話に出ることはなかった。

「わたくしたちの旅程によれば――」デイム・イサベルはとっておきの格式ばった声でそういった。

「次の寄港地はオリオン座ファイ星の第二惑星ゼイドの予定です。ミスター・ビッケルから、ゼイドの住民はまぎれもなくヒューマノイドだとききました。まちがいはなくって、バーナード？」

ちょうどキャビンにはいってきたバーナード・ビッケルは肯定の返事を口にした。「わたし自身は訪問したことこそありませんが、ゼイドの現地人は外見が人間に似ているヒューマノイドというにとどまらず、文化の面でも地球人類と似通ったところを見せていますし、そのなかには音声を変化させることを土台にした芸術もあります。つまりは音楽のことですが」

「だったら、次に行くべきはゼイドね」デイム・イサベルはいった。「船長、そちらへ寄港したところで、ルラールへの航路から大きくはずれないですむのでしょう?」

「ええ、たしかに」ゴンダー船長は不承不承答えた。「面倒ではありません。オリオン座ファイ星はおおざっぱにおなじ方角ですから。しかし、わたしからひとつ提案があります」

デイム・イサベルは礼儀正しく、小首をかしげて質問した。「とおっしゃると?」

「前に人から、海蛇座のある惑星に、高度に発達した音楽をもつ住民がいるという話をきいたのを思い出したんです。地球人類はめったに訪れない惑星で、芸術が高度に発達しているという話です。ですから、あなたが歌劇団を率いて訪問するのに絶好の惑星ではないかと、そんなふうに考えたしだいです」

デイム・イサベルは鋭い視線でゴンダー船長を一瞥した。ゴンダーの口調には、ほとんど察しとれないほどわずかながら嘘の響きがあった。「たしか船長のお話では、わたくしたちの現在の旅程の目的地は惑星ルラールだったはず。これにまちがいはないわね?」

「ええ、ありません。そのとおりです」

ビッケルが口をはさんだ。「話のついでにいわせてもらえばだね、船長、そろそろわたしたちにルラールの座標を明かしてもいいのではないかな? なんといっても、わたしたちは盗賊でもハイジャック集団でもない。いかなる意味でも、きみに害をなす意図がこれっぽっちもないことは明らかではないか」

ゴンダーの土気色《つちけいろ》の長い顔に淡い笑みが皺をつくった。「座標はわが胸ひとつにしまっておいたほうがよろしいかと思います。それにはもっともな理由がありましてね」

「そうはいっても、きみの身になにかあったらどうなる！」バーナード・ビッケルが声を高めた。「そうなったら、わたしたちは当初の目的地であるルラールにたどりつけなくなるぞ！」

ゴンダー船長は強情にかぶりをふるばかり。

「そんなふうにわたくしたちを信頼したくないという、あなたの態度が理解できません」デイム・イサベルはいった。「よもや、わたくしたちがあなたを言葉巧みに騙そうとしているとでもお思い？」

「滅相もありませんし、そういった印象を与えたのなら謝罪します」

「だったら、どうしてそこまで用心しているの？」

ゴンダー船長はしばし考えこんでから、「では、率直に申し上げましょう」といった。「あなたがたはこの件を信頼の問題だとおっしゃった。しかしながら、そんなふうに情報の開示を求めたことで、あなたがたがわたしを信頼していないことが明らかになりました。となれば、わたしの心にも不信に対抗する不信が生まれる。あなたがたは本来わたしのものであるべき多額の資金を管理しており、それをわたしの優位に立つための材料にしておられる。わたしにはそちらが求める情報がありますが、この情報こそ、わたしが優位に立つための材料です。つまりあなたがたはわたしに、その材料を引き渡して、そちらの影響力のもとにはいれとおっしゃっているのですよ――しかも、対応する譲歩をいっさいせずにね」

デイム・イサベルはわけがわからないという顔で、小さくかぶりをふった。「地球上でなら、いまのあなたの話も多少は意味をもつかもしれなくてよ。でも宇宙にいるいま……惑星ルラールへむかっているいま、あなたになんの得があって？　ミスター・ビッケルもわたくしも名誉を重んじています。ただ議論を進めるためだけにいうのだけれど、わたくしたちがあなたをどこかの星に置き去りにするようなことは考えられないし、とことんメロドラマ風になってしまうけれど、あなたを死へ追いやろうとしているとは考えられないわ」

「いろいろ奇妙なことが現実に起こった例がありますからね」ゴンダーは最高に皮肉たっぷりな微笑みでいった。

デイム・イサベルは鼻を鳴らした。「あなたとはまったくお話にならないわ、船長」

「かりにわたしたちが、きみへの犯罪行為をたくらんでいるとしようか」バーナード・ビッケルがいった。「ルラールを出発したあとや、きみがわたしたちをルラールへ案内したあとでも、いまとおなじく簡単に実行できる。それどころか、もしわたしたちがきみの想像しているような悪人なら、きみの口から正確な位置座標を確実にききだし、そのあときみを始末しようとするはずではないか」

ゴンダー船長はかぶりをふった。「この話題はおわらせましょう。いずれしかるべき時期になれば、みなさんがわたしに金を払う番になる、ということで」

「その件では、こちらに選択の余地はないみたいね」デイム・イサベルは切り口上でいった。

「さて、先ほどわたしが話題にした惑星の件です——その惑星訪問は、きわめて実り多いものになると、わたしは信じて疑いません」ゴンダーはいった。

「それはそうかもしれないわ。もう一度ルラールの話にもどるけれど、そもそもルラールはどの星系に属する惑星なの？」

「鯨座です」ゴンダー船長はぶっきらぼうにいった。

「ということは——海蛇座に属する惑星を訪ねるのなら、ルラールとは正反対の方角へむかうことになる。つまり、えんえんと退屈な寄り道を強いられるわけね。そうでしょう？」

ゴンダー船長は、こびへつらっているような口調で答えた。「たしかに、少々まわり道になるかもしれません——しかし、きわめて実り多い寄り道になりますよ。いわせてもらえば、あの惑星を訪ねないのは多大な損失であると考えます。住民はヒューマノイドそのもの――いえ、わたしにいわせれば、地球人類とほとんど変わらず――」

バーナード・ビッケルが疑わしげに眉を寄せた。「海蛇座？　海蛇座にそんな星があるなんて、寡聞にして知らないね」

デイム・イサベルが船長にたずねた。「あなたはその話をどこから仕入れてきたの？」

「さる老探険家が話をしてくれました」ゴンダー船長は、先ほどデイム・イサベルの疑念をかきたてたときとおなじ、いかにも誠実そうでありながら嘘くさい口調で答えた。「話をきいて以来、訪問の機会をずっと待っていました」

「その惑星訪問はまた別のときにしてもらうほかはないわ」デイム・イサベルはきっぱりといった。「わたくしたちの今回の旅程はすでに決定ずみ。一個人の気まぐれで、銀河系をあっちへ行ったりこっちへ行ったり、ふらふらするのはできない相談よ。おあいにくさまね、ゴンダー船長」

ゴンダーは体の向きを変えてサロンの出口へむかった。デイム・イサベルはその背中にむけて話しかけた。

「お手数だけれど、この船の次の寄港地はオリオン座ファイ星系の第二惑星ゼイドだと航宙士に伝えてちょうだい」

ゴンダー船長が出ていき、ドアが滑って閉まると、バーナード・ビッケルはデイム・イサベルに顔をむけた――両眉は吊りあがり、青い目を困惑に大きく見ひらいていた。「妙ですな！　あらゆる下っぱの悪魔の名にかけて……いったいぜんたい、どうしてゴンダーはさっきの話の惑星にあんなに行きたがっているんでしょうか？」

デイム・イサベルはすでにその件を頭から払いのけていた。「理由がわかったところで関係ないわ。

だって、どうせそんな星へは行かないのだから」

デイム・イサベルとバーナード・ビッケルのふたりがゴンダー船長をまじえて話しあっているあいだ、あてどもなく船内をうろついていたロジャー・ウールはたまたま球体C内にある舞台を横切ることになった。オーケストラの団員と歌手たちはすでに日課の練習をおえていたが、舞台には彼らがそこにいた記憶がまだ残っていた——香水と樟脳《しょうのう》、弦楽器の弓の手入れにつかう松脂《ロジン》、管楽器用のバルブオイルなどの香りがただよっていたのだ。ひとつだけともっている仄暗《ほのぐら》いライトが舞台を照らし、小道具の椅子のひとつにひっそり腰かけていたのは……マドック・ロズウィンだった。

ロジャーを目にしても、マドックは表情ひとつ変えなかった。ロジャーはゆっくりと近づいていって話しかけた。「できたら、あんなふるまいをした理由を話してもらえないかな？　ほら、ぼくについての根も葉もないひどい話をした理由をね。……まるでぼくが、きみの意思を踏みにじって、なにかを無理じいしたみたいな話だった……」

マドックはひらひらと手を動かした。「あのときは、それがいいことに思えたから。ロジャー、わたしが気まぐれで天邪鬼《あまのじやく》な女だってことくらい、あなただってもうわかってるはず。わたし、あなたが思ってるような女じゃないのよ」

「きみに利用されたという気分が、どうにもこうにも拭えなくてね。でも、きみの目的が皆目わからない……。前はきみから好意を寄せてもらっていると思っていた。そのとおりなら……いまでもその気持ちが変わっていないのなら——お願いだから話しておくれ。そうすれば、この悲しい誤解をすっかり消し去ることもできるだろうから」

「誤解はひとつもないわ、ロジャー」マドック・ロズウィンの声は穏やかだったが、まったくなんの感情もこもっていなかった。

　ロジャーはしばしマドックを見つめてから、頭を左右にふった。「どうしてここまで美しく、ここまで感受性が豊かで、ここまで賢い女性が、これほどまでに不実になれるのだろう？　ぼくにはまったくわからない！」

「無理にわかろうとする必要はないのよ、ロジャー。さあ、とっととここを離れて、伯母さまをさがしにいったら？　あなたに頼みたい用事があるんですって」

　ロジャーはくるりと身をひるがえすと、舞台を去っていった。ロジャーを見送るマドック・ロズウィンは、奇妙なやつれた表情を見せているだけだった――どのような意味にもとれる顔つきだった。


　そのあともふさぎこんだまま船内をうろついていたロジャーは、サロンの外の通路でデイム・イサベルと顔をあわせた。デイム・イサベルは、奇妙な物音にまつわるエイダ・フランシーニの苦情に耳をかたむけていた。

　デイム・イサベルはロジャーに目をとめた。ちょうどよかった――ロジャーに頼みたいちょっとした用事があるというのは嘘ではなかった。

「ロジャー、球体Dで耳ざわりな〝どすどす〟という音がきこえるのは知っていて？　なんでもこれといった規則性もないまま、どこからともなく響いてくるらしいのだけれど」

「いえ、ぼくは気づいていません」ロジャーは気だるく答えた。

「ミス・フランシーニがいうには、その音を歌劇団のほかの人たちも大いに迷惑だと感じているらしいの。ゴンダー船長に苦情をいったけれど、まともにとりあってもらえなかったそうよ」

「だれかがいびきでもかいてるとか？」ロジャーはたずねた。

「わたくしもそれは思ったのだけれど、ミス・フランシーニによればいびきとは似ても似つかない音ですって」

ロジャーはあらためて、自分はそんな音に気づいたことはないと答えた。

「ともかくあなたにはその音の原因を突き止めてほしいの。もし騒音の原因が船の機械によるものだったら、技官長に報告しておいてちょうだい」

ロジャーは精いっぱい力をつくすとだけ答え、だらしない歩き方で球体Dへむかった。それからロジャーは、エフライム・ザーナーとオットー・フォン・シーラップが共同でつかっている船室のドアをノックし、迷惑千万な雑音の詳細をたずねた。

ザーナーもフォン・シーラップも情報を提供してくれた。とはいえ、ふたりの話のすべてが一致していたわけではない。エフライム・ザーナーは、かぼそく鋭い口笛めいた音に、ときおり鼓動のような音や苦しげな息づかいめいた音がまじると語り、フォン・シーラップのほうは〝なにかがぶつかったり落ちたりするような音にくわえて、がたがた鳴る音や、きいきいというきしみがあわさって、不気味なことこのうえない騒音になる〟と強調した。なんでもこの騒音は一、二日の間隔をおいて予告なくはじまり、ときには二時間も——さらにはそれ以上長く——つづくこともあるという。

ロジャーはほかの団員たちへの聞きこみをつづけた。なかには、ほかの者よりも不安を強めている者がいた。団員たちのだれもが音の性質については独自の定義をくだしていたが、精神的な苦痛に感じられる音だという点では全員の意見が一致していた。

ロジャーは球体Dのなかをあちこち歩きまわったが、不愉快な騒音は一度もきこえてこなかった。そこでもう一度エイダ・フランシーニと話し、騒音がはじまったらすぐに知らせてもらって、そのときいっそう綿密に調査することにした。

六時間後、騒音現象が勃発した。エイダ・フランシーニがロジャーをさがした。ロジャーは約束どおり、エイダといっしょに球体Dへ引き返した。エイダはロジャーを自分の船室へ連れていき、指を天井へむけた。「ほら、きいて！」

ロジャーは耳をそばだてた。なるほど、たしかに問題の騒音がきこえていた。さらに、これまでの全員が音の性質について、事実と異なる発言をしていたわけではないことも認めざるをえなかった。というのも騒音は、息切れめいた音やがたがた揺れるような音、物が落ちたり、ぶつかりあったりするような音、鋭く高いきしみ音や風を切るような音や鼓動じみた音などのあらゆるバリエーションから構成されていたからだ。音は壁からきこえるようにも空中からきこえるようにも思えたし、四方八方から響いてくるようにも、どこからともなく流れてくるようにも思えた。

船室から通路に出ると、騒音は小さくなった。そのあと船室を綿密に調べた結果、最終的にロジャーは騒音がもっぱらエアコンのダクトから流れてきている、と結論づけた。ダクトをふさいでいる金網に耳を押しつけて、数分ほど騒音に耳をかたむけてから、ロジャーは立ちあがって膝の埃を払った。

「この騒音の原因については、心当たりがないわけではありません」ロジャーはエイダ・フランシーニにいった。「しかし、まずはもっと徹底的に調査を進める必要がありますね」

一時間後、デイム・イサベルはロジャーがサロンに腰を落ち着けてソリテアをしているところに行きあわせた。

「どういうこと、ロジャー？」デイム・イサベルはたずねた。「これまでなにをしていたの？　ミス・フランシーニは、あのやかましい騒音がこれまで以上にひどくなっているときかされたし、そればかりか、あなたが原因を突きとめたようだという話もきかされたのよ」

「ええ、あの音の出どころはわかりましたよ」ロジャーはいった。「あの音は球体Eにある乗組員用の食堂から出ていて、それがエアダクトをつたって球体Dにまで届いていたんです」

「あら、ほんとに！　それで乗組員食堂でいったいなにがあって、やかましい騒音が出るようなことになっているの？」

「それはですね――乗組員の有志がウォッシュボード・バンドを結成したんですね」

「な、なんですって？」

「い、い、い、なんだって？」ちょうどサロンにやってきたバーナード・ビッケルがたずねた。

ロジャーは、食堂では〈悪運《タフラック》ジャグバンド〉なる名前で知られているバンドの楽器や演奏スタイルについて、できるかぎり詳細に説明していった。メンバー全員がそろうと、バンジョーとハーモニカと洗濯板そっくりのウォッシュボード、カズー、金だらいに紐を張ったウォッシュタブベース、それに陶製瓶《ジャグ》という編成で、鼻笛が参加することもある。

デイム・イサベルはすわりこんだまま、なにもかもが信じられない内心もあらわな表情を見せていた。「でも、いったいなぜ乗組員たちがわざわざそんな大騒ぎをしなくてはならないの？　元気があまっている子供たちの集団なら、鍋やフライパンを叩くこともあるでしょうけど――」

「レパートリーも多いんですよ」ロジャーはいった。「なかなか景気のいい演奏をしてくれます」

「なにを世迷《よま》い言《ごと》を」デイム・イサベルはいった。「バーナード、こんな話をきいたことがあって？」

バーナード・ビッケルは頭を左右にふって否定の返事にかえた。「連中がこの騒ぎにどんな名前をつけていようとも、船内の全員が迷惑するような真似を見すごすわけにいきませんな」

「お願いだから、手を打ってちょうだいな、バーナード。まったくもう、このぶんだとあの人たちは次になにを考えつくのやら……」

宇宙空間──星系とのかかわりで考えれば、群れあつまった島々同士をへだてる大海原とおなじように、存在をはっきり知覚できるようにも思える闇の虚空──が、後方へ過ぎ去っていった。いや、これは虚空になんらかの意志があるような言いかただ。それはそれとしても、なにかが後方へと過ぎ去っていったことはまちがいない。シリウス系が背後に遠ざかっていき、代わってオリオン座ファイ星が近づいていたし、これが現実に起こるにあたっては、なんらかの重要なプロセスが進行していたことはまちがいない。サロンを歩きまわっていたロジャーは一冊の本をふと手にとり、著名な宇宙論学者であるデニス・カーテッツのペンによる一節に目を通した。

永遠という魅力的な命題は、われわれのだれもが理解しようと格闘してきた。とりわけて課題になったのは無限に広がる空間の問題であり、宇宙という有限の空間をもちだすだけでは避けられない問題である。これほど綿密に検討されてはいないのが、それとは別の方角の永遠──すなわち極小世界の永遠である。こちらもまた、もうひとつの永遠とおなじくいつ果てるともなく広がり、そちらにひけをとらぬほどの魅力をそなえている。

どんどん小さな部分に目をむけていくと、物質になにが起こるのか？　物質は一貫して微細な単位になっていき、やがては実験的にもあつかえないばかりか、数学的にもあつかえないほど微小になる。いずれは──というか、そのように感じられるのだが──あらゆる物質、あらゆるエネルギー、あらゆるすべてのもの、さらには宇宙それ自体ですら、二項対立概念で表現できるにちがいない。基本的なイエスとノー。前と後ろ。内側と外側。時計まわりと反時計まわり。四次元的螺旋の内へむかう動きと四次元的螺旋の外へむかう動き。この段階にいたってもなお、微小をめざす際限のない後退はやむことがない。なににもよらず、どれほど小さくなっても、それは極限に（これは形式的な表現にすぎないが）小さな形態はその百分の一であると示すための一種の物差しにしかならないからであり……。

すでに気鬱に悩まされていたロジャーには、大宇宙の無限性についての論考も噴飯ものとしか思えず、本を横へ投げ捨てた。

バーナード・ビッケルはロジャーに、〈ポイボス号〉から観察する宇宙も、本質的には空が澄みわたった晴天の夜、バルゥー館のテラスから見あげる宇宙と変わりない、と指摘した。ロジャーはおおむね賛成だったが、それをきいてもほんの少しばかり憂鬱が薄まったにすぎなかった。

前方でオリオン座ファイ星が輝きを増し、やがて第二惑星ゼイドが視認できる日がやってきた。ほどなくして〈ポイボス号〉は着陸軌道に乗った。

地球人街の住民総代が無線で着陸許可を送信してきた。そして〈ポイボス号〉はゼイドに降りていって着陸した。

8

銀河系の居住惑星の大多数の例に洩れず、ゼイドも地形学的に見た場合に多様な特徴をそなえている惑星だった。ひとつだけの大陸は、全惑星の表面積のじつに三分の二を覆い、そこに数十もの入海や入江、半島、地峡、フィヨルド、岬と湾があった。倉庫と居住棟と行政機関の建物群から構成されている地球人街は、南大海から内陸に数キロはいった川の土手に位置していた。住民総代をつとめていたのは、エドガー・キャムという思慮深げな長身の男だった――大きな鼻と大きなあご、大きな手足をもち、いかにもじっくりと熟慮をめぐらせる人物の雰囲気をただよわせていた。そしてキャムはいま、使命感に燃えるデイム・イサベルを思いとどまらせようと腐心していた。

デイム・イサベルの船室で椅子に腰かけているキャムは、自身が悲観的な見通しをもっていることをこう説明した。

「理屈の上だけなら、わたしもあなたの目的に異をとなえるものではありません。ゼイドの住民はおおむね敵対的でもなければ、非協力的になることもありません。単にその行動が予測しがたいだけです。この星には、少なくとも十六種類の知的種族がいます――それぞれは、地球人類の各人種以上に異なっています。体色と身体構造が異なるため、それぞれの文化もまた異なっています。彼らを一般化して話すようなことさえ、わたしには手にあまります」

「彼らはヒューマノイドなのですね？」

「ええ、それはそのとおりです。疑問の余地はありません。百メートルも離れれば、人間とほとんど見わけがつかないほどです」

「わたくしがきいた話では、彼らは——ある意味で——芸術的だとか？　つまり、なにかを創造したり、事物を象徴にまで昇華させたりするプロセスを理解する力や、そういった象徴をもちいて感情をあらわす方法を理解する力がある、ということでいいのかしら？」

「その点は断言できます——ただし、くりかえしになりますが、手段や方法は多種多様そのものですよ。惑星ゼイドに暮らす各種族の特異な一面といえば、文化的な交流が欠如していることでしょう。それぞれの種族はどうやら自給自足できているようですし、ときおりおこなわれる奴隷狩り以外には、隣人たちにはろくに目をむけもしていません」

デイム・イサベルは顔を曇らせた。「つまりあなたがおっしゃっているのは、ゼイドの人たちを観客として公演をおこなった場合、わたくしたちが肉体的危害をくわえられたり、いやがらせにあったりする可能性があるということ？」

「その可能性もなくはありませんね——みなさんがブラウンバック山脈に乗りこむとか、あるいはスタガグ・オゴッグ・クロウビルズ族の前で公演をするような無鉄砲なことをすれば、の話ですが。しかし、いまあげたのは特異なケースですよ。全体的にいえば惑星ゼイドの住人たちは——彼らの特別な風習や習慣への留意を決して欠かさないかぎりにおいては——恐れるべきところがあるにしても、地球人類と五十歩百歩ですし、そこにこそゼイド人たちの予測しがたい要素がひそんでいるのです」

「その点については、わたしたちを信頼してくださっていいと思いますよ」バーナード・ビッケルはいった。「こう見えて、わたしたちもずぶの素人ではありませんし、現地人の特異な条件には最大限の譲歩もします」

「それはそれとして」デイム・イサベルはいった。「あなたのほうで適切な旅程を組んでいただければ大助かりですわ――わたくしたちが、いちばん実りの多い部族の前で公演を披露できるような旅程を」

「旅程をご提案することならできますよ」キャムは知識をひけらかすような口調でいった。「ただし、手配はできかねます。この惑星におけるわれわれ人類の立場は、それだけで敬意を払われるようなものでは断じてありません。率直にいえば、その正反対です。ここの部族の一部では、地球はさぞや荒廃しきった惨めな星にちがいないと信じられています――そうでなければ、これだけ多大な労力をかけてほかの惑星まで来るわけがない、という理屈でね。いずれにしても、わたしの権限がおよぶのはこの居住区という囲い地の範囲内にかぎられますし、みなさんがここ以外の土地で現地人と衝突したとしても、あいにくわたしにはお助けできません。おおむね、これといって特別な危険はありませんが、ゼイド人たちは多種多様で複雑であり、その行動は予測できないという事実だけは強調しておきます」

デイム・イサベルはいった。「ミスター・ビッケルからもお話がありましたが、わたくしたちもまったくの初心者ではありません。わたくしたちの善良な意図は、どこであってもかならずや相手に伝わるものと確信しています」

キャムはさして感服した顔も見せないまま、おざなりにうなずいた。「注意を欠かさず、忍耐心を発揮して、かつ目立たない言動を心がけているかぎり、面倒な目にあうことはありません。通訳としてつかえる男をひとり、みなさんのもとに派遣することもできます。訪問に適した地となると――ちょっと考えさせてください……。水の申し子《ウォーター・ピープル》族ならまちがいないところですな。彼らには、高度に発達した独自の音楽がある。そればかりか、生活の儀式の部分で音楽が重要な役割を果たしています。それからストライアド族――穏やかな気性の知的な種族です。それから――ほかはどういう部族でしょうね。樹を歩む者たち《ツリー・ウォーカーズ》は？　避けたほうが無難だ。彼らは内気で、おまけにあまり知的ではありません……。心の戦士族《メンタル・ウォリアーズ》。彼らなら大丈夫だ。名前に怖じけづかないでください――これは彼らの試練をもちいた儀式に由来する命名なんですよ。彼らはきわめて機略縦横な種族です――おそらくこの惑星全体で、いちばん知的な種族でしょう」

「あら、それはいいお話」デイム・イサベルはいった。「あなたの意見は、バーナード？」

「賛成です。それに、惑星シリウスでの失敗の二の舞だけは断じて避けなくてはなりませんし」バーナード・ビッケルは答えた。

「ほんとにそのとおり。今回はもう台本の改変や調整はしません――故郷である地球で上演されているとおりの形式で公演をおこなうことにしましょう」

　キャムが辞去のために立ちあがった。「では、ダーウィン・リッチリーをただちにこちらへ寄越します。リッチリーがみなさんを、先ほどわたしが挙げた土地へ案内しますよ。すばらしい語学の才能をもった男です。もちろんわたしも、みなさんに最大限の幸運をお祈りしましょう」

　キャムが去っていってほどなく、ダーウィン・リッチリーがやってきた。深刻そうな表情のピンク色の顔をした小太りの男で、禿げあがった頭皮もまたピンク色だった。

「キャム総代から、みなさんの目的をうかがっておりますよ」そうもったいぶった口調で、デイム・イサベルに話しかける。「総じてご立派な目的だと感服してはおりますが、もっと低いレベルでの問題があるのではないかと懸念してもおります。計画そのものの仰々しさが、誤解や厄介な問題を引き起こすことは断言してもいいと思いますね」

デイム・イサベルはこわばった嫌悪の表情でリッチリーを見つめた。「あなたはまた、妙に自信たっぷりな方のようね、ミスター・リッチリー。わたくしたちは何週間もかけて細心の注意を払って計画を練り、熱心に稽古をかさね、少なからぬ資金を投じ、いうまでもなくはるばる遠くから大宇宙をわたる旅をしたのちに、公演の準備もすっかりととのえて、この惑星ゼイドにたどりついたのです。それなのにあなたは悲観的な言葉を述べられた――まるで、わたくしたちを不安と狼狽でしりごみさせ、わたくしたちが予定をすべて投げ捨てて地球へもどることをお望みになっておられるみたい」

「マダム、あなたは誤解なさっておられる」リッチリーはあわてたようすで弁解した。「わたしはただ、現実に即した絵を描いてさしあげようとしただけです。あとあと、みなさんから無責任だと誇《そし》られることがないようにしたい一心でして。惑星ゼイドの住人はたしかに知的種族ではありますが、ややもすれば視野が狭くなりがちであり、不安定であてにならないばかりか、激しやすくさえあります」

「それはどうもご親切さま――お言葉、しかと承りましたわ。さて、地図をおもちいただいているようですから、その地図を調べさせていただけます？」

ダーウィン・リッチリーはぎこちなくうなずくと、惑星唯一の大陸をメルカトル図法で描いた地図をひらいた。

「ここが現在位置です」いいながら、南東部の一地点を指で示す。「おそらくみなさんは、ミスター・キャムからこの惑星の現地民の多様性についての話をおききになったことでしょう――ミスター・キャムが訪問をみなさんに薦めたのは、ストライアド族と水の申し子族《ウォーター・ピープル》、心の戦士族《メンタル・ウォリアーズ》あたりだとお察しします。わたしならほかに推薦する種族もありますが、それはおきましょう。テルセラ地方に住むストライアド族は——」いいながら地図を指先で叩く。「——最初に訪問するのにいちばん適しているでしょうし、彼らが生彩に富む華やかな種族であることはまちがいありません」

〈ポイボス号〉が黒とオレンジ色とライムグリーンの熱帯雨林の上を堂々と滑空していくあいだ、ダーウィン・リッチリーはストライアド族の簡潔な説明をつづけた。

「この惑星の住民たちは地球人類にくらべると、生物学的な面ではきわめて弾力的といえます。どの種族も基本の部分ではすべて同一なのですが、それでいて身体面のみならず、精神面においてもきわめて多様な変異が見られるのです。たとえばこのストライアド族は、特殊な環境に驚異的なほど適応してきました。テルセラ地方は火山活動がかなり活発な地域です。そのためふんだんな温泉があり、沸騰している泥の池も多数あり、ストライアド族はこうしたものを材料にして城を築きます。彼らは気質の穏やかな種族ですし、音声を利用することにかけては高度に発達した種族でもあり、ストライアド族だけがもっている特異な器官から、その声を発しています」

前方では熱帯雨林が衰えてきて、竹に似た黒い樹木とオレンジ色の大きな和毛《にこげ》の塊がある樹林草原に変わってきた。遠くに目をむければ、空へむけてそそり立つ灰色の山なみが見えていた。ダーウィン・リッチリーは、浮かびただよっている霧をさし示しながらいった。

「あそこが温泉地帯です。よくよく目を凝らせば、蒸気のあいだにそびえているストライアド族の都市が見えますよ」

数分もすると、ストライアド族の住む砦にも似た高い住居が目につくようになってきた——彩色された泥を建材にした六階、あるいは七階建ての壁のぶあつい建物だった。

都市の前にひらけた草原があり、〈ポイボス号〉はそこに着陸した。たちまち鉄の門を通って、数十人のストライアド族たちが前へ進みでてきた。ダーウィン・リッチリーがデイム・イサベルとバーナード・ビッケルとロジャーをともなって下船し、近づいてくるストライアド族を待ちうけた。

なるほど、たしかに彼らはヒューマノイドだった——かなりの身長があり、腕と足はほっそりとしていたが、胸には大きな畝《うね》が盛りあがっていた。皮膚はてかてかとした緑色の輝きを帯びていた。頭は細長く、羽毛めいた黒いものが生えている。目の粗いシャツを着て真鍮製の肩飾りをつけ、たくましい胸は剝きだしで、音声を発する振動帯のある、畝で囲まれた浅いへこみがあらわになっていた。彼らは宇宙船から数メートル離れたところで足をとめ、ぎこちない姿勢のまま立っていた。振動帯が収縮して痙攣めいた動きをすると、儀礼的な歓迎の意味をもつ静かな音がひとつだけ出てきた。

ダーウィン・リッチリーが、摩擦音と咳払いだけに思えるような耳ざわりな言葉で話しはじめた。ストライアド族は、仲間うちでわずかに話しあってから返事をした。

リッチリーはデイム・イサベルにむきなおった。「彼らは喜んでオペラ公演を見せてもらうといっています。これには驚かされたといわざるをえませんな。彼らはきわめて内気であり、そのうえ地球人を見たことがほとんどありません——おそらく五、六人の商業使節しか見たことがないでしょうね。公演の初回はいつを予定していますか？」

「あしたでは早すぎます？」

ダーウィン・リッチリーがストライアド族に問いあわせた結果、デイム・イサベルが指定した時間でなんの問題もないことがわかった。ほどなくして地球人たちは彼らの都市に迎え入れられた。リッチリーは決しておかしてはならない、数件の単純なタブーを教えてくれた——建物に足を踏み入れるのは禁物、温泉になにかを投げこむのは禁物、大酒を飲んだり突飛な行動をすることは禁物、子供たちに格別の関心を見せるのは禁物。リッチリーによれば、子供たちは寄生生物と見なされ、食用にされることも珍しくないという話だった。デイム・イサベルが恐怖を表明すると、ダーウィン・リッチリーは笑った。

「小ぜりあいという以上の意味はないんですよ。それに子供たちも仕返しに、大人をぐらぐら沸き立っている温泉に突き落としたりしますしね」

一行はダーウィン・リッチリーからの教えをしっかりと胸に抱いて、午後と夕方の時間をストライアド族の都市を散策してすごした。泥が沸騰している湖の光景に一行は驚嘆した――いちばん大きな湖はマスタードのような黄色だったが、ほかにも赤や灰色、チョコレートのような茶色の池もあった。この泥から高い建物がつくられている。ストライアド族が振動帯から音のビームや超音波振動を発して泥を割ったり、かきまぜたり、あるいは圧縮したりして有用な品をつくりだしていくようすに、地球人一行はすっかり心を奪われていた。

地球人たちは、現地に好印象を残しているようだった。ストライアド族のスポークスマンが、一行を宴席に招いた。ダーウィン・リッチリーはデイム・イサベルと急いで相談したのち、地球人の一行はオペラ公演の前夜は絶食をする習慣になっているといって、この誘いをていよく断わった。

翌朝には球体Cがひらかれ、中央に立てられた支柱に天蓋が張られて劇場がつくられた。ストライアド族のためにデイム・イサベルが選んだのは〈魔笛〉だった。惑星シリウスの居住地区での大混乱の記憶も生々しかったこともあって、今回デイム・イサベルはオリジナルの台本にいっさい手をくわえないことに決めていた。観客には、このオペラが地球で上演された場合とまったくおなじものを見てもらう。

「なんといっても」デイム・イサベルはバーナード・ビッケルに話した。「あの手の不愉快な妥協をすることには、どこか相手に媚《こ》びているところがありますもの。わたくしたちの目的はあくまでも、この広い宇宙にいるいろいろな種族に地球の音楽のありのままの姿を、その力と神々しさをそこなわずに伝えること——せせこましく改竄《かいざん》したあげく、当の作曲者でさえ自作だとわからないまで変形させてしまった音楽ではなくってね」

「まったくおなじ意見です」バーナード・ビッケルは答えた。「ストライアド族にはこれといって音楽的才能の発露は感じられませんでしたが、総体としては礼儀を重んじる創造の才をそなえた種族のようでしたな。おそらくあなたも、門の上の壁面がさまざまな色の泥で飾られていたことにお気づきだったのでは？」

「ええ、もちろん。じつに印象的だったわ。ロジャーに写真を撮っておくようにいうのを忘れないようにしないと——ロジャーが船に乗っていることの表向きの理由はそこにあるのだし」

「どうもロジャーは、このところずっと浮かぬ顔を見せているようですな」バーナード・ビッケルはいった。「あんなふうに気をわるくしているのは、ゴンダー船長がマドック・ロズウィンをもっぱらひとり占めしていることにあるのだと思いますがね」

デイム・イサベルは口をきつく結んだ。「その問題を考えていると、どうしても腹が立ってならないのよ——あなたが指摘したとおり、あんなふうにゴンダー船長が若い娘をわがものにしていても、こちらは船長をお払い箱にできないのだから、なおさら腹立たしくて」

バーナード・ビッケルは肩をすくめた。「とはいえ、この件はロジャー以外の者にはほとんど関係ありませんな。あの娘は、だれの邪魔にもならないように気をつけています。あの娘以上に目立たない者がいるとは想像もできません」

「そのとおりであることを祈るだけね」デイム・イサベルは鼻を鳴らした。

開幕時間が近づいていた。出演者たちは舞台衣裳に身をつつんでいる。おいしい昼食のあとで船の近くをそぞろ歩いていた楽団員たちもオーケストラ・ピットに集結し、楽譜を整理したり、邪気のないからかいの言葉を応酬したりしていた。

多才な泥からつくられた空高くそびえる都市から、ストライアド族が以前とおなじように威風堂々といかめしい雰囲気の歩き方でやってきた。彼らは臆するようすもためらいも見せないまま劇場へはいっていって、席に身を落ち着けた。デイム・イサベルは空席からストライアド族の都市に目を移した——しかし、もう宇宙船に近づいてくるストライアド族の姿はなかった。

デイム・イサベルはダーウィン・リッチリーを呼びつけた。「こちらへ来る予定の観客はこれで全部なのかしら？　劇場にはまだ百人も来ていないようだけれど」

「ちょっときいてきましょう」リッチリーは、ストライアド族のひとりに近づいて話しかけ、顔を曇らせてデイム・イサベルのところへもどってきた。「あの男がいうには、観客はこれで全員だとのことでした。彼らはいずれも責任ある立場の者であり——市会議員のようなものだと思いますが——なんらかの決定が必要になったときには、充分な権限をそなえているとのことです」

デイム・イサベルは怒りもあらわにかぶりをふった。「わたくしには、まったくわけがわかりません」

「それはわたしも同様です」リッチリーはいった。「それでも、きょう来ているのは都市のエリートたちですからね。この客の前でオペラを上演するのは大事だと思いますよ」

「こう話せば納得してもらえるかもしれません」バーナード・ビッケルがいった。「ほかの土地で、おなじような情況にめぐりあったことがあるんです。そこでは文化的貴族階層に属する者たちだけが、芸術上の神秘を探求するという特権を享受していました」

デイム・イサベルは、堅苦しく背を伸ばして座席にすわっている客たちをのぞき見た。ストライアド族の面々は、早くもオーケストラが出しているチューニングの音に関心を寄せていた。「いってみれば、芸術家たちによる支配ということ？　なかなか楽しい考え方ね……。そういうことなら、ええ、開幕に踏み切るしかないでしょう」

サー・ヘンリー・リクソンが指揮台にあがった。まず観客にむかってお辞儀をしてから、さっと指揮棒をふりあげる。アダージョの序奏の、金管楽器による最初の三つの和音が流れはじめた。観客は魅入られたようにじっとすわっていた。

幕があがった。王子タミーノが大蛇に追われて登場し、劇がはじまった。観客たちが舞台に関心を集中させているようすに、デイム・イサベルは安堵の胸を撫でおろしていた。ストライアド族の面々は身じろぎもせず、おりおりに称賛の意味で顔をしかめていた――とりわけその反応が強かったのは、第二幕における演唱でエイダ・フランシーニが最高音のFを披露したときだった。

オペラはおわった。歌手たちがカーテンコールのために出てきて一礼した。ストライアド族の観客はゆっくりと立ちあがり、初めて仲間内で話をしはじめた。それなりに意見の不一致があることは、はた目にもわかった。やがてストライアド族の面々はオーケストラも出演者も無視して議論をつづけながら、劇場をあとにして外のひらけたところへ出ていった。

デイム・イサベルは全方向に愛想笑いをふりまき、うしろにバーナード・ビッケルとダーウィン・リッチリーをしたがえて前へ進みでていくと、ストライアド族につかつかと近づいていった。

「わたくしたち地球人のすばらしい音楽のご感想は？」デイム・イサベルが満面の笑みでたずね、リッチリーが通訳した。

ストライアド族のグループの代表が答え、リッチリーはわずかに困惑をのぞかせた。

「その人はなにを話してるの？」デイム・イサベルはたずねた。

リッチリーは眉を曇らせたまま、ストライアド族を見つめていた。「この男は〝入手可能性〟についてたずねてきています」

「入手可能性？　わけがわからないわ」

「わたしもです」リッチリーは重ねて質問し、ストライアド族の男は長々と説明した。

ダーウィン・リッチリーは両眉を吊りあげた。いったん口をひらいて話しかけ、すぐにお手上げだといいたげに肩をすくめて、デイム・イサベルにむきなおる。

「些細な誤解がありました……いえ、ある程度の誤解といいましょうか」リッチリーはいった。「たしか前に、これまでのストライアド族と地球人の交流は、おりおりの通商使節との交渉にかぎられているというお話をしましたね？」

「ええ、ええ！」

「どうやら彼らは〈ポイボス号〉も同様の使節だと思いこんでおり、その思いこみのまま、きょうの公演を見にきたようです」ダーウィン・リッチリーはためらったのち、早口で一気に説明した。「彼らはオペラ公演に心底から感じ入ったわけではありません。彼らはこういっています――自分たちにはトロンボーンやバイオリンは不要だ、なぜなら自分たちの振動膜で充分に用が足りているからだ、しかしオーボエ奏者を二名とコロラトゥーラ歌手一名をぜひ注文したい、と」

「なにをいうかと思えば！」デイム・イサベルはそういうと、辛抱強く見まもっているストライアド族の面々に怒りもあらわな顔をむけた。「あなたからいってあげてちょうだい――」

バーナード・ビッケルがすかさず前に進みでていき、如才なく言葉をつなげた。「こういってください――ご所望《しょもう》の商品は需要がきわめて多く、近い将来に入荷する目処《めど》はまったく立っていない、と」

ストライアド族はダーウィン・リッチリーの説明を辛抱強く、また礼儀正しくきいたのち、ゆっくりとした足どりで自分たちの都市へ引き返していった。デイム・イサベルは怒りさめやらぬまま劇場の撤去を命じ、〈ポイボス号〉は水の申し子族《ウォーター・ピープル》の住む地へとむかった。

熱帯雨林に水源をもつ流れのゆるやかな川は、最初は西へ、次は北へ、それから南東にむかって流れたのち、大きな内海に注ぎこんでいたが、そこで長さも幅もほぼ八十キロにおよぶ三角州を横断していた。この三角州こそが、水の申し子族の居住地域だった。彼らは進化の結果、ストライアド族とおなじ種族とは思えないほど異なる形態に変わっていた。ストライアド族ほどの長身ではなく、あざらしのように柔軟な体。振動膜はすっかり萎縮してしまったか、あるいは最初から発達していなかった。皮膚はくすんだ灰色。頭部はストライアド族よりも丸い。またストライアド族の場合には黒い冠のような羽毛が頭に生えていたが、水の申し子族の場合にはわずかに緑がかった黒い繊維が、申しわけ程度に力なく頭から生えているだけだった。またストライアド族よりも個体数が多く、神経質なまでに活発だった。彼らは周囲の自然環境にかなりの程度まで手を入れて、運河と池と堤防、それに浮き島を驚くほど複雑に組みあげ、まわりを泳いだり、棹であやつる平底のはしけで移動したり、あるいは荷物の包みや梱《こり》を積んだ帆船で移動したりしていた。全居住地域を通じて、大都市はひとつもない。あるのは草と葦でつくられた小屋がならぶ、数えきれないほどの小さな集落だけ。そして三角州の中央、直径およそ一キロ半の島に、小枝と編みあげられた布地と琺瑯《ほうろう》仕上げの赤い板でつくられた、仏塔のような塔があった。

この水の申し子族について、ダーウィン・リッチリーはかなりの話をデイム・イサベルとバーナード・ビッケルのふたりに話してきかせていた。

「もしかすると、みなさんは水の申し子族がストライアド族ほどは鄭重《ていちょう》でもなく、また優雅ではないと思われるかもしれません。それどころか、彼らは冷ややかなまでに超然としていますし、これはうっかりすると嫌悪のあらわれであると解釈しかねないものです。しかし、そうではありませんし、水の申し子族が感情面での深さを欠いているというのも、またまちがった認識です。ただし、彼らはきわめて保守的であり、新奇なものには疑いの目をむけます。キャム総代がなぜみなさんに水の申し子族を訪問することをすすめたのか、みなさんは疑問に思われるかもしれません。しかし、答えは単純です。彼らには高度に発達した音楽があるからです――そして彼らの音楽には少なくとも一万年におよぶ伝統があります」

「それはそれは」デイム・イサベルはわびしげにため息をついた。「なにはともあれ、〝音楽〟という単語の意味を知っている知的種族にようやくめぐりあえるなんて、こんなにうれしいことはなくってよ」

「それについて懸念はありませんね」ダーウィン・リッチリーはいった。「彼らは筋金入りの専門家です。だれもが絶対音感をもっています。みなさんがどのような和音をどのように転回させて奏でようとも、即座に特定することができるほどです」

「あら、まあ、それはほんとうにいいお話だこと」デイム・イサベルはいった。「でも、わたくしたちのオーケストラと似たようなものをそなえているわけではないのでしょう?」

「正確におなじものはそなえていません。成人のすべてがなんらかの音楽家です。彼らには生後すぐから、儀式でもちいられる遁走曲《フーガ》のある決まったパートが割り当てられます。そしてその人物は先祖代々、一家にうけつがれている楽器でそのパートを演奏するのです」

「それは興味深いお話ね!」デイム・イサベルはいった。「そういった音楽を、わたくしたちが耳にする機会はありそう？」

　ダーウィン・リッチリーは唇を結んだ。「なんともいえません。水の申し子族は、決して訪問者を冷遇しませんし、敵意をむけることもありませんが、みなさんもいずれおわかりになるように、奇矯なところのある部族でしてね。とにかく、向こうの思うとおりにするしかありません。わたしは彼らのことをずいぶんよく知っていますし、向こうもわたしのことは知っている。しかし、親愛の情や歓迎の雰囲気はおろか、こちらを知りあいだと認める仕草ですら――そういったものは、まったく目にすることはないでしょうね。それでも、みなさんは音楽的に洗練された部族の人々と会いたいとおっしゃった。そういった人々がいるのは、そう、ここです」

「本当にあなたがいうとおりの人々ならね」デイム・イサベルはいった。「わたくしとしては、彼らが目にしたこともないようなものを見せてあげたいわ。あなたのお薦めはなにかしら、バーナード？」

　バーナード・ビッケルは考えをめぐらせたのちに答えた。「ロッシーニはいかがでしょうか――〈セビリアの理髪師〉などは？」

「名案ね。あの作品には、水の申し子族のような人々の鑑賞眼を引きつける、ある種の陽気なおふざけの要素があるもの」

〈ポイボス号〉は、三角州中央にある島の仏塔に似た塔の近くに着陸した。ダーウィン・リッチリーによれば、この塔は〈古文書庫〉と呼ばれているとのこと。さらにリッチリーは水の申し子族の社会制度をひとつらなりになった逆接と混乱そのものだと形容し、どれほど熱心な民族学者でも解明にはいたっていない、と話した。これ以上ないほど大ざっぱな言いかたをするなら、人生のあらゆる行動や段階のひとつひとつに規則があり、分類され、さらに指導層や監督役の厳しい穿鑿《せんさく》の対象になっている。

デイム・イサベルとダーウィン・リッチリーとバーナード・ビッケルの三人は、水の申し子族がいかに奇矯な部族なのかという話しあいをつづけながら、降船タラップをくだっていった。すでに水の申し子族の代表団が下で待っていた。スポークスマンをつとめている者が、今回の訪問の目的をたずねてきた。

リッチリーがつぶさに答えると、代表団はいったんその場から引きあげていった。

「あとは待つしかありません」リッチリーはデイム・イサベルにいった。「代表団は、音楽長官のもとに報告にいきました」

当の音楽長官なる人物は一時間後に、みずからを地区監督官と称した人物をしたがえて姿をあらわした。ふたりはダーウィン・リッチリーの話に真剣に耳をかたむけた。ついで長官が慎重な口ぶりで数センテンスの言葉を口にし、リッチリーがそれを通訳した。

「長官は知りたがっています……音楽の伝統面の背景を……どんな音楽かといえば……みなさんがこれから――ええと……その……」リッチリーは口ごもった。「うまく対応する言葉を見つけられません。〝世に送りだす〟？　それとも〝発布する〟？　ああ、そんな感じだ。つまり――長官はみなさんがこれから発布しようとしている音楽について、その伝統面の背景を知りたいといっています」

「とりたてて話すことはないわ」デイム・イサベルはいった。「とにかく楽しいオペラだもの。明確な社会的メッセージがあるわけではない。楽しい気持ちになれる音楽をたくさん盛りこむための容器というだけ。わたくしたちは純粋に奉仕の気持ちでここまでやってきたの――わたくしたちの音楽を、長官やそのお仲間の方々とわかちあうために」

ダーウィン・リッチリーはこの言葉を通訳してから、デイム・イサベルにむきなおった。「みなさんはその音楽をいつ発布する予定なのでしょうか？　またその期間は？　そして回数は？」

「それは、わたくしたちの音楽がどのように受け止められるかによるわ」デイム・イサベルは如才なく答えた。「わたくしたちの演目が観客のみなさんを楽しませたのなら、数回の公演をおこなってもいいかもしれない。でも、もしそうならなければ、わたくしたちはここをあとにする。そのくらい単純な話よ。最初の公演については、観客をあつめられるかどうかにかかっている――でも、観客を見つけるのがむずかしいとは思えないわ」

さらに言葉がやりとりされたのち、リッチリーはデイム・イサベルにいった。「あしたであれば、最初の公演をおこなえるとのことです」

「それはけっこう」デイム・イサベルはてきぱきと答えた。「では、あした――午後三時に開幕としましょう」


劇場は翌日の午前中、すでに手慣れた乗組員たちによって設営された。午後二時には出演者たちは舞台衣裳に身をつつみ、メーキャップもすませた。二時半には、楽団員たちがオーケストラ・ピットにあつまった。

しかし、観客席にすわるはずの客たちの姿はまだ影も形もなかった。デイム・イサベルは外へ出ていき、不安もあらわに顔を曇らせて田園地帯に目を走らせたが、どちらの方角を見ても日々の暮らしがいつものペースで、いつもの方向に進んでいるだけだった。

三時十分前、あいかわらず観客はゼロのまま。

そして午後三時きっかりに、前日に一同と会った地区監督官がひらたい箱を手にして姿をあらわした。同行者はいなかった。監督官はデイム・イサベルとバーナード・ビッケルとダーウィン・リッチリーの三人に手短な挨拶をすませ、劇場へはいっていって、ひとりで席にすわった。それから箱をあけて用紙とインクと筆をとりだし、すべてをすぐ手にとれる場所にならべた。

デイム・イサベルは観客席入口から、監督官に疑いのまなざしをむけた。「どうやらあの人は、まちがいなくオペラを見にきたみたいね」

バーナード・ビッケルは島をざっと見わたした。「ほかにはだれの姿も見えませんな」

デイム・イサベルはリッチリーにむきなおった。「いつになったら観客たちがやってくるのかを教えてもらってきてちょうだい」

リッチリーは監督官と話しあい、デイム・イサベルのもとにもどってきた。「観客はあの男ひとりです。しかも監督官は、開演が予定時刻よりも遅れていることに少々おかんむりでした」

「ひとりしか客がいないのに開演できるわけがないでしょう！」デイム・イサベルは抗議した。「そのことはちゃんと説明したの？」

「ええ——まあ。こちらとしてはもっと大勢の観客が来るものと予想していたと説明しました。ところが監督官は、自分は事前調査を命じられたと答えました——不快かもしれない音声を、いきなり大人数の者たちに無理やりきかせる危険を避けるため、あらかじめ公演の内容を調査して評価をくだすためだ、ということです。この仕事は自分の義務だ、とも話していました」

デイム・イサベルはきっぱりと口を閉ざした。この一瞬にかぎっては〈セビリアの理髪師〉を承認してもらうべく、おうかがいを立てるべきか否かという決断がどちらへ転んでも不思議はなかった。

バーナード・ビッケルが、とっておきの慰撫する声音で話しはじめた。「わたしたちがどこへ行くにしても、その土地固有の規則があることは予期していてしかるべきかと思いますよ——それが高度に発達している世界であればなおさらでしょう。これについては、当方に打てる手はなきに等しい

――こちらが現地の習慣にあわせるか、それができないなら去るまでです」

デイム・イサベルは不本意ながらもうなずくしかなかった。「あなたの意見が正しいようね。わたくしたちのような高い理想を胸にいだいた者がすばらしい経験をわかちあうために、いくら才能と資金を投じようとも、それで恩恵を受ける立場の人たちときたら、感謝の気持ちひとつ見せはしない。わたくしとて、感謝感激の洪水を求めているわけではないのよ――ただ、ほんの少しでもいいから認めてほしいだけ。そうすれば満ち足りた気持ちになれる。わたくしが信じていないのは――」監督官が近づいてきて、デイム・イサベルは途中で口をつぐんだ。監督官が話し、リッチリーが通訳した。

「監督官は公演がはじまらないことに苛立っています――すでに予定時刻よりも十九分遅れている、といっています」

デイム・イサベルはさっと両手をふりあげ、「やるべきことをやるだけよ」といい、サー・ヘンリー・リクソンに合図を送った。リクソンは、食い入るように見つめている監督官以外にはだれもいない観客席の向こうから、驚いた表情を返してきた。ついで、あらためてデイム・イサベルに目顔で問いかけた。デイム・イサベルはもう一度おなじ合図を送った。サー・ヘンリー・リクソンは指揮棒をかかげた。序曲の最初の和音が流れはじめ、〈セビリアの理髪師〉がはじまった。

まったく無反応の監督官しかいないなかで上演するのは、関係者のだれにとっても決して心の浮き立つ経験ではなかった。しかし一方では出演者の名人芸のおかげもあって――ただの型どおりの上演になってもおかしくなかったにもかかわらず――中身のない抜け殻のようになる事態は避けられた。

オペラ上演のあいだ、監督官はすわったまま舞台をひたすら注視していた――その表情には満足も不満ものぞかず、ときおり筆とインクで心おぼえを書きとめる以外は身じろぎひとつしていなかった。最後の声によるアンサンブルが、オーケストラの全奏におおわれた。そして幕がおりた。デイム・

イサベルとバーナード・ビッケルとダーウィン・リッチリーの三人は、最後のメモをとっている監督官にむきなおった。それから監督官は立ちあがって、出口のほうへ歩きはじめた。デイム・イサベルから怒鳴り声で指示されるまでもなく、ダーウィン・リッチリーはすかさず走りはじめていた。それから出口で長時間の会話が交わされるうち、デイム・イサベルはついに話に割りこみ、監督官がどんな裁定をくだしたのかをたずねた。

ダーウィン・リッチリーは、はた目にも苦労しながら答えた。「否定的な印象しか受けませんでした——これが監督官の感想の骨子です」

「なんですって？」デイム・イサベルはいった。「それはまたどうして？」

監督官はデイム・イサベルの大声の真意をおしはかっているような顔を見せながら、リッチリーに話しかけた。リッチリーがその言葉をこう通訳した。

「監督官は多くのつまらないミスに気がついた、と話してます。衣裳は気候を考えると不適切だった。ええと、いまは技術面での批評にかかっています……。歌手たち——ふむふむ、わたしには理解できない単語です——〃ブグラシック〃だ、と。ふむふむ。この単語は、オーケストラが〃含意〃を示しているときに歌手たちは——これもわたしには馴染みのないフレーズですが——〃ゼル・ジャイ・シュルラーマ〃しようとしていたが、これに無様《ぶざま》に失敗、結果として不完全な〃ガハアク・ジッス〃になっていた、と——最後の言葉も意味がわかりません。仮に〃含意〃と訳した部分は、ひょっとしたら上音か倍音の意味かもしれませんが……。和音の進行は——いや、そういう意味でいっているはずがないんですが、ともかく——和音の進行は北から西へ進むものではない」

リッチリーは、いまでは手もとのノートのメモを読みあげている監督官の言葉にききいった。

「オリジナルの交唱はそもそも不完全だ……。〃ザカル・スクス・フグ〃があまりにも〃ブルガ・スクス・グズ〟に近づきすぎ、どちらもテクスチャーの水準に達していない……。二重唱は半分ほどまでは興味をかきたてられたと話しています——型破りではあるが正統的でもある〝グルスグク・イ・ズグッスク・トルグ〟だからだ、と。演奏家たちが、あまりにも禁欲的にすわったままであることも不満だとのこと。自分は演奏家たちが動くべきだと考える——必要ならば活発に飛び跳ねるべきだ——それでこそ音楽を融合させられる。作品は粗雑で無規律、あまりにも多くの不正確な——下層がある？　ひょっとしたらレガートのことかもしれません。こうした欠陥のもろもろが修正されないかぎり、断じてこの作品を部族の者たちに推薦することはない……とのことです」

デイム・イサベルは一から十まで信じられない思いで頭をふった。「こちらの方がわたくしたちの目的を完全に誤解しているのは明らかね。監督官におすわりになるようにいってちょうだい——いまお茶を運ばせますから」

監督官は不承不承したがった。デイム・イサベルはその隣に腰をおろすと、それから一時間かけて——おりおりにバーナード・ビッケルの発言もさしはさみつつ——地球の古典音楽全般の歴史や哲学や構造について、なかでもグランド・オペラについて、つぶさに説明していった。監督官は礼儀正しく耳をかたむけていたばかりか、ときおりはメモをとってもいた。

「さて」デイム・イサベルはいった。「これから、別の作品をお目にかけます——なににしましょうか……。〈トリスタンとイゾルデ〉ではいささか厄介。でも、この場にはふさわしい作品だと思うわ。様式と形式の双方において、前の作品とは明瞭なコントラストを見せてくれますもの。バーナード、ワーグナーの出演者たちに舞台衣裳を着るように伝えてちょうだいな。二十分後に〈トリスタンとイゾルデ〉の開幕よ。ロジャー、あなたはサー・ヘンリーとアンドレイにその旨を伝えてきて。さあさあ、みんな急いで——こちらの監督官はわたくしたちを馬鹿扱いしたけれど、そうではないことをなんとしても納得させなくてはならないの！」
楽団員たちがオーケストラ・ピットに引き返してきた。バイオリニストたちは指をマッサージし、トランペット奏者たちは唇に軟膏を塗った。前奏曲が崇高なまでのほろ苦い情熱をはらんで流れはじめたのは、楽団員たちの卓抜な技巧とサー・ヘンリーの力強いタクトさばきがあってこその成果だった。

上演のあいだ、デイム・イサベルとバーナード・ビッケルとダーウィン・リッチリーの三人は銀色の皮膚をもつ監督官の近くにすわり、目の前で演じられている霊的葛藤の名状しがたい特性について、それぞれが全力をつくして説明していた。監督官はなんのコメントも口にせず、おそらくは三人の説明の言葉にもろくに注意を払っていなかった——ただ前回とおなじように、謎めいた記号を筆でノートに書きつけているばかりだったのである。

楽劇は終盤にさしかかっていた。イゾルデが「愛の死」を歌った。歌声が残響のなかへ消えていく。オーケストラの奏でる音楽という織物から、オーボエの物悲しい響きがたちのぼり、魔法と悲嘆の壮大なテーマを歌いあげて……そして幕がおりた。

デイム・イサベルはダーウィン・リッチリーにむきなおった。「さあ、いかがかしら？　これなら、その御仁《ごじん》もご満足でしょうね！」

監督官はかすれた声で、子音だらけの言語をもちいて話した。リッチリーは、ぽかんと口をあけて話をきいていた。デイム・イサベルは言葉に詰まり、バーナード・ビッケルが手で制止していなかったら、すぐにも立ちあがってしまいそうだった。

「監督官はいまでもまだ——その——いささか批判的です」リッチリーはうつろな声でいった。「わたしたち人間の観点は多少なりとも理解したが、それは決してお粗末な音楽の言いわけにはならない、とのことです。とりわけ監督官が批判しているのは、地球の音楽における和音進行が——監督官の表現をそのまま借りるなら——息苦しいほど単調だという点です。自分のような心の広い者ならともかく、そうでない観客であれば退屈のあまり激怒しているだろう、といってます。人類の音楽は、子供の詠唱のようにくりかえしばかりであり、転調も新しい主題も、古い主題のくりかえしも、どれもこれもただ衒《てら》いすぎているだけで想像力のかけらもない、事前に予測できるような手法でしか表現されていない、とのことです」

デイム・イサベルは目を閉じた。監督官がまたもや席を立った。

「どうか、おかけになって」デイム・イサベルは緊張もあらわにきつい声でいった。「バーナード、これから〈ヴォツェック〉を上演するわよ」

バーナード・ビッケルのととのった灰色の眉が、驚愕のあまりぴくんと吊りあがった。「〈ヴォツェック〉を？　いまから？」

「ええ、ただちに。アンドレイとサー・ヘンリーに伝えて」

バーナード・ビッケルはときおり後方に顔をめぐらせながらも、デイム・イサベルに命じられた仕事を果たしにいき、ほどなくしてもどってきた。

「歌劇団は疲労困憊《こんぱい》しています」と、心もとなげな口調でいう。「みんな、正午からなにも食べていません。ハーミルダ・ウォーンは足の痛みを訴えています。クリスティーナ・ライトとエフライム・ザーナーもです。第一バイオリン奏者は手にまめができたので、このままだったら手袋をして演奏するしかないと主張していました」

デイム・イサベルは静かな声で冷ややかにいいわたした。「とにかく二十分後には、〈ヴォツェック〉の幕をあけること。歌手は衣裳を着替えはしても、わざわざ新しくメーキャップをするにはおよばないわ。声が嗄《か》れた者がいたら、薬用ののど飴を支給してあげて。足の痛みを訴える歌手たちには、ふだんの靴に履きかえることを強くお薦めしておいてちょうだい」

バーナード・ビッケルはふたたび舞台裏へむかった。しばらくして、楽団員たちがふたたびオーケストラ・ピットにはいってきた。不機嫌にぶつぶつとこぼしている声があがり、いつもより荒っぽい手つきで楽譜がまわされていた。第一バイオリン奏者は、これ見よがしに白い手袋を両手にはめていた。第二トロンボーン奏者が乱暴にグリッサンドを吹き鳴らした。

サー・ヘンリー・リクソンがいかめしく指揮棒で指揮台を叩いた。

〈ヴォツェック〉！　デイム・イサベルは監督官を見つめながら、口もとにこっそりと淡い笑みをのぞかせていた。その笑みはこう語っているかのようだった――《わたくしたち地球の和音が陳腐だとお思い？　でしたら、この和音をいくつか分析したらよろしくてよ》。

〈ヴォツェック〉をその壮絶なフィナーレまで演じきったのは、いずれも疲れはててはいたものの、逆説的ながら意気軒昂としていた歌劇団の団員たちだった。監督官はわき目もふらず、一心に手もとのノートを参照していた。しかしデイム・イサベルは、全員であらためてサロンにあつまって、お茶とビスケットの時間をもつことを主張した。全員が腰を落ち着けると、デイム・イサベルは問いかける目つきを――といっても、まるで挑みかかるかのような目つきだったが――監督官にむけた。「それで、いまのご感想は？」

監督官が話し、それをダーウィン・リッチリーが単調に通訳していった。

「水の申し子族が鑑賞するものとして、内容の偏向しているものや挑発的なもの、あるいは強い説得力をもつものを推薦することはできかねる。最後の即興演奏は巧妙ではあったが反面で自暴自棄でもあった。最後にひとこと――〝ブスグ・ルガッシク〟を委託されている演奏者たちは、空《くう》を切る楽器が前置きに出している〝スルフクス〟に耳をかたむけたほうがよいと考える」

「空を切る道具？」

「監督官がいっているのは、サー・ヘンリーの指揮棒のことです。監督官の耳は指揮棒が空を切るときの音をとらえることができて、あれを楽器のひとつだと思いこんでいるのです」

デイム・イサベルは氷のように冷たい声でいった。「その男が愚か者なのは明らかよ。よければ、わたくしたちの忍耐心は底をついた、水の申し子族のように音をききわける耳ももたず、ひとりよがりで偏見に凝り固まった連中の前でのオペラ公演など、こちらから断固として拒否すると、そうあの御仁に伝えてちょうだい」

ダーウィン・リッチリーは、この発言に慎重な改訂をほどこして相手に伝えた。監督官はさして興味もみせずに発言をきいていた。それから監督官はノートに顔を寄せて、なにやら計算しているかのようなようすになった。監督官が話しかけると、ダーウィン・リッチリーは目をぱちくりさせてから、おずおずと通訳した。

「監督官は自分の手数料設定を――」

「て、手数料ですって？」デイム・イサベルはこみあげる激情にかすれた声で、そうききかえした。「なんとまあ、厚かましいにもほどがある！　即座に船から退去するように命じなさい！」

ダーウィン・リッチリーはとりなすような口調で答えた。「監督官が専門的な業務をこなした場合、その料金を請求するのが当地の慣例なのです。たしかに、懐中電灯用の電池六百個は――」

「いったいなんの話？」デイム・イサベルはいった。「どうしてまた、藪から棒に〝懐中電灯用の電池〟の話が？」

リッチリーは弱々しく微笑んだ。「懐中電灯用の電池は、この地域の通貨なんです――というか、少なくとも地球人と現地人のあいだでは」

デイム・イサベルは誤解の余地のないはっきりした、そして断固たる口調でこういった。「その者には、懐中電灯用の電池だろうとなんだろうと、いっさいの支払いをするつもりがないことを通告してちょうだい。わたくしがその者の態度を傲岸不遜《ごうがんふそん》だと考えていることも説明して。それから、その者がわたくしひとりにとどまらず、ミスター・ビッケルも、そして劇団の全員をも侮辱したと感じていることもね。懐中電灯用電池の支払いが必要になるとしたら、むしろ払うのはそちらのほうだといってちょうだい。わたくしたちはみな疲れている、だからとっととお引きとり願うと伝えて。ロジャー！　ゴンダー船長に、ただちに劇場撤去の作業にとりかかるように伝えてきてちょうだい！」

監督官は椅子から動こうとしなかった。デイム・イサベルはいぶかしむような目を監督官にむけた。

「今度はなんですって」

ダーウィン・リッチリーは困惑もあらわな声で答えた。「計算まちがいがあったといってます。なんでも三つ以上の音色をもちいて演奏される楽曲の場合には、批評能力への負荷が増大するために、追加料金が発生するとか。今回の場合、最初の二作品について発生する追加料金はそれぞれ懐中電灯用電池五十個、三番めの作品〈ヴォツェック〉では百五十個と見積もっています。これをあわせて合計額は八百五十個になる、ということです」

「帰るようにいって。いっさい支払うつもりはないわ」

リッチリーと監督官は短時間の会話をかわした。ついでリッチリーがデイム・イサベルにいった。

「支払いがなされなければ、自分の胚種嚢《はいしゆのう》の中身を船内に放出することも辞さない、といっています。もしそうなれば、〈ポイボス号〉の船内には約一千万の水の申し子族の幼生が満ちあふれることになります――なお幼生は、おおむね監督官自身と似通っているとのことです」

デイム・イサベルは口をひらいて話しかけ、またすぐに口を閉じてバーナード・ビッケルにむきなおった。「つまり、支払わなくてはならないということ？」

「いかにも」バーナード・ビッケルは悲しげにいった。「支払うほかはありませんな」

「そういわれても、この船にはそんなにたくさんの懐中電灯用の電池はないわ」デイム・イサベルはダーウィン・リッチリーにいった。「だったらどうすればいいの？」

「キャム住民総代に連絡すれば、必要な量を積んだ飛空艇をこっちへ寄越してくれるはずです」

一時間後、飛空艇が到着した。支払いがすむと、監督官はそれ以上はもう騒ぎたてることもなく〈ポイボス号〉から去っていった。

「こんなに腹立たしい目にあわされた覚えはないわ」デイム・イサベルはいった。「まったく、およそ知的種族の名にふさわしい頭がありながら、どうすればあんなに傲慢で、あんなに狭量になれるものかしら？」

バーナード・ビッケルは笑った。「あなたもわたしくらい宇宙旅行の経験を積めば、なにに遭遇しても驚かなくなりますよ。わたしたちがずいぶん昔に学んだことですが、勝利の機会をひとつ得るたびに、今度は失望なり無理解なりにぶち当たるものなんです」

「わたくしが期待しすぎていたのかもしれないわ。それにしたって――」デイム・イサベルは頭を左右にふると、自分のカップにお茶を注いだ。「思うにわたくしはあまりにも楽観的、あまりにもまわりを信じすぎているみたい。まったく、いつになったらもっと賢くなれるのかしら？」そういってため息を洩らす。「でも、わたくしたちにできるのは最善をつくすことだけ。ひとたび理想に妥協をもちこんだが最後、すべてが崩れてしまうもの。ミスター・リッチリー、あなたが前に話してくれた心の戦士族《メンタル・ウオリアーズ》だけど――まさか、水の申し子族にも負けず劣らずの気むずかし屋ぞろいなんてことはないのでしょうね？」

　リッチリーは用心しいしい答えた。「彼らのことは水の申し子族ほどくわしくは知りません。ゼイドに住むほかの一、二部族ほど繊細ではないにしても、社交性に富む友好的な部族であることをあらゆる報告が示しています」

「それをきいて安心したわ」デイム・イサベルは安堵の吐息をつきながら答えた。「あらさがしと懐中電灯用の電池のことしか頭にない、計算高いだけが取柄の連中にはもううんざり。いやはや、疲れたわ。船室に引きあげようかしら。バーナード、お手間でわるいけど、劇場の機材がきちんとしまいこまれているかどうかを確かめておいて。あしたの朝いちばんで、ここを出発よ」


〈ポイボス号〉は惑星ゼイドの目をみはるような景観の上を北西へ飛行中だった。眼下を山脈や平原が後方へと過ぎ去っていき、そこにときおり町や集落が見え、一回は石づくりの尖塔をいくつもそなえた都市も見えた。ダーウィン・リッチリーによれば、ほかの部族の者には見えない悪魔を見ることができる部族が住んでいる都市だという。彼らは穏やかな反応ぶりの部族だが――これはデイム・イサベルの質問に答えての言葉だ――感受性豊かな観客になるとは考えられなかった。というのも、万一上演中の歌劇団の面々のなかに彼らが幽霊を見つけた場合――見つけたと思った場合――その恐怖の悲鳴が上演のさまたげになるに決まっているからだ。

　一行を乗せた宇宙船は、この惑星の特徴であるさまざまな色あいの樹木からなるジャングルを越えて、片岩や片麻岩をはじめとする変成岩からできている巍々《ぎぎ》たる大山塊に近づいていき、ほどなくして心の戦士族の地に到着した。ひび割れた黒っぽい岩石と大地の裂け目、底知れぬ奈落と絶巓《ぜってん》、断崖絶壁と峻険な岩山の地だ。部族の最大の都市――といっても大きめの町と大差はなかった――が、まわりとくらべれば比較的平坦な台地の中央を占めている。周囲には鋳物工場と精練小屋と鍛冶場がつらなった施設があり、それがさらに鉱滓や金屑の山にとりまかれていた。心の戦士族は熟練した鉱山労働者にして精練工であり、唯一の大陸全域に鉄と銅を供給している――ダーウィン・リッチリーはそう説明した。

「彼らの外見や態度を目にしても、うろたえないようにしてください」ダーウィン・リッチリーはいった。「たしかに見た目はいかめしく、態度も無骨ですが、粗暴だったり危険だったりすることは断じてありません。わたし個人は心の戦士族の文化にそれほど通じてはいませんが、惑星ゼイドのほかの部族のあいだでは壮麗な行列や華々しい見世物で有名ですし、ひらかれた精神のもちぬしだというもっぱらの評判です。わたしたちが彼らの感受性に当然の配慮を忘れないかぎり、彼らもわたしたちを厳格な礼儀にのっとって遇してくるはずだと確信しています」

ゴンダー船長は〈ポイボス号〉を町に近いひらけた場所に着陸させた。デイム・イサベルとバーナード・ビッケルとダーウィン・リッチリーの三人はタラップをおり、現地民の代表の到着を待った。到着まで長く待たされることはなかった。

ダーウィン・リッチリーが話していたとおり、心の戦士族の外見はお世辞にも魅力的だとはいえなかった。長身で、岩山のようにごつごつした風貌、胴体は分節のある黒いキチン質の体甲で覆われていた。いかにも剛力無双に見える。身にまとっているのは、地球人であれば重さにつぶされそうな服だ――鉄のサンダル、鉄の小片を真鍮の針金でつないだキルト、真鍮と鉄を組みあわせてある軍服の正肩章にも似た肩覆いからは、銀の数珠玉《じゅずだま》の飾りが垂れていた。頭にはなにもかぶっていなかった。剝きだしの頭部には五センチほどの黒いキチン質の隆起が畝をつくっていた。代表者たちは足をとめると、〈ポイボス号〉から降りてきた三人を穿鑿の目で食い入るように見つめ、来訪者たちをあらゆる側面から値踏みし、評価しようとしていた。

代表のひとりが、ざらついた感じの重々しい声で話しはじめた――あらゆる広母音が含まれているように思える言語だった。ダーウィン・リッチリーは真剣に耳をかたむけてから、つかえがちに返答していた。心の戦士族がそれに答え、リッチリーがデイム・イサベルとバーナード・ビッケルにむきなおった。

「この男はわたしたちの訪問の目的を知りたがっています――というか、そういう意味の言葉だと思います。わたしからは、みなさんが地球からこの惑星に来たばかりであり、心の戦士族の話をきいて、ぜひとも会いたいと思った、と話しておきました。ちょっとくらいお世辞をいっても損にはなりませんからね」

「それはまちがいないな」バーナード・ビッケルはいった。「では、心の戦士族の美名は人間の住む大宇宙に広くあまねく知れわたっており、わたしたちはそんな彼らに敬意を払うためにやってきた、彼らに上覧いただきたい舞台の催し物がある……と伝えてくれ」

ダーウィン・リッチリーは重苦しく、うなるような彼らの言語を精いっぱいあやつりながら、いまの言葉を通訳した。心の戦士族の面々は熟慮をめぐらすような集中ぶりでその言葉にききいったのち、いったん離れ、おりおりに用心深く計算しているような視線を地球人たちへ飛ばしながら、仲間内で話しあっていた。

やがて代表者たちはゆっくりと、〈ポイボス号〉から降り立った三人が待っているところへ引き返してきた。代表者が質問を発した。「先ほどおまえたちは、われわれの名声が宇宙に広まっていると話していたな？」――じっさいには、リッチリーがそう通訳したのだが。

「ええ、そのとおりです」バーナード・ビッケルがいい、リッチリーがその言葉を訳した。

「ではおまえたちは、その〝舞台の催し物〟をわれらに披露するためだけにここまでやってきたのか？」

「そのとおりです。わたしたちの一座には、地球屈指のすぐれた芸術家もおります」

心の戦士族はふたたび離れていった。どうやら意見がなかなか一致していないようだった。やがてようやく合意が形成されたらしく、心の戦士族たちがもどってきた。代表者が重みのある声で運命を決する一連の言葉を口にした。

リッチリーがそれを通訳した。「彼らは招待を受けることにしたそうです。彼らはもっとも勇敢でもっとも賢明な貴族からなる代表派遣団を――」

「もっとも勇敢でもっとも賢明な？」デイム・イサベルは困惑してたずねた。「それはまた、ずいぶんと奇妙な話だこと！」

「どうやらそれが発言の骨子のようですよ。ただし、この男は条件をつけてきています――そのあとで〈ポイボス号〉の乗員と乗客全員に、特別な訓練を受けた心の戦士族の一団がアリーナの舞台でおこなう芸を見にきてほしいといってます」

デイム・イサベルはつかのま口をつぐみ、心の戦士族たちに不安まじりのまなざしをちらりと投げてから、こう答えた。「その招待をお受けできない理由はないみたい……。いえ、それどころか、断われば無作法と思われるでしょう。あなたもそうは思わなくて、バーナード？」

ビッケルはあごを撫でながら、むっつりと地球人たちを凝視している現地民に疑いの目をむけた。「連中は義務の概念をすこぶる重視しているようですな。決して褒められたものじゃないあの態度も、ひょっとしたらなんの意味もないのかもしれませんし」

「これこそ文化交流の真髄とでもいうべきものじゃなくって？」デイム・イサベルはたずねた。「まさにこの目的がなければ、わたくしたちはいったいどうして宇宙を何百万キロも旅してきたといえるの？」それからダーウィン・リッチリーにむきなおって、「ええ、わたくしたちは喜んでこの人たちの舞台の催し物を見せていただくわ。そのように伝えてちょうだいな」

リッチリーは現地語で話した。それからさらにわずかな会話がかわされたのち、代表団は都市へ引き返した。

デイム・イサベルとバーナード・ビッケルのふたりはすぐさまアンドレイ・ズィンクとサー・ヘンリー・リクソンと会い、なにが適切な演目かを話しあった。心の戦士族の力強いたたずまいに感銘を受けたバーナード・ビッケルは、観客たちの暮らしぶりと相通じる要素があるという理由で〈ジークフリート〉を推した。アンドレイ・ズィンクは、たまさか〈ポイボス号〉にすばらしい舞台装置が積みこまれているという理由から〈アイーダ〉を主張した。サー・ヘンリーは頽廃期の作品名をあげたのち、みずから撤回した。デイム・イサベルは、日ごろ労苦の多い暮らしを送っている心の戦士族ならば、ひたすら陽気で浮世離れた雰囲気の作品こそが気晴らしになるだろうと主張した——たとえば〈ヘンゼルとグレーテル〉や〈こうもり〉、〈コジ・ファン・トゥッテ〉はもちろん、いっそ〈ホフマン物語〉もいいかもしれない。

やがて一同は〈売られた花嫁〉こそ最適という点で意見の一致を見た。アンドレイ・ズィンクは出演者たちに急いでリハーサルをおこなわせるために場を離れた。サー・ヘンリーは楽譜に目を通しにいった。

夜は暗かった。草原の先にある鍛冶工場からは、不気味な光がちらちら洩れてきていた。空気には、地球人の鼻には奇妙に思える臭気がただよっていたし、足を伸ばしに外へ出てきた者たちも、総じて船からあまり離れようとはしなかった。

翌日、劇場が設営された。約束の時間になると、大人数の心の戦士族が草原を横切ってやってきた。デイム・イサベルは彼らを劇場の入口で出迎えた。代表者が前へ進みでてきて、仲間たちをさし示しながら話しはじめた。ダーウィン・リッチリーが通訳した。

「われわれはこうして約束を忠実に守って、こちらへやってきた。ひとたびわれらが心を決めたなら、説得も恐怖も再考もわれらの意をひるがえすことはかなわぬ。かくしてわれらは、おまえたちの催し物を拝見させていただくことにする」

デイム・イサベルは手早く歓迎の挨拶をしてから、一行を劇場内へ案内した。一同は左右をすばやく見さだめたのち、きっちり小さくまとまって席をとった。そのだれもがおなじ、どことなくぎこちない姿勢ですわっていた――上体をまっすぐに伸ばし、両腕を体側《たいそく》にきっちり引き寄せ、両足をそろえて床を踏んでいる。

サー・ヘンリー・リクソンが指揮棒をふりあげて序曲がはじまった。心の戦士族の全員がひとつになって、じっと指揮者を見つめていた。幕があがり、第一幕がはじまる。心の戦士族はみな椅子にすわったまま凍りついたかのようだった。そればかりか彼らは最後の幕がおりて場内の照明がともるそのときまで、わずかに顔をしかめる以上には体をまったく動かしていなかった。照明がともったあとですら、彼らはオペラがおわっていることを確信できなかったのか、じっと動かずにすわっていた。

やがて、一同は心もとなげにのろのろと立ちあがり、困惑の言葉をやりとりしながら一列になって劇場から外へ出ていった。デイム・イサベルとバーナード・ビッケルは、心の戦士族を外で迎えた。代表者は仲間とあれこれ話していた。心の戦士族はどことなく憤っているようにも見えた――とはいえごつごつしたその顔だちのせいもあって、彼らの本心が見抜きにくいのも事実だった。

デイム・イサベルは近づいていった。「わたくしたちの舞台での催し物を楽しんでいただけたかしら？」

代表者はもっとも響きがゆたかな声でこう答えた。「われらの仲間は、これで体を鍛錬されもせず、これを負担と感じてもおらぬぞ。これがおまえたちに披露できるもっとも強健な催し物なのか？　おまえたち地球人は、これほどまでに気だるいものなのか？」

ダーウィン・リッチリーがこれを通訳した。デイム・イサベルはこの質問に驚かされた。「わたくしたちの歌劇団には、数十もの異なるオペラのレパートリーがあります。ゆうべわたくしたちはじっくりと話しあい、その結果みなさんはあまり強健なものや悲劇の色あいが強い作品よりも、むしろ軽い雰囲気のものを楽しむのではないかと考えましたの」

心の戦士族の男は堅苦しい動作ですっくと背を伸ばした。「つまり、われらを軽《かろ》んじているということか？　われらの名声は宇宙あまねく知れわたっているのではないか？」

「いえ、いえ、軽く見ているなんてとんでもない」デイム・イサベルはいった。「そのようなことは断じてありません」

心の戦士族の代表は仲間にむけて、ぶっきらぼうに数語をかけてから、ふたたびデイム・イサベルにむきなおった。「先ほどの舞台の催し物については、もうこれ以上なにもいわぬ。明日、われわれは訓練された集団による公開の催し物を披露しよう。おまえたちは来場するのか？」

「もちろんですとも！」デイム・イサベルはいった。「とっても楽しみにしていますわ。劇場までの案内役に、だれかをこちらへ寄越してもらえるのかしら？」

「そのようにとりはからう」心の戦士族たちは草原をわたって帰っていった。

バーナード・ビッケルはかぶりをふった。「どうやら、あの人たちはさほど感銘を受けなかったようですな」

デイム・イサベルは嘆息した。「ひょっとしたら……というだけの話だけど、〈ジークフリート〉のほうが気にいってもらえたのかも……。まあ、いずれわかることね。あしたの上演はさぞや興味深いものになりそうだわ。そうそう、録音機材を持参するよう、ロジャーに念を押すのを忘れないようにしなくては」

翌日、昼の食事をおえて数分たったころ、ふたりの心の戦士族が宇宙船を訪れた。まだ全員の支度ができているわけではなかった。ラモーナ・ゾクステッドとカッサンドラ・プルーティは最後の土壇場になって、アフタヌーン・ドレスからもっとカジュアルな服に着替えようと決めたばかりだった。ようやく、これから心の戦士族の都市へおもむく者全員が船の外に集合した——歌手、楽団員、デイム・イサベル、ロジャー、バーナード・ビッケル、サー・ヘンリー、アンドレイ・ズィンク、それから若干名の乗組員たち。ゴンダー船長とマドック・ロズウィンの姿は、どちらも見あたらなかった。ふたりがいっしょに過ごしていると思うと、それだけでロジャーは苦しいほどの胸の痛みをおぼえた。おなじような気分を味わわされている者が、ほかにもいるようだった——人あたりのいい航宙士のローガン・ド・アップリングだ。ド・アップリングは落ち着かないようすで行きつもどりつしながら降船タラップに近づいていたが、マドック・ロズウィンもゴンダー船長も船から出てこないとわかると、いきなりつかつかと歩いて船内へ引き返した。

ようやく全員がそろった。一同はお祭りムードで草原をわたっていった。ちっぽけな諍《いさか》いや嫉妬は忘れられた。多くの些細な対立関係はさしあたり解消され、一行は和気《わき》藹々《あいあい》と笑いさんざめきながら、現地の劇場を目指して進んでいった。ラモーナ・ゾクステッドとカッサンドラ・プルーティは、思い切ってカジュアルな服に着替えた自分たちを、おたがいに褒めそやしていた。今回のイベントはどう見てもフォーマルなものではない。デイム・イサベルですら一同の上機嫌な空気に感化されたらしく、ロジャーがいずれ書くはずの本について冗談まじりの言葉を口にしていた。

一行は都市の裏手を通って石畳の幅のある坂をくだり、天然の円形劇場めいた場所にたどりついた。まわりをかこむ壁は急勾配で、座席はすべてこの囲い地の底にあたる床にならべてあった——座席といっても石の円柱で、それが同心円状に配されていたのだ。

デイム・イサベルは強い興味をのぞかせながら、この円形劇場を調べていった。「どうやら心の戦士族は、設備が豪華だとかなんとか口先だけでいいたてることさえしないのね。この座席というか……台座というか……まあ、呼び名はなんだってけっこう。いずれにせよ、どう見てもすわり心地がわるそう。でも、わたくしたちはその場にあるもので我慢しなくてはならないのでしょう?」

バーナード・ビッケルは頭上にある鉄の格子をさし示した。「あれは特殊効果用の道具か、そうでなければ照明器具を配置するためにあるみたいですな」

デイム・イサベルはまわりを見まわした。「それにしても、風変わりな劇場もあったものね。舞台はどこ? 楽団員はどこにすわるの?」

バーナード・ビッケルはくすくすと笑った。「銀河のあらゆるところを遍歴してきたこの身なればこそ、このわたしはなにを見ても驚かないほどの知恵が身についていますからね——それがたとえ舞台のない劇場であっても!」

「ええ、視野を狭くすることは断じて慎むべきよ……。とにかく、わたくしはここに腰かけることにします。ロジャー、あなたはあそこの椅子……というか台座……というか、まあなんでもいいけれど、あそこにすわったらいかが? ミスター・リッチリー、あなたはあそこ、ロジャーの隣がいいわ——上演中にコメントが必要になったとしても、その言葉をロジャーの録音機に吹きこみやすいでしょう？」

一同は冗談まじりの言葉をかけあいながら、この円形劇場でそれぞれの場所へ身を落ち着けた。

心の戦士族の代表をつとめていた人物が姿をあらわした。代表者はがちゃんがちゃんと金属音を響かせながら、アリーナの石づくりの床を歩いてデイム・イサベルに近づいてきた。代表が話し、それをダーウィン・リッチリーが通訳した。「おまえたちは約束をきちんと守った。この惑星から出発していなかった」

「ええ、それはもう当然です」デイム・イサベルはいった。「そのようなことをしたら、とんでもなく礼を失することになりますもの」

これを訳した言葉をきいて、心の戦士族の代表はぎくりと小さく頭を動かしていた。「おまえたちは奇妙な人々だ――しかし、尊敬されるべき人々であることにまちがいはない」

「身にあまるお言葉、痛みいりますわ」デイム・イサベルはことのほか上機嫌で答えた。バーナード・ビッケルも笑顔でうなずいて謝意を示した。

心の戦士族の代表者はアリーナを去っていった。そのまま二分つづいた静寂は、いきなり鳴り渡った大きな鐘の音で破られた。これが合図になって、だれもが仰天して胆をつぶすような舞台装置がいきなり出現した。床からいくつもの炎がジェット噴射のように噴きあげてきた。上から鉄の格子がいきなり落ちてきて、台座のあいだにはまりこんだ。さらに上から先端が剃刀《かみそり》になった六つの振子が下がってきて左右に揺れはじめた。サイレンが悲鳴をあげ、それに答えるように別のサイレンも鳴りはじめた。巨大な丸岩が転がり落ちてきて、観客の頭にぶつかる寸前に鎖で引き止められた。炎のジェットが横から噴出したかと思えば、縦方向にも噴きだしてきた。梁《はり》からはまっ赤に熱した鉄の塊が落ちてきた。二分十四秒後には歌劇団の面々は悲鳴をふりしぼったり気絶したり、人それぞれながら半狂乱状態に陥っていた。

いきなり、この劇の上演がおわった。心の戦士族の面々が梁の上やアリーナの横に姿をあらわした。彼らは口々にはやしたてたり罵ったり、無遠慮な侮蔑を投げつけたりしてきた。あとでダーウィン・リッチリーが彼らの発言の一部を思い出して、こう通訳した。「とんだ腰抜けっぷりもあったもんだな」「こっちはおまえたちの最低なものを三時間も見せられたが、眉毛一本動かさなかったぞ！」そして、「いやはや、地球人はとことん弱虫なんだな！」……などなど。

地球人の一行はすっかり泡を食い、てんでんばらばらに〈ポイボス号〉に帰りついた。デイム・イサベルは、ただちに劇場を解体し、できるだけ早くこの星から出発するようにと命令した。〈ポイボス号〉は地球人たちの居住地区にたどりついてダーウィン・リッチリーを降船させるなり、ただちに宇宙にむかって離陸した。

9

翌日、オリオン座ファイ星が船尾方向の宇宙空間でほかの星と区別がつかなくなったころ、デイム・イサベルはようやく心の落ち着きをとりもどし、あの平原での顚末についてバーナード・ビッケルと話しあえるようになった。

「わたくしは、だれかが悪意をいだいていたとは考えたくないし、身の毛もよだつような恐ろしいひと幕だったにしても、そこに悪意があったとはどうしても考えられないの」

「おそらくそのとおりでしょうな」バーナード・ビッケルは疲れた声で答えた。「むしろ誤解があったというべきかと……。意思の疎通が失敗したというか。それにしても、あのリッチリーという男はとんだお笑いぐさでしたな！　とことん役立たずでした！」

「その意見に賛成したいわ」デイム・イサベルはいった。「〝催し物〟を〝試練〟、〝招待〟を〝挑戦〟と誤訳するなんて、とことん無能な者だけがなしうる芸当よ」

「あの男にもまっとうに評価できる点があるとすれば――」バーナード・ビッケルはいった。「自分があの言語に不案内だということを率直に認めたところですな。おまけにその言語ときたら、死にかけた羊の群れがあげている鳴き声にしかきこえませんでした」

いつしかサロンにやってきていたゴンダー船長が、ふたりの会話にくわわった。顔色がかんばしくない――目の下に黒い隈《くま》があり、いつもは血色のいい肌が黄色っぽくなっていた。気くばりのない行動かもしれないが、デイム・イサベルは船長の外見について意見を口にした。

「あなたにはもっと運動が必要のようね、ゴンダー船長。いくら生物学的な奇跡の時代といっても、やはり人間は血管に血を流しつづけていればこそ活動していられるものよ」

ゴンダー船長は気のないようすでうなずいた。「少し前に、わたしは文明がすこぶる発達している惑星の話をしましたが――」

「ええ、ぼんやりと覚えてるわ。その惑星を訪ねるとなったら、厄介なまわり道を強いられるということも」

「たしかに、多少は遠まわりになるかもしれません」ゴンダー船長は認めた。「針路を変えて海蛇座にはいることになります。あなたが正しく指摘したように、われわれが目指すべき目的地が鯨座にあるのなら――といっても、わたしはまだそれが賢明なことかどうか納得できていませんが――」

「なんですって？」デイム・イサベルは声を張りあげた。「それこそが――すなわち惑星ルラールを訪れることこそが、今回の宇宙旅行のいちばんの目的なのですよ！　それ以外のことは、たとえほんの一瞬たりとも考えることは許されません！」

ゴンダー船長はひたいをマッサージした。「もちろんですとも。しかし海蛇座にあるこの惑星も、文明が進んでいることではルラールに決してひけをとるものではありません。この惑星の住民たちも、音楽家たちの集団を地球に派遣することに同意するかもしれませんよ――それこそ第九歌劇団とおなじ規模で」

デイム・イサベルがちらりと視線を投げると、バーナード・ビッケルはいかにも疑わしげにかぶりをふった。デイム・イサベルは平板な声でいった。

「船長、たしかにその惑星には訪問する価値があるのでしょうね。しかし、わたくしたちには思慮分別を働かせ、それなりに努力して守るべき旅の予定がある。だからこそ、たとえいかにも好機だと思えても、幻をひとつ残らず探索している余裕はないのよ」

ゴンダー船長が口をひらいて話しかけると、デイム・イサベルは片手をかかげて制止した。

「わたくしたちがそんな寄り道をするわけにはいかないことには、もうひとつ、じつに説得力をそなえた理由があります。わたくしたちの次なる訪問地は惑星スカイラーク。あの星に閉じこめられている不幸な人々に、たとえほんのわずかにせよ、楽しみというきらめきを与えられれば、それだけでこの旅につぎこまれた努力と費用のすべてがむくわれます。スカイラークがあるのはエリダヌス座。そこからは、進路をわずかに変えるだけで鯨座へたどりつける。ですから、あなたのいう寄り道が問題外であることは、もうおわかりいただけたわね？」

ゴンダー船長は頬のこけた顔に打ち沈んだ表情をのぞかせて、デイム・イサベルをじっと見つめた。

「わたくしだったら――」デイム・イサベルは、思いやりがないとはいえない口調で船長に話しかけた。「船医のシャンド先生に診ていただいて、強壮薬を出してもらうわ。どうもあなたは、ご自分に無理をかけすぎているように思われるもの」

ゴンダー船長は、きつい調子でなにやら不明瞭なひとことを発すると、いきなり立ちあがってサロンから出ていった。

「なんとも風変わりな男だこと！」デイム・イサベルはいった。「いったいあの人はなにをそれほど気に病んでいるのでしょうね」

バーナード・ビッケルは微笑んだ。「私見では、ゴンダー船長の〝恋愛事情《アフェール・ド・クール》〟が――かのカルベスの表現を借りれば——〝薔薇の花びらのごとき幸せ〟な状態ではない、というところですかね」

デイム・イサベルは憤然とかぶりをふった。「まったく、どこまで罪つくりな小娘なんでしょうね、あの子は！　最初はかわいそうなロジャー、今度はゴンダー船長！」それから決然としたしぐさで、バーナード・ビッケルが用意したエリダヌス座ＢＧ12の第四惑星、通称〝スカイラーク〟についての資料に手を伸ばす。「まあ、わたくしたち部外者がとやかくいう筋の話ではないでしょうけど」そういって資料に目をむけはじめたが、たちまち非難に歪んだ顔をあげた。「バーナード——あなたはいささか厳しすぎやしない？」

バーナード・ビッケルは驚いて身を乗り出した。「といいますと？」

「この惑星の物理的性質のあとで、あなたはこう書いてるわ。『惑星スカイラークは二百年前から、人間が居住する宙域においてもっとも邪悪で罪深く、また恥知らずな犯罪者たちを収容した矯正施設惑星であり、もっぱらこの事実をつかって利益を得ている』」

ビッケルは肩をすくめた。「スカイラークは、悪名高い〝どんづまり〟の地ですよ」

「そんなふうに考えることを、わたくしは拒否するわ」デイム・イサベルはいった。「だって、そういった〝犯罪者〟たちの大多数は、ただただ運命の犠牲になっただけなのですもの」

それからデイム・イサベルは、ちょうどこのときふらりとサロンに足を踏み入れてきたロジャーに鋭い一瞥をむけた。

「そのひとことは、それぞれ程度の差こそあれ、わたしたちのだれにもいえることですな」バーナード・ビッケルはいった。

「わたくしがいいたいのはそれ！　わたくしのなかには〈ポイボス号〉を運命の一側面だと見ている小さな部分がある——一側面とはいえ、他人に慈悲をもたらす側面だ、とね。もしもわたくしたちがわずか十人ほどの受刑者にも、彼らが決して存在を忘れられているわけではないと納得させることができたなら……わたくしたちが刺戟になって、十人ほどの受刑者が自己評価をあらためたなら……それだけでも今回のスカイラーク訪問は成功だと思うの」

「大変ご立派なお考えですな」バーナード・ビッケルはそういってから、どことなく悲しげな口調でいい添えた。「いうまでもなく、わたしとて博愛主義にはなんの異論もありませんよ」

「そうでしょうとも――お願いだから、わたくしの言葉をあまり本気で受けとめないでね。ありていにいうと、いまはあまり機嫌がよくなくて。問題は山積。期待していたことの半分も達成できていない。それどころか、歌劇団全体がどことなく気が抜けているような状態だもの」

「惑星ゼイドでの公演で、だれもが気力をうしなってしまったんですよ」バーナード・ビッケルはいった。「しかし一回でも二回でも成功をおさめれば、きっと霊験《れいげん》あらたかでしょうな」

「それにしてもゴンダー船長のふるまいの妙なことといったら」デイム・イサベルは不平を口にした。「例の海蛇座にあるという惑星が頭にとりついて離れなくなっているみたい。それからクルーたちがまたぞろ、あのひどい大騒ぎをしているという苦情もきているのよ。ほら、空き缶だのハーモニカだのをつかって音を出している騒ぎ」

「ああ、あれですな。〈タフラック・ジャグバンド〉」バーナード・ビッケルは嘆かわしさと失望のいりまじった顔でかぶりをふった。「近いうちに、司厨長《しちゆうちよう》に注意しておきますよ」

「お願いだからがつんと強くいってやって。二、三人が考えもなく馬鹿騒ぎをしただけで、ほかの人全員が不愉快な思いをさせられるなんて、そんなことがあっていいわけはないんだもの……。ロジャー、あなたの本の執筆は順調に進んでいるのかしら?」最後の質問を口にしたとき、デイム・イサベルの声には皮肉の刃《やいば》が添えられていた。

「いまは下書きの段階です」ロジャーはむっつりと答えた。「なにせ大仕事ですからね」

「これはどうしても指摘しておきたいのだけれど、あなたが船に乗りこませたあの女ときたら、飽きもせずトラブルを起こしてばかり……こんなことになった責任は、あなたひとりにあるというほかないわ……あら、いまなんといったの？」

「ぼくは〝すばらしい〟といったんですよ」

「すばらしい？　いったいなにをすばらしいと？」

「惑星スカイラークに収容されている犯罪者たちへの、伯母さんの慈悲深いお心もちのことを考えていたんです」

デイム・イサベルは口をひらきかけ、一気に閉じた――このときばかりは、いうべき言葉をひとつも思いつけなかった。しばらくして、デイム・イサベルはあらためて口をひらいた。

「わたくしの倫理面での信条にはね、ロジャー、責任感と自尊心が土台にあるの――それも、そうした原理原則を身をもって実践できるだけの人の責任感と自尊心。こうやって惑星スカイラークに近づいているいまだから、もうひとつだけいっておく。あなたにいわせれば、わたくしは〝慈悲深い心もち〟の人間かもしれないけれど、それでもやはり現実主義者にはちがいないし、この宇宙船の全員に最高度の思慮分別を義務づける意向でもある。たとえどんな事情であれ、犯罪者と交流をもったり、この船に招待したりしてはいけないし、酒類の提供はいうまでもなく、最小限の礼儀の範囲を越えることはいっさい禁じる、とね」

「ええ、そこからはみだすことをする気は毛頭ありませんとも」ロジャーは威厳をこめていった。

「スカイラークにいる当局関係者からも、おなじような規則が科されるものと思います」バーナード・ビッケルがいった。「スカイラークは要塞でありませんし、地下牢がずらりとならんでいるわけでもありません。収容者にはある程度の自由があたえられています――わたしたちが避けなくてはならないのは、囚人がこの船で脱走する事態ですね」

「それはもちろんよ」デイム・イサベルはいった。「でも、わたくしたちが最低限の用心さえ怠らなければ、すべてはつつがなくすむはずよ」

惑星スカイラークが天空に大きくかかっていた。〈ポイボス号〉は惑星上空四万八千キロメートルの周回軌道から、無線で着陸許可を申請した。巡視艇が横に近づいてきて、四人の役人が乗船、船内を検査したのち、数時間にわたってデイム・イサベルとゴンダー船長のふたりと協議をつづけた。

「これだけはご理解いただかなければ困りますが――」主任検査官はいった。白髪混じりの薄い髪と垂れ下がった口ひげをもち、黒い目から射抜くようなまなざしを発する痩せた男だった。「スカイラークには、通常の刑務所と共通する部分はまったくありません。受刑者にはおおよそ二十五平方キロの範囲で――これは〈卓状地《ザ・テーブル》〉のほぼ全域にあたります――行動の自由が認められています」

「どのように規律を守らせているのでしょう？」デイム・イサベルはたずねた。「一万四千人の自暴自棄に陥った人々がいるのですから、彼らさえその気になれば、人数の上ではくらべものにならないほど少ない管理スタッフなど、たちまち蹴散らされてしまうようにも思えますが」

「われわれにはわれわれなりの方法があって、懸念はまったくありませんよ。その方法がきわめて効果的であることは保証します。電気監視装置も多用していますし、われわれがもちいている小型の電気スズメバチは決して軽くあしらえるしろものではありません。ええ、われわれが心配しているのは無秩序状態ではなく、むしろ退屈ですね。この惑星の日常は、いたって変わりばえしませんので」

「わたくしは、わたくしどもの今回の惑星訪問が受刑者たちを大いに元気づけるものと考えています」デイム・イサベルはいった。「受刑者たちは音楽に飢えているにちがいありませんもの」

　主任検査官はくすくすと笑った。「われわれとて、そこまで徹底した野蛮人ではありません。なにせここには、なかなか優秀なオーケストラがいくつかあります。なんといってもこの惑星には、ありとあらゆる出自の人間がそろっていますからね。大工の受刑者もいれば配管工や農民の受刑者もいて、音楽家の受刑者もいるわけです。建築家たちはみな受刑者ですし、病院のスタッフも全員受刑者、化学者も受刑者なら農学者も受刑者。われわれは、すべてがそろった小社会を構成しています――これを〝犯罪者社会〟と呼ぶ向きもありました。それでも、やはりたまに新鮮な空気を味わうのもありがたいものです――当面の悩みをいっとき忘れさせてくれる気晴らしがね。みなさんは親切にも、その機会を申し出てくれているわけです」

「いいえ、どういたしまして」デイム・イサベルはいった。「こうしてみなさまにご奉仕することこそ、わたくしたちの喜びなのですから。それで演目の話になりますが、わたくしたちのお勧めは〈トゥーランドット〉か〈ばらの騎士〉、あるいは〈コジ・ファン・トゥッテ〉あたり――おおむね陽気で楽しい雰囲気のオペラです。〈トゥーランドット〉にはわずかながら不気味な要素がありますが、大々的に誇張されているのですから、だれかに悪影響を与える心配のあろうはずがありませんね」

　主任検査官は、その点での心配は無用だとデイム・イサベルに請けあった。「われわれとともに暮らす者のなかには、かなり不気味な連中が大勢いますよ――お芝居ならではの誇張がいくつかあったところで、それでショックを受けるような連中ではありません」

「それはよかった。それで正確には、わたくしたちにどのような規制や規則を課すおつもりでしょう？」

「そんなものはないも同然ですよ。とはいえ当然ながら、収容者に武器や薬物やアルコール飲料をわたすようなことは控えていただきます。宇宙船への出入りは警備員が管理しますし、乗客と乗員のみなさんには日没前に船内におもどりいただくことを進言します。受刑者たちはおおむね行儀のいい連中です。しかし、いうまでもなく衝動的かつ不埒《ふらち》なふるまいにおよぶ者もいます。たとえば、魅力的な若い女性がひとりで出歩くようなことは断じて控えるべきだと申し述べておきます――そんなことをすれば、予想もしなかったようなひどい目にあってもおかしくありません」

デイム・イサベルはぎこちない口調で答えた。「この船にはそこまで愚かしい者などひとりもいないとは思いますが、それでも具体的な注意をまわしておきます」

「最後にもうひとつだけ。のちほど船内の乗員と乗客の正確な人数を教えていただくことになります。みなさんが――たとえばの話ですが――総勢百一人で着陸したとすれば、正確に百一人が乗りこんだ状態で離陸できるようにするためです」

ゴンダー船長が必要なリストをわたした。役人たちが船から去っていった。〈ポイボス号〉は着陸のために進路を変えた。

スカイラークは、直径わずか一万一千キロ、〈ポイボス号〉がこれまで訪問したなかでは最小の惑星だった。上空軌道から見おろすと、惑星の表面はなめらかで均質に見えた。色は苔を思わせる緑、北極と南極ではほとんどわからないほど色が翳っていた。緑色に見えた部分は、脈動している膿のような沼地だと判明した。収容施設がある入植地は標高六百メートル、周囲より多少は空気が涼しい高みにまで届いている火山岩の卓状地の上にあった。卓状地の上では、惑星環境に手がくわえられた結果、地球原産の植物が優勢になっていた。

最初に目にしたときには、入植地はそれなりに快適そうな小集落といった雰囲気だった。じっさい、いかにも収容施設然とした建物——非貫通ガラスの窓をそなえた四階建てのコンクリートブロックめいたビル——は、惑星総督とそのスタッフがつかっていた。

そこ以外にも全部で四カ所に小さな村があり、工場があり、さまざまな売店があり、オフィスや倉庫があったが、そこにいるのはすべて受刑者たちだった。彼らはまったく自由に行き来しているようだし、あからさまにこそこそ歩いているわけでもなかった——しかし、彼らをまったく自由な人間だと見あやまることは決してないだろう。その差がどこにあるのかは見さだめがたかったが、おそらく独特の雰囲気のせいだろうと思われた。憂鬱、こびへつらうような態度、心を閉ざしているようす、くすぶる敵意、自発性の欠如などが渾然一体になった雰囲気。そのあらわれ方は、受刑者によって異なっていた。

それよりもさらに微妙な特徴は見すごされてもおかしくなかったが、見のがしを防ぐ要素があった——収容者の全員が囚人服を着せられていたことだ。灰色のスラックスと青いジャケット。デイム・イサベルは〈ポイボス号〉を見物するためにあつまってきた人の群れを見わたしながら、だれよりも先にこの特徴を言葉に出していた。

「おかしな話もあったものね」そうバーナード・ビッケルにむかっていう。「わたくしは心のどこかで、もっと近づきたくない人たちと会うことを予想していたの——不快な乱暴者や悪党や、ひと目で愚かだとわかる者や、その同類たちね。だけど、いちばん華やかなあつまりの席でも、人から二度見されてしまうような人はひとりもいない。それどころか、姿かたちは不思議なことにみんな似通ってもいるようね」

バーナード・ビッケルはその観察が事実だと認めたが、理由は説明できなかった。「だれもが囚人服を着ていることで、姿かたちがなおいっそう似通っているように強調されているのでしょう」というのが、この男の精いっぱいの見立てだった。

主任検査官との二度めの話しあいの席で、デイム・イサベルはこの話題をもちだした。「受刑者たちの姿かたちがみな似通っているのは、わたくしの思いこみでしょうか？　それとも、事実みなさん似ているのでしょうか？」

主任検査官──中肉中背、すっきりととのった顔だちのまずまずハンサムな男──は、心なしか驚いたようだった。「本当にそう思われますか？」

「ええ……ただし、似通っているとはいっても、それとわからないほどかすかなものですね。たしかにここでは、あらゆる色の肌やあらゆる種類の体格を目にしました。けれども、どういえばいいんでしょう、だれもが……」デイム・イサベルは言葉を切って、半分は直観でしかない確信をうまく表現する言葉をさがした。

検査官がいきなり、くすくすと小さく笑いはじめた。「それなら説明できそうです。みなさんが気づいたのは、プラスの要素ではなくマイナスの要素であり、なにかが存在しているというよりは、むしろなにかが欠如していることに起因しているからですよ。そういったものは、なかなか説明しがたいのです」

「それはそうかもしれませんね。解《げ》せないのは、〝犯罪者タイプ〟の人をひとりも目にしていないことです──といっても、これが科学的に正確な用語だと強弁する気はありませんけど」

「それはそうですね。またこの点は、わたしたちが強く意識していることでもあります。わたしたちとしては、〝犯罪者タイプ〟の人間にスカイラークへ来てほしくありません」

「でも、いったいどうすれば避けられますの？　更正がまずもって望めない悪人たちのための刑務所なら、〝犯罪者タイプ〟の人間であふれかえっていると予想しても当然です！」

らないのです」

「ひとりもいないとはいいませんよ」検査官は認めた。「しかし、そういった連中はここに長くとどま

「つまり……そういった人間を始末するという意味かしら？」

「いいえ。そんなことはありません。わたしたちは、いわゆる〝犯罪者タイプと犯罪行為〟が双方向に働く関係だと感じています。つまり大多数の人々は――なかでも暗示にかかりやすいタイプの人たちは――それぞれ自分の顔つきがそなえた象徴的な意味あいどおりの行動に駆り立てられる傾向がある、ということです。突きだしたあごをもった男性なら、鏡を見るたびに『ああ、おれはなんと力強く、負けん気の強いあごをしているんだろうか』と思い、この判断をまわりに行動で押しつけようとするでしょう。目が小さくて細く、おまけに目の縁がいつも赤くなっているような男なら、自分が〝こそこそした小ずるい顔つき〟であることを意識しているはずです。この男もまた、自分の役まわりどおりの行動をとりがちになる。いうまでもないことですが、男はその種の行動をとることで、そういった象徴を最初につくりだした一般民衆の推測の正しさを立証していくのです。ここスカイラークのわたしたちは、その関係性を重視しています――とはいえ、その理由は利己的なところにあるのですがね。たとえば新しく迎え入れた収容者が金壺眼《かなつぼまなこ》だったり、あごが引っこんでいたり、半びらきの口だったり、見るからに愚かしげな顔つきや悪意に満ちた顔つきだった場合、ここではその収容者を〝再構築研究所〟と呼ばれる施設へ送りこみ、もっとも反道徳的な欠陥を示す部分を手術で除去します。研究所のスタッフたちは――いっておけば、全員が受刑者ですよ――特定の最適なパターンをつくるにあたり、手順を画一化しがちなのかもしれませんね。その結果みなさんは、意志薄弱なあごや小ずるい目や信頼できない口もとが見あたらないと気づいただけではない――まっすぐな鼻や気品あるひたい、勇ましいあご、慈愛深い目などが、ここでは平均以上に見られることにも気づかれたわ

けです」

「そのとおり！」デイム・イサベルはきっぱりといった。「たしかに、あなたのお話のとおり。それで外見の下にある内面も、おなじように変化するのですか？」

「おおむね成功します——とはいえ、ここはどう見ても博愛主義者の入植地ではありませんが」いいながら、検査官はおどけたように唇をひくつかせた。

「率直に申しあげますとね——」デイム・イサベルはいった。「これほど少人数の管理スタッフだけで、これだけ大勢の自暴自棄な人々を管理しているのが不思議でなりませんでした。こちらの入植地では内輪揉めや仲間割れがさぞや多いこととお察ししますし、また——なんという言葉だったかしら——そうそう、私的裁判《カンガルーコート》などもひんぱんにひらかれていることでしょうね。単純な不服従や暴動はいうにおよばず……」

検査官は、デイム・イサベルの発言が事実どおりであることを認めた。「そういったあれやこれやは、厳格な規則がなければ頭痛の種になるかもしれません。そういった場合、わたしたちはある種の特権を制限しますし、また二、三のちょっとした秘策もつかいます。この惑星独自の組織のひとつに、〝監視民兵〟と名づけているものがあります。構成メンバーは模範囚たちです。彼らは、やはり受刑者でつくられている法務局の手足となって動きます。彼らがくだす判決は、もちろん惑星総督によって審査されますが、総督が内容にまで踏みこんで介入することは——たとえ〝移送命令〟という稀な判決の場合でも——めったにありません」

「移送命令？」デイム・イサベルはたずねた。「どこへ移送するのです？」

「この惑星の反対側へ。移送旅程の最後は、パラシュートによる降下です」

「降りる先はジャングル？　しかし、それでは死ねといっているようなものではないですか」

検査官は皮肉っぽく顔をしかめた。「彼らがどうなったのかはわかりません。移送された者で、そののちふたたび姿を見られた者がひとりもいませんのでね」

デイム・イサベルは身を震わせた。「受刑者たちの社会といえども、やはり自衛は必要だということですね」

「そういった事態はきわめて稀ですよ。それどころか、いわゆる〝犯罪〟の件数だけでいうなら、地球上にある同様の生活共同体よりも少ないかもしれません」

デイム・イサベルは驚きの念にかぶりをふった。「こういった悲惨な境遇にある人たちは、生死の問題への関心を完全になくしているものとばかり思っていました」

検査官はおだやかに微笑んだ。「そのようなことはまったくありません。わたしはひとり静かに、自分の人生を楽しんでいます――なんといっても移送の憂き目にあったり、いまの地位を奪われたりしたくはありませんからね」

デイム・イサベルは目をぱちくりとさせた。「あなたは――あなたも受刑者なのですか？　まさか……？」

「いえ、受刑者です」検査官はいった。「祖母を斧で殺しました。同一の手口で人を殺したのが二度めだったので――」

「二度めだって？」少し前にこの部屋へふらりとやってきていたロジャー・ビッケルがたずねた。「おまけに同一の手口？　どうしてそんなことになった？」

「だれにも祖母はふたりいますから」検査官は鄭重に答えた。「しかし、すべてはもう過去のことになりました。わたしたちのなかには――決して多くはありませんが、それでも――新しい人生を歩んでいる者もそれなりにいます。また、なかには――やはり決して多くはありませんが――移送される者もいる。そしてそれ以外は、ありのままの存在――受刑者のままです」
「たいへん勉強になるお話でしたわ」デイム・イサベルはいい、ロジャーに意味深な視線をちらりと投げてから、さらにいい添えた。「同時にいまのお話は、怠惰と不品行を厳しくいましめ、意義ある仕事に一生懸命打ちこむことの大切さを強く説くお話でもありましたね」

到着後二日めには、満員の劇場で〈トゥーランドット〉が上演された。〈ばらの騎士〉と〈コジ・ファン・トゥッテ〉も、これにひけをとらない成功をおさめた。これに感化されて、ともすれば歌劇団全体の士気を滅ぼしかねない脅威になっていた沈んだ空気や怠惰な雰囲気が一掃された。

惑星総督は歌劇団の全員をビュッフェ形式の晩餐会に招待した。総督がのぞかせていた感謝の表情に胸を強く打たれるあまり、デイム・イサベルは追加でさらに三回の公演をおこなうことを約束し、総督にお気に入りの演目を三つあげるようにたずねた。総督はヴェルディが贔屓《ひいき》であることを明かしたうえで、〈リゴレット〉と〈椿姫〉と〈イル・トロヴァトーレ〉をあげた。デイム・イサベルは、いくら非現実的な色あいが強いとはいえ、救いのない悲劇を見れば受刑者が気落ちするのではないか、と心配を口にした。

総督は、そんなデイム・イサベルの不安を打ち消した。「そんなことはありませんとも。あの連中に〝ひどい目にあっているのはおまえたちだけではない〟と教えてやるのは善行というものです」

惑星総督はがっしりした体格の大柄な男で、物腰こそがさつだったが、その裏には行政管理の手腕を巧みに隠しているらしかった。

総督主催の晩餐会がおわると、すぐにスカイラーク交響楽団が〈ポイボス号〉の訪問を歓迎するためのミニコンサートをひらき、つづいてサー・ヘンリー・リクソンが音楽の普遍性を褒めたたえるスピーチを披露した。翌日は〈リゴレット〉が上演され、さらに〈椿姫〉と〈イル・トロヴァトーレ〉がつづいた。どの公演でも、満員の劇場に押しかける観客がいたために制服姿の警備員が必要になるほどの盛況だった。それ以外にも厳戒態勢がとられていた——宇宙船のあらゆる舷門に警備員が配され、夜勤の乗組員がこの惑星の管理部門のメンバーといっしょになって、船内をくまなく調べもした。〈イル・トロヴァトーレ〉の幕がおりたときには、オーケストラ団員も歌手たちもともにひとしく疲労困憊していた。観客たちからは続演をのぞむ大きな声があがったが、デイム・イサベルはフットライトの前に進みでていって、この星を離れなくてはならない事情を説明する短いスピーチをおこなった。

「わたくしたちは、これからも多くの世界を訪ねなくてはなりませんし、多くの人々の前で公演をおこなわなくてはなりません。しかし、これだけは断言しておきます——わたくしたちはみなさんの前での公演を楽しみましたし、みなさんが寄せてくださった拍手喝采にはどんな拍手喝采よりも励まされました。わたくしたちがもしふたたび、おなじような星間ツアーをおこなったならば、その節にはかならずこの惑星スカイラークを訪問することをお約束します!」

公演ののち、警備員たちはこれまでに増して入念に船内を検査した。翌日の離陸の前に、再度の船内チェックと最後の公式行事が予定されていた。

警備員たちは舷門の不寝番《ふしんばん》をするために船外へ出ていった。その舷門も、船内と船外の両方から施錠されていた。ロジャーは落ち着かないようすで、うろうろ歩きまわっていた——船橋から乗組員用の食堂を通り抜け、マドック・ロズウィンがローガン・ド・アップリングとクリベッジをしていたサロンへ引き返す。本人は意識していなかったが、こうして歩きまわっていること自体がロジャーの困惑の原因だった。やがてロジャーは決心をつけた。デイム・イサベルの船室にむかい、ドアをノックする。

「はい、どなた?」

「ぼくです。ロジャーです」

ドアがひらき、デイム・イサベルが外に目をむけてきた。「どうかしたの?」

「少しでいいので、お部屋にいれてもらえますか? 伯母さんに話しておきたいことがあるんです」

「わたくしはとても疲れているのよ、ロジャー。あなたがなにを悩んでいるにせよ、話をあしたに延ばしても遅すぎることにはならないわ」

「そうともいいかねます。どうにもおかしな事態が進行中のようなんです」

「おかしい? どういう意味でおかしいことなの?」

ロジャーは通路の左右を見わたした。ならんでいるドアはどれも閉まっていたが、それでもロジャーは声を殺した。「今夜のオーケストラの演奏はききましたか?」

「ええ、もちろん」

「気がつきましたか……その……ちがいに?」

「いいえ」

「ぼくは気づきました。なんでもないことかもしれません。でも、考えれば考えるほど、奇妙に思えてきたんです」

「あなたが気づいたことを話してもらえたら、わたくしがそれを判断することもできるかもしれないわね」

「第一オーボエ奏者のカルヴィン・マーティノーのようすをごらんでしたか?」

「これといって注意を払いはしなかったけど」

「いつもはまわりの笑いを誘うような男なんです。演奏の前には不安そうに上着の袖口からしじゅうシャツのカフスを引きだしたり、頰をふくらませたり、妙な顔つきになったりもします」

「ミスター・マーティノーは優秀な演奏家よ」デイム・イサベルはいった。「それにあなたが知らないといけないからいっておけば、オーボエは演奏がむずかしい楽器なの」

「そのくらいの察しはつきます。今夜――ゆうべのことはよくわかりませんが――第一オーボエを演奏していたのは、マーティノーではありませんでした」

デイム・イサベルはあきれ顔でかぶりをふった。「勘弁してくれないかしら、ロジャー。わたくしは本当に疲れているのよ」

「でも、これは大事なことです！」ロジャーは声を高めた。「もし第一オーボエ奏者がマーティノーでなければ――はたしてだれなんでしょう？」

「そんな奇妙なことが起こっても、サー・ヘンリーが気づかなかったと思うの？」

ロジャーは頑固に頭をふった。「たしかにあいつはミスター・マーティノーそっくりでした。しかし、耳があまり大きくなかった。ミスター・マーティノーの耳はきわめて目立っていて――」

「あなたが不審の念をもった理由はそれ？」

「いえ、まさか。ぼくは演奏ぶりを見ていたんです。あの男はじっとすわっていました。妙な顔つきひとつ見せずにね。上着の袖口からシャツのカフスを引きだしてもいなかった。マーティノーなら演奏中に体を左右にぎくしゃく動かすのに、岩のようにじっとすわっているだけでした。それで、耳にも気がついたんです」

「ロジャー、あなたの話は徹頭徹尾ナンセンスよ。さて、わたくしはこれから床について、できれば睡眠をとるつもり。朝になってもまだミスター・マーティノーの耳が気になってならないのなら、その不安をこっそりサー・ヘンリーに打ち明けなさい。あの人なら、あなたの気持ちをなだめてくれるかもしれなくてよ。さしあたっては、あなたも今夜はたっぷり睡眠をとっておくことをお薦めするわ。明朝は九時きっかりに離陸ですからね」

ドアが閉まった。ロジャーはのろのろとサロンに引き返すと、腰をおろし、気がかりでならない問題に取り組んだ。サー・ヘンリーに相談するべきか？　それとも、第一オーボエ奏者になりすました偽者に、みずから立ちむかうべきなのか？　なんともややこしい情況になったものだ！　ロジャーはもどかしい思いにかぶりをふった。この問題をすっぱり解決する単純な方法があるはずなのに！　十分ばかり頭をしぼったあげく、ロジャーは拳で静かにテーブルを叩いた。解決法がひょっこり頭に飛びこんできたのだ。

あくる朝、船内では離陸のための最終準備が進められていた。八時三十分、ひとりの警備員が決然とした面もちでデイム・イサベルに近づいてきた。「ミスター・ウールが、まだ乗船していません」

デイム・イサベルはうつろな目で目の前の男を見つめた。「いったいロジャーがどこへ行ったというの？」

「二時間前に船から出ていきました。そのときには、あなたから惑星総督あてのメッセージを預かっているとおっしゃっていましたが」

「そんな馬鹿な話があってたまるものですか！　そんなメッセージを託してロジャーを使いに出したりはしていないのよ！　まったく、あの子ったらなにを考えているのかしら？　いっそロジャーをここへ置いたまま出発したい気分よ！」

それからデイム・イサベルは、近づいてきたバーナード・ビッケルにロジャーの奇矯な行動を訴えた。

「もしや頭が変になってしまったのかしら」デイム・イサベルはいった。「ゆうべロジャーは、ミスター・モーティノーの耳がどうとかこうとか、わけのわからない話をしていて、おまけに朝になったら、ありもしないメッセージを伝えるために惑星総督のところへ行ったというんですもの」

バーナード・ビッケルは困惑にかぶりをふった。「だとしたら警備員にいって、あの男をさがさせたほうがいいでしょうな」

デイム・イサベルは唇を引き結んだ。「これはもう、断じて申しひらきの余地のない無責任きわまる愚行よ！　わたくしはもう本気で、ロジャーを置いたまま出発したい。わたくしがきっかり九時に船を離陸させたがっていることは、あの子も充分承知のはずだもの」

「ロジャーくんが一時的に錯乱したという以外に、説明がつけられませんね」バーナード・ビッケルはいった。

「ほんとに」デイム・イサベルはつぶやいた。「あなたのいうとおりだと思うわ」そういって警備員にむきなおる。「ロジャー・ウールをなんとしても見つけないと困るの。あの男の頭が本当に変になっているとするなら、まったく信じられないことでもないけれど——ロジャーはありもしないメッセージを携えて、惑星総督の住まいを訪ねたらしい。だから、まず最初に総督の住まいへ行ってロジャーをさがすべきね」

しかし、そのとき船の舷門付近で騒ぎが起こった。急いで舷門へむかったデイム・イサベルとバーナード・ビッケルが見たのは、ロジャーと髪も服も乱れたカルヴィン・マーティノーの両名が警備員相手に押し問答をしている場面だった。

「ミスター・ウール、あなたは乗船してけっこうです。しかし、もうおひとりの方を乗せるわけにはいきません。ミスター・ウールが乗船すれば、もう全員が乗船したことになりますので」

「わたしはカルヴィン・マーティノーだぞ」オーボエ奏者は、弱々しくはあるが一歩も引かぬかまえの声でいった。「それゆえ、わたしは乗船許可を要求する！」

「いったいなんの騒ぎ？」デイム・イサベルはたずねた。「ミスター・マーティノー、このおかしな情況の説明をしてくださる？」

「わたしは囚《とら》われの身になっていたんだ！」マーティノーは声を張りあげた。「屈辱的な目にあわされた。一服盛られてね！　脅されてね！　ミスター・ウールがいたからよかったが、そうでなければこの身はいったい全体どうなっていたことか！」

「ゆうべ話したじゃないですか、もうひとりのオーボエ奏者は偽者だと」ロジャーはデイム・イサベルにいった。

デイム・イサベルは深々と息を吸いこんだ。「それで、どこへ行けばミスター・マーティノーが見つかるのか、どうしてわかったの？」

「単純な話に思えました。顔は変えられますし、ふるまいも演技でごまかすことができる――しかし、周囲に首尾よくオーボエ奏者だと思わせることができるのはオーボエ奏者だけです。マーティノーの偽者がオーボエを演奏していた以上、まず交響楽団の一員だろうと見当をつけました。それからスカイラーク交響楽団のオーボエ奏者の住所を突きとめて足を運び、踏みこんだわけです。ミスター・マーティノーは両手両足を縛られて、ベッドの下に寝かされていました」

マーティノーがまたしても憤懣やるかたない口調で口をはさんできた。デイム・イサベルは手をかかげて制した。「バーナード、警備員を船内に招きいれて、犯罪者の身柄を拘束させてちょうだい」

五分後、仏頂面《ぶっちょうづら》の偽者が引き立てられて下船していった。本物のカルヴィン・マーティノーとは、驚くほど似通った顔だちだった。

「いったい全体、どうしてこんなことが――」バーナード・ビッケルがいいかけた。

この場に呼びだされていた主任検査官はわびしくかぶりをふった。「再構築研究所で不正工作がおこなわれていたのは明らかですな。驚きました……いや、そうはいっても心底驚かされたわけではありません。スカイラークから脱走できるチャンスがあるとなったら、大多数の受刑者たちはそれまで得ていた特権さえ危険にさらすものです」

「わたしにはさっぱり理解できん」バーナード・ビッケルはいった。「いったいどうやって、人間の顔をここまで変えることができたんだ？」

「わたしも正確な手順はよく知りません」検査官はいった。「しかし、再構築研究所でこうした手術の前例がなかったわけではありません。まずは、複製される側の顔の型をとるのでしょう。それから複製する側の顔の組織を種々の薬剤の注射で柔らかくしたのち、型をあてがうわけです。人間の骨格だけならば、個人間ではっきりわかるほどの大きな差異はありませんが、顔面組織は一時的に型どおりの形状になるわけです。またいうまでもないことですが、周囲が本物だと信じこむほど似させるためには、偽者と本物の体格がそれなりに似ていることが前提になります」

「驚異というほかはないな！」バーナード・ビッケルがいった。「さて、さて、ミスター・マーティノー、きみはとびっきり幸運だったね」そういって検査官にむきなおる。「先ほど〝一時的〟といっていたな。型にはめられた組織は、どれほどの期間にわたってその形をたもっていられるのだろうか？」

「はっきりしたことは知りません。まあ、一週間程度でしょうか」

バーナード・ビッケルはうなずいた。「それが過ぎれば――どうなることやら。偽者は皮膚のトラブルがあったという嘘の口実で顔に絆帯を巻いたり、あるいはひげを生やしたりするのだろうね。そのあとでこの船がほかの惑星に寄港すれば、そのときまんまと脱走できるわけだ」

「なんとまあ悪辣な！」デイム・イサベルがぼそりといった。「さて、一件落着ね。そろそろ九時になるわ。船を閉鎖したほうがよさそうね。ロジャー、ぐずぐずしないで乗船しなさいな——この惑星に置いてけぼりになりたくなければね」

「ちょっとだけ待ってください」ロジャーはいった。「いま出発するわけにはいきません！」

「おや、それはまたどうして？」

「乗船している者全員をあらためて調べたほうがいいとは思いませんか？　ほかにあと何人、こういった偽者が乗りこんでいるともしれないんですよ」

デイム・イサベルはうつろな目つきでロジャーをひとしきり見つめたあと、押し殺した声で吐き捨てた。「馬鹿馬鹿しい！」

バーナード・ビッケルはいった。「お言葉ですが、ロジャーのいうこともっともだと思います。船内の全員をきちんと調べる必要がありますね」

デイム・イサベルはサー・ヘンリー・リクソンとアンドレイ・ズィンクとゴンダー船長の三人を呼びだして、こういった事情を説明した。ゴンダー船長はおもしろくなさそうな声でいった。「容疑者のリストから乗組員は省いてもらってもいいですよ。乗組員はだれひとり船外に出ていませんし、そのことは操舵係作成の記録でも裏づけがとれますから」

記録を見ると、たしかにゴンダー船長のいうとおりだとわかった。また同様に、マドック・ロズウィンもスカイラークの土を一回たりとも踏んでいなかった。

激しやすい性格のソプラノ歌手、エイダ・フランシーニがこう宣言した。「わたしが偽者だとでもお思い？　頭がおかしくなったの？　おききなさいな」

そしてエイダ・フランシーニは発声練習用の歌を歌いはじめた——三オクターブもの音域をまるでわずか三音しかないかのように縦横無尽に駆けめぐる歌声だ。

「さあ、フランシーニ以外の者にこのような歌がこなせて？」

反論の声はあがらなかった。

「それにね」エイダ・フランシーニはいった。「わたしはこの船にいる歌手すべての声を知っているのよ。そればかりか、ひとりひとりのちょっとした秘密までもね。わたしに三分の時間をちょうだい。それだけあれば、偽者をきっと見抜いてみせるわ」

エイダ・フランシーニが歌手ひとりひとりが音階や練習曲を歌うのをきき、こっそりと質問を耳打ちしては、答えをこっそり耳打ちされているあいだに惑星総督が到着し、事態の現況報告をうけた。総督はショックをうけ、困りはてた顔をのぞかせつつ、デイム・イサベルに心からの謝罪の言葉を述べた。

そのあいだロジャーはバーナード・ビッケルをわきへ引っぱっていった。「ぼくはまちがいなく本物のロジャーですよ。なんといっても、この事態をあばいた当人なんですから。ときに伯母は、あなたをどこで雇いましたか？」

「バルゥー館の薔薇園だ」

「すばらしい——あなたは本物です。マーティノーと話をしました。あの男は二日前に誘拐されていた。つまり、二日のあいだ別人がオーケストラでオーボエを吹いていたことになります」

バーナード・ビッケルは口ひげを嚙んだ。「弦楽器の奏者たちはそれほど注意をむけないだろうし、金管の連中もおなじだ。しかし、オーボエを含む木管パートの者たちは——」

ロジャーはうなずいた。「ぼくもまさにおなじことを考えていました。つまり……木管パート全員が偽者にちがいない、と」

「では、わたしがこれからサー・ヘンリーに話を――」

「だめです！」ロジャーはきつい声でいった。「木管パートの全員が偽者だったら、そのことに気がつかないサー・ヘンリーだと思いますか？」

「では――まさかサー・ヘンリーも？」

「ええ、まちがいありません」

バーナード・ビッケルは乗船タラップの人だかりに目をむけた。「きみのいうとおりだ！　実物のサー・ヘンリーのほうが背が高い。おまけに本物だったら、決して茶のスーツに黒の靴をあわせたりしないな」

偽者のサー・ヘンリーは自分の名前を耳にして、こっそり周囲のようすをうかがい、怪しまれていると見てとるや逃げようとしはじめた。しかしすぐにつかまって、押さえつけられた。

「なんという面汚《つらよご》しをしでかした！」総督が声を張りあげた。「本物のサー・ヘンリーが危害をくわえられていたら、移送命令がくだされることになるのをわかっているのか？」

偽者はにやりと不気味な笑みをのぞかせた。「そんなことは怖くもなんともないね。おれは負け犬かもしれないが、馬鹿じゃない」

それから偽者は、本物のサー・ヘンリーが見つかる場所を教えた。ほどなく、憤懣やるかたないようすの指揮者が船に帰ってきた。

一件の事情を説明されると、サー・ヘンリーは嫌悪もあらわにうなずいた。「オーケストラに偽の演奏者がまぎれこんでいても、わたしをごまかすことはできん。ほんの一瞬たりともだ。さあ、みんな！　それぞれの楽器を用意したまえ！」

　ただしハープ奏者とピアニストと打楽器奏者たちだけは、自分が本物であることを口頭で証明することを許可された。彼らはサー・ヘンリーが低い声でむける質問に答えるかたちで、それぞれが名乗ったとおりの人物であることを証《あか》した。

　ほかの団員たちがもどってきて、楽器の準備をととのえた。サー・ヘンリーが彼らを調べた。団員たちは、ひとりずつ順番に曲の短いフレーズや音程を演奏した。

　ロジャーがにらんだとおり、木管パートは全員偽者だった。移送処分になるかもしれないと脅されると、彼らは本物のオーケストラ団員を見つけられる場所を白状し、そののち警備員に身柄を拘束されて引き立てられていった。

　デイム・イサベルはしだいにふくらむ驚愕の念とともに、この一連の流れを見まもっていた。

「いまもまだ、とても安心できないわ」ふるえる声でそう洩らす。「もしだれかを見逃していたらどうするの？　わたくしを確実に安心させてくれる方法はないものかしら？」

「すでに船上の全員を調べましたよ」バーナード・ビッケルはいった。「遺漏はありませんし、問題は残らず解決しています。つまり、離陸できない理由はもうひとつもないということです。どうだろうね、総督？　なにか異論があるかな？」

　それまでロジャーと低い声で話をしていた惑星総督は、ふりかえってたずねた。「すみません、なんでしょう？」

　バーナード・ビッケルは要請の言葉をくりかえした。

「もう出発なさりたいんですね？」総督はいった。「ええ、それについては話しあいが必要のようだ。マダム、ごきげんうるわしくいらっしゃいますか？」

総督はそういいながらデイム・イサベルに歩みよって、顔をのぞきこんだ。それからいきなりがっしりした手でデイム・イサベルの襟首《えりくび》をつかむと、鼠をくわえてふりまわすテリア犬さながら、相手の体を激しく揺さぶった。たちまち鬘《かつら》が吹き飛び、モヒカン刈りの赤毛があらわれた。

「この悪党め！　デイム・イサベルはどこだ？　もしあのご婦人がほんのわずかでも傷つけられていたら、いいか、貴様は移送命令の対象だぞ」

「そんな心配は無用だね。あのクソばばあはぴんぴんしてるよ」デイム・イサベルになりすましていた男は、ふだんの高さにもどした声でそう答えた。

三十分後、本物のデイム・イサベルが船まで連れもどされてきた。

「これほど非道な侮辱はどこをさがしてもありませんわ！」デイム・イサベルは総督にいった。「おわかりかしら、わたくしは二日もの長きにわたって、不潔きわまる部屋に閉じこめられていたのですよ。それも悪党の手に落ちて」

「心からの遺憾の意を表明させてください！」総督はいった。「わたしにとっても、筆舌につくしがたいほどの屈辱です！　あなたもおわかりのように、こうしてご無事にもどられたのはひとえに甥御さんのおかげですよ。甥御さんがこの企みをどうやって見抜いたのか、わたしには想像もできません。どうしてあそこまで、はっきりわかったのです？」と、ロジャーに質問をむける。「それこそ欠点がひとつもない、完璧なりすましに思えましたのに！」

ロジャーは横目でちらりとデイム・イサベルを見やった。「まあ、その――小さなミスがいくつかありました。偽者のデイム・イサベルは、本物よりも静かで落ち着きすぎていましたね。偽者はせいぜい軽い舌打ちをして、あとはサー・ヘンリーと木管パートの団員たちが偽者だとわかったという意味の言葉を口にしただけでした。本物なら煮えたぎった油を求めてぎゃんぎゃん大声をあげているか、少なくとも大声で移送命令を求めていたはずです。些細なことかもしれませんが、ぼくの疑念を呼び起こすには充分でした」

デイム・イサベルは憤然とした足どりで船に乗りこむと、顔をうしろにむけて、「いますぐ出発します」とかすれた声でいった。

バーナード・ビッケルがおずおずと笑みをのぞかせた。「ひとつだけ、わからないことがあるんだが。一週間もすれば、変装の効き目がなくなるとすれば――」

「そのときには宇宙船を乗っ取るつもりだったんです」主任検査官がいった。「クラリネット奏者のひとりと少し話しました。ミスター・ウールのおかげで、その企みは未然にくじかれましたがね」

10

そのあと数日間、〈ポイボス号〉には不信の雰囲気がしつこく残っていたが、それを過ぎると全員が胸を撫でおろせるようになった。デイム・イサベルはしばらく自分の船室に閉じこもっていた。ようやく外に顔を見せたのは、ゴンダー船長が乱心したという知らせをうけたからだった。

ヒステリックとさえいえる状態のハーミルダ・ウォーンによってデイム・イサベルに伝えられたこの知らせは、いささか正確さを欠くものだった。ゴンダー船長は乱心したわけではなかった――ただローガン・ド・アップリングを素手で殺そうとしただけだった。技官長とバーナード・ビッケルが割ってはいった。ゴンダー船長はしきりに抵抗して暴れ、足をじたばたと蹴りだしていたが、そのまま船長用の船室へ引きずられていって幽閉された。

デイム・イサベルはまず船橋へ急いだが、だれも見あたらなかったのでサロンへ降りていった。サロンは活発な議論に満ちていた。やがて、デイム・イサベルにも事の次第が見えてきた。ゴンダー船長はローガン・ド・アップリングがマドック・ロズウィンを抱擁している現場に偶然行きあたり、それをきっかけに大爆発したようだった。

デイム・イザベルはなにも語らず、いかめしく唇を引き結んでいるほかは内心をうかがわせない顔つきのまま、さまざまな人々がそれぞれの視点で語る証言に耳を傾けた。「さて、問題の若い娘はいまどこにいるの？」

マドック・ロズウィンは、狭い個室にひとりでこもっていた。たまたまその部屋の前を通りかかっていたラモーナ・ゾクステッドとカッサンドラ・プルーティのふたりは、室内からはなんの声もきこえてこなかった、と報告した。

「これだけ厄介ごとや問題を引き起こしてしまったら」ラモーナ・ゾクステッドはいいきった。「わたしだったら、悲しみに打ちのめされて二度と立ちあがれなくなりそう。それなのに、部屋からは声ひとつきこえなかったわ！」

ロジャーが話に筋を通そうとした。「そうはいっても、ドアに耳を押しつけていたわけじゃなかったよね？」

「もう控えなさい、ロジャー」デイム・イサベルが鋭くたしなめた。

バーナード・ビッケルが船内診療室からもどってきて、相談のためにデイム・イサベルをわきへ引っぱっていった。ビッケルの話は、これまでデイム・イサベルが耳にした話とおおむね一致していた。

「どうすればいいものか、さっぱりわからないわ！」デイム・イサベルは腹立ちまぎれに大声をあげた。「問題も起こるだろうし、誤解も生じるだろうと予想はしていたけれど、これはもうわたくしたちの想定の範囲を越えてます！　おまけに問題の原因をさぐってみれば、あらかたあのマドック・ロズウィンという娘っ子に行きつくのよ。やはり、あの娘は惑星シリウスで降船させておくべきだったわ！」

「たしかに、トラブルを呼び寄せる人間もいますからね」バーナード・ビッケルはうなずいた。「しかし、原因はなんであれ、その結果いまわたしたちが一時的に船長不在の状態になっているのは事実です」

デイム・イサベルは苛立ちもあらわに手を動かした。「たいしたことじゃないわ。船の航路策定ならミスター・ド・アップリングがこなせるし、ゴンダー船長がこなしていたほかの仕事はミスター・ヘンダースンが完璧にこなせるはず。いまわたくしが心配しているのは、もっぱら惑星ルラールのこと。もしゴンダー船長が気もそぞろだったり気が変になっていたり気が立っていたりして、船をあの惑星へ導けないとでもなれば、わたくしたちはいちじるしい不便を強いられることになるのだもの」

バーナード・ビッケルが考えを述べた。「私見では、騒ぎが落ち着くのを待つべきかと。ゴンダー船長も頭を冷やせば理性をとりもどすでしょうしね——なんといっても、わたしたちをルラールまで導くことこそ、あの男が優位に立てる手だてです。それまでは、若きド・アップリングがわたしたちを旅程の次の寄港地まで案内してくれます。たしか、わたしの記憶が正しければスワニック《スワニックス・スター》の星という惑星だったのでは？」

「ええ。封建主義に逆もどりした、不潔でちっぽけな惨めったらしい星よ」

バーナード・ビッケルは眉毛を吊りあげた。「わたしは前々から、あそこを魅力的な星だと思っていましたよ——ひなびた古風な趣《おもむき》のある星だ、とね」

デイム・イサベルは弱々しく笑った。「ものはいいようかもしれないわね、バーナード。いまみたいに気分がささくれだっていると、エデンの園さえ疫病の地としか思えなくなりそう……。たしかにわたくしたち、だれにも否定しようのない成功をおさめてはきたけれど、それでもわたくしはいささか落胆しているの」

バーナード・ビッケルは心からの笑い声をあげた。「いやいや、そんなふうにいうものではありませんぞ！　惑星スカイラークで受けた歓待を思い出すんです！」

デイム・イサベルは目を閉じた。「あの星の名前は二度と口にしないでちょうだいな！　わたくしが受けたあの無作法な扱いを思い返すにつけても……罵りの言葉やいやらしい目つきや下卑《げび》た冗談の数々……。いいえ、あの一件をいつまでも思い出したりするつもりはなくってよ。なるほど、成功した……ある意味ではね。でもね、忘れてならないのは、あの惑星にいたのが地球人、それも音楽に飢えていた人々だということ――それでは、わたくしが理想とする成功の域には達していないのよ。そして、スワニックス・スターも基本的にはおなじことね」

「いずれはルラールにたどりつきますよ」バーナード・ビッケルはいった。

「頭ではわかっているのよ――それにしても、この宇宙にはほかに文明をもつ種族がいないのかしら？」

バーナード・ビッケルは肩をすくめた。「率直にいって、わたしの知るかぎりではいませんね」

「ともあれ、わたくしたちは当初の旅程をあくまでも守るしかないでしょうね」デイム・イサベルはあきらめの口調でいった。「あそこにミスター・ド・アップリングがいるわ。わるいけど、あの人をここへ呼んでくださる？」

バーナード・ビッケルはローガン・ド・アップリングを呼び寄せた。デイム・イサベルは冷ややかな目でこの男を検分した。「あら、それほど大変な傷を負わされたわけではないようね」

「なんとか、命ばかりは助かったようですよ」そういうと、ド・アップリングは弱々しく笑った。長身のブロンドの若者で、自信をうかがわせる自然な物腰をそなえていた。マドック・ロズウィンがゴンダー船長よりもこの男に好意をいだいた理由は、謎でもなんでもなかった。

「わたくしたちの旅程によれば、次の寄港地はスワニックス・スターよ」デイム・イサベルはいった。

「この惑星の正確なスペックはあいにく忘れてしまったけれど、あなたなら適切な資料を参照する権限があるのではなくて？」

「ええ、ありますよ。もちろんです」

デイム・イサベルの好みからすると、ローガン・ド・アップリングはいささか軽薄に思えた。

「ゴンダー船長は数日のあいだ、ご自分の船室にこもって過ごすことにしたとか」デイム・イサベルは、とっておきのいかめしい声で告げた。「それゆえ、あなたには本船の航行面での責任者になってもらいます」

ローガン・ド・アップリングは無理のない自信ありげなそぶりを見せた。「なんのご心配もいりませんよ。ご希望であれば、みなさんをオリオン大星雲までもお連れします。いま、スワニックス・スターとおっしゃいましたか？」

「ええ」

「ひとつ、ぼくから提案をしてもいいでしょうかね？」

「ええ、どうぞ」

「それほど遠くないところに、これまで人類が一度か二度しか訪問していない惑星があります。きいたところによれば、それはもう筆舌につくしがたいほど美しく、進化した文明をそなえた人間そっくりの種族が住んでいるとのことです」

バーナード・ビッケルがたずねた。「その惑星は海蛇座にあるのでは？」

ローガン・ド・アップリングは驚いた顔になった。「ええ、たしかにそのとおりですが」

「どこでその惑星の話をききこんできたの？」デイム・イサベルがたずねた。

「複数の情報源からです」ローガン・ド・アップリングは落ち着きをなくしていた。「みんなが口をそろえていうには――」

デイム・イサベルは追及の手をいっかなゆるめようとはしなかった。「よろしかったら、その情報源とやらについて、もう少し具体的に話していただけない？」

ローガン・ド・アップリングは頭を搔いた。「ええと、どうだったかな……たしか、航宙マニュアルのどれかに載って――」

「では、質問を変えさせてもらうわ――その惑星のことをあなたに話したのは、マドック・ロズウィンではなくって？」

ローガン・ド・アップリングはさっと顔を赤らめた。「ええ、まあ。打ち明けていうと、マドックがどこかでその星のことを耳にしたらしいです。そこで、ぼくからあなたにその星の話をしようということで話がまとまりました」

「まとめていえば」デイム・イサベルはこれ以上はないほど冷たい声でいった。「あなたはマドック・ロズウィンから、その惑星への訪問を推奨するように強く迫られたわけね」

「どうでしょう――ぼくなら〝強く迫られた〟とまではいいませんが」

「ミズ・ロズウィンにいってあげてちょうだい――たとえなにがあろうとも、あなたの気まぐれを満足させるために銀河の半分を横断するようなことは決してしない、と。本船がその星を訪ねることはぜったいにない。二度と話を蒸し返さないで」

ローガン・ド・アップリングの顔が怒りのあまり真紅に燃えあがった。「仰せとあれば」

「あなたさえよければ、この船がもっとも短時間でスワニックス・スターに到着できるコースをとっているかどうかを、すぐに確かめてちょうだい」

ローガン・ド・アップリングはお辞儀をひとつして歩き去っていった。

数日が過ぎても、ゴンダー船長は姿をあらわさなかった。

「まあ、自業自得で苦しませておけばいいでしょう」バーナード・ビッケルはいった。「じっとひとりでいる時間が長ければ、それだけ道理にしたがうようにもなりますからね」

デイム・イサベルは半信半疑ながらうなずいた。「ほんとに変人だこと。でも、あの人の行動を分析して時間を無駄にするわけにはいかないわ……。それでね、どうかしら、バーナード、スワニックス・スターでの観客は完全に上流階級の人たちだけになるとお思い？　もしそうなら、また〈フィデリオ〉を上演してもいいという考えにかたむいてるのよ——それとも、いっそ腹をくってワグナーに挑むべきだと思う？」

「どちらでも、このうえなく適切な演目になると思いますよ」バーナード・ビッケルは答えた。「ただし、せめてプッチーニは前向きに検討してもいいのではないかと……」

ビッケルは、サロンにローガン・ド・アップリングがはいってきたのを目にとめて口をつぐんだ。デイム・イサベルは手招きをした。若い航宙士はあまり気がすすまない顔で——というか、そんな顔に見うけられた——近づいてきた。

「スワニックス・スターまでは、あとどのくらいかかるのかしら、ミスター・ド・アップリング？」デイム・イサベルはたずねた。「なんだか、果てしなく旅がつづくように思えてきたわ。望遠鏡をのぞいても、十字線上には星がひとつも見えないみたいだし」

「たしかにそのとおりです。局地的なエーテル乱流が発生しているので、そのせいにちがいありません……。おそらく、あと数日のあいだはこのまま……」

「これは驚いた！」バーナード・ビッケルはいった。「スワニックス・スターがそれほど遠いとはまったく知らなかったぞ」

「落ち着いてください、ミスター・ビッケル。景色を楽しまれるといいですよ！」ローガン・ド・アップリングは笑顔でデイム・イサベルを見おろして、サロンから出ていった。

それから三日が過ぎてもあいかわらずゴンダー船長は人前に姿を見せず、とうとうデイム・イサベルは船長と直談判《じかだんぱん》をする肚《はら》を固めた。デイム・イサベルがバーナード・ビッケルともども船橋を横切っていると、ちょうどローガン・ド・アップリングとマドック・ロズウィンが立ったまま、なにやら熱心に会話をかわしているところだった。デイム・イサベルの姿を目にとめるなり、ふたりはすぐ口を閉ざした。

デイム・イサベルは展望窓に近づいた。窓にはディフェーズ・システムによって大宇宙図が投影されていた。デイム・イサベルは十字線を確かめ、ローガン・ド・アップリングにたずねた。「スワニックス・スターはまっすぐ前方の緑がかった白い星？」

「いや、そんなはずはありません」バーナード・ビッケルはいった。「スワニックス・スターはオレンジ色の矮星です」

「そのとおりですよ」ローガン・ド・アップリングが陽気な声でいった。「わたしたちは宇宙流の要素を計算に入れています。銀河系の回転運動の影響もね――この宙域では、無視できない大きな要素ですから」

「それでも目的地にはもっと近づいているはずよ！」デイム・イサベルはいった。「どうなの、ご自分の計算結果に絶対の自信がおあり、ミスター・ド・アップリング？」

「もちろんです！　故郷からこんなに遠く離れたところで迷子になっちゃ困りますから！」

デイム・イサベルは困惑顔でかぶりをふった。ついで船橋をわたると、デイム・イサベルはゴンダー船長の船室のドアをノックした。

「はい？」室内から不機嫌な声がした。「だれかな？」

「わたくしです」デイム・イサベルは答えた。「あなたと少しだけ話したいの」

ドアがすぐさまひらいた。ゴンダー船長が顔をのぞかせた。げっそりとやつれた顔。目がぎらぎら光り、頬とあごは四方八方に伸びた黒い無精ひげで覆われていた。

「さてと……」ゴンダー船長はかすれた声でいった。「話というのは？」

「あなたに航宙システムをチェックしてほしいの」デイム・イサベルは静かな声でいった。「ミスター・ド・アップリングの判断がどうにも信用できなくって。だって、もうとっくにスワニックス・スターに到着していなければおかしいと思うから」

ゴンダー船長は大股で四歩あるいて船橋にはいった。展望窓を一瞥しただけで、ざらついた笑い声をあげる。いったん笑いやんだものの、また笑いつづける――それもデイム・イサベルが、ついにこの男は正気をなくしたかと思うほど長く。デイム・イサベルがちらりと見やると、ローガン・ド・アップリングはかたわらにぎこちない姿勢で立ったまま、色白の頬を朱に染めていた。デイム・イサベルはふたたびゴンダー船長にむきなおった。

「なぜ笑っているのかしら？」

ゴンダーは指さした。「この天の川の傾きがわかりますか？　それから、向こうの右側にある星は？　あの星はアルファルド――この目が節穴になったのでもないかぎりね。そのすべてをひっくるめれば、いまこの船は海蛇座にいることになります」

「だったら、どこかで恐ろしい手ちがいがあったに相違ないわ」デイム・イサベルはいった。「だってスワニックス・スターがあるのは牡牛座ですもの」

そしてこのときもゴンダー船長は、先程とおなじようなざらついた笑い声を発してから、「いいや、まちがいない」といい、長い指をマドック・ロズウィンに突きつけた。「あの娘こそ、この船が海蛇座にいる理由ですよ」

デイム・イサベルは絶句した。まじまじとマドック・ロズウィンを見つめたのち、視線をまずローガン・ド・アップリングに、そしてゴンダー船長へとめぐらせる。「つまりあなたは——いえ、まさかそんな——」

「あの若造は、あなたがたを遊覧飛行へ連れだしたんですよ。でも、若造をあまり責めないでください。およそ命ある男なら、あの女を前に抵抗できるはずもない。あの女はおぞましきウェールズの魔女だ。わたしがあなたの立場だったら、いますぐあの女を船外に放りだして、あとは自力で泳がせますね」

デイム・イサベルはさっと身をひるがえすと、ぞっとするような声でたずねた。「いまの話は本当かしら、ミスター・ド・アップリング？」

「はい」

「船長、ただちに正しい方向へ船をむけて。それからこのふたりを、それぞれにふさわしい船室に閉じこめてちょうだい」

ゴンダー船長がいった。「ド・アップリングは閉じこめないでください。こいつはただの悪戯《いたずら》小僧です。こきつかってやればいい。また正道を踏みはずす真似をしでかしたら、わたしがこの手で絞め殺してやります。でも、あの女は閉じこめておきましょう。ほかの男の目にふれない場所にね——そうでもしなければ、ほかの男相手に魔法の手管を弄するに決まってますから」

「けっこう。ミズ・ロズウィン、あなたは自分の船室にお行きなさい。あなたをどうしたものか、わたくしにはさっぱりわからない」

「救命艇に乗せてくれたら、あとはひとりでこの船を離れていくわ」

デイム・イサベルは女の顔を見つめた。「それは本気で?」

「ええ」

「当然のことだけど」デイム・イサベルはいった。「わたくしはそのようなことはしない。殺人も同然のおこないですもの。さあ、お願いだからもう自分の船室に引っこんでちょうだい」

マドック・ロズウィンはのろのろとした足どりで船橋をあとにした。

「あなたについては——」デイム・イサベルはローガン・ド・アップリングにいった。「今回の件をゴンダー船長にいって航宙記録に残してもらう。給与は払いませんし、今後あなたが二度と航宙士として雇われることのないよう、わたくしが万全の手をつくしますからそのつもりで」

ローガン・ド・アップリングは無言だった。ゴンダー船長が〈ポイボス号〉に方向転換をさせると同時に、展望窓に浮かびあがっている大宇宙が大きく旋回していった。


その四時間後、ロジャーはマドック・ロズウィンの船室のドアをノックした。ドアがゆっくりとひらいて、マドックが顔をのぞかせた。

「はいってもいいかな?」ロジャーはたずねた。

マドックは無言のまま、落ち着かない仕草であとずさった。

ロジャーは寝棚に腰かけた。「食事はとってるのかい?」

「食欲がないの」マドックは狭苦しい船室を横切って、壁にもたれた。

「せめて、きみがどうしてあんな真似をしたのかがわかればいいんだけどね」ロジャーはおずおずと言葉を口にした。「ぼくにはさっぱり理解できないよ。どうすれば、人があそこまで他人をこっぴどくだまし、あそこまで裏切れるものなのか――その女がなにやらとてつもなく大きな動機を秘めているのでもないかぎりね」

マドック・ロズウィンは話をろくにきいていないようで、低い声でこういった。「もしかして、あなたの伯母さんは……」そこでため息をつき、困りはてたしぐさをする。「だめ、まさかそんなことをしてくれるはずはないもの」

「いまになれば、きみがぼくに好意をもっているふりをしていただけだということもわかる」ロジャーはつづけた。「とにかく、この船に乗るためにね……。ゴンダー船長の場合もおなじ、あのいけ好かないド・アップリングのときもおなじだった……」

マドック・ロズウィンは倦《う》み疲れた風情《ふぜい》でうなずいた。「ええ、お芝居をしていただけ。ほかに手だてがなかったからよ」

「しかし、なぜ？　これほどまでにきみを激しく憎まずにすむ理由があるのなら、ぜひとも知っておきたくてたまらないよ」

マドック・ロズウィンは微笑みの亡霊を顔にたたえて、ロジャーを見つめた。「あなたはわたしを憎んでいるの、ロジャー？」

ロジャーはうなずいた。「そのとおり。利用されるのは屈辱だからね」

「ロジャー、わたしには謝ることしかできない。心の底から申しわけなく思ってるの。でも……またおなじことをする気もある」マドックは低い声でつづけた。「それで目的が果たせるのならね。でも、そんなことにはならないし」

「そうだね。いまとなっては目的は果たせない。その理由を教えてくれ」

「だめよ……。話せるとは思えないわ」

「どうして？」

「なぜなら、わたしは秘密を守る性格だから。わたしは秘密を守る人々のなかに生まれついた。生まれてこのかた、わたしはあなたが夢にも思わなかったような秘密をずっと隠しもってきたの」

「まちがいないね」ロジャーは悲しさのにじむ声でいった。「たしかにまちがいないな」

マドックは気おくれしているような態度で、寝棚のロジャーの隣に腰をおろした。ロジャーの体がぐらりと揺れた——自分の体が鉄で、マドックが磁石であるかのようだった。ロジャーは自分の体を元の位置にもどしたが、それには努力が必要だった。しばし考えをめぐらせたのち、ロジャーは口をひらいた。

「海蛇座にあるという例の惑星も、きみの秘密のひとつなのか？」

「ええ」

「もし〈ポイボス号〉がその惑星を訪問したら、秘密が秘密でなくなるんだね」

今度はマドック・ロズウィンが考えこむ番だった。「これまで、そんなふうに考えたこともなかったわ。でも、あなたはわたしの生まれ育ちを頭に入れる必要がある。わたしは秘密主義にすっかり慣れさせられて育ったのよ」

「秘密主義は」ロジャーはいった。「憐れむべき悪習だよ。ぼくにはいかなる秘密もありはしないね」

マドック・ロズウィンは弱々しく微笑んだ。「あなたは本当に立派な人ね、ロジャー。ええ、わかった。あなたには秘密を話す。秘密を守っているのは、いまではわたしだけよ——なぜなら、おなじ秘密を分かちあう人がひとりも残っていないから。それにわたしたちがこの船でヤンを訪問することがない以上、あなたやわたしの話を信じる人なんてひとりもいるはずがないの」

「ヤンというのが、その惑星の名前なんだね？」

「ヤン……」マドック・ロズウィンは惑星の名前を、これ以上はないほどの崇敬と愛情をこめた口調で口にした。「そここそは星々に隠れたわが故郷。いまはこれほどまでに近く、これほどまでに遠い……」

ロジャーは困惑に眉を寄せた。「きみの故郷のウェールズの伝承かい？　知識不足ですまないが、これまでそんな話はきいたことがないよ」

マドック・ロズウィンはかぶりをふった。「わたしはウェールズ人ではないの。ええ、完全なウェールズ人ではないというべきね。ずっとずっと大昔――三万年もの昔のこと……」

それからマドック・ロズウィンは一時間にわたって話をつづけ、その唇から理路整然と語られる驚異の数々に、ロジャーの頭はがくがくと揺さぶられていた。

詳細な枝葉部分と背景をとっぱらってしまえば、マドック・ロズウィンの話は単純明快だった。三万年前の地球で、ある種族がきわめて快適な地に住んでいた。いまとなっては、その土地の正確な位置はわからない――いまのグリーンランドだという者もいれば、大西洋のビスケー湾に沈んでしまった土地だという者もいる。彼らは文明を築きあげた――それも、後世のどんな人々の文明にも遜色ない性質をそなえた文明を。そして頽廃の時代のさなか、ひとつの秘密結社の人々が航宙船をつくり、彼らだけで地球を離れていった。叙事詩的な宇宙の旅ののち、彼らはヤンに着陸、そこを故郷とした。それでは、あとに残された文明、ひとときは高貴だった文明はその後どうなったのか？　彼らの運命を知る者はいない――おそらくはみずからを浪費していき、やがて廃墟と化したにちがいなかった。

惑星ヤンでは新時代が幕をあけた――進化があり、後退があり、暗黒時代があり、復活があり、頂点の時代があり、そして余波の時代があった。そしていまから六千年前、反主流派が地球への帰還を決定した。彼らはマン島に着陸したが、そのさいに大事故があって宇宙船は大破し、乗客はほぼ全員死亡、かろうじてひと握りの人々だけが助かった。彼らは、迷信深いマン島の住民たちの迫害から逃れてウェールズに入植、それから何世代にもわたってメリオネスシアの人里を遠く離れた渓谷を開墾していった。その人々がマドック・ロズウィンの先祖だ――彼らは自分たちの伝統を守り、子供たちに惑星ヤンの歴史をささやき声で教え、秘密を守ることに一命を捧げてきた。彼らはヤンへの帰還だけを目的として生きつづけ、その切望を子供たちに受け継がせてきた。そのひとりがマドック・ロズウィン、家系ではただひとり残った者だった。ヤンへ行きたいとの思いは抑えがたく、マドックは自分にのぼせあがっているロジャーの恋心につけこみ、まんまと〈ポイボス号〉の乗客になりおおせたのだった。

マドック・ロズウィンは話をおえた。自分は努力をして……そして挫折した。ヤンへ行くという夢は永遠に閉ざされてしまった。

ロジャーは長いこと黙ったたまますわっていたが、やがて大きなため息を洩らした。「ぼくなりに精いっぱい、きみの力になるよ。もし成功すれば、それはぼくがきみを永遠にうしなうということだ――いや、そうではないな。最初から手に入れられなかったのなら、それをうしなえるはずがない……いまから伯母と話をしてくる」

マドック・ロズウィンはなにもいわなかった。しかしロジャーが船室を出ていくと、力なく寝棚に仰向けになって、瞼の裏からあふれでてくる涙をこらえようとしていた。

ロジャーはデイム・イサベルを船橋で見つけた。伯母はむっつりと不機嫌なゴンダー船長の口から、なんとかして惑星ルラールの位置をききだそうとしていた。デイム・イサベルの訓戒めいた言葉に、船長はただこうとしか答えなかった。「待てば海路の日和《ひより》ありですよ」

ロジャーはデイム・イサベルの注意を引き、できればふたりだけで話がしたいともちかけた。デイム・イサベルはぶっきらぼうに譲歩し、ロジャーを自室へ連れていった。ロジャーは船室内を行きつもどりつ歩きながら、こういった。「伯母さんからろくでなしだと思われているのは重々承知しています。まっとうな判断力もない男だと思われていることも」

「その判断をひるがえす根拠でもあるのかしらね？」デイム・イサベルは辛辣な口調でそうたずねた。「おまえはあの忌まわしい女をこの〈ポイボス号〉に乗せた張本人よ。あの女のせいで、この公演旅行がめちゃくちゃになったわ！」

「そうですね」ロジャーはいった。「おっしゃるとおりです。マドックがあんなことをした動機を、いましがた教わりました。とても奇妙な話でした。伯母さんにも、その話をぜひともきいてほしいんです」

「ロジャー。わたくしをそこまでお人よしだと思ったら大まちがい——なにも出ませんからね」

「マドックは伯母さんが思っているような女じゃありません」ロジャーはいった。「それに、ある惑星を訪ねたがっている理由ときたら。それはもう驚くべきもので」

「驚かされるのはもうたくさん」デイム・イサベルはにべもなくいった。「それでなくても何度も驚かされてるのだもの……。でも、ただ公平を期すためだけにしろ、あの見下げはてた女の話をきくべきね。いまあの女はどこにいるの？」

「船室です。ぼくが連れてきます」

マドック・ロズウィンは、デイム・イサベルと話をするのはとことん気が進まないという態度だった。「あの人はわたしを憎んでる。わたしのなかに理解できない〝なにか〟を感じとっていて、できればそれを理解したくないと思っているから。わたしの話に耳を貸すといっても、しょせんは皮肉な受け答えを練習したいからにすぎないの」

「そこをなんとか」ロジャーはいった。「話してみる価値はあるんじゃないか？　きみがなにをうしなうというんだ？　ぼくにきかせた話を伯母にきかせるだけでいい。あの話なら、いくら伯母だって驚嘆するほかないんじゃないかな」

「わかった」マドック・ロズウィンはいった。「話してみる……。でも、その前に顔を洗わせて」

ロジャーはマドック・ロズウィンをデイム・イサベルの船室に案内し、ひとり静かに通路へ引き返した。それから一時間、マドック・ロズウィンの低いさえずりめいた話し声と、おりおりにデイム・イサベルが鋭い口調でさしはさむ質問や意見の声が、室外のロジャーにまできこえていた。そろそろ船室にはいる頃合よしと判断して、ロジャーは足を踏み入れた。しかしデイム・イサベルもマドック・ロズウィンも、ロジャーに気づいたようすはなかった。

マドック・ロズウィンはようやく話をすっかり語りおえた。デイム・イサベルは無言ですわったまま、すわっている椅子の肘かけを指でとんとんと叩いているばかりだった。

「あなたにきかせてもらった話は、きわめて興味深いものね」ややあって、デイム・イサベルはそう口をひらいた。「その点は否定できないわ。あなたの罪を許すことはないにしても、あなたが主張している動機がきわめて説得力のあるものだったことは認めます——もちろん、裏づけがとれるという前提での話だけれど。それにしても興味深い話だこと……」それからロジャーに微苦笑をむけ、「さてと——わたくしは四角四面で融通がきかないといって人から責められたことのない女よ」といってから、またマドック・ロズウィンにむきなおる。「その惑星のことをもっと話してちょうだい——人々の習慣や社会の仕組みの話を」

マドック・ロズウィンは心もとなげにかぶりをふった。「どこから話をはじめればいいものか、見当もつきません。地球にもどってからの歴史は六千年ですが、惑星ヤンでの歴史は、その五倍の長さがありますから」

「では、こう質問させて――あなたがたの伝承のなかには、芸術や音楽への言及はあるの？」

「ええ、あります」それからマドック・ロズウィンは耳慣れない言葉でちょっとした奇妙な歌を披露した。メロディもリズムも歌詞の韻律も人間の知覚や人間の欲求をもとにしたものであることは、直観でわかるほど明白だったが、同時に地球とはまったく異質な雰囲気をたたえた歌でもあった。簡単にいうなら異星の音楽だった。

「これは子守歌です」マドック・ロズウィンはいった。「物心ついたときからずっと……いえ、それ以前から、わたしはこの歌をきかされて寝ついていました」

デイム・イサベルはロジャーに合図を送った。「もし時間の都合がつくようなら、少しのあいだでいいのでゴンダー船長にここまでご足労願えるかどうか、きいてきてちょうだい」

ゴンダー船長はすぐにやってきた。

デイム・イサベルははきはきとした冷たい声でいった。「わたくしはミズ・ロズウィンを、ヤンという惑星まで連れていくことに決めました。ミズ・ロズウィンはその目的達成のために多大なる努力をしてきました――どんな努力をしたのか、あえてそこに意見は申しますまい。わたくしが耳にした話のすべてが真実なのかどうか、いまもまだ確信を得たわけではありませんが、ミズ・ロズウィンの話に関心をかきたてられるあまり、その真偽をこの目で確かめたくなったのです。ですからね、船長――航路を惑星ヤンにむけて変更してちょうだい。たしか既知の惑星だったはずね？」

ゴンダー船長はマドック・ロズウィンにうつろな目をむけた。「あれは腹黒くて信用ならない女ですよ――それこそ遠くウェールズの山に巣食っている悪霊すべてと昵懇《じっこん》にしているたぐいの女だ。そんな女の口車に乗ったことを、あなたはいずれ後悔するでしょうな」

「そうなってもおかしくはないわ」デイム・イサベルはいった。「それでも船をヤンへむけてちょうだい」

マドック・ロズウィンはゴンダー船長が部屋を出ていくまで口をつぐんでいた。それからデイム・イサベルにむきなおって、「ありがとうございます」とだけいい残し、船室を出ていった。

11

十字線上に、ふたたび緑がかった白い恒星が見えてきた――天体名鑑では〝海蛇座GRA四四四二〟と記載されている星だった。マドック・ロズウィンの話はすでに〈ポイボス号〉じゅうに広まっていたが、だれからも眉唾ものに思われたのは予想どおりの反応だった。船内の意見を総合すれば、〈ポイボス号〉が惑星ヤンで大昔にまでさかのぼる文明を見つけようと見つけまいと、着陸後の結果が劇的なものになるのはまちがいない――といったあたり。それゆえ船内の空気は期待で張りつめたものになっていた。

やがて緑がかった白い恒星が大きく輝くようになって横へ移動していった。十字線には地球と同程度の大きさをもち、充分に居住可能な範囲にある惑星が浮かんでいた。〈ポイボス号〉は恒星間航行モードを離れて、通常の着陸軌道へ進入していった。

デイム・イサベルとゴンダー船長、それにマドック・ロズウィンとロジャーの四人は船橋に立ち、下方で堂々と回転しているヤンの光景を展望スクリーンで見つめていた。ここが地球とはかけ離れているわけではなく、美しい惑星だということに疑問の余地はなかった。惑星には大海原があり大陸があり、山地もあれば砂漠もあり、森林やツンドラや氷原があった。分析機は大気が呼吸可能であることを示していた。

ゴンダー船長はあえて感情を出さないよう入念につくった声でいった。「当船からの無線による連絡への応答はいっさいありません——いえ、そればかりか、いかなる周波数の電波通信も傍受できていません」

「奇妙ね」デイム・イサベルはいった。「地表をもっと綿密に観察しましょう。展望スクリーンの倍率をあげてもらえる？」

ゴンダー船長が展望スクリーンを調節すると、惑星の地表が一気に躍りあがって近づいてきたかに思えた。

マドック・ロズウィンが指さした。「大陸のいくつかはわかります。あれがエスターロップとカーロップ、あっちの北にあるのがノアウルースです。あの大きな島はドリスト・アミアム、あっちにならぶ小島がサソーア・スティル。あの長く伸びた半島はドロザンテで、最南端の岬には六つの大寺院があるんです」

そういってマドックは拡大された地表の映像にじっと目を凝らしたが、いま口にした寺院らしきものはひとつも見あたらなかった。

「どういうことかしら……」と、低い声でつぶやく。「なにもかも、あるべき姿じゃない……。ディリセットはどこ？　ザックスは？　コシウンはどこにあるの？」

「居住地らしきものはひとつとして見あたらないわね」デイム・イサベルが冷ややかにいった。

「廃墟があります」ロジャーが指さした。「いや、廃墟みたいに見えるけれど、地表が荒れている箇所かもしれません」

「あちらのほう……湾のほとり……森が山へむかう斜面になっているあたり——あそこに、わたしの祖先の街、サンスーがあるはずなんです。でも、どこに？　そこもまた廃墟？」

「あれがもし廃墟なら、もう崩れたり壊れたりするところもないくらいの廃墟というべきだね」ロジャーがいった。「人が石の上に積んだ石は、もう一個も残っていないみたいだ」

「これだけの高度からだと、かなりの大気と雲を透かして地表を観察しているわけで、細部は見誤りがちですな」ゴンダー船長はしぶしぶそう認めた。「ですから、都市と廃墟を肉眼で区別することはできないんじゃないでしょうか」

「着陸してはいけない理由はひとつも思いつかないわ」デイム・イサベルはいった。「もちろん、それなりに注意を払って――だけど」

〈ポイボス号〉は旋回しながら螺旋状の着陸軌道をとっていった。それにつれて、地表の詳細な部分がつぶさに見てとれるようになった。そこにあったといういくつもの都市は見あたらず、ただ割れた岩石がごろごろと転がり、焼け焦げた残骸や瓦礫が広範囲にわたって散らばっているばかりだった。

デイム・イサベルがマドック・ロズウィンにいった。「ここが正しい場所だということにまちがいはなくって？」

「ええ、もちろんです！　なにか恐ろしい出来事があったにちがいありません！」

「それもじきにわかることね。あの湾に面したあたりが、あなたの祖先の故郷なの？」

マドック・ロズウィンは迷いながらも、そうだと答えた。デイム・イサベルはゴンダー船長にうなずいて合図を送った。〈ポイボス号〉は、サンスーという都会があったところから東へ一キロ半ほど離れたところ、木々が鬱蒼と生い茂った森から百メートルも離れていない、地面が岩がちになったところを見つけて着陸した。

多数のエンジンがあげていた、しかしほとんど感じとれないくらいの震動がやむと、あたりは静寂に包みこまれた。分析機が大気は人体に無害であることを表示した。舷門がひらいて、降船タラップが惑星ヤンの大地におろされた。

まずゴンダー船長とデイム・イサベルとマドック・ロズウィンの三人がそろそろと進みでていった。そのあとにバーナード・ビッケルとロジャー、および歌劇団の面々がつづいた。それから三十分、緑がかった白い恒星が地平線に沈んでいくあいだ、一同は奇妙な香りを孕《はら》んだヤンの大気を呼吸しながら、その場に立っていた。

静寂は深みをたたえていた――その静けさを破るのは、〈ポイボス号〉から降り立った人々の押し殺した話し声だけだった。マドック・ロズウィンはわずかに高い場所にまで足を運び、西の薄暮へと目を凝らしていた。そこかしこに、草や灌木で覆われた小高い丘があった。いや、ひょっとしたら廃墟だったのかもしれないが、夕刻の薄闇のなかでは詳細までは見てとれなかった。草原を吹き抜ける穏やかな風が、奇妙な麝香《じゃこう》っぽい香りを運んできた。植物の香りか海辺の香り、あるいは小さな丘そのものの香りかもしれなかった。

マドック・ロズウィンはその草原へと降りていこうというように、一歩足を前に踏みだした。しかし、静かに背後から近づいていたロジャーが、腕をつかんで引き止めた。

「暗くなってからは避けたほうがいい。どんな危険があるかわからないからね」

「さっぱりわからない」マドック・ロズウィンは苦悩に満ちた声を絞りだした。「ヤンになにがあったの？」

「きみたちの一族に伝わっていた伝承そのものがまちがっていたのかもしれないね」

「そんなはずはないわ！　わたしは生まれてからずっと、この都市を訪ねることを計画していたの――それこそ、あなたが地球のどこの都市でも知っているように、わたしはここのことを知ってるのよ。大通りも広場も、ホールだって知ってる。ここを出発する前に、うちの祖先が住んでいた地区だって知ってるし……そのものずばりの場所だってわかるかもしれない……。なのに、いまではただの廃墟だけだなんて」

ロジャーはやさしい手つきでマドック・ロズウィンを船のほうへ歩かせた。「さあ、もう暗くなりかけてるよ」

マドック・ロズウィンの足どりは重かった。「船のだれもがわたしを憎んでる……。みんな、わたしのことをひどい悪人だって思ってて——いまではみんなが、わたしを馬鹿だと思ってるはずよ」

「そんなことがあるものか」ロジャーはなだめる口調でいった。「たとえわるくとったとしても、きみはただ純粋にまちがえただけなんだから」

マドック・ロズウィンは片手をかかげた。「あの音をきいて!」

森からなにかが吠えている低い声がきこえてきた。人間ののどから出た声であってもおかしくない。複雑な倍音のすべてを含んでいるその声を耳にして、ロジャーは名状しがたい感覚に襲われた。これまで以上に力を入れてマドック・ロズウィンの腕を引っぱりながら、ロジャーはいった。「さあ、もう船にもどろう」

マドック・ロズウィンは素直についてきた。ふたりは船をまわって乗船タラップのところへ行った。乗員たちが肩を寄せあって立ち、森のほうに目をむけていた。だれもが未知なるものを——半分は愉快に思いつつも——恐れる気持ちで、張りつめた顔を見せていた。低い吠え声がふたたびきこえてきた。今回はわずかに近づいていたかもしれない。

わずかな夕方の光もほとんど尽きかけていた。いまは西の空だけがオリーブグリーンに仄暗く光っているばかりだった。そなえつけられているフラッドライトが点灯して宇宙船の周辺を照らし、まばゆい光を少人数のあつまりに浴びせかけた。森から音が響いてきた——空気がかき乱されたときのささやき。次の瞬間、ロジャーからわずか一メートル半しか離れていない場所に石が落ちてきた。だれもが船体に背を押しつけて身を縮こまらせ、ついで急いでタラップをあがって船内に駆けもどった。

翌朝デイム・イサベルは、マドック・ロズウィンとバーナード・ビッケル、それにロジャーをまじえた四人で現況を話しあった。前の晩にあまり眠れなかったデイム・イサベルは、ぶっきらぼうな口ぶりだった。

「どうやらここは、わたくしの予想とは異なる星のようね。だから、打ち明けた話、この先どうすればいいのかがわからないのよ」そういって、まわりの面々にちらりと目を走らせる。

「救命艇を送りだして、この惑星の探査をさせたらどうでしょう」バーナード・ビッケルは考え深げな顔でそう提案した。

「なんのために?」デイム・イサベルはたずねた。「偵察軌道から見たところ、都市はひとつも見かけなかったし、それをいうなら原始的文明の中心らしきところもひとつだってなかったわ」

「いかにも」

デイム・イサベルはマドック・ロズウィンにむきなおった。「ここがあなたのいっていた惑星だということにまちがいはない?」

「ありません」

「妙なこともあったものね」

「この惑星には、数多くの廃墟があるように思えました」ロジャーはいった。「あるいは、もしかすると……」といいかけた言葉は尻すぼみに消えていった。

「もしかすると……なんなの、ロジャー?」デイム・イサベルはもっとも辛辣な声音で甥を問い質《ただ》した。

「自分でもよくわかりません」

「だとしたら、ただの余計な口出しね。お願いだから、話をひっかきまわすのはやめて──それでなくとも、気が散る要素が多すぎるのだから。ミズ・ロズウィンの言葉を疑っているわけではないけれど、ミズ・ロズウィンが勘ちがいをした可能性も残っているわ。いずれにしても、結果はおなじ──本来の航路からこんなに遠く離れたところまで連れてこられて、結局はただの無駄足だったということよ」

マドック・ロズウィンが席を立って、部屋から出ていった。ロジャーはデイム・イサベルをにらみつけた。「この惑星に文明があったことは明らかですよ──どんな種類の文明で、それがいつの時代かはともかくもね」

「わたくしたちには、そういう仮説を立てるのが関の山よ。ロジャー、せっかくだからいいことをひとつ教えてあげる。ひとりで哲学めいた考えごとをしているだけでは、決してパンとバターを口に入れることはできないのよ」

バーナード・ビッケルが如才なく口をはさんだ。「ロジャーくんが指摘したように、あたりには廃墟があるようです──また、あの森になんらかの知的生命がいることにも、異論の余地はない。これはあくまでも私見ですが、わたしとしてはミズ・ロズウィンが嘘偽りを口にすることなく、わたしたちをここへ案内したものと思っています」

「ミズ・ロズウィンの動機に嘘があったかなかったかは、当面さし迫った問題ではないわ」デイム・イサベルはぴしゃりといった。「いまわたくしが心配なのは──」

給食係がドアに姿をあらわし、「ミズ・ロズウィンが下船しました」と息せき切って報告した。「森にはいっていって姿が見えなくなったんです！」

　ロジャーはサロンを飛びだし、あたふたと通路を走って進んで降船タラップを駆け降りていった。あたりには日光浴を楽しんでいたオーケストラ団員たちがいたが、いまはみんな落ち着かない顔を森林へむけていた。

「なにがあった？」ロジャーはたずねた。

「あの女がいかれてしまったんだよ」チェロ奏者が教えた。「船から降りてきて、しばらく森をじっとながめていたと思ったら、われわれが引き止めるひまもないほどすばやく駆けだしていって――あそこにはいっていってしまったんだ！」そういって指さす。

　ロジャーはおずおずと森へ数歩近づき、薄暗がりをのぞきこんだ。木々は地球のものと似ていたが、幹は若干太いだろうか。樹皮は暗褐色で、たっぷりと茂っている葉は明暗さまざまな緑や黄緑や紺といった色あい。根覆いのようにうずたかく地面に積もった枯葉に、マドック・ロズウィンの足跡が残っていた。

　ロジャーは影の奥をすかし見ようとしながら、じりじりと森へ近づいていった。そこへいきなり、距離によってくぐもってはいたが、鋭い悲鳴が響きわたった。ロジャーは心臓の鼓動と鼓動のあいだだけは躊躇していたが、すぐに森へ全力で駆けこんでいった。

　そのとたん、周囲はまったく新しい世界になっていた。群葉が日ざしをさえぎり、足もとの枯葉は柔らかく、ロジャーの足がかき乱すと、樹脂の腐敗臭が立ちのぼってきた。森はひっそりとして音ひとつなかった。閉ざされた部屋なりに静かで、鳥や昆虫、鼠や栗鼠《りす》などの齧歯《げっし》動物といった小さな生き物はまったく見あたらなかった。

追い立てられるような気分と畏《おそ》れうやまう気分の両方を感じながら森を進むうちに、やがてマドック・ロズウィンが残した足跡がぼやけてきた。足をとめると、いきなり自分が無力で役立たずになったように思えた。さらに数歩進んでから呼び声をあげる。返事はなかった——ロジャーの声は、樹木の幹のあいだに吸いこまれて消えた。

ロジャーは咳払いをしてから、先ほどよりも声を高めて名前を呼んだ……。うなじに鳥肌が立ち、あわててふりかえったが、なにもなかった。ロジャーはさらに先を急いだ。木の幹から木の幹へと移動しながら五メートル、十五メートルと進んだところで、いったん足をとめて耳をすませた。どこからか葉のさやぎがきこえた……と思ったとたん、頭から二十センチばかり上の木の幹に、石つぶてが鈍い音とともに命中した。ロジャーは石を食い入るように見つめた。黒い石、直径は七、八センチか。ロジャーは身をひるがえすと同時にかがみこんだ。先ほどよりも小さな石が脇腹に命中した。さらにふたつの石が空《くう》を切って頭のそばを飛びすぎていき、次の一個が足をかすめた。ロジャーは呪いと罵倒の言葉をわめきながら、不名誉な撤退をした……。森のへりは、記憶にあるよりも遠かった。パニックの波が押し寄せてきた。もしやぼくは迷ったのか？　やがて前方にまばゆい光が見え、その次の瞬間ロジャーは最初にはいっていったところから百メートルも離れた場所で、森からひらけた空地へ出た。〈ポイボス号〉が見えた。球体とチューブを組み合わせた不格好な宇宙船だったが、いまは想像のおよぶかぎりもっとも安全で、いまいちばん身を置きたい場所に思えた。ロジャーは石で怪我をした片足を引きずり、ずきずき痛む肋のあたりを片腕で抱いたまま、ひらけた空地を急いで横切っていった。

船の前には、乗員のほぼ全員がずらりとならんでおり、ゴンダー船長とニール・ヘンダースンとバーナード・ビッケルの三人は武器を手にしていた。デイム・イサベルが金切り声をあげた。「ロジャー、こんな馬鹿な真似をするなんて、いったいどんな物の怪《もののけ》にとり憑かれたの？」

「マドックを助けようと思って」ロジャーは答え、無力感に打ちひしがれながら森のほうを見やった。「悲鳴がきこえたんです。ぼくならあの人を助けられると思いました」

「あとさき考えずやみくもに駆けていくなんて沙汰のかぎりね」デイム・イサベルはにべもなくいい、やさしい声に切り替えてつづけた。「とはいえ、断じて不名誉な行動ではないわ」

「もし救命艇を出動させて――」ロジャーは藁にもすがりたい口調だった。「それで森の上を飛べば、もしかしたら――」

「なんらかの成果をあげたいのなら」バーナード・ビッケルがいった。「森の木々のてっぺんに沿って飛ぶことを余儀なくされます。でも、あの森にいる連中がどれだけの能力をそなえているかは、だれにもわかりません。正確に狙いをつけた矢を射かけられたら、それだけで救命艇が飛行不能になりかねない」

「わたくしとても不人情な真似は避けたいわ」デイム・イサベルはいった。「でも、無益にだれかの命を危険にさらすことも避けたいの」

ゴンダー船長が低くつぶやいた。「いまごろはもう、あの女は死んでいるかもしれませんな」

この言葉に全員が黙りこんで、ふたたび森に視線をむけた。

「率直にいうなら、わたくしにはどうすればいいかがわかりません」やがてデイム・イサベルはいった。「この惑星に住んでいる生物と意思の疎通ができる可能性はないように思えるし。それに、今回の悲しむべき事件をわたくしたちがどれほど悔やんでいようとも、この惑星にいつまでもとどまってはいられないわ」

「だからといって、あの人を捨てていくなんてもってのほかです！」ロジャーはショックもあらわな声でいった。

「あの女のために当然といえるだけのことをしたい気持ちはあるのよ」デイム・イサベルはいった。「でもマドック・ロズウィンが、わたくしやミスター・ビッケルやゴンダー船長にひとことの相談もないまま船外に飛びだしていった——つまり、自由意志で出ていった——という事実は、決して軽視できるものではないわ。ミズ・ロズウィンは精神的に不安定で、とっぴなことをやりかねない娘よ——いえ、そういう娘だったというべきかしら。ここで多大な危険をおかすことが正しいとは思えないし、若い娘ひとりの自分勝手な野心によって、この旅のそもそもの目的がさまたげられることがあってはならないとも思う」

ロジャーはこれに対抗できるだけの反論を思いつけなかった。助けを求めてバーナード・ビッケルとゴンダー船長に視線を送ったが、その願いもむなしかった。

「このままあっさりマドックを残して出発するわけにはいきません！」ロジャーはやっきになってくりかえした。

バーナード・ビッケルが重々しくいった。「そういわれても、わたしたちには打つ手がほとんどないのだよ」

ロジャーは頭をめぐらせて森に目をむけた。「そんなことをしたら、ぼくは死ぬまでマドックの身になにが起こったのかと悩まされることになる。あの人はまだ生きているのだろうか、だれかが迎えにくるのをずっと待っているんじゃないか、とね。自分がそんな立場に置かれたときのことを想像してください——怪我をして、おそらくは木に縛りつけられたまま、〈ポイボス号〉が離陸して青空の彼方へ吸いこまれていくのを、ただ見ているしかないとなったら……」

あたりが静まりかえった。ついでバーナード・ビッケルが押し殺した真剣な声でいった。「せめて、意思を通じあう方法さえあれば！　そう、わたしたちが決して敵ではないと相手にわからせることさえできれば……」

「マドックの話だと」ロジャーがいった。「ここに住んでいた人々は音楽を愛していたそうです――だったら、向こうに見えるところでオペラを上演してはどうでしょう？　ぼくたちの善意を相手に納得させる方法があるとすれば、それがいちばんいいにちがいありません！」

バーナード・ビッケルはデイム・イサベルに顔をむけた。「それも一法では？」

「よくわかったわ」デイム・イサベルはいった。「そういうことなら、ここ、つまり船の外で上演するしかないわね。音響効果もへったくれもあったものではなさそう。それでも、試してみる価値はある。船長、お手数だけれどピアノをここへ運びだしてくださる？　アンドレイ、舞台装置をお願い。背景幕はいらないわ――要点が伝わるだけの小道具でけっこう」

「かしこまりました。それで演目は？」

「そうね――ええ、〈ペレアスとメリザンド〉なら、どこからも文句の出ないセレクションではなくって？」


緑がかった色あいの恒星が地平線に近づきつつあった。舞台の準備はととのっていた。オーケストラのための演壇もしつらえられていた。音声を増幅させるスピーカーは、まっすぐ森へむけて設置してあった。

オーケストラの団員と歌手たちは、小声で会話をかわしながら緊張した雰囲気で夕食をとっていた。まもなくはじまる公演――姿が見えないばかりか正体も不明な聴衆のためにおこなう公演――こそ、彼らの演奏家人生でもおそらく最大の難事にちがいなかった。

緑がかった灰色の宵闇のなか、演奏家たちはそれぞれの楽器の定位置についた。あたりの空気は、ゆうべよりもまたいちだんと静かだった。森からは、あるかなきかの小さなささやきがきこえていた。楽器の調律がおわった。小さなライトがともって譜面台を照らした。ピンクのスポットライトがサー・ヘンリー・リクソンを浮かびあがらせていた。長身でハンサム、一分の隙もない服装のサー・ヘンリーは、森へむかって深々と一礼してから、指揮棒をさっとふりあげた。ドビュッシーの音楽が夜の闇へ広がり、森に流れこんでいった。

何本ものスポットライトが第一幕の舞台を照らした——神話的な森と泉だ。オペラは先へ進んだ。森のなかでなにものかが注視している雰囲気は肌に感じられるほどだった。第一幕がおわって第二幕になり、いまや音楽はきわめて稀なすばらしさに満ちた領域へと——音楽がひとりでに、だれにもとめようもなく自然に流れていくかに思えるあの領域へと——高まっていた……。森のへりでなにかが動く気配がした。つづいて、いちばん遠くまで届いていた光のなかに、マドック・ロズウィンがよろよろとあらわれた。全身傷だらけになり顔はやつれ、汚れていた。着衣は切り裂かれ、目はぎらぎらと光っていた。ぎくしゃくした、おかしな身ごなしだった——たとえるなら、内部機構が故障した歩く人形のようだ。ロジャーは走ってマドック・ロズウィンを迎えた——マドックは倒れこむようにしてロジャーの腕に抱かれた。バーナード・ビッケルが手伝いにやってきた。ふたりはマドック・ロズウィンを船まで連れ帰った。そのあいだも音楽はずっと途絶えずにつづき、不運な恋人たちが、あらかじめ定まっている運命へと近づいていった。

「なにがあった?」ロジャーは苦しみもあらわな声でたずねた。「傷つけられたのかい? 怪我をしてるのか?」

マドック・ロズウィンはどういう意味にもとれる身ぶりをしてから、「ここには邪悪なものがいるわ」と、かすれて途切れがちな声でいった。「この星をあとにして、もう惑星ヤンのことはすっかり忘れなくては」

デイム・イサベルがいった。「とにかく船内にもどりなさい。船医のシャンド先生が診察してくださるわ。あしたの朝になったら離陸を——」

マドック・ロズウィンが棘のある笑い声をあげ、背後の森を指さした。「あいつらはいま音楽をきいてます。なんといっても、この惑星ヤンで数百年ぶりに耳にできる音楽ですからね。あいつらは音楽をきいている……でも、まさにその音楽を理由に、わたしたちを憎んでいます。音楽がやめば、そのとたんあいつらは船を襲うはずです」

「どういうこと？」デイム・イサベルはいった。「どうしてここの人たちがそんなことをするというの？」

「あいつらは音楽をきいてます」マドック・ロズウィンはいった。「でも、羨みながらきいているんです——自分たちが何者かを知り、自分たちがヤンになにをしたかを知っているからで……」

「馬鹿馬鹿しい」デイム・イサベルは切り捨てた。「人間がそこまで悪意に満ちたものになれるとは信じられないわ……。森のなかにいるのは人間たちなのでしょう？」

「そんなことは関係ありません」マドック・ロズウィンは疲れをうかがわせる力ない声でささやいた。「彼らはいま音楽をききにやってきて、同時に復讐の準備をしています——それでわたしのことを忘れていたので、なんとか逃げだし、音楽を頼りに森を歩いて出てきました」そういって宇宙船に顔をむける。「とにかく、もう乗船させてください。こんな忌まわしい惑星とは、すっぱりと縁を切ってしまいたくて……」

ロジャーとドクター・シャンドがふたりでマドック・ロズウィンを船内へ連れていった。デイム・

イサベルはバーナード・ビッケルにむきなおった。「あなたのご意見は、バーナード？」

「この星の住人については、わたしたちよりもミズ・ロズウィンのほうがよく知っています。このオペラがおわりしだい、離陸準備にとりかかるのが得策かと」

「わたくしたちの舞台装置をそのままあとに残して？　ぜったいにだめ！」

「だったら、そろそろ装置を船内に運びはじめたほうがよろしい。片づけならこっそり目立たないように進められますし、音楽は必要なだけ流しておけます。いまからアンドレイとサー・ヘンリーに話をしてきましょう」

オペラは第五幕にさしかかっていた。乗組員たちは使用ずみの舞台装置を船内に運びこみはじめた。オペラがおわった——しかし、演奏はなおもつづいた。今回もドビュッシーだった——曲は〈夜想曲〉。最後まで残っていた舞台装置と照明設備と音声増幅装置の船内積みこみが完了した。

いまでは情況を理解していたオーケストラの団員たちは、目の隅でこわごわと森のようすをうかがいながら演奏をつづけた。

そんな団員たちがすわっていた椅子が片づけられ、サー・ヘンリーの指揮台も船に運びこまれた。団員たちは立ったまま演奏をつづけた。なんの危険も見あたらないという連絡が口づてに広められた。スポットライトがたえず光をあてる位置を変え、それに乗じて団員たちはひとりずつ譜面台と楽器を手にして——ハープ奏者と打楽器奏者は乗組員に手伝ってもらって——船内へ引き返した。最後には、船外に残っているのはサー・ヘンリーと大音量を鳴りわたらせるピアノ、そしてバイオリン奏者たちだけになった。ここにいたって森にひそむ人々も、なにが進行中なのかを察しとり、夢を見ているような状態から目を覚ました。空から大きな弧を描いて石が飛んできて、ピアノの鍵盤を直撃した。

バーナード・ビッケルが大声をあげた。「全員船にもどれ、さあ、みんな！」

ピアニストとバイオリン奏者たちとサー・ヘンリーは、いっせいに乗船タラップめがけて走りだし、ついさっきまで立っていたところに降り注いできた石の攻撃をからくもかわすことができた。暗がりでなにかが動いていた。闇がぐんぐんと迫ってきた。乗船タラップが船内に格納され、舷門が閉まった。ついで〈ポイボス号〉は夜空へむけて上昇していった――ぴかぴかに磨かれた黒いグランドピアノだけをあとに残して。

デイム・イサベルは――他人の前では認めたくないほど大きな安堵の念を感じながら――船内の医務室へ足を踏み入れた。医務室では白い患者用ガウンに着替えたマドック・ロズウィンがベッドにおとなしく横たわっていた。目はあいていたが、焦点は天井のさらに先のどこやらにあわされている。

デイム・イサベルが目顔で問いかけると、ドクター・シャンドがうなずいた。

「心配はありませんよ。ショックと疲労と全身の打撲です。鎮静剤はいらないとのことでした」

デイム・イサベルはベッドに近づいた。「あなたがこんなつらい目にあったことを心の底から残念に思うわ――でも、そもそもあんなふうに森へむやみに駆けこんではいけなかったのよ」

「ヤンの真実を知らずにはいられなくて」

「そして真実を見つけたわけね」デイム・イサベルは冷ややかにいった。

「ええ」

「森に住んでいる人たちはいったい何者なの？　あの人たちになにがあったの？」

その言葉もマドック・ロズウィンの耳には届いていないようだった。天井のさらに先の一点を、三十秒ほどもただ見つめているばかり。デイム・イサベルは不機嫌な声でおなじ質問をくりかえした。

マドック・ロズウィンは頭を左右にふった。「話したくありません。もうどうだっていいことです。ひとことでも口にしたら、もうこの経験から一生逃げられなくなりそうで。お断わりします。ひとこともしゃべりません。ですから、わたしはもうこれまでのヤンのことをなにも知りません。いまのわたしは、メリオネスシア生まれのマドック・ロズウィンというだけですし、この先もそれ以上の存在になるつもりはありません」

デイム・イサベルは医務室をあとにすると、サロンへはいっていった。サロンでは歌手やオーケストラの団員がゆったりくつろいでワインを飲みながら、それぞれ公演の印象を語りあっていた。

デイム・イサベルはバーナード・ビッケルをわきへ引っぱっていった。「あの女は森のなかでなにがあったのかを話そうとしないし、そもそもあの忌まわしい惑星になにが起こったのかについても話す気はないそうよ！　まったく、あそこまで自分勝手な人は初めて。わたくしたちみんなが、いろいろ知りたがっていることくらい、充分わかっているはずなのに！」

バーナード・ビッケルはうなずいた。「ミズ・ロズウィンが正しいかもしれませんよ。惑星ヤンの秘密は、秘密のままにしておいたほうがいいのかも」

「バーナード、あなたときたら救いがたいロマンティストね」

「あなたに決してひけをとるものではありません。もしロマンティストでないのなら、わたしたちはなぜこんなところにいるんでしょう？」

デイム・イサベルは辛辣な笑い声をあげた。「いわれてみればそのとおりね……。ええ、ええ、もういいわ。かくして、ヤンへの旅はおわりぬ、といったところ。そろそろ下準備は充分だし、気軽な寄り道も必要なだけはすませたといってもいい。この先はまっすぐルラールへむかいましょう――これ以上は寄り道をしたり、時間を無駄にしたりはせずに」そういって立ちあがる。「よろしかったら船橋までごいっしょしない？　あちらでゴンダー船長に命令を出すから」

ゴンダー船長はひとり船橋に立って、無数の星がきらめいている広大な大宇宙に見入っていた。宇宙船がまだ星間航行モードにはいっていないため、窓から見えるのはごく普通の宇宙の光景だった。

「船長」デイム・イサベルはいった。「ここからまっすぐ惑星ルラールへむかう航路をとってちょうだい」

ゴンダー船長は深々とため息をついた。「それだと、とんでもない長距離の航路になりますぞ。海蛇座へのこの寄り道のせいで、かなり遠くまで迂回してしまいましたから。おなじ手間で地球にも帰れるくらいです」

「だめよ、船長」デイム・イサベルは不退転の決意を感じさせる声でいった。「あくまでも最初からの目的達成を目指すことが大事。この宇宙船が次に着陸するのはルラールよ」

ゴンダー船長は力なくうなだれた。目の下の隈がたちまちいちだんと黒くなった。船長は顔をそむけて宇宙に目を投げると、くぐもった声で「わかりました」と答えた。「みなさんをルラールへお連れいたします」

12

〈ポイボス号〉は銀河をこれまでと逆むきに飛んでいた――ここオリオン星域では、はるか彼方にある薄暗い小さな星、すなわち故郷の太陽を恒星リゲルが覆い隠していた。歌劇団は全体として沈んだ雰囲気だったが、気概まで衰えていたわけではなかった。オーケストラが船内にもちこんだ資材のなかにはピアノが二台あったので、一台をうしなったいまも、リハーサルをつつがなく進めることができた。

マドック・ロズウィンは三日のあいだ医務室にこもっていた。ドクター・シャンドはデイム・イサベルに、ミズ・ロズウィンが〈ポイボス号〉まで帰りつけたのは、ひとえに若さと生命力の賜物《たまもの》だ、と話していた。だれに――あるいはなにに――襲われたにせよ、放置されたままでは死んでいてもおかしくはなかった、と。ロジャーは長い時間をベッドの横にすわって過ごした。ときには、かつての優雅そのものだったマドック・ロズウィンがちらりと顔を見せることもあった。またときには、森のなかでの一件を再体験しているように思えることもあった。そういうときマドック・ロズウィンは顔を曇らせて目を閉じ、壁にむかって寝返りを打ってしまった。しかしおおむねただ静かに横たわって、ロジャーを見つめているだけだった。

ローガン・ド・アップリングは口をつぐみ、傷ついた自尊心をかかえこんだまま黙々と仕事をこなしていた。ゴンダー船長は自分の内面の存在しかいない殻に閉じこもって、船を動かすために最小低限必要とされる範囲以外では決して他人と話をしなくなっていた。デイム・イサベルは惑星ルラールについての詳細な情報を船長からききだそうとしたが、ゴンダー船長は心ここにあらずで、朦朧《もうろう》としているかのような状態だった。

デイム・イサベルは語気鋭く質問した。「ルラールの住民たちは友好的なの？」

ゴンダー船長は頭をめぐらせた。落ちくぼんだ両目がのろのろと焦点をあわせた。「友好的かですって？　第九歌劇団をごらんになったのでしょう？　彼らが友好的でないように見えましたか？」

「いいえ、そんなことはまったくなかったわ。ただ、わたくしたちが尽力したことを思うなら、いきなりふいっと地球から姿を消してしまったことがいささか無作法にも思えるのよ」

ゴンダー船長が、あえて自分の意見を述べることはなかった。

デイム・イサベルはふたたび惑星ルラールそのものの話題をもちだした。「以前にたしか、ルラールの写真を撮ったことがあると話していたでしょう？」

ゴンダー船長はぽかんとした顔でデイム・イサベルを見つめた。「わたしがそんな話を？」

「ええ。いちばん最初の交渉時に」

「どんな文脈で話したのか、まったく記憶にありませんね」

デイム・イサベルはぶっきらぼうにいった。「それで、いまその写真を見せてほしいの。いまとなっては、あなたが用心する理由もなくなったことだし」

ゴンダー船長はいかにも気のすすまない顔で自分の船室へ行き、無地の白い封筒を手にしてもどってくると、三枚の皺だらけになった写真を抜きだした。

デイム・イサベルは、不要なまでに慎重な態度をとがめるかのように、きびしい目を船長へむけた。それから写真を手にとって、じっくりと検分する。細部が見てとれないことに、デイム・イサベルは失望した。最初の写真は、おそらく高度八百キロほど上空から撮影されたもの、二枚めは百五、六十キロばかり上空からの写真で、三枚めが八キロ上空からの写真だった。最初の写真には広大な大洋と、温和な地域にまで伸びている細長い半島をもつ北の大陸が写っていた。二枚めは、その半島の南端部分をとらえたもので、地面の高低が多少は見てとれた。北方には低めの山々がつらなり、南端の岬周辺は、ほぼ平坦な沖積平野が広がっていた。三枚めの写真はいくぶんぼやけていたが、海岸線や広大な段丘のあいだを曲がりくねって流れる河川が見えたほか、ひょっとしたら開墾された農地かもしれない部分もかすかに見えていた。

デイム・イサベルは眉を寄せた。「ここにある写真からは、情報がほとんど得られないわ。どうなの、惑星の住人や都市、建築物や風俗習慣がわかるような資料はもっていない？」

「ありません。カメラを船からもちださなかったので」

デイム・イサベルは三枚めの写真をあらためて検分した。「ここに写っているのは、あなたが着陸した地域だと考えてもいいのかしら？」

ゴンダー船長は、なんの写真かもわからないかのような表情で三枚めを見つめ、ややあってから答えた。「ええ。わたしが着陸したのは、そう——ここです」といって、写真の一点を指で指す。

「惑星の住民たちはあなたを快く歓待してくれた？」

「ええ、もちろん。面倒なことはなにもありませんでした」

デイム・イサベルは鋭い目でゴンダー船長を観察した。「そのわりには、どことなく心もとなげな口調だけれど」

「そんなことはありませんとも。ただし、〝歓待〟というのはいささか正確さを欠く表現ですね。彼らはわたしを受け入れはしましたが、そこには関心のかけらもありませんでした」

「なるほど……。あなたを目にしてもまったく驚かなかったとか？」

「いわくいいがたいんですよ。とにかく、わたしになんの関心も示さなかったのです」

「ではルラール人たちは地球のことや、あなたの宇宙船には好奇心をいだいていた？」

「いいえ、これといって興味をもったふしはありませんでした」

「なるほどなるほど……。第九歌劇団という強力な反証があるにしても、もしそれがなかったら愚かしいまでに内向的な種族だと思われてもしかたのないところね……」デイム・イサベルはそのあともゴンダー船長に質問を浴びせたが、これ以上の情報はほとんど得られずにおわった。

それから数日が過ぎた――そのどの一日にも、ほかの日と区別できるような小さな出来事が起こった。マドック・ロズウィンは医務室をあとにして自室にもどり、それまで以上にひとりで部屋に引きこもっていた。歌手やオーケストラ団員たちは、おりおりに癇癪《かんしゃく》を爆発させていた。〈タフラック・ジャグバンド〉はデイム・イサベルの禁止命令も無視して、エフライム・ザーナーいうところの〝頭が変になりそうな不協和音〟を出しつづけていた。この騒動を静めるために派遣されたのは、またしてもバーナード・ビッケルだった。しかしビッケルは、洗濯板そっくりのウォッシュボード奏者による実力行使をもほのめかす脅しの前にやむなく引き下がった。事後ビッケルは、この奏者が〝アルコールの影響下にあって暴力に訴えかねない状態だった〟と報告した。この脅迫の言葉が実行に移される前に、技官長のニール・ヘンダースンが争いに介入し、バーナード・ビッケルは相手の傍若無人《ぼうじゃくぶじん》なふるまいに烈火のごとく怒りながらサロンへ引き返してきた。

さらに数日が過ぎていき、〈ポイボス号〉は鯨座星域にはいって、牡羊座カイ星の近傍を通過した。

この恒星の第七番惑星は、スターライン貨物社のターミナルを擁していた。ロジャー・ウールはよく船内を暗い顔でぶらついていたが、そうしたおりにたまたま救命艇の格納ベイのそばを通りかかった。そしてこれまた偶然に、格納ベイのドアが閉まる瞬間を目にしてしまった——ここのドアを閉めるのは船内規則の違反である。いついかなるときでも、救命艇にはなんの制限もなく自由に行き着けるようにするための規則だった。ロジャーは急いで前へ進みでると、いましも閉まろうとしているドアに手をかけた。それから力まかせにドアをあけたのだが、ロジャーがそうするのと同時にゴンダー船長がよろめきながらベイから通路に出てきた。

驚かされたことによる怒りをのぞかせていたゴンダー船長の顔が、滑稽なほど愛想のいい顔つきに変化した。「いや、救命艇の装備を点検していただけだよ。船長としての週一回の定例任務だ」

ロジャーは疑いもあらわな声でたずねた。「どうしてドアを閉めたんです？」

ゴンダー船長は、ふたたびいかめしい表情になった。「わたしが自分の仕事をどういう手順でおこなうか、どうしてきみにとやかくいわれなくてはならないんだね？」

ロジャーは肩をすくめた。救命艇ベイの入口に近づいて室内をのぞきこんだが、そのとたん肩をつかまれて、通路に投げ飛ばされていた——それでもスーツケースとダッフルバッグがあったことを見てとる時間はあった。ゴンダー船長の顔は、いまや激怒で赤黒く鬱血していた。片手をすばやくポケットに突きこみ、小さな拳銃を抜きだす。ゴンダー船長の顔が、ロジャーには人殺しの形相に見えた。

ロジャーは、経験したことのないような麻痺に襲われた自分の筋肉に鞭打った——そして意図したのではなく偶然だったが、船長の手から首尾よく銃を弾き飛ばした。ゴンダーは金切り声をあげ、息をぜいぜいいわせ、銃をとろうと上体をかがめた。ロジャーは荒々しくゴンダーを小突き、銃を蹴飛ばした——銃は金属音をたてながら通路の先まで転がっていった。

いまやゴンダー船長は、感情の抑制をすっかりなくした状態だった。ゴンダーはロジャーに飛びかかってきた。ふたりは殴りあい、足を蹴りだしあい、相手を押しながら、通路を右に左にと転がった。

この騒ぎが他人の耳にも届いた。ニール・ヘンダースンとふたりの乗組員がいきなりゴンダーとロジャーのあいだに割ってはいり。力ずくで両名を引き離した。

「いったいなんの騒ぎですか？」ヘンダースンがたずねた。

ゴンダー船長はわななく手をもちあげて、ロジャーを指さした。しかし言葉がその口から出ることはないまま、腕はまた下へと落ちていった。

ロジャーは息を切らしていた。「船長が……ぼくを殺そうとしたんだ……。船長が救命艇で逃げだそうとしているのを止めたものだから……」

そのあいだに通路をじりじりとあとずさっていたゴンダー船長は、床の銃にむけて身を躍らせた。このときもロジャーがすかさず組みついて、船長の動きを封じた。ヘンダースンが銃をつかみあげた。

「とても捨て置けるような問題ではないな。いったい、本当のところはなにがあった？」

「救命艇に船長の荷物が積んであるんだ」ロジャーは苦しい息の下からいった。「船長は〈ポイボス号〉を見捨てて、スターライン貨物社のターミナルへ逃げようとしてたんだよ」

ゴンダー船長は唇を歪めただけで無言だった。

ヘンダースンは救命艇のなかにはいっていき、深刻な顔で外へもどってきた。

「艇内の荷物を運びだしておくんだ」ヘンダースンは乗組員のひとりにそう命じると、ゴンダー船長へむきなおった。「いっしょに来てください——この件はお偉いさんたちに一任したほうがよさそうだ」

知らせをきかされるなり、デイム・イサベルは不気味に黙りこんだ。ロジャーが自分の立場から一部始終を話しおえると、デイム・イサベルはありったけの意思の力をこめた目で船長をにらみつけた。

「なにかいいたいことはあって？」

「いえ」

「今回の行動で、あなたはわたくしが預かっているお金への請求権を残らずうしなったことを肝に銘じておくことね」

「そんな話は受け入れられるものか」ゴンダーは嫌悪のたっぷりとこもった声でいった。「こっちは仕事をきっちりやったんだぞ」

「わたくしたちをルラールまで連れていくという仕事はまだよ。それにあの惑星の正確な所在地は、あいかわらずあなたしか知らないのだし」

「ところがそうじゃない」ゴンダー船長はいった。「きょうの午前中に詳細な指示書を作成して、ローガン・ド・アップリングにわたしておいた。だから、そんないい加減な理屈でおれの金をとりあげようたって、そうはいくものか」

「それについては、いずれ真偽がわかるでしょうね」デイム・イサベルはいった。「わたくしには、あなたが契約書の文言だけは型どおりに守りながらも、わたくしたちの熱意を踏みにじったように思えるもの」

「おれはそうは思わないね」ゴンダー船長はいった。「ま、いまその問題を議論する気はないね。なんといったって、おれはとことん不利な立場だ」

「ええ、そのとおり。さて、あなたをどうしたものかはまだ思いつかない。でも、船長としての権限は完全に消えたようね」

ゴンダーは落ち着きをとりもどし、皮肉もたっぷりに優雅な仕草で深々と一礼した。「わたくしめが救命艇に乗るのをお許しにならないのであれば、せめてわたくしめを牡羊座カイ星の第七惑星にあるスターライン貨物社のターミナルまで送りとどけてはもらえませんかな？」

「そんなことはするものですか。牡羊座カイ星は航路からずいぶん遠く離れているし、それでなくても遠まわりをしたおかげで、かなりの時間をとられてしまっているのだもの」

アドルフ・ゴンダーは顔をしかめ、肩をすくめた。どうやら、こういった答えしか返ってこないことを予期していたらしい。「そういうことなら、この宇宙船の運航にまつわる責任のいっさいを解いていただくことだけが願いです」

「それをかなえるのは造作もないことよ」デイム・イサベルはそっけなかった。

「もうひとつ、お許しをいただけるなら、自分の船室に閉じこもっていたいですな――まあ、いまのわたしの立場にはふさわしいと思いますが」

「ええ、いまのあなたにふさわしいとわたくしも思うわ」デイム・イサベルは答えた。「今回の問題にあたって、あなたの好みを勘案する必要はこれっぽっちもない。よかったら、どうして今回のような挙に出たのかを話していただけない？」

「それはもう喜んで」ゴンダー船長は馬鹿丁寧にいった。「唐突に、この船を離れたくてたまらなくなったのです」

デイム・イサベルはヘンダースン技官長とバーナード・ビッケルに顔をむけた。「お手数だけれどゴンダー船長をご自身の船室まで連れていってちょうだい。ほかにひとつも武器を所持していないかどうかを確かめること。それからね、ミスター・ヘンダースン、船室のドアには適切な錠前がそなわっているかどうかも調べておいて」

アドルフ・ゴンダーは大股に歩いて部屋を出ていき、ヘンダースンとバーナード・ビッケルがそのあとにつづいた。

〈ポイボス号〉は思考そのものにも負けないスピードで恒星間の虚空を疾駆していた——とはいえ思考の速度そのものは、いまもって不可解な謎のままだ。ローガン・ド・アップリングは、たしかに惑星ルラールの座標を託されていた。ルラールがめぐっている黄色がかった橙色の恒星——鯨座ＦＱＲ九一〇——が、まさしく十字線上に見えていた。そのまま順調に進むうちに、そこに唯一の惑星が見えるようになった。〈ポイボス号〉はその惑星に接近して、偵察軌道に乗った。どんな惑星であっても、宇宙空間からは思わず息をのむ光景に見えてくる。背景に広がる漆黒の虚無と惑星の太陽の光を浴びている部分が苛烈なほどの対照をなし、そのせいで惑星という球体の巨大さがひときわ強調されるからだ。かりにその惑星が居住可能に見えて興味深い地形をのぞかせていたなら、想像力にとってはそれだけで耐えがたいほどの刺戟になる。

地球とは大きさも全体の特徴もあまり差のないルラールは、まさしくそういった惑星だった——ひょっとしたら地球よりもわずかに小さかったかもしれず、また地形からは地球よりも成熟した惑星であることが確実だった。環境分析の結果によれば極地と赤道の気温は地球とほぼ同等で、人間の生存に適していることがうかがえた。

デイム・イサベルとバーナード・ビッケルは肩をならべて立ち、ゆっくりと回転している球体を畏敬と歓喜の念とともに見つめていた。

「考えてもみて、バーナード！」デイム・イサベルは声を張りあげた。「何カ月も何カ月もかけて計画を練って準備をして、ようやくここまできたのよ！　とうとうルラールにやってきたの！　第九歌劇団の本拠地へ！」

「美しい星であることは確かですね」バーナード・ビッケルはいった。

「ほら、見て！」デイム・イサベルがビッケルの腕をとって指さした。「あれがミスター・ゴンダーの写真にあった半島ね！　証拠が必要かどうかはともかく、あの半島こそ、わたくしたちがルラールへ到着したという証拠だわ！」

「あとはゴンダーがあんなことをした理由がわかればいいんですが」ビッケルはいった。「あの男の行動のあれこれをじっくり考えてみると、なんというか……不気味にさえ思えてきます」

「もちろん冗談ね？」

「あながち冗談とはいえません」

デイム・イサベルは疑わしげに頭をふった。「ミスター・ゴンダーはくりかえし何度も、この星の住民は友好的だとわたくしに断言していたのよ。それを嘘だと考える理由が、わたくしには思いつかない。そもそも第九歌劇団は、それなりに優美な雰囲気をそなえていたし――ただし、ミスター・ゴンダーが彼らを囲いこんでいたことまでは否定しませんけど」

「トラブルをわざわざ背負いこんでもしかたありますまい」バーナード・ビッケルはまた惑星を観察しはじめた。「さて、わたしたちはどこへ着陸することになっているんです？」

「ミスター・ゴンダーが最初に着陸した地点に。そこなら住民たちが友好的だとわかっているもの――ひょっとしたら、ほかの場所では条件がちがっているかもしれないし」

デイム・イサベルから必要な指示を受けとると、ローガン・ド・アップリングは自動航宙装置の適切な調整をおこなった。ルラールが大きくなって膨張しつづけていたかと思うと――心理学的に自分の位置が一気に九十度転換する特異な瞬間が訪れた。それまで惑星表面はあくまでも〝横切って〟いく対象だったが、その瞬間を境として〝下方〟へ変化したのだ。

ローガン・ド・アップリングは通常の恒星間信号コードをつかって無線で着陸許可を求めたが、了解メッセージはいっこうに返ってこなかった。ド・アップリングは目顔でデイム・イサベルに問いかけた。

「着陸しましょう」デイム・イサベルは答えた。

デイム・イサベルとバーナード・ビッケルはマクロヴューアーごしに惑星ルラールの地表を綿密に観察した。進歩した文明の存在を示すものはひとつも見つからなかった。バーナード・ビッケルは巨大な塚めいた部分を指さし、ひょっとしたらあれは廃墟かもしれない、といった。デイム・イサベルはなにも答えなかった——惑星ヤンでの一部始終の記憶がまだ生々しく残っていたからだ。

倍率を最大にすると、人々があつまって住んでいるらしき場所がちらほら見えてきた。とはいえ、どれも地球の村と大差のない規模に思えた。アドルフ・ゴンダーが話していたように、居住地は細長い半島の南西部の沿岸地域に集中していた。

アドルフ・ゴンダーが船室から呼びだされた。ゴンダーはぶっきらぼうに、前回の着陸地点を指でさし示した。

「わたしだったら、あそこにまた着陸なんてしないね」ゴンダーは不機嫌な声でいった。「もっと南に着陸すればいい。そのあたりの住人のほうが愛想がいい」

「どのようなものであれ、ルラール人はろくに関心を示さないというお話だったわね」

「いちおう助言はしたぞ——だから、あとは自分が最上だと思うようにすればいい」それだけいうと、アドルフ・ゴンダーは自分の船室へこっそり引き返した。

バーナード・ビッケルはマクロヴューアーにむきなおり、あらためて地形を観察しはじめた。

「あなたの意見は？」デイム・イサベルがたずねた。

「さらに南にくだったところでは、村が少なくなっているようですね。田園地帯もあまり肥沃そうには見えません」

「では、前回とおなじ場所に着陸しましょう」デイム・イサベルは決定をくだした。「ミスター・ゴンダーの曖昧なほのめかしの文句に左右されるいわれはないわ」

ルラールの地表を、午後の日ざしが滑るように移動していた。アドルフ・ゴンダーが最初に着陸したのとほぼおなじ地点に〈ポイボス号〉が着陸したときには、すでに日没が到来していた。環境チェックがおこなわれ、前回と変わらず人間の代謝システムに申しぶんなく適した環境だという結果が出た。

このチェック作業のあいだ、デイム・イサベルは船橋という高い位置から周囲の田園地帯のようすを観察していた。近くにはいくつかの村が点在していたが、居住者はひとりも見つからず、また〈ポイボス号〉を見にやってくる者もいなかった。デイム・イサベルは船から外へ出たが――ほかの面々がすぐ背後につづいた――目にできたのは暮色が深まりゆく美しい光景ばかりだった。北に数百メートルいったところでは、小川が曲がりくねって流れている。東の地平線では低い山なみがうねるように広がっている。そこかしこに木立があった――木々は不規則な列をなして生えていて、無造作に植えられた果樹園のように見えた。一方、南へむかって広がる草原には、ところどころに低い灌木の茂みがあった。総じて、古くから人が住んでいる気配をたたえた穏やかな美しい光景だった。

闇が深まりゆくにつれて、村がある方向に小さな明かりがちらほらとともりはじめたが、光はたちまちちらついて消えていった。まだ起きていて夜の静けさを楽しんでいるのは、〈ポイボス号〉の一行だけに思えた。

デイム・イサベルは通常どおりの見張り番を置くように命じた。一行はひとりまたひとりと船内へ引き返していった。そのまま床につく者もいれば、サロンへ行く者もいた。

デイム・イサベルとバーナード・ビッケルのふたりは、ほぼ最後まで船外に残っていた。ふたりがようやく船内へはいっていったのを見て、少し離れたところに立っていたロジャー・ウールはようやくひとりになれた、と思った。しかし、すぐ近くで人が動く気配がした。闇をすかして見ると、マドック・ロズウィンの姿が見えた。マドックはロジャーの隣へやってきた。

「ここはとても気持ちのなごむところね」マドックはいった。「とっても平和で静かで……」明かりひとつない村のほうへ目をむけたが、すぐ衝動に駆られたようにロジャーにむきなおる。「わたし、これまでとんでもなくひどい女だった。でもあなたは、ずっと親切に接してくれてた。自分で自分が恥ずかしいわ。本当にそう思うの」

「その話はやめよう」ロジャーはいった。

「でも、話さなくちゃ！　頭から離れないんだもの！　すべてがおわったいまになれば、自分がどれほどひとつのことにとり憑かれていたかがわかるわ」

「きみに他人を傷つける意図がなかったのはわかってるさ」

マドック・ロズウィンは低くわびしげな笑い声をあげた。「悲しい真実をいえば、他人なんか気にもかけていなかったというところ――むしろ、そっちのほうが人でなしね」

おためごかしの言葉か、さもなければ不必要なまでに自分を否定する言葉しか思いつけず、ロジャーはやむなく口をつぐんだ。マドック・ロズウィンはロジャーの沈黙を拒絶だと受けとったらしく、乗船タラップのほうへのろのろと引き返しはじめた。

「待って！」ロジャーは大きな声で呼びかけた。マドック・ロズウィンは素直にもどってきた。「教えてほしいんだ……」ロジャーは言葉につかえながらいった。「……きみが、これからどうするつもりなのかを」

「わからない。でもいずれ地球へもどったら、どこかで仕事を見つけることになるんでしょうね」

「今回のプロジェクトにたったひとつだけ、あとあとまで残る効果があるとすれば」ロジャーはいった。「そいつはぼくの反射行動のスタイルだね。実験用のモルモットにでもなった気分だ。モルモットが緑のボタンを押すと、毎回決まってチューブからチーズが転がり落ちてくる。そのはずだったのに、ある日突然ボタンを押しても電気ショックと空気ジェットを浴びせられるだけになってしまったんだ」

マドック・ロズウィンがロジャーの手をとった。「もしわたしが、モルモットさんにあと一回だけでいいからボタンを押してみてと頼んだら？　もう二度と電気ショックも空気ジェットもお見舞いしないって、かわいそうな若いモルモットさんに約束したら？」

「それなら、ぼくは飼育ケースにある緑のボタンを片っぱしから、見つけられるかぎり全部押しまくってやる」

「だったら――約束するわ」マドック・ロズウィンはいった。

13

惑星ルラールに、さわやかで澄んだ夜明けがやってきた。地球の太陽にくらべるといくぶん大きく、またより深みをそなえた金色の太陽が、遠くの地平線から姿をあらわした。

ほどなくして、惑星の住民たちの姿がちらほらと見られるようになった。青いスラックスと白いジャケットを身につけて、極端なまでにつばが大きい帽子をかぶった五、六人の男たちが、近くの畑での仕事へむかっていた。〈ポイボス号〉に気がつくと、男たちは淡い好奇心をいだいたようすで足をとめ、そのあともおりおりにふりかえりながら先へと進んでいった。

「妙なこともあったものね」デイム・イサベルはいった。「あれだけの無関心ぶりを見せつけられると、なんだか侮辱された気分になるわ」

「彼らの体の特徴には気がつかれましたか?」バーナード・ビッケルがいった。「人間に酷似しています——しかし、どこがどうと具体的にはいえないほどかすかではありますが、人間とはまったく異なる部分もありますね」

「そんなに驚くことでもないわね」デイム・イサベルは、わずかに棘のある口調で答えた。「だって、第九歌劇団のメンバーとそっくりおなじだもの。これで、ミスター・ゴンダーの話が——少なくとも第九歌劇団とルラールについての部分にかぎっていえば——真実だったことは裏づられたわ」

「まだひとつも裏づけられていませんよ」バーナード・ビッケルはいった。「思い返せばあの男は、三つのカーストだか階級だかがあると話してました。貧民と労働者、そしてエリート層を構成する芸術家でしたか」

「ええ、そんな意味の発言を覚えてる。おそらく、代表団の人たちが近々歓迎のためにやってくることでしょうよ」

しかし朝が正午になっても、姿が見られたのは、目の粗い灰色のスモックを着て布のサンダルを履いた数人の男たちにとどまっていた。男たちは地べたにしゃがみこんで、〈ポイボス号〉を通りいっぺんにながめただけですぐに立ちあがり、これといって行くあてのないようすでぶらぶらと歩きながら、川の対岸の木立に姿を隠してしまった。

デイム・イサベルは〈ポイボス号〉の前を行きつもどりつ歩きながら、村のほうへ目をむけ、手庇《てびさし》で目もとの光をさえぎっては畑に出ている労働者たちをながめていた。それでも最後には船に引き返して、アドルフ・ゴンダーの船室にまでのぼっていった。

ノックをしても、返事はなかった。

あらためて——今度は断固たる決意をこめて——ノックをする。「ミスター・ゴンダー、よければドアをあけてくださらない？」

それでも答えはない。もう一度ノックをしたあとで、デイム・イサベルはドアノブをまわそうとした。

ドアは施錠されていた。

近くの船橋に、アドルフ・ゴンダーの船室を見張る役目を課せられた乗組員が詰めていた。デイム・イサベルは鋭く命じた。「いますぐミスター・ヘンダースンを連れてきて。それからミスター・ビッケルにも来るように伝えてちょうだい。ミスター・ゴンダーが病気かもしれないと心配だから」

技官長のヘンダースンがあらわれた。一、二回ノックをしたあとで、ヘンダースンは力ずくでドアをあけた。船室はもぬけのからだった。

デイム・イサベルは見張り役を命じられていた乗組員に、世にも恐ろしい形相の顔をむけた。「いったいいつ、どうやってミスター・ゴンダーが船室から抜けだしたというの？」

「わかりません。わたしが事情を知らないことだけは確かです。ゴンダーは昼食をとっていました。ええ、手わたすところを見てましたから。つい一時間前ですよ。あのドアからは一瞬も目を離してません。蟻の這いでる隙間もなかったはずです」

「バーナード」デイム・イサベルが語気鋭く命じた。「救命艇を調べてらっしゃい」

バーナード・ビッケルはすぐ船橋へもどってきて、すべての救命艇がそれぞれの格納ベイにきちんと格納されたままだと報告した。アドルフ・ゴンダーが降船タラップをつかったはずはない——もしタラップをつかっていれば、船の前に立っていた人々の目にふれたはずだ。デイム・イサベルは船内の捜索を命じた。

アドルフ・ゴンダーは船内にいなかった。どのような策を弄したのかはいざ知らず、ゴンダーは船室を抜けだし、そのままどこへともなく完全に姿を消してしまっていた。

午後もなかばになると、奇妙なほどつばの大きい帽子をかぶって畑仕事をしていた男たちは作業をやめ、村へもどっていった。彼らは前とおなじように、うっすらとした関心をたたえた目で〈ポイボス号〉を一瞥していったが、そのあいだも足どりをゆるめることはほとんどなかった。礼節作法のゆえにこそかろうじて思いとどまったが、そうでなければデイム・イサベルは船からまっすぐ村に乗りこみ、代表団の派遣を要求したい気持ちだった。そのまま一、二分ばかりは去っていく男たちを見ていたものの、そのあと肩をならべて立っていたバーナード・ビッケルとアンドレイ・ズィンクのふたりにむきなおった。

「さてと、専門家としてのおふたりの意見では――」デイム・イサベルはたずねた。「ここでオペラを上演するとして、どのような演目がいちばんふさわしいとお思い？　もちろん、野暮天《やぼてん》や宿なし以外にも、ちゃんとした観客があつまるという前提でね」

アンドレイ・ズィンクはさっと両手をふった――〝どうせこんなに関心の薄い連中に見せるんだから、どんな演目だってかまわない〟と語っているかのように。バーナード・ビッケルも、おなじような内容の答えを返した。

「演目を決めるのは容易ではありませんね。率直にいって、わたしが予想した文化環境とはかけ離れていますからな――もっと活発で洗練された文化環境を予想していたんですよ」

「わたしもまったくおなじ意見です」アンドレイ・ズィンクはいい、周囲の風景を見まわした。夕方近くの黄金色の日ざしを浴びた景色は、たとえようもない静けさと美しさをたたえていた。ただしそこには、若かりし日の追憶の光景にも通じる雰囲気があった――もう手が届かないことを感じさせるばかりか、寂寥《せきりよう》感さえも感じさせる雰囲気が。

アンドレイ・ズィンクが眉を寄せ、ゆっくりとこういった。「ここには目的のない気配というか……目標が欠如している気配が感じられますね。人々と景色のどちらもが現実ではないかのような。わたしがさがしていたのは〝古拙《アルカイツク》〟という単語かもしれません。なにを見ても、なかば忘れ去られた昔のものがそなえる香気を思い起こさせます」

デイム・イサベルはそっけない含み笑いを洩らした。「たしかに、ルラールはわたくしの予想ともちがう世界だったことは認めるわ――でも、ふたりともわたくしの質問をはぐらかしていてよ」

バーナード・ビッケルは笑い声をあげ、白いものが混じった細い口ひげを引っぱった。「はぐらかしたのは、答えが見当もつかないからですよ。それで、なにか話しているうちに、刺戟されてアイデアが浮かぶのではないかと期待して話したのですが、不発におわったようです。それでも――ええ、いまこの場でふっと思いついただけですが、〈ホフマン物語〉はいかがですか？　あるいは〈魔笛〉を再演しては？」

アンドレイ・ズィンクがうなずいた。「いずれの演目でもいいでしょうな」

「よかった」デイム・イサベルはいった。「それでは、あした屋外で〈ヘンゼルとグレーテル〉を上演しましょう。音楽を増幅して村へとむけて流し、観客があつまることを期待する。アンドレイ、必要な舞台装置を船外へ運びだす手配と舞台用の幕の設置をお願い。バーナード、おつかいだてしてわるいけれど、サー・ヘンリーと楽団員にこの件を伝えておいてね」

ややもすれば神経質になっていた歌劇団の面々は、オペラを上演できそうだというこの話に盛大なエネルギーで反応した。楽団員と歌手たちは乗組員たちといっしょになって、大道具や舞台装置を船外へ運んだり、間に合わせの幕を設置したりする作業を進めた。日没になっても、作業はフラッドライトの光のもとで進められた。村の明かりが前夜よりも遅くまでともっていたばかりか、いったん消えた明かりがちらほらとふたたびともっている光景を目にとめて、デイム・イサベルは満ち足りた気分になっていた。

アドルフ・ゴンダーがどうなったのかという件については、あいかわらず手がかりひとつなかった。さまざまな臆測が流れていたが、その大半はゴンダーが――なんらかの小ずるい手管をもちいて――船外へ逃れたのち、昔の知りあいを訪ねるためにあの村まで行ったのではないか、という骨子のものだった。ゴンダーはしばらく楽しい時間を過ごしたのちに、いずれ船に帰ってくるだろうというのが大方の見方だった。

翌朝、村から十人ばかりの住民がやってきた。〈ポイボス号〉の一行は、ようやくルラールの〝貴族階級〟の面々を初めて目にすることになった。アドルフ・ゴンダーが地球へ連れてきた第九歌劇団のメンバーと、体形も挙措《きよそ》もきわめてよく似ていた――ほっそりとした体つき、きわめて優美で活気と華やかさをあわせもつ雰囲気の人々。彼らは鮮やかな色づかいで、さまざまなデザインの衣服をまとっていた――おなじ色あいの服はひとつとしてなかった。第九歌劇団がつかっていたような種類の楽器を持参している者も見うけられた。

デイム・イサベルは彼らを歓迎しようと前へ進みでていき、大きく両腕を広げた――友好をあらわす宇宙共通の身ぶりである。しかしルラール人には、このしぐさの意味が理解できないようだった。どの顔にも、どことなく困惑している表情しかのぞいていなかった。

平和の意図をもってやってきたことを示したデイム・イサベルは、つづいてはっきりした発音でゆっくりとこう話しかけた。

「こんにちは、惑星ルラールの友人のみなさん。このなかに、第九歌劇団の一員として地球へやってこられた方はいらっしゃるかしら？　第九歌劇団の方？　地球へ来られた方は？」

だれもがきわめて礼儀正しく耳を貸してはいたが、発言を理解しているようすの者はひとりとしていなかった。

デイム・イサベルはふたたび挨拶に挑んだ。「わたくしたちは音楽家のグループで、地球から来ました。みなさんの星のすばらしき第九歌劇団が地球で公演してくださったように、今度はわたくしたちがこの星で公演しにきたのです。きょうの午後、わたくしたちは地球のもっとも偉大なるオペラのひとつ、エンゲルベルト・フンパーディンク作の〈ヘンゼルとグレーテル〉を上演します」ついでデイム・イサベルは、必死になっていることをうかがわせる妙に陽気な声でこうしめくくった。「お願いですから、どうかみなさんお誘いあわせのうえ、ぜひとも足をお運びくださいませ」

村人たちは仲間うちで重々しく言葉をかわしあい、顔をめぐらせて舞台装置をながめたのち、自分たちの仕事へともどっていった。

デイム・イサベルは心もとなげな顔つきで、去りゆく一同を見送っていた。

「わたくしたちの目的の、せめて一端なりともが伝えられたことを祈るだけね」と、バーナード・ビッケルに話しかける。「それにだって成功したとは思えないのだけれど」

「あまり悲観するものではありませんよ」バーナード・ビッケルはいった。「ほかの種族の基本的な意図を察する段になると、すばらしい才能を発揮する異星種族もいないではありませんからね」

「観客があつまると思う?」

「あつまってもあつまらなくても、意外ではありませんな」

三時間後、太陽が正午の位置にまで達すると、サー・ヘンリーはオーケストラ団員に前奏曲の最初の音を演奏させた。堂々とした管楽器の合奏の音が——かなりの音量に増幅されて——田園地帯に響きわたった。

最初に姿を見せたルラール人は、スモックに身を包んだ貧民たちだった。彼らはまるで音楽のせいで眠りから起こされたとでもいうように、川べりの木立のあいまから目をぱちくりさせて見物していた。そのうち二十人ほどがふらふらと近づいてきて、ならんだ観客席の最後列に腰を落ち着けた。つづいて近くの畑で仕事をしていた労働者が十人ほどやってきて、ようすをうかがっていた。そのうち

五、六人ほどは残ってオペラを見物していたが、それ以外の者はふたたび畑仕事へ引き返していった。デイム・イサベルは軽蔑にふんと鼻を鳴らした。「風雅を解さない凡人はどこにでもいるものよ」

第五場の途中で、数人の村人たちがちらほらと顔を見せてきた。そのなかに貴族階級の者が数人いることを目にとめて、デイム・イサベルは大いに満足した。第二幕全体を通じての観客はおそらく四十人ほど。なかには、頭の鈍そうな貧民層もちらほらいたが、労働者階級と貴族階級に属する者たちは、はっきりわかるほど彼らを避けていた。

「ひっくるめて考えてみれば――」公演終了後、デイム・イサベルはサー・ヘンリーとアンドレイ・ズィンクとバーナード・ビッケルを前にしていった。「わたくしは大満足よ。観客はオペラを見て心から楽しんでいたようだったし」

「かえすがえすもゴンダーがいなくなったことがかなりの痛手ですな」バーナード・ビッケルが腹立ちもあらわにいった。「あの男ならここの言葉もわかったでしょうし、演目の説明をするにあたって、大いに助けになってくれたでしょうからね」

「ミスター・ゴンダーがいなくても、わたくしたちだけで進められるわ」デイム・イサベルはいった。「第九歌劇団のメンバーがここにいれば――いるかもしれないし、いないかもしれないけれど――うろ覚えでも地球の言葉を知っているでしょうに。とにかくわたくしたちは、アドルフ・ゴンダーが自分で思っているほどの不可欠な人材ではないことを実証してあげましょうよ」

「あの男がどこへ消えたのかという点は、たしかに謎ですね」サー・ヘンリーがいった。「ゴンダーはぜったいに降船タラップをつかっていません――わたしが誓ってもいい。わたしはタラップの真下にずっと立ってましたが、あの男の姿は一度たりとも見てません」

「いずれその気になれば、また船に姿をあらわすに決まってるわ」デイム・イサベルはいった。「ゴンダーがらみで気を揉むようなことを、わたくしは断固拒否します。あしたは〈ホフマン物語〉。きょうの公演の成果で、あしたはさらなる観客がやってくることを祈りましょう!」

そしてデイム・イサベルの願いは充分以上に叶えられた。オペラの最初の一音が田園地帯に広がっていくなりルラール人が四方八方から近づいてきて、気後《きおく》れすることもなく観客席のベンチに腰をおろしていった。アドルフ・ゴンダーが話していた三つのカーストは、それぞれの衣服で見わけることができた。はっきりした形のないスモックをまとった貧民層は、最下級の者らしく両端にすわっていた。労働者層に属する者たちは青か白のパンタロンを穿き、青か白か茶色のジャケットを着て、そのほとんどがつばの大きな帽子をかぶっていた。そして〝貴族〟は、いうまでもないことながら鴉の群れのなかの孔雀のように派手に着飾っていた——そんな衣裳がしっくりと馴染んでいるのは、生まれついての優雅さとどこか茶目っけもある傲慢な雰囲気をそなえているがゆえだった。なかには楽器を持参している者もいた。彼らは楽器を撫でたり、静かに演奏したりしていたが、これは明らかに意識しない手の動きだった。

デイム・イサベルは心の底から満ち足りた思いでこの光景をながめていた。

「これこそが——」と、バーナード・ビッケルに話しかける。「まさしくわたくしが思い描いていた景色そのものよ。ルラールはわたくしの予想に反して技術面ではそれほど進化してはいなかったけれど、住民たちはどの階層をとってもゆたかな感性をそなえていて意識も高い——たとえ地球にも、これほどのことはいえないくらいだわ!」

バーナード・ビッケルは、この見解に異をとなえることができなかった。

「公演がおわったら、あの人たちのところへ行ってミスター・ゴンダーのことを質問してみるつもり。

あの男はおおかた友人のところへ身を寄せて隠れているのだろうし、どうしてそんなことをしているのかを知りたいの」

しかしデイム・イサベルが何人かの〝貴族たち〟に近づいて会話をこころみても、事情が理解できない者ならではのうつろな視線を返されただけだった。

「ミスター・ゴンダーのことです」デイム・イサベルははっきりと発音しながらそういった。「わたくしは、ミスター・ゴンダーがいまどこにいるかを知りたいのです。あの人のことをご存じありませんか？」

しかし貴族たちはあくまでも礼儀正しい態度で、すっと離れていくばかりだった。デイム・イサベルは苛立ちに舌を鳴らした。

「ミスター・ゴンダーも、せめてひとこと連絡をくれてもいいのに」そうバーナード・ビッケルに不平をこぼす。「これじゃ、なにもわからないまま宙ぶらりんにさせられてるだけ……。まあ、あの人は自分の仕事をだれよりも心得ているわけね」そういって草原に目をむけると、ちょうど川の土手まで足を運んでいたロジャーとマドック・ロズウィンが連れだってもどってくるところだった。「あらあら、ロジャーったらミズ・ロズウィンとよりをもどしたみたいね。口が裂けたって認めるものですか。とにかくロジャーは、わたくしの助言を受け入れようともしなかったわけだし」デイム・イサベルは深々とため息をついた。「でも、わたくしもわかっているの——この世界は決してわたくしの思いどおりに回転しているわけじゃないって」

「世界が思いどおりに回転している人なんているんですかね？」バーナード・ビッケルは邪気のない皮肉をたたえた声でたずねた。

「たぶんいないでしょうね。だから、その事実と折りあいをつける必要がある。そろそろアンドレイと、あしたの公演について話しあっておいたほうがいいみたい。衣裳について、あの人にひとこと釘を刺しておかなくちゃ。きょうの衣裳はどれもこれもプレスが効いてなかったわ」

バーナード・ビッケルは舞台へむかうデイム・イサベルに付き添っていき、いまの舞台衣裳に欠けていると思える部分についてデイム・イサベルが具体的な指摘をしているあいだ、黙ってそばに立っていた。

ロジャーについていえば、いまは世界が思いどおりに回転している状態だった。頭にとり憑いていた妄念が尽きたいま、マドック・ロズウィンは以前よりも物静かになったばかりか、人と打ち解けないようになると同時に人なつこくもなっていた。さらにこれはロジャーの観察だが、前よりもさらに魅力を増してもいた。ふたりは草原をそぞろ歩いて川べりまで行き、土手に沿って散歩をした。藤色の葉を茂らせるポプラに似た木が、ふたりの頭上にそそり立っていた。垂れた茎の先にある黒い葉が川の流れになびいていた。上流に四、五百メートルほども行くと、背の高い黒々とした木がつくる林がすっかり崩れ落ちた廃墟とおぼしき場所をとりかこんでいた。生き物はいっさい見あたらなかったし、動くものとてなく、音はいっさいきこえなかった。やがてふたりは、いくぶん沈んだ気分になりながらきびすを返し、黄金色の午後の日ざしのなかを歩いて〈ポイボス号〉へ引き返した。

翌日の〈魔笛〉の上演時には、前の日よりもさらに多くの観客がやってきた。デイム・イサベルは喜びに舞いあがらんばかりだった。終演の幕がおりるとデイム・イサベルはその前へ進みでていって観客全員に話しかけ、関心をもってくれたことに礼を述べた。つづいてデイム・イサベルは今回のツアーの目的を手短に説明し、さらに観客が三々五々引きあげはじめるなかで、アドルフ・ゴンダーの消息について質問した。しかし、万が一観客のなかにデイム・イサベルの言葉を理解していた者がいたとしても、彼らはなんの反応も見せなかった。

翌日午後の〈さまよえるオランダ人〉の上演では、観客は目に見えて減少していた。デイム・イサベルは観客席に空席ばかりが目立つことにも、そして自分の礼をつくした申し出があっさり無視されていることにも苛立ちをつのらせていた。

「わたくしとて〝恩知らず〟という言葉をつかいたくはないけれど――」デイム・イサベルはこぼした。「これだけの労力と費用と費やしていながら、あの人たちがこれっぽかりも認めてくれていない事実は残る。おまけにきょうは文句のつけようもないすばらしい出来だったというのに、それを見ていたのは申しわけ程度の観客だけで、しかもほとんどが下層階級の連中だったなんて」

「なにか特別なイベントがあって、貴族階級の者はみなそちらへ行かざるをえなかったということも考えられますよ」バーナード・ビッケルがいった。

「でも、労働者階級の面々は？　あの人たちだって、オペラを演じている会場に近づいてさえこなかったじゃないの。おかげでわたくしたちは、ならず者や宿なし連中の前で上演するしかなかったのよ」

「わたしが見たところ、彼らも労働者たちに負けず劣らず真剣にきいていましたよ――まあ、それはつまりまるで退屈しているみたいだったということですが」バーナード・ビッケルはいった。

「おおかた、ほかにやることもなかったんでしょうよ」デイム・イサベルは鼻を鳴らした。

「そのならず者や宿なし連中がじっさいには何者なのかはともかく、うたた寝をしているところも見ましたよ」アンドレイ・ズィンクがいった。「あいつらはドラッグ中毒者にちがいありません。ほら、腰につけている匂い袋のようなものに薬を入れてるんですよ」

「おもしろい見立てだこと」デイム・イサベルはいった。「わたくしはあの人たちが――よくつかわれる言いまわしを借りれば――〝ちょっと一服〟するところをいっぺんも見てないわ。でも、もちろんそんなことにはなんの意味もない。もしいまの話が事実どおりなら、あの気だるい態度や、あんなふうに集団から追いだされているように見える境遇にも説明がつくわ」しばし考えこんでから、「あの人たちが小さなボールをもち運んでいることには気づいていたけれど、ドラッグかもしれないとは思ってもみなかった……ふむふむ……やはり、あの人たちを公演に立入禁止にするまでもないと思うわ。とにかく、なんとかして観客をとりもどさなくては」

バーナード・ビッケルは疑わしげに眉を曇らせた。「これまでのところ、階級のあいだで争っているような気配はいっさい目にしてません。じっさいにはだれもかれもがわたしたちを無視しているように、おたがい完璧に無視しあっているようですな」

「それにミスター・ゴンダーが行方不明だということが、また問題を引き起こしてる」デイム・イサベルは不機嫌な声でいった。「あの男の身になにがあったのかを知っている人もいそうなものなのに、だれひとり、その情報を明かそうとしないんだから」

「そこから考えられるのは、次のふたつにひとつですな」バーナード・ビッケルがいった。「ゴンダーが不幸な最期を迎えたか、そうでなければゴンダー自身がわたしたちにその種の情報を知られたくないと思っているか。どちらにしても、こちらに打つ手はありません」

「たしかに、それがいまの情況をよくまとめてるようね」デイム・イサベルはゆっくりとした口調でいった。「打ち明けてしまうと、わたくしは早めに地球へ帰ることを考えてるの。わたくしたちはすでに大望《たいぼう》を成し遂げたといっていい――わけてもこの惑星ルラールにおいてね。もちろん、向こうから認めてもらったことがわかったなら、もっと報われた気持ちにもなれるでしょうけど」

「ええ、この星の住民はこと感謝を示すという段になると、なんというか……そう、怠惰になる傾向がありますからね」バーナード・ビッケルが同意した。

「あしたの演目は〈パルジファル〉にしましょう」デイム・イサベルがいった。「サー・ヘンリーからは〈フィガロの結婚〉をすすめられたけれど、〈さまよえるオランダ人〉のあとですもの、それではちょっと軽すぎるように思えて」

「反面、観客を飽きさせてしまう危険がつねにつきまとうのも事実ですぞ」バーナード・ビッケルがいった。「とりわけ、ワグナー作品の神秘性にまったく馴染みのない観客が相手となれば」

「その危険は計算に織りこみずみよ」デイム・イサベルはいった。「音楽面ではきわめて高度に洗練されている――そのことを、わたくしたちは忘れてはならないわ」

「そうなると、きょうの観客数の減り具合がいよいよもって奇妙に思えてきますな」バーナード・ビッケルはいった。


翌日は西から雷雲が着々と迫ってきて、いまにも嵐になりそうな天気だった。しかし途中で風向きが変わって雲が南へとそれていき、魔法のようにさわやかな青空からさんさんと陽光が降りそそいできた。

デイム・イサベルの願いむなしく、〈パルジファル〉を見にきた観客は憐れを誘うほどの少なさだった――三、四人の貴族と二十人ほどの貧民たちだけだったのだ。この無気力の表明にデイム・イサベルは怒り狂い、第一幕がおわるころには真剣に公演の中止を考えていたほどだった。さらにロジャーを村へと送りだして、もっと多くの住民たちを公演鑑賞に引っぱってこさせようかとも考えていた。しかし最初の道は演劇界の伝統が禁じているものだったし、第二の道はそもそもロジャーを見つけられないという事実を前に断念せざるをえなかった。

そんなデイム・イサベルの苛立ちをさらに煽ったのは、ただでさえ少ない観客がさらに減っていったことだった。彼らはまるで耳にはきこえない呼出がかかったかのように、ひとり、またひとりと席を立ち、宇宙船をまわりこんでふらりと姿を消していった。やがて三人の貴族が去っていくと、あとには五人ばかりの貧民が残されているだけになった。デイム・イサベルにはもはや耐えられなかった。そこでバーナード・ビッケルに彼らのあとを追って、歌手たちへの礼儀というだけでもいいので、公演を最後まで見てほしいと頼みこませることにした。ビッケルは気のないようすで命令にしたがったが、五分後にもどってきたときにはむっつりと怒りをあらわにしていた。

「ちょっといっしょに来てください」そうデイム・イサベルにいう。「ご自分の目で見ていただきたいんです」

デイム・イサベルはビッケルにいわれるがまま、〈ポイボス号〉をはさんで反対側へ足を運んだ。そこでは午後のふんだんな日ざしを浴びて〈タフラック・ジャグバンド〉の面々がすわり、それぞれに楽器を手にして熱意もたっぷりに騒々しい演奏をくりひろげていた。彼らを真剣に見つめている観客はと見れば、三、四十人のルラールの貧民たち。そのうしろには、ほぼ同数の貴族たちの姿があった。さらに近くにはロジャーとマドック・ロズウィンがならんで立っていたほか、乗組員たちもあらかた顔を見せていた。

デイム・イサベルが怒りのあまり言葉をうしなったたまま聞いている一方、〈タフラック・ジャグバンド〉は〈毎晩ママに会いにきな〉という題名らしき歌を演奏していた。ヴァースが何通りも演奏されたばかりかコーラス部分も負けないほど変奏をつけていき、しかも回を重ねるほど奔放な演奏になる。

デイム・イサベルはバーナード・ビッケルをちらりと見やった。ビッケルは嫌悪にかぶりをふった。ついでふたりはそろって、この憐れな演物《だしもの》にふたたび目をむけた。〈ポイボス号〉の船体をまわって、五人ほどのルラールの貧民たちがやってきた。してみると、いまや〈パルジファル〉は観客がひとりもいないまま上演されているようだ。デイム・イサベルはバーナード・ビッケルの耳もとで声をはりあげた。

「これが現地人の趣味を示しているというのなら、ええ、いますぐ地球へもどったほうがずっとましよ！」

バーナード・ビッケルはきっぱりとうなずいた――それからふたりは、〈毎晩ママに会いにきな〉がふたたび最高潮へむけて盛りあがるのを耳にした。バンドの全員が終盤のリフレインに参加していた。デイム・イサベルはわずかに身をのけぞらせた。どこをとっても下品、どこをとっても低俗きわまりなし！　たしかにこういった方面が趣味にあうのなら――デイム・イサベルは思った――リズミカルで、楽しくさえあるかもしれない。認めざるをえなかったが、この音楽――これが〝音楽〟と呼べるものならば――は、ともすればこっそりと忍び寄ってくる世界の憂鬱に対抗するものであり、さらにはそれを打ち消しさえするものではある……。またデイム・イサベルは、貧民のだれもがあの小さな革のボールを――あるいは匂い玉を――大事そうに膝に載せていることにも目をとめた。なるほど、こんな音楽をきいたあとにはありったけのドラッグや麻薬が必要になるに決まっている――デイム・イサベルは苦々しくそう思った。

音楽はやたらに騒々しく鳴りわたるコーダ部分をよろよろと通り抜け、威勢のいい音とともにおわった。〈タフラック・ジャグバンド〉は、明らかに自分たちの演奏に満足したようすで腰をおろした。貴族たちは畏敬の念にうたれたようすで、こそこそと仲間内で話をしていた。貧民たちはため息をつき、ふたたび焦点のあっていない目つきになった。

デイム・イサベルはつかつかと前へ進みでると、「いったい全体これはどういうことかしら？」と、よく通る声で問いかけた。

〈タフラック・ジャグバンド〉の面々はいちいち答えたりしなかった。彼らはそそくさと楽器を片づけると、宇宙船の反対側へと退散していった。デイム・イサベルはいうことをきこうとしない顔の筋肉に無理じいをして愛想笑いをこしらえると、観客たちにむきなおった。

「さあ、みなさん、公演会場へおもどりになって！　みなさんのためだけに上演していますのよ。みなさんが楽しまれると思ってね。ええ、断言します——さっきの道化たちがもどってくることはありませんよ」

それからデイム・イサベルはバーナード・ビッケルに手伝わせて、ひとりでも多くの観客たちを屋外劇場へと引きもどそうとした。

現地の住民はあきらめて身を委ね、ふたたびベンチ席に腰をおろした。かくして最終幕は過ぎていった。幕が降りると、即座に給食係がひと口大のお菓子《プチ・フール》の皿やレモネードのピッチャーを手にして姿をあらわした。デイム・イサベルは貴族たちに、ご自由に召しあがってくれと身振りで伝えた。

「さあ、こちらもまたすばらしい品ぞろいですよ！　お気に召すことうけあいですわ！」

しかし貴族たちは、あくまでも礼儀正しい態度で去っていった。

さらにデイム・イサベルは必死で誘ったりうながしたりしたが、貧民たちは軽食コーナーに近づこうとさえしなかった。最後にはデイム・イサベルは両手を大きくかかげて降参した。

「ええ、ええ、よくわかりました。みなさん、お好きになさったらよろしくてよ。でも、いっておきますけどね、わたくしたちがこれだけ力をつくしていながら、どうしてみなさんが感謝ひとつなさらないのか、わたくしにはさっぱりわかりません」

いちばん年かさに見える貧民が、手にした革のボールについているひげ——あるいはフラップ——

のような部分を指でもてあそんでいた。年かさの貧民は、言葉に頼らないで意思を通じあっているかのように仲間たちをひとわたり見わたしてから、あらためて視線をデイム・イサベルへむけた。デイム・イザベルは電気に打たれたような奇妙な感覚をおぼえた。

「見なさい」男はそう語っているかのようだった。「これを見たら、おまえたちは立ち去るがよい」と。

男が小さな革のボールを握りしめた。バーナード・ビッケルが小さな悲鳴をあげた。デイム・イサベルがあわててふりかえると……空いっぱいに色とりどりの物体が踊っている光景が目に飛びこんできた。物体はおたがいに溶けあったり分離したり、融合して縮小したり膨張したりしながら、草原へと降りきたってきた。かくして草原は光輝の魔法の場になった。〈ポイボス号〉船内からも全員が外へ出てきて、いま眼前で展開されている壮麗無比の光景を、畏敬の念にうたれながら一心に見つめていた。花園のような都市が、まるで箱づめのセットのように次から次へと出現した。それぞれが異なっていた——いずれもが一世代前をさらに発展させた都市であり、新たな感興や誇らしげな景観をそなえていた。都市はあらわれては背景に遠ざかり、やがて消えていった。つづいて前景部分にこまごまとしたイメージが立ちあらわれてきた。模様いりの巨大な帆をそなえたボートによるレガッタ。ボートのそれぞれが生物であり、知性をそなえていたとしてもおかしくはない——宝石で身を飾った蛾だ。荘厳なパヴァーヌが流れるなかで行進していく貴顕の人々。愛と美とが競いあい、疾風と多様な音楽のささやきが競いあっていた。さらに、いくつものパレードがつづいた。いずれも第九歌劇団のような集団による種々のパフォーマンスだった。それればかりかデイム・イサベルは、第九歌劇団そのものを目にしたようにも思った。いきなり、あたりが水を打ったように静まりかえった。極端なまでの静寂……それ自身が恍惚を誘うほどの静寂だった。さらに天空から、くたびれた外見の宇宙船が降下してきた。宇宙船が着陸すると、アドルフ・ゴンダーが――いや、アドルフ・ゴンダーのパロディというべきか――下船してきた。贅をこらした衣裳に身をつつんだ第九歌劇団の面々が、悠然と歩きまわっていた。そしてアドルフ・ゴンダーは、まるで蜘蛛のように彼らに襲いかかったかに見えた。ゴンダーは顔のない助手たちに手伝わせて、第九歌劇団のメンバーを乱暴に船のなかへ追い立てていった。宇宙船はたちまち離陸し、あたりはふたたび静まりかえった。一部始終は、目にもとまらぬ電光石火の速さだった。アドルフ・ゴンダーは邪悪な者というより、むしろ滑稽な存在に見えていた――不埒な悪党を戯画化した者だったといえる。このエピソードは皮肉な脚注以上のもの、毒気が仕込まれた小さな戯れ以上のものではなかった。ただし〈ポイボス号〉の面々がこれを楽しめるか否かは、そのときの気分で左右されるだろう。

そのあとも、さらにちがうページェントが繰り広げられ、ちがう景観が見えてきた。そのすべては、なかば忘れ去られた追想のようにはるか遠くにあるもの、遠い昔にあったものの気配をたたえていた。死せる英雄たちによるパレードがあらわれた――英雄たちは、生前の自分たちに封じられていた知識をさがしもとめているような顔つきで、見物人たちを見まわしていた。全員がひとつのおなじ質問を投げかけているようだった。やがて、ひとり残らず姿が見えなくなった。都市がいくつも建造されては、たちまち見捨てられていった。あらゆる目標が達成され、あらゆる美質が獲得されていった。あとに残されていたのはただ怠惰と安直な楽しみだけ……。最後に登場してきたのは、巨人レベルにまで拡大された〈タフラック・ジャグバンド〉だった。彼らはその堂々とした自信と熱意に満ちた大胆そのものの音楽で、食傷気分を押し流してしまった。つかのま、世界は新たに生まれ変わり、すばらしいことが実現可能になったように思えた。しかし次の瞬間には、草原は元どおりになって、空にはなにもなくなった。〈ポイボス号〉の乗員や乗客が、船の横に立っているばかりだった。

全員が船内へもどった。デイム・イサベルはサロンに直行して、濃いお茶をポットで注文した。バーナード・ビッケルとサー・ヘンリーがおなじ席についたが、会話をしたい気分の者はだれひとりいなかった。デイム・イサベルは頭が混乱し、怒りを抑えきれなかった。ある意味では――そっけないばかりか、親切ともいえる流儀だったとはいえ、やはり――あざけられ、小馬鹿にされたのだから……。そのくらいなら、どうしてルラール人たちはこちらがオペラを上演する前に説明してこなかったのか？ 〈ポイボス号〉が提供できるものを、彼らがひとつも必要としていないことは明らかだった――たったひとつ、〈タフラック・ジャグバンド〉だけを例外として。つまりここの住民には低俗な趣味があるということね――デイム・イサベルは苦々しく考えた。昔はあったらしき鑑識眼は、どうやらすっかり衰退してしまったようだ……。それでもなお――いや、もちろんそんなことはありえない。デイム・イサベルは決然とおのれの思考に手綱《たづな》をかけた。人はおのれの真実の規範をきっぱりと確立するべきだ――と、そう自分にいいきかせる――そしてその真実の規範を堅固に守り抜くべきでもある。そう、たとえそのおなじ真実がどれほど疑問に思えても、だ。デイム・イサベルはお茶を飲み干すと、決意のほどがうかがえる強い〝がちゃん〟という音とともに茶碗を受け皿へもどした。その音に勇気づけられたかのように、バーナード・ビッケルとサー・ヘンリーがともに椅子に腰かけたまま背すじをすっくと伸ばした。

「わたくしたちはもう、この惑星ルラールになんの用もありません」デイム・イサベルはいった。

「明朝いちばんで出発します」

ついでアンドレイ・ズィンクを呼びつけ、舞台装置一式をすべて船内に運びこむように指示をくだした。

「アドルフ・ゴンダーのことはどうしましょう？」バーナード・ビッケルがたずねた。

「あの男がここの住民たちに悪事をはたらいたことは明白よ」デイム・イサベルはいった。「二度とルラールに近づくなと警告されていたにちがいないわ——近づけば罰せられる、とね。あの男の運命はもうわたくしたちの手のとどかないところにあるのよ」

「ではあの連中は、ゴンダーを船室からこっそり連れだしたんですかね?」バーナード・ビッケルが眉に唾をつけそうな顔でたずねた。「この船の頑丈で分厚い壁をすんなり通り抜けて?」

「当然よ」デイム・イサベルは鋭くいいかえした。「あの連中が第九歌劇団を地球からこっそり連れもどしたのも、これ以上ないほど明らかだわ。そんなことができるとなれば、ミスター・ゴンダーを船室から連れだせても不思議はなくってよ」

「わたしには理解できません」バーナード・ビッケルはいった。

「それはわたくしもおなじよ」デイム・イサベルはいった。


ロジャーは船内のいたるところをさがしてまわった——サロンや船橋をはじめ、考えつく場所をくまなくさがしたが、マドック・ロズウィンはどこにもいなかった。ロジャーはタラップを降りて船外へ行き、左右を見わたしてから宇宙船の反対側へまわった。マドック・ロズウィンがひとりすわって夕日をながめていた。いまのマドックの気持ちを理解しているかどうかは心もとないまま、ロジャーはこっそりと引き返しかけた。しかしマドックから呼び止められたので、その隣へ行った。ふたりは黙ったまま、田園地帯が薄暮に覆いつくされていくさまをながめていた。残照のなかを横切っていく、ふたつのひょろりと痩せた人影があった。着ている服や歩きぶりからして、ふたりはアドルフ・ゴンダーが〝宿なし〟と呼んでいた者らしかった。

マドック・ロズウィンがかなり低い声で話したので、ロジャーは顔を近づけて耳をそばだてなくてはならなかった。

「あの人たちは知識のありったけを破壊し、自分たちのパワーを忘れることもできるの。新しい惑星へ移住することもできる。すべてを一からやりなおすことだってできる。なぜそうしないのかはわからないけれど」

ロジャーにはここで伝える情報のもちあわせなどなかったので、ふたりはまた黙りこみ、黄昏《たそがれ》のなかを遠ざかっていくふたつの人影をただ見送っていた。海からひんやりとした風が吹き寄せはじめた。ふたりは立ちあがると、船の反対側へ行くために歩きはじめた。そこへ空を背景として黒く浮かびあがる人影がまたひとつあらわれた。背の高いその人影は走るような早足で、しかも足がもつれそうになりながら、かすれた叫び声をふりしぼっていた。

「ゴンダーだ！」ロジャーはいった。「あの男は生きてたんだ！」

アドルフ・ゴンダーはふたりの横を走りぬけて両手を船体に押しつけると、しゃくりあげるようにして安堵の吐息を洩らした。それからおぼつかない足どりで乗船タラップへむかう。ロジャーとマドック・ロズウィンはそのあとにつづいた。タラップの入口にたどりつくと、ゴンダーは——残っていた力のありったけをふりしぼったのだろう——背中をまっすぐに伸ばして肩をしっかりそびやかすことで威厳をとりもどし、ふらつく足でタラップをあがりはじめた。

アドルフ・ゴンダーはまずたっぷりとした食事を腹におさめたあとでサロンへ移動し、そこで一部始終を物語った。デイム・イサベルが推測していたように、ゴンダーには二度とルラールに近づくなという警告が発せられていた。そこで船室に閉じこもっていれば、ルラール人に自分の存在を察知されないだろうと考えた。あにはからんや、ことはそうは運ばなかった。ゴンダーは夜のあいだに船から外へ連れだされ、雲と風と霙《みぞれ》と雨のなかを乱暴に突き転がされ、大海原に投げこまれては引きあげられ、逆さ吊りの体勢のまま三十キロ近く空を引きまわされ、最後は硬いハリエニシダの茂みに落とされたという。それから何日も野山をさまよい、あげく遠い山の背からようやく〈ポイボス号〉をちらりと目にしたという話だった。

デイム・イサベルは、あまり同情する気分にはなれなかった。

「これほど簡単に逃げてこられたとは、またあなたも運がよかったこと」と、いかめしい口調でいう。「あなたのやったことは海賊と少しもちがわないわ——生まれ故郷へ帰してあげようという意図もいっさいないまま、二十人もの人々を誘拐したのですからね」

「そんなことはありませんって」アドルフ・ゴンダーは抗議した。「それなりに金を稼いだら、ちゃんとルラールへもどしてやるつもりでした。歌劇団のみんなにもそう話しましたし、そう話したからこそ彼らは地球で上演することを承諾してくれたんです」

「そのお金の処遇については、当然のことだけれど、もう疑問の余地はないわね」デイム・イサベルはいった。「いかなる事情があろうとも、あなたが——最大限に寛大な解釈をしたところで——倫理に悖《もと》る行為から利益をあげることを見すごすわけにはいかない。いま話題になっている金額なら、かろうじて今回のツアーの経費をまかなえる——いまのわたくしには、これ以上まっとうな使途は考えられないわ」

アドルフ・ゴンダーは失望に大きく両手をふりあげると、よろよろと自分の船室へ引き返した。

翌朝、太陽が低い丘陵から顔を出すと同時に、〈ポイボス号〉は惑星ルラールを離れた。ローガン・ド・アップリングは地球の座標をコンピューターに入力した。ルラールが背後に遠ざかっていった。ついで金色の太陽の光が薄れ、星々のひとつにすぎなくなり、やがてまったく見えなくなった。

14

〈ポイボス号〉が地球に帰還した翌日、デイム・イサベルはその美しい自邸であるバルゥー館のテラスで記者会見をひらいた。

「今回のツアーを総括すれば、大成功をおさめたといえます」デイム・イサベルはあつまった取材陣を前にそう語った。「わたくしたちは各地で公演を披露しましたが、すべての種族の文化と相互理解に大きく寄与したことに疑いの余地はありません」

バーナード・ビッケルもこの見解を支持した。「あらかじめわかっていたことではありますが、それぞれの理解力のレベルには幅がありました。これは、わたしたちの公演の観客となったさまざまな種族の人々の――わたしの用語によれば――〝文化的パースペクティブ〟のちがいに呼応するものです。異星種族はわたしたちから学び、わたしたちもまた彼らから学ぶところがありました。わたしは今回のツアーが、地球の音楽の名声を高めたと確信しています」

「ルラールについてはいかがですか？」という質問の声があがった。「ルラールは実在しているんですか？　それともアドルフ・ゴンダーがでっちあげた星だったんでしょうか？」

「その点については、不確定な要素はまったくありません」デイム・イサベルがそっけなく答えた。

はずです」

「すでにルラールは実在する惑星だと申しあげました。そのわたくしの断言の言葉だけで充分だった

「ではルラールを訪問したのですね？」

「ええ、訪ねました――それが、ツアーの目的のひとつでした。ただし、事前の予想ほど刺戟的な世界ではありませんでした。わたくしたちは数回の公演をおこない、いずれも好評を博しはしましたが、現地の住民たちはすでに知られたハイレベルな趣味を発揮することはありませんでした」

「ルラールのことをもっとおきかせください。劇場はありましたか？　音楽ホールは？」

「そういうものはありませんでした。現在のところ、いま以上にこの件についてお話ししたい気分ではありません。もっか、わが甥のロジャー・ウールが今回のツアーのようすをつぶさに語る本を執筆中です。これ以上の情報がご入り用でしたら、その本をごらんになればよろしいかと」

じっさいロジャー・ウールは多忙だった。そんなロジャーを助けていたのは、かけがえのない助力を提供している新婚の妻のミセス・マドック・ウールだった。いま自分の世界は心から満足できる状態にある――ロジャーはそう思った。伯母デイム・イサベルの資産は以前と同等にまで復活していたし、ロジャー自身にも本の出版でそれなりの収入がもたらされるはずだ。いうまでもなくデイム・イサベルのことだから、いつまた新たなプロジェクトを――それも、前回よりもさらに金のかかるプロジェクトを――始動させないともかぎらない。しかし、それはまた人生につきものの危険のひとつだ。ときおり妻をながめているおりなどに、さらに黒々とした不安が浮かんでくることもあった――もしマドックが自分の種族の男と出会ったらどうなる？　もう地球上にはひとりも残っていないことはマドックが断言していた。しかし、惑星ヤンには？　そんなときロジャーの思いは決まって、宇宙空間を越えて遠くへ飛んだ……暗い森のわきに広がる石が多いあの荒野へ、壊れたピアノが残されている

あの荒野へ……。その可能性はなきに等しい——ロジャーは自分にいいきかせた——なきに等しいんだ、と。

新しい元首

浅倉久志訳

The New Prime

音楽、サーカスの照明、ワックスをかけたオークの床を滑っていく靴音、香水、くぐもった話し声と笑い声。

二十世紀のボストン人アーサー・ケイヴァーシャムは、風の流れを肌に感じたとたん、自分がす﹅っ﹅ぱ﹅だかであることに気づいた。

そこはジャニス・パジェットの社交界へのデビュー・パーティーの場だ。まわりには、フォーマルな夜会服に身を包んだ三百人の客たちがいる。

つかのま、漠然とした困惑をべつにすると、なんの感情もうかばなかった。ここに自分がいるのは合理的ないくつかの出来事の結果に思えるが、記憶はもやのようにぼやけ、確実な根拠がなにも見つからない。

女性の同伴者のいない青年たちの一団から、彼はすこし離れて立っていた。正面には、オーケストラボックスの赤と金の蒸気オルガン。右には、道化師たちが接待役をつとめるビュッフェ、パンチのボウル、シャンパン・ワゴン。左には、サーカス・テントのひらかれた入口。そのフラップのむこうに、赤、緑、黄、青、色とりどりのライトに照らされた庭園がのぞいている。芝生の先にちらっと見えるのは回転木馬だ。

なぜ自分はここにいるのか？　なんの記憶もなく、目的もない……。暖かい夜。正装の青年たちはさぞ暑苦しいことだろう……。ある考えが心の片隅をつついた。この状況のなにか重要な側面を、自分は見落としているらしいぞ。その考えは、いらだちの種子のように意識レベルのすぐ下にとどまって、表面まで出てこようとはしなかった。

近くの青年たちがぞろぞろと離れていく。大きな笑い声や、驚きのさけびが耳にはいった。ダンス中の若い娘がそばを通りすぎしなに、パートナーの腕ごしにちらとこっちを見た。彼女はきゃっと声を上げ、くすくす笑いながら顔を赤くし、目をそむけた。

どうもようすが変だ。ここの若い男女は、こちらの裸体を見て、驚き、あきれ、当惑している。激しい焦燥感がおそった。早く手を打たなければ。これは社会的タブーへのまぎれもない違反行為だから、ほうっておくと不愉快な結果になりかねない。そんな理解が生まれた。しかし、着ようにもかんじんの衣服がない。まず、それを手に入れなければ。

彼は周囲を見まわした。青年たちはこちらをながめ、さまざまな表情をうかべている。下品な喜び、嫌悪、好奇心。その最後の部類に属するひとりに、彼は声をかけた。

「どこへ行けば、服が手にはいるかな？」

相手は肩をすくめた。「自分の服をどこへおいてきたんだ？」

濃紺の制服を着た、たくましい男がふたり、テントにはいってきた。視野のすみにその姿をとらえたとき、アーサー・ケイヴァーシャムの頭は必死に回転をはじめた。

自分が声をかけた相手は、このグループのなかで典型的なひとりに見える。この相手には、どんな種類の訴えが意味を持つのか？　どんな人間でもそうだが、うまく感情に訴えかければ、反応してくれるはずだ。どんな方法で相手の心を動かせばいいのか？

同情？

脅迫？

なにかの便宜《べんぎ》や利益の見通し？

ケイヴァーシャムはその三つをすべて除外した。社会的タブーを犯した自分には、同情を得る資格はない。脅迫は物笑いの種になるだけだし、なにかの便宜や利益の提供もできない。もっと巧妙な刺激を使わないと……。そこで思いだしたのは、青年たちがよく群れあって、秘密結社めいたものを作りたがる傾向だ。これまでに研究した数多くの文化のなかでも、それだけはつねにまちがいない事実だった。合宿所、ドラッグ・カルト、社交クラブ、初体験の儀式——名称はさまざまでも、その外面はつねにほとんどおなじだ。苛酷な入会式、秘密の身ぶりと合言葉、集団行動の均一性、奉仕の義務。もしこの青年がそんな結社のメンバーなら、集団精神への訴えに反応してくれるかもしれない。

ケイヴァーシャムはいった。「結社の制約で、こんなタブーを犯す状況におかれてね。結社の名にかけてお願いするが、なにか適当な服をさがしてもらえないだろうか？」

相手は仰天したようにまじまじと目をみはった。「結社というと……？　友愛会？」その顔に理解が生まれた。「ヘル・ウィーク（大学の友愛会で、新入生に課す入会式前一週間のしごき）のいたずらかい？」笑いだした。「しかし、そこまでやるとはな」

「そうなんだよ」とケイヴァーシャムは答えた。「ぼくの友愛会は」

青年はいった。「じゃ、こっちへ——急げよ、ポリ公どもがやってきた。このテントを出よう。きみが自分の寮へ帰りつくまで、ぼくのトップコートを貸してやるから」

ふたりの制服警官は、ダンスフロアの人びとを無言でかきわけ、ふたりのほうへ近づいてくる。青年はテントのフラップを持ちあげた。ケイヴァーシャムはその下をくぐり、新しい友人があとにつづいた。ふたりは七色の影のなかを駆けぬけ、テントの入口から近い、派手な赤と白の縞に塗られた小さいブースへ向かった。

「うしろにさがってろよ、人目につかないように」と青年はいった。「預けたコートを出してくるから」

「わかった」とケイヴァーシャムはいった。

青年はためらった。「ところできみの寮はなんという？　どこの大学だ？」

アーサー・ケイヴァーシャムは、必死に答えをさがした。頭にうかんだのはただひとつの事実だ。

「ボストンからきたんだよ」

「ボストン大学？　それともMIT？　それともハーバード？」

「ハーバード」

「ははあ」青年はうなずいた。「ぼくはワシントン・アンド・リー（ヴァージニア州レキシントンの大学）だ。きみの寮の名前は？」

「そいつは口外するなといわれてる」

「そうか」青年は眉をよせたあと、なっとくした顔つきになった。「じゃ——ちょっと待っててくれ……」

剣士ベアウォルドは足をとめた。絶望と疲労で体の感覚がない。小隊の生き残りは、彼をかこんでどさっと地面にへたりこみ、うしろをふりかえった。夜空のへりで炎がちらちらと輝いている。数多くの村、数多くの木造農家が松明《たいまつ》の火で焼き討ちされ、メダリオン山からやってきたブランド族が殺戮をはじめたのだ。

遠いドラムの脈打つひびきがベアウォルドの肌を打つ。ドンドンドンという低いひびきは、ほとんど耳に感じられないほどだ。もっと近くでは、人間のかすれた恐怖のさけびや、人間でない種族の流血に酔いしれたさけびが聞こえる。ブランド族は長身で、まっくろで、姿は人間に似ていても、人間ではない。赤いガラスのランプを思わせる目と、白く輝く歯を持つ彼らは、今夜この世界に住む人間を皆殺しにするつもりらしい。

「伏せろ」と右の護衛のカナウが鋭くささやいた。ベアウォルドはその場にうずくまった。燃える夜空を背に、長身のブランド族戦士の隊列が、恐れるようすもなく、軽快に体をゆすりながら行進してくる。

ベアウォルドはだしぬけにいった。「いいか、みんな――われわれは十三人だ。あの化け物どもと白兵戦《はくへいせん》をやったところで勝ち目はない。今夜、やつらの全軍は山を下りてくる。本拠はきっとがら空《あ》きだ。ブランド族の巣を逆に焼き討ちしよう。それでなにを失うものがある？　われわれの命だけだ。いまのそれにどんな価値がある？」

カナウがいった。「おれたちの命にはなんの価値もない。すぐ出発しましょう」

「願わくは大いなる復讐のときが訪れますように」と左の護衛のブロクタンがいった。「明朝にはブランド族の巣が白い灰に変わっておりますように……」

メダリオン山は頭上高くそびえ立っていた。楕円形の巣はパングボーン谷にある。その谷の入口で、ベアウォルドは小隊をふたつに分け、カナウを第二班の指揮者にした。「いまから二十メートルずつ間隔をおいて、静かに前進する。もしどちらかの班がブランド族に見つかった場合は、もうひとつの班が相手を背後からおそい、谷のやつらに気づかれないように始末する。いいな？」

「了解」

「では、巣に向かって前進だ」

谷間は腐った革のようなにおいで満ちていた。巣の方角からくぐもった金属音が聞こえる。蔓苔《つるごけ》におおわれたやわらかな地面は、注意深く歩けばまったく足音がしない。低く身をかがめたベアウォルドは、夜空を背景に部下の姿を見ることができた——紺青《こんじょう》の空のへりだけが菫《すみれ》色だ。焼き討ちを受けたエチェヴァサ村の恨みの炎が、南斜面の下で燃えつづけているのだ。

音。ベアウォルドはシーッと警告し、全員が身を凍りつかせた。そのまま待つ。ドサ、ドサ、ドサと足音が聞こえる——つぎにかすれた怒りと驚きのさけび。

「そいつを殺せ、殺すんだ！」ベアウォルドはさけんだ。

相手は大鎌のように棍棒をふるって、ひとりの兵士をなぎはらい、勢いあまって体をぐるっと回転させた。ベアウォルドは敵のふところに飛びこむと、剣で相手をたたき切った。まっぷたつに腱が裂ける音、噴きだしたブランドの血の熱いにおいが鼻をついた。

さっきからの金属音がやみ、夜闇のなかをブランド族のさけびが伝わってきた。

「前進」息をはずませながらベアウォルドはいった。「火口《ほくち》を出せ。巣に火をつけろ。焼いて焼いて焼きはらえ……」

忍び足をやめて、彼は走りだした。行く手に暗いドームがうかびあがった。未成熟のブランド族がキイキイわめきながら押しよせてくる。それといっしょにやってくるのは、その母親たち——といっても、唸りを上げ、四つんばいであごをぱくぱく開閉する、体長六メートルもの怪物だ。

「殺せ！」と剣士ベアウォルドはさけんだ。「殺せ！　燃やせ、燃やせ、燃やせ！」

巣に駆けよってうずくまると、火口に火花を近づけ、息を吹きかけた。硝石の溶液に浸したぼろが燃えあがった。ベアウォルドはその上から藁をくべ、巣の壁に押しつけた。枯れ草と蔓枝を撚《よ》った縄がパチパチはぜた。

幼いブランド族の群れが押しよせてくるのを見て、彼は勢いよく立ちあがった。剣が振りあげられ、振りおろされた。たちまちあたりには死体の山が築かれた。彼らは怒りに燃えるベアウォルドの敵ではなかった。巨大な三頭の母親が這いよってきた。大きくふくらんだ腹、鼻のもげそうな悪臭。「火を消せ！」と先頭の怪物がどなった。「火を消せ！　なかに女王さまが……女王さまは太りすぎで動けない……。なんと悲しい！　火と破壊！」三頭は泣き叫んだ。「強き者はどこにいる？　われらの戦士はどこにいる？」

ドンドンドンと革のドラムの音。谷の上手からブランド族のかすれ声が聞こえる。

ベアウォルドは燃える炎を背にして立った。いきなり前に躍りでると、這いずる母親の首を斬り落とし、跳びすさった……。部下たちはどこだ？「カナウ！」と呼びかけた。「ライダ！　シーヤット！　ギョルグ！　ブロクタン！」

首を伸ばし、まわりでちらつく炎を目に入れた。「おーい、みんな！　這いずる母親どもを殺せ！」ふたたび前に躍りでると、剣を振りおろした。第二の母親が嘆息とうめきをもらし、ごろりと転がった。

遠いブランド族の声が警戒のそれに変わった。勝ち誇ったドラムの音がやんだ。足音のひびきが大きくなった。

ベアウォルドの背後では、こころよい熱を放散しながら、巣が燃えていた。かんだかい号泣がその内部から聞こえる。激しい苦痛を訴えるさけびだ。

踊りまわる炎のあいだから、ベアウォルドは見てとった。こっちへ突進してくるブランド族の戦士たち。その目は熾火《おきび》のように燃え、その歯は白い火花のように輝いていた。敵は棍棒をふりかざしながらせまりよってくる。ベアウォルドは剣を構えなおした。ここで逃げることは、彼の誇りが許さなかった。

飛行橇《エアスレッド》を着地させたあと、しばらくケイスタンは死都テルラッチをながめた——高さ三十メートルの煉瓦の城壁、ほこりまみれの城門、そして狭間胸壁《はざまきょうへき》の上に張りだす、崩れかかった屋根。その都の背後には砂漠がひろがり、地平線の彼方のおぼろなアルティルーン山脈の稜線は、双子の太陽ミグとパグの光でピンク色に染まっている。

さっき上空から偵察したときは生命の気配が認められなかったし、千年間も見捨てられたままのこの都にそんな期待をするほうがむりだ。ことによると、炎天下の古びたバザールには、二、三の砂漠生物がうごめいているかもしれず、ことによると崩れかけた石造りの建物には二、三のレオバールが住んでいるかもしれない。なんにしても、ここの街路はこちらの存在をさぞ大きな驚きで迎えることだろう。

飛行橇から地上に飛びおりて、ケイスタンは城門に向かった。城門の下で足をとめ、興味深く左右を見まわす。乾燥した空気のなか、どの煉瓦造りの建物も永遠のむかしからそこに立っているように見える。砂漠の風が建物の角という角を削りとって、丸みをつけたのだ。昼夜の寒暖の差でガラスに亀裂がはいり、砂山が通路をふさいでいる。

城門からは道路が三方に分かれているが、どれを選べばいいのかわからない。どの道路もせまく、砂塵におおわれ、約百メートル先でカーブして、視野の外に消えている。

ケイスタンは考え深げにあごをさすった。この都市のどこかに真鍮張りの櫃《ひつ》があり、そのなかに

〈王冠と盾の文書〉がおさまっているはずだ。言い伝えでは、封建君主に対するエネルギー税免除の先例を記したものらしい。ケイスタンの主君のグレイ卿は、税金滞納の告発を受け、その怠慢行為の合法性を問われたとき、判例としてその文書を名ざした。いまグレイ卿は反逆罪で投獄されている。明朝までにケイスタンがその文書を持ち帰らなければ、グレイ卿は飛行橇の底へ釘づけにされ、あてどもなく西の空へ放たれるだろう。

千年の歳月のあとでは、とうてい楽観は許されない、とケイスタンは思った。だが、グレイ卿は公正な人物だし、調べるべきは調べつくしたと見ていい。もしその櫃が存在するとすれば、おそらくこの都市の司法院か、礼拝所か、遺物保存堂か、もしくは浄福の館《やかた》に残されているはずだ。そのすべてを探してみよう。ひとつの建物に二時間ずつ。合計八時間を使いきるころには、ピンク色の日ざしにも終わりがくるだろう。

とりあえずケイスタンは中央の道路を選び、まもなく広場に到着した。広場のむこうは司法院、記録や判例の保管所だ。その建物の正面でケイスタンは足をとめた。内部は薄闇に包まれている。砂塵の舞う空虚な内部からは、乾いた風の吐息とささやきしか聞こえない。彼は足を踏みいれた。

大広間はからっぽだった。どの壁も、赤と青のフレスコ画におおわれていた。どれもまるできのう描かれたばかりのように色あざやかだ。どの壁にも六つの絵があり、上半分に犯罪、下半分に刑罰が描かれている。

ケイスタンは大広間を通りぬけ、その奥にならんだ小部屋を調べた。どの小部屋にも、砂塵とそのにおいだけしかなかった。地下室も探検してみた。朝顔口からさしこむ光。瓦礫と屑が散らかっているが、真鍮の櫃はない。

上階へ、そしてきれいな空気のなかにもどると、広場を横切り、礼拝所に向かった。その巨大な軒縁の下をくぐった。

信仰の広間は大きく、からっぽで、清潔だった。強いすきま風がつねにモザイクの床を掃き清めているからだ。低い天井には数多くの穴があり、どの穴も階上の小間に通じている。それぞれの小間にこもった敬虔な信者が、嘆願の姿勢のまま、階下を通りすぎる教王使節の助言を求められる仕組みなのだ。パビリオンの中央では、円形のガラスがアルコーブの天井をおおっていた。ガラス天井の下は四角い仕切りで、その中央にはまぎれもない真鍮張りの櫃がある。ケイスタンは期待に胸をときめかせながら階段を駆けおりた。

しかし、その櫃の中身は宝石だった――古代女王の頭飾り、ゴンワンド軍団の勲章類、エメラルドとルビーを半々にくっつけた大きな球。むかしは、一年の経過を祝う儀式で、この球が広場の上をころがされるしきたりだったという。

ケイスタンはそのすべてを櫃のなかへもどした。この惑星の死都の遺物にはなんの価値もない。光沢や透明度の点で、合成宝石のほうがはるかにすぐれているからだ。

礼拝所をあとにして、太陽の位置をたしかめた。ピンク色のふたつの火球は、すでに天頂を通りすぎ、西へかたむいている。ケイスタンは足をためらわせ、眉をよせ、熱に焙られた煉瓦造りの壁を見て、目をしばたたいた。死都テルラッチのさまざまな伝説とおなじように、櫃も文書もたんなる作り話にすぎないのではなかろうか。

一陣の風が渦巻きながら広場を吹きぬけ、のどの渇いたケイスタンは激しく咳こんだ。つばを吐くと、苦さが舌を刺した。そばの壁のくぼみに古い噴水盤がある。悲しげにそれをながめた。この人跡の絶えた市街では、水はもはや記憶にも残っていないのだ。

ふたたび彼は咳ばらいし、唾を吐き、向きを変えて、遺物保存堂をめざした。

巨大な身廊にはいり、煉瓦の角柱のあいだを通りぬける。屋根の亀裂やすきまからピンクの光線がさしこみ、まるで巨大な空間を飛びまわる一ぴきのブヨの気分だ。ガラス張りの陳列室が周囲にならび、どれにも古代の崇敬の対象がおさまっていた。青旗軍を率いた猛将プランジの甲冑、サーペント一世の小王冠、古いパダングの頭蓋骨。テルモステラリアム姫の婚礼のガウンは、蜘蛛の糸のように細いパラジウムで織られ、姫が着た日のままに真新しく見える。最初の律法を刻んだ銘板。初期王朝の巨大な法螺貝《ほらがい》形の玉座。そのほか十あまりの記念物。しかし、そのなかにも櫃はない。

もしかして地下室がないかと、ケイスタンは入口らしいものを探してみた。しかし、砂を含んだ風が斑岩に刻んだ溝を除けば、床はどこもなめらかそのものだった。

ふたたび人けのない街路に出たときは、すでに双子の太陽が崩れかけた屋根のうしろに隠れ、どの街路も深紅の影に染まっていた。

足は鉛のように重く、のどはからからだ。敗北感にうちひしがれたケイスタンは、城砦の上にある浄福の館に向かった。広い階段を昇り、緑青《ろくしょう》の吹いた前廊の下をくぐり、色あざやかなフレスコ画のあるロビーへ。壁画の題材は、古代テルラッチに暮らす乙女たちの働く姿と、戯れる姿、その喜びと悲しみだった。短い黒髪と光り輝く象牙色の肌を持つたおやかな乙女たちは、水羽根のように優美、シェルモア・プラムのようにまろやかで好もしい。ケイスタンはきょろきょろと目を走らせながら、ロビーを通りぬけた。喜びに満ちあふれたこの古代人たちも、いまは自分が踏みしめる砂塵にもどってしまったのだ。

彼はその建物を一周する通廊を歩いた。その通廊をたどれば、浄福の乙女たちの個室へはいることができるかもしれない。すばらしい敷物のきれはしが靴の下で崩れていった。壁に飾られた極上のタペストリーも、いまは朽ち果てたぼろきれだった。それぞれの個室の入口には、そこに住む乙女のフレスコ画と、その乙女が奉仕する星宿が描かれていた。それぞれの個室の前でケイスタンは足をとめ、なかをすばやく調べ、つぎに移った。割れ目からさしこむ日ざしが時計代わりになってくれたが、その角度はさっきよりもずっと水平に近づいてきたようだ。

部屋また部屋また部屋。ある部屋には櫃があり、ある部屋には祭壇があり、ある部屋には宣言書のはいった箱や、三連祭壇画や、洗礼盤があった。しかし、彼の探しもとめる櫃はどこにもなかった。やがて、さっきのロビーが行く手に見えてきた。残された個室は三つ、それを調べおわるころには、夕闇が下りるだろう。

残り三つのうちの最初の部屋に、彼は近づいた。そこには新しいカーテンが垂れていた。そのカーテンをわきにひきよせると、長く影をひく双子の太陽の光を受けた中庭が見えた。噴水から流れた水が青リンゴ色の翡翠《ひすい》の階段を横切り、北国のどんな庭園にも劣らないほどやわらかであざやかな、緑したたる庭園に流れこんでいる。そして、カウチから驚きの表情をたたえて起きあがったのは、どのフレスコ画の乙女にも劣らないほどあでやかで魅力的な若い女だ。短く黒い髪、耳の上に飾った大きな白いプルメリアの花にも似た、清らかで繊細な顔立ち。

一瞬、ケイスタンと乙女はおたがいの目を見つめあった。やがて驚きが薄れると、彼女は恥ずかしそうに微笑した。

「きみはだれだ？」とケイスタンは驚きを隠しきれずたずねた。「亡霊か、それともこの砂漠のなかで暮らしているのか？」

「わたしは現実の女よ」と彼女はいった。「わたしの家はここからもっと南のパルラム・オアシス。いまは独居期で、その期間、わが種族のすべての乙女は、より上位の境地をめざして修行する……。だから、心配ご無用、なかへおはいりなさい。ゆっくり休息して、果実酒でも飲みながら、淋しい夜の話し相手をつとめてちょうだい。わたしの独居もこれが最後の週で、ひとり住まいにはもうすっかり退屈しているの」

ケイスタンは一歩踏みだしかけてためらった。「わたしは使命を果たさなくてはならない。〈王冠と盾の文書〉をおさめた真鍮張りの櫃を探しているんだ。きみはその櫃を知っているか？」

彼女は首を横にふった。「浄福の館のどこにもそんなものはないわ」立ちあがると、まるで子猫が伸びをするように、象牙色の両腕を伸ばした。「そんな捜索はあきらめなさい。わたしがあなたの疲れを癒してあげるから」

ケイスタンは彼女を見つめ、薄れゆく日ざしを仰ぎ、廊下の先にあるふたつのドアに目をやった。「その前に、捜索を最後まで進めなくてはな。わが主君のグレイ卿への義務がある。目的の品物をわたしが持ち帰らないかぎり、わが主君は飛行橇の底へ釘づけにされて、あてどもなく西の空へ放たれるのだ」

乙女は唇をとがらせた。「では、あのほこりだらけの部屋へどうぞ。渇ききったのどをかかえてお探しなさい。どうせなにも見つからないわよ。それに、そこまで強情を張るなら、あなたがもどってきたとき、わたしはもうここにいないかも」

「それはいたしかたない」とケイスタンはいった。

彼は乙女に背を向け、廊下を先へと進んだ。最初の部屋はがらんどうで、骨のように乾ききっていた。第二の、そして最後の部屋には、片隅に男の骸骨が転がっていた。ケイスタンは双子の太陽の最後の薔薇色の光でそれを見とどけた。

そこには真鍮張りの櫃はなく、目的の文書もなかった。やはりグレイ卿は死ぬ運命なのか。ケイスタンの心は重く沈んだ。

さっきあの乙女を見つけた部屋にもどってみたが、彼女の姿はすでになかった。噴水はとまり、まわりの石の表面にかすかな湿りけが残されているだけだった。

ケイスタンは呼びかけた。「乙女よ、どこにいる？　もどってきてくれ。わたしの義務は終わった……」

しかし、答えるものはない。

ケイスタンは肩をすくめ、さっきのロビーを抜けて外に出た。人けのないたそがれの街路をとぼとぼと城門までひきかえし、飛行橇へと歩きだした。

ドブノール・ダクサットは、刺繍のある黒マントを着た大男が話しかけていることに気づいた。なじみ深く思えながら、未知のようにも思える周囲の環境に適応しようとつとめながらも、その大男の声が恩着せがましく、傲慢なことには気づいていた。

「きみはきわめて高度に進歩した分野での競争を望んでいる」と大男はいった。「いや、なんというか……その自信には驚嘆のほかはないね」そういうと、よく光る好奇の瞳でダクサットを見やった。

ダクサットは床に目を落とし、自分の衣装を見て眉をよせた。黒と紫のベルベット地の長いマントが、足首のまわりで鐘のようにゆれている。ズボンは深紅のコーデュロイ。腰と太腿とふくらはぎできつく絞られ、緑色のゆるやかなひだが、ふくらはぎから足首までのあいだについている。明らかにその衣服は自分のものだが、しっくりしていると同時に不似合いでもある。両手の指にはめたナックルガードも、それとおなじ印象だ。

黒マントの男は、まるでダクサットが存在しないかのように、彼の頭ごしにしゃべりつづけている。

「クロークタバは、イマジストとしてここ何年も連続受賞してきた。ベル＝ワシャブは先月のコルシの優勝者だ。トール・モラバイトはこの分野で定評のある名手。また、西インディのギゼル・ガングは、星の花火の創作では右に出るものがない。それにプーラクト・ハヴィヨルスカは、島嶼《とうしょ》王国のチャンピオンだ。したがって、新人で、未経験で、イメージの蓄積も乏しいきみが、貧弱な心象でわれわれを困惑させずにすむかどうかは、いささか疑問だね」

ダクサットの頭はまだこの状況を理解するのにけんめいで、大男の明らかな侮蔑の言葉にも強い反感がわいてこなかった。

「いったいこれはどういうことです？　自分の立場がまだよくわからないのですが」

黒マントの大男は、ふしぎそうに彼を見つめた。「おや、こんどは気後れがはじまったか。なるほど、それも当然かな」大男はため息をつき、両手をふった。「いやいや——若者は血気にかられやすい。たぶん、きみにもこれならばけっしてひけをとらないというイメージの手持ちがあるのだろう。いずれにせよ、観客の目はきみを無視して、クロークタバの輝かしい幾何学や、ギゼル・ガングの星の花火に向けられるさ。忠告するが、きみのイメージをせいぜい小さく、地味で、限られたものにしておきたまえ。そうすれば、誇大妄想だとか、目ざわりだとかいう非難を受けずにすむから……。さて、いよいよイマジコンへ向かう時間だ。では、こちらへ。忘れなさんな。灰色と茶色と藤色、ときによっては黄土色や錆色をちょっぴり織りまぜる。そうすれば、観客もきみが初心者として参加しているだけで、けっして巨匠たちと張りあうつもりでないことを理解してくれるだろう。では、こちらへ……」

大男はドアをあけ、ドブノール・ダクサットを階段の上、夜空の下へと連れだした。

ふたりの立ったその場所は、巨大なスタジアムだった。正面には高さ十二メートルの大スクリーンが六つ。背後の闇のなかには、満員の観客を収容した階段状の座席がある——何万も何万もの観客、その話し声がやわらかな轟音となって聞こえてくる。ダクサットはふりむいて背後を見あげたが、すべての顔と個性はぜんたいのなかに溶けこみ、ひとつの巨大な存在を形作っているだけだ。

「さあ」と大男がいった。「これがきみの装置だ。すわりたまえ、いま大脳同調装置を調節するから」

ダクサットはいわれるままに大きな椅子へすわった。クッションがあまりにもやわらかく、深いため、虚空にうかんだような気分がする。頭と首と鼻梁につけた器具の調節がはじまった。鋭い針が刺さる感触と、圧力と、脈動が感じられ、つぎにそれらをやわらげる温かみがひろがった。どこか遠くで、声が全員に呼びかけている。

「グレー・ミストまであと二分！　グレー・ミストまであと二分！　イマジストたちに告げる。グレー・ミストまであと二分！」

大男が彼の上に身をかがめた。「目はよく見えるかね？」

ダクサットはすこし背をのばした。「ええ……なにもかもはっきりと」

「よろしい。『グレー・ミスト』という合図で、この小さなフィラメントが輝く。それが消えたら、あとはきみのスクリーンだ。全力をつくして、想像力の翼をひろげたまえ」

遠くの声がいった。「グレー・ミストまであと一分！　左から、プーラクト・ハヴィヨルスカ、トール・モラバイト、ギゼル・ガング、ドブノール・ダクサット、クロークタバ、ベル‐ワシャブの順。ハンディキャップはなし。色と形はすべて自由。ではリラックスして、脳葉の準備を。よろしいか、それでは――グレー・ミスト！」

ダクサットの椅子のパネルに明かりがともり、六つのスクリーンのうちの五つが心地よいパールグレーに染まって、かすかな興奮に渦巻いた。彼の前のスクリーンだけが、まだくもったままだ。うしろに立った大男の手が彼の背中をつついた。「グレー・ミストだ、ダクサット、なにをぼんやりしてる！」

ダクサットが頭のなかでグレー・ミストを思いうかべると、たちまちスクリーンが生きかえり、清らかなシルバー・グレーの雲がそこに現れた。

「ふむ」と大男は鼻を鳴らした。「なんとなく退屈で、面白みがないな——だが、まあいいだろう……。クロークタバのスクリーンを見たまえ。もうすでに情熱の気配がたちこめ、感情にふるえているぞ」

ダクサットは、自分の右のスクリーンに目をやり、大男のいうとおりなのを知った。そのグレーはまだ色彩を明らかにせず、巨大な光の洪水を押しとどめているかのように、うっすら膜をかぶり、さざ波立っている。

いま、いちばん左のハヴィヨルスカのスクリーンが色彩をおびた。導入部らしく、控えめで抑制のきいたイメージ——緑の宝石が青と銀の雨を降らせているところだ。その雨粒が黒い地面にふれるやいなや、小さな橙色の爆発をあとに残して消えてしまう。

つぎにトール・モラバイトのスクリーンが輝いた。黒と白のチェッカー盤の上で、いくつかの枡目がとつぜん緑と赤と青と黄に輝く——温かく、鮮明な色彩だ。虹の光のように純粋な色彩。そのイメージが薔薇色と青のまじりあう噴流のなかに消えた。

ギゼル・ガングが作りだしたのは、黄色の円だった。その円がふるえながら緑の光輪を生み、光輪がふくれあがって、より大きく鮮明な黒と白の帯を生みだす。その中央に現れたのは、万華鏡を思わせる複雑なパターンだ。とつぜん、閃光とともにそれが消えた。一瞬、スクリーン上に、まったくおなじパターンがまったく新しい色彩の組み合わせで出現した。さざ波のような観客の歓声が、この妙技を褒めたたえた。

ダクサットのパネルの明かりが消えた。またしても指が背中をつついた。「いまだ」

ダクサットはスクリーンを見つめたが、頭のなかはまったくの空白だ。歯を食いしばった。なんでもいい。なんでもいいから、映像を……。彼はメルラミー河畔の牧草地風景を想像した。

「ふむ」と背後の大男がいった。「面白い。たのしい幻想だ。なかなか独創的だし」

とまどいながら、ダクサットはスクリーン上の映像をながめた。彼の目からすれば、それはなじみ深い風景のあまりぱっとしない複製にすぎない。これが幻想？　期待されているのはそういうものなのか？　よろしい、では本物の幻想を生みだしてやろうじゃないか。彼は牧草地が燃えあがり、白熱状態でどろどろに融けるありさまを想像した。そこに生えた草も、古びたケルンも、すべては沸騰する粘液のなかに沈んでいった。表面がなめらかになると、それはごつごつしたコッパー山脈を映す鏡となった。

背後で大男が鼻を鳴らした。「やや軽妙さに欠けるね、最後の部分が。あれでさっきの超現実的な色彩と形の好もしい効果が帳消しだ……」

ダクサットは椅子の背にぐったりとよりかかった。眉をよせ、つぎの順番を待った。

そのあいだにクロークタバが、紫の雄しべを持つ可憐な白い花を緑の茎の上に咲かせた。花びらがしぼみ、雄しべが渦巻く黄色の花粉を雲のようにまきちらした。

つぎには、列の右端にいるベル－ワシャブが、自分のスクリーンを明るい水底の緑色に染めた。それが波立ち、ふくれあがると、黒い不規則なしみがひとつ、その表面をよごした。そのしみの中央から熱い金色のしたたりが流れだし、たちまちのうちに枝分かれして、黒いしみの表面に葉脈が生まれた。

ここまでが序幕だった。

そのあとに何秒間かの休憩が訪れた。「さあ」とダクサットの背後の声がいった。「いよいよコンテストのはじまりだ」

プーラクト・ハヴィヨルスカのスクリーンに、荒れ狂う色彩の海が現れた——赤と緑と青の波は不吉なまだら模様だった。黄色い形がひとつ、忽然と右下に現れ、その混沌を打ち負かした。黄色がスクリーンいっぱいにひろがり、その中央がライム・グリーンになった。黒い形がひとつ現れたかと思うと、それがふたつに割れ、左右におじぎして、両側へしりぞいていった。ふたつの黒はつぎにくるりと向きを変え、背景をさまよい、しなやかにたわみ、優雅によじれた。はるか遠景で混じりあったふたつの黒は、いきなり槍のように前へ飛びだし、つぎつぎに小さな槍に分かれてひろがり、斜めにかたむいた細い黒棒のパターンを作りだした。

「すばらしい！」と大男がいった。「タイミングも完璧だ！」

こんどはトール・モラバイトが、黒ずんだ褐色の地をひろげていった。深紅の線と斑点がそのなかにまじっている。左側で緑色の縦の線影が生まれ、スクリーンを右へ移動してきた。褐色の地が前に突進して、緑色の線影のすきまからふくれあがり、強い圧力をかけて、ばらばらにした。散らばった破片が前方に飛びだし、スクリーンから去った。こんどは緑色の線影のうしろで黒い背景が薄れ、ピンク色に脈打つ人間の脳が現れた。その脳から昆虫に似た六本の脚が生え、蟹のようにちょこまかと遠景へ去っていった。

ギゼル・ガングは、十八番の星の花火を披露した——あざやかな青い小球が爆発して四方八方へ散らばったあと、その先端がくねくねと動き、青、菫、白、紫、うす緑の五色のすばらしい変化を生みだしていくのだ。

ドブノール・ダクサットは、棒のように体を硬直させた。両手を組み、歯を食いしばる。いまだ！

自分の脳がこの遠い世界の連中にひけをとるはずはない。いまだ！

　スクリーン上に一本の樹木が現れた。緑と青で様式化されてはいるが、どの葉も炎の舌だった。その炎の舌から立ちのぼる細い煙が集まって雲になり、ぐるぐると渦巻き、樹木のまわりに雨を円錐形に降らせはじめた。炎は消え、そのあとに星形の白い花が現れた。雲のなかから稲妻が走り、その樹木を無残なガラスの破片に変えた。もうひとすじの電光がその破片の山をつらぬくと、白と橙色と黒の巨大な塊がスクリーンに爆発した。

　大男の声が疑わしげにいった。「全体としては上出来だが、わたしの忠告どおり、もっと穏健なイメージを作りたまえ。なぜなら――」

「だまって！」とドブノール・ダクサットはきびしい声でいった。

　こうしてコンテストは進行した。何ラウンドも何ラウンドものスペクタクル、そのなかには糖蜜のように甘やかなものもあれば、南北の両極に渦巻く嵐のように激しいものもあった。色が色と競いあい、なにかの形が現れては変化し、ときには壮大なリズムを作りだし、また、ときにはイメージの力に不可欠な苦い不協和音をひびかせた。

　そして、ダクサットは夢また夢を築きあげた。しだいに緊張がほぐれ、頭のなかとスクリーンの上を去来する映像のほかは、すべてを忘れ去った。彼のイメージは、巨匠たちに伍して遜色のないほど、複雑で微妙なものになっていった。

「あと一回」とダクサットのうしろの大男がいった。いまやイマジストたちは最高の表現にとりかかった。プーラクト・ハヴィヨルスカは美しい都市の成長と衰亡を描いた。トール・モラバイトのそれは、静かな緑と白のコンポジションからはじまった。昆虫の大群が通過の跡を廃墟に変えながら進軍してくると、それをむさぼりつくした。そこへ色あざやかな革鎧に背の高い帽子、短い剣と殻竿《からざお》形の武器をおびた人間たちが登場し、昆虫の大群と戦いを交えた。昆虫たちは殺され、スクリーンから追いはらわれた。死んだ戦士たちは白骨となり、しだいに薄れて、青い塵のまたたきに変わっていった。ギゼル・ガングは、三つの星の花火を同時に作りだし、そのどれもが趣向の異なる、豪華なスペクタクルだった。

ダクサットはなめらかな小石を想像した。それを拡大して大理石の塊に変えると、そこから美しい乙女の頭部を彫りあげた。つかのま、乙女は前方を見つめ、その顔をさまざまな表情がよぎっていく――思いがけず存在することになった乙女の喜び、黙想、そして最後は恐怖。目は青っぽく白濁し、顔は黒い頬とあざけりを口もとにたたえた、せせら笑いの仮面に変わった。と、首がかたむき、その口が空中に唾を吐いた。頭はひしゃげて黒い背景に変わり、唾のしずくが炎のように輝き、それが星ぼしとなり、星座を形作り、なかのひとつが大きくひろがって、ダクサットの心が恋いもとめる惑星の形になった。その惑星が闇のなかに飛び去ると、星座が薄れていった。ドブノール・ダクサットは緊張を解いた。それが最後のイメージだ。疲れきった彼は、ほうっと息を吐いた。

黒マントの大男が、ひややかな沈黙のなかで、彼の頭から器具をとりはずした。ようやく大男はたずねた。「最後のラウンドできみが作りあげた惑星だが、あれは空想か、それとも現実の思い出か？この星系にはあんな惑星は存在しないが、しかし、あれには真実のみが持つ明晰さがみなぎっていたよ」

ドブノール・ダクサットはいぶかしげに彼を見つめた。ようやくのことで言葉が出てきた。「でも、あれは――ぼくの故郷なんだ！　この世界なんだ！　ちがいますか？」

大男はふしぎそうに彼を見つめ、肩をすくめ、くるりと背を向けた。「まもなくコンテストの結果が発表される。優勝者には宝石をちりばめた名誉章が贈られるだろう」

その日は風が強く、雲が低くたれこめていた。背の低いガレー船は黒塗りで、ベラクロウの漕ぎ手たちが汗を流していた。エルガンは船尾楼に立ち、二海里の荒海の彼方にあるラックランドの海岸に目をこらした。その岬では、鋭い顔立ちのラック人たちが沖を監視していることだろう。

船尾から数百メートルの距離に、水柱が上がった。

エルガンは舵手に声をかけた。「やつらの大砲は、こっちの予想よりも射程が長いようだ。もう一海里ほど沖に出て、潮の流れに運命をまかせよう」

彼がそう告げるうちにも、風を切る大きな唸りが聞こえ、先のとがった黒い砲弾が、船をめがけて斜めに落下してくるのが見えた。砲弾はガレー船の中央部に命中し、爆発した。木材と金属の破片、それに死者の肉片があたりいちめんに飛び散り、ガレー船はまっぷたつに折れて、船首と船尾の両端から沈んでいった。

甲板から大きく跳躍したエルガンは、冷たい灰色の水に飛びこむまでに、剣と兜と脛当てを捨てていた。ショックに息をあえがせながら、ぐるぐる円を描いて泳ぎ、逆波《さかなみ》のなかで浮き沈みをくりかえしたが、やがて一本の丸太を見つけてそれにすがりついた。

ラックランドの海岸から一隻のロングボートが漕ぎだし、近づいてきた。舳先《へさき》が白い泡を嚙み、上下をくりかえしている。エルガンは丸太から手を放し、急いで沈没船から離れることにした。捕らえられるよりは溺れ死ぬほうがましだ。無慈悲なラック人からは、この荒海の群れる飢えた人食い魚ほどの慈悲も期待できない。

必死に泳ぎつづけたものの、潮の流れでしだいに岸へ押しやられ、ついに弱々しくもがきながら小石の浜に打ちあげられた。

ほどなくエルガンはラック人の若者の一団に見つかり、もよりの指揮所へ引っ立てられた。彼は縛りあげられ、荷車にほうりこまれて、コルサパンの都へと運ばれた。

灰色の部屋で、彼はラック秘密警察の情報部将校と向かいあってすわった。相手は蟇蛙《ひきがえる》に似た灰色の肌と、湿った灰色の口と、鋭く燃える目をした男だった。

「おまえはエルガン」とその将校はいった。「サロムデック海軍本部へ派遣された使節だろう。おまえの使命とはどういうものだ？」

エルガンは相手の目を見つめかえし、なにかこの男がなっとくするようなうまい返答ができないものかと願った。だが、そんな言葉はうかんでこない。真実を語れば、たちまちベラクロウとサロムデックの両方が、長身で頭のとがったラック人兵士たち、黒い制服に黒いブーツをはいた軍隊の侵略を受けるだろう。

エルガンは無言を通した。将校は身を乗りだした。「もう一度だけたずねる。そのあとで、おまえは〈地下牢〉へ連行されるだろう」その〈地下牢〉という言葉を、将校はわざとゆっくり発音した。なにかのたのしみを味わうかのように。

エルガンは冷や汗をにじませていた。ラック人の拷問者たちがどんなことをするかはよく知っている。「わたしはエルガンではない。わたしの名はエルヴァード。真珠をあきなう正直な商人だ」

「嘘だな」とラック人はいった。「おまえの副官は捕らえられ、加圧ポンプにかけられて、大声でおまえの名前を口走ったぞ」

「わたしはエルヴァードだ」エルガンは下腹のふるえを感じながら答えた。

ラック人は合図した。「この男を〈地下牢〉へ運べ」

人間の肉体は、危険を予防し、とりわけ苦痛を避けるための前哨として神経を発達させたため、拷問者の技術に対してはきわめて脆い。肉体の持つこの特性は、ラック人の専門家たちによって研究しつくされ、たまたまその過程で、人間の神経系が持つほかの能力も発見されたのだ。つまり、ある種の圧力、熱、ストレス、摩擦、ねじれ、噴出、ひきつり、音と視覚のショック、害虫、悪臭、それに不潔な環境が、蓄積効果を作りあげることを。単一の方法が限度を越えるとその刺激を失うのとは、まったく対照的といえる。

こうした知識とその巧妙な応用が、エルガンの神経の城砦に対して惜しげもなく投入された。彼の肉体は苦痛の全範囲にさらされることになった。鋭い激痛、夜も眠れないほど長びく関節の鈍痛、炎のような閃光、汚物と肉欲による攻撃、そして、ときには優しさの衝撃がまじえられ、彼があとにしてきた世界をかいま見ることが許される。

そして、ふたたび〈地下牢〉へ連れもどされる。

しかし、つねに——「わたしは交易商人のエルヴァードだ」そして、つねに彼は死という薄い障壁へ自分の心を駆りたてようとするのに、最後の一歩を踏みだす手前でいつもためらった。エルガンは生きつづけた。

ラック人たちは慣例的な手順で拷問を進めるため、その予想、その時刻の接近が、拷問そのものに匹敵するほどの苦しみをもたらす。やがて、重くゆっくりした足音が独房の外から聞こえ、彼らの手を逃れようとするはかない抵抗のあとで、捕らえられた彼を運んでいく拷問者たちの残忍な笑い声がひびく。その三時間後、すすり泣き、哀願をつづける彼が積み藁のベッドへほうりだされるときも、ふたたび残忍な笑い声がひびく。

「わたしはエルヴァードだ」と彼はくりかえし、それが真実だと信じるように心がけた。そうすれば、彼らに不意をつかれずにすむだろう。「わたしはエルヴァードだ！　わたしは真珠商人のエルヴァードだ！」

藁の上で自分の首をくくろうとしたが、いつも奴隷が見はっているので果たせない。つぎには自分で息をとめようと試みた。成功すれば望みどおりだったが、無意識状態の祝福が訪れる直前に、心の緊張が解け、自動的に運動神経が呼吸を再開してしまう。

断食は、ラック人から見てなんの意味もなかった。彼は栄養剤と、体力維持薬と、興奮剤を注射され、つねに覚醒の高みへと追いやられた。

「わたしはエルヴァードだ」エルガンがそういうと、ラック人たちは腹立たしげに歯がみした。この囚人はいまや彼らへの挑戦だった。囚人は彼らの巧妙な拷問法をはねつけ、ラック人たちは首をひねりながらも、根気よく丹念に新しい創意工夫を加えていった。新しい形の鉄の爪、新しいタイプの引き綱、新しい方向のストレスや圧力。彼がエルガンであるかエルヴァードであるかは、もはや重要でなかった。なぜなら、ついに戦争が勃発したからだ。彼はひとつの問題、理想的な事例として生かされているだけだった。そのため、彼は前よりいっそう注意深く警護され、甘やかされ、ラック人の拷問者たちは自己の技術に再検討を加えながら、ここかしこに改良を加えていった。

そしてある日、ついにベラクロウのガレー船団が上陸し、羽根の冠をかぶった兵士たちが、激戦のすえにコルサパンの城壁を突破した。

ラック人たちは悲しそうにエルガンを見やった。「いまからわれわれはここを去るが、まだおまえは屈服しないのか」

「わたしはエルヴァードだ」拷問台に横たえられた人間は低いかすれ声で答えた。「交易商人のエルヴァードだ」

なにかがこっぱみじんに砕け散る轟音が、頭上でひびいた。

「われわれは行かねばならん」とラック人たちはいった。「おまえの味方がこの都に攻めこんできた。もしおまえが真実を語るなら、生かしておいてやる。もし嘘をつけば、殺す。これが最後のチャンスだ。生きのびたければ、真実を答えろ」

「真実?」エルガンはつぶやいた。「これもまた騙しの——」そこで彼の耳に届いたのは、ベラクロウの兵士たちの勝利の歌声だった。「真実? 真実を答えてなぜわるい? よろしい、答えよう」そう前おきして、彼はいった。「わたしはエルヴァードだ」なぜなら、いまの彼にとっては、それこそが真実であったからだ。


銀河系の元首は、形のいい頭に薄くなった赤茶色の髪を残した、痩せぎすの人物だった。その顔にはこれといった特徴がないが、煙の奥の炎のように光りまたたく大きな黒い瞳がそこに力を与えていた。肉体的には、とうに盛りを過ぎている。腕も脚も細く、関節はゆるみ、脳という複雑な機械の重みを受けとめかねたかのように、すこし猫背でもあった。

元首はカウチから起きあがると、薄く笑みをうかべ、アーチ廊下をへだてて十一人の長老に視線を移した。長老たちは蔦のからまった壁に背を向け、磨きぬかれた木製テーブルの前にすわっている。重々しいしぐさ、知恵と洞察のしわを顔に刻んだ謹厳な人びとだ。規定にしたがって、元首は銀河系宇宙の管理者であり、長老団はその審議機関で、ある種の限定された権力を与えられている。

「どうだね?」

首席長老がおもむろにコンピューターから目を上げた。「あなたが最初です、カウチから起きあがられたのは」

元首はまだ微笑をうかべたまま、アーチ廊下にちらと目をやった。ほかの候補者たちはさまざまな姿勢で横たわっている。固い腕組みのまま体を硬直させているものもいれば、胎児のように体を丸めたものもいる。ひとりなどは、カウチからなかば床にずり落ちている。目はひらいているが、遠い一点を見つめたままだ。

元首は首席長老に視線をもどした。相手は超然とした好奇の目で彼を見かえした。「テストの最適値はもう決定したかね？」

首席長老はコンピューターに目をやった。「二六三七点が最適値ですな」

元首はつぎの言葉を待ったが、首席長老はそれしかいわない。元首はならんだカウチの先にある雪《せっ》花《か》石膏《せっこう》の欄干《らんかん》まで足を運んだ。欄干によりかかり、眼前にひろがる展望を見わたす——何キロも何キロもの明るいもや、遠くには海のきらめき。そよ風が顔をなで、残りすくない赤茶色の髪をかき乱した。彼は深く息を吸い、両手の指を屈伸させた。ラック人の拷問者たちの記憶が、まだ心に重くとりついていたからだ。ややあって向きを変え、両肘を欄干においてうしろにもたれた。もう一度カウチの列に目をやる。ほかの候補者たちからはまだ生気が感じられない。

「二六三七点か」と彼はつぶやいた。「わたしの得点は二五九〇点ぐらいと見積もったがね。最後のエピソードで、人格保存が不完全だったように記憶する」

「二五七四点でした」と首席長老はいった。「コンピューターは、ブランド族に対する剣士ベアウォルドの最後の挑戦を、無益と判定したのです」

元首はじっと考えた。「その指摘は当を得ているな。あらかじめ決定された結末への前進でないかぎり、強情さはなんの目的も果たさない。それはわたしが留意すべき欠点だ」居ならぶ長老たちの顔を、彼は順々に見ていった。「きみたちはなんの発表もしないんだね。妙に沈黙を守っているじゃないか」

元首は待った。首席長老は答えない。

「最高得点をたずねてもいいか？」

「二五七四点です」

元首はうなずいた。「わたしだ」

「あなたが最高得点者でした」と首席長老はいった。

元首の微笑は消え、ひたいに当惑のしわが刻まれた。「にもかかわらず、きみはわたしの次期留任に対して承認をためらっている。諸君にはまだ懐疑の念があるようだ」

「懐疑と不安の念です」と首席長老は答えた。

元首はまだ礼儀正しい質問の表情で両眉を上げたまま、唇をぎゅっとひきしめた。「諸君の態度はどうも解せない。これまでの記録を見てもわかるように、わたしは無私無欲で奉仕につとめてきた。わたしの知能は非凡だし、諸君の最後の疑念を追いはらうべく、みずから考案したこの最終テストでは、最高得点を上げた。社会的直観力と柔軟性、統率力、義務への献身、想像力、それに断固たる決意も証明した。あらゆる計測可能な側面から見て、わたしはおのれの占めた地位にふさわしい資格を十二分に満たしている」

首席長老は居ならんだ同僚たちの上で視線を往復させた。発言希望者はいない。首席長老は椅子の上で背をのばし、うしろにもたれた。

「われわれの態度は表現しにくいものです。なにもかもあなたがいわれたとおりだ。あなたの知能には議論の余地がなく、人格は模範的であり、最初の任期を名誉と献身のなかで完了された。あなたはわれわれの敬意と、賛嘆と、感謝をかちとられた。あなたが第二期の留任を称賛すべき動機から希望されていることも、じゅうぶん承知しています。あなたはご自分を、銀河系の複雑な行政面を統率するのに最適の人物と考えておられる」

元首は陰気にうなずいた。「だが、諸君の考えはちがうわけか」

「われわれの立場は、それほど単純明快でないかもしれませんな」

「いったい、諸君の立場とはどういうものだ？」元首はカウチの列を指さした。「あの連中を見たまえ。彼らは銀河系最高の人材だ。そのひとりは死んだ。三番目のカウチで身じろぎしている男は、正気を失った。発狂したんだ。ほかの全員もおなじように大きなショックを受けている。それに、忘れないでほしいな。このテストは、銀河系元首に必要不可欠な資質を測定するため、特に作成されたものだということを」

「このテストはわれわれにとってきわめて興味深いものでした」と首席長老は穏やかな口調でいった。「これによって、われわれの考え方は大幅に影響を受けました」

元首はためらい、その言外の意味をおしはかろうとした。前に進みでると、一列にならんだ長老団の正面にすわった。きびしい視線で十一人の顔をさぐり、磨きぬかれたテーブルの天板を一度、二度、三度と指先でたたいてから、椅子の背にもたれた。

「すでに指摘したとおり、このテストは、この職務を最善のかたちで運営するのに必要な資質を、各候補者ごとに測定したわけだ。たとえば、二十世紀の地球は複雑なしきたりに縛られた惑星だといえる。その地球上で、アーサー・ケイヴァーシャムとなった候補者が要求されたのは、社会的直観力をいかに使うかだった――それは二十億の太陽を持つこの銀河系にとって、きわめて重要な資質だ。ベロッツィ星では、剣士ベアウォルドが勇気と積極的な行動能力を試された。プレイセーペ第三惑星のテルラッチの都では、ケイスタンとなって、義務への献身ぶりを評価され、またスタッフ星ではイマジコン競技に参加したドブノール・ダクサットとして、奔放な想像力の持ち主たちを相手に、自己の創造的発想を試された。最後に候補者はチャンコザール星のエルガンとなり、意志と忍耐力、それに究極の本質を、その極限までさぐられた。

どの候補者も、時間、次元、脳神経的な調整によって、まったく同一環境におかれた。その説明は、ここで議論するには複雑すぎるため、省くことにしよう。ただ、これだけを述べればじゅうぶんだろう。どの候補者も各自の成績によって客観的評価を受けることになるし、また、その結果は同一基準で比較することが可能だ」

元首はそこで間をおき、厳粛な顔の列を油断なく見まわした。「強調しておきたいが、たとえこのテストの設計と配列が自分の手になるものであっても、わたしはその点でなんの利益も得ていない。テストの最中には記憶シナプスが完全に遮断され、候補者の基本的人格のみが活動するからだ。すべては完全な同一条件のもとでテストされた。わたしの意見はこうだ。コンピューターに記録された得点は、銀河系元首という最高の重責に対する候補者の適性を評価する上で、客観的かつ信頼に値する指標である」

首席長老がいった。「得点はたしかに重要です」

「では――わたしの留任に賛成なのだな？」

首席長老は微笑した。「まあ、そうお急ぎにならずに。たしかにあなたは知性に優れ、元首としての任期中、さまざまな業績をうちたてられた。しかし、まだなすべきことは多々残されています」

「というと、べつの人間のほうがより多くを達成できると？」

首席長老は肩をすくめた。「それを知る方法はどこにもないでしょう。あなたの業績を数えあげるなら、たとえばグレナート文明、マシリスの黎明時代、エイヴィルのカラル王の治世、アルキッドの反乱の鎮圧。そうした事例は数多くあります。だが、その一方で、失政も数多く見うけられます。たとえば地球の全体主義的政府、あなたのテストでも明白に強調されていたベロッツィ星やチャンコザール星での残虐行為。それに第一一〇九星団の諸惑星の退廃ぶり。フィイル星での祭司王たちの興隆、その他いろいろ」

元首は口をきっと結び、瞳の奥の炎を強く燃えあがらせた。

首席長老は言葉をつづけた。「銀河系の最も注目すべき現象のひとつは、人類が元首の性格を吸収し、それを反映する傾向があるということです。どうやら元首の脳が発生する振動が巨大な共鳴現象を生じ、銀河中心部から辺境にいたるまで、各地の人びとの心に影響を与えるらしい。この問題は早急に研究分析の上、対策を立てなければなりません。その影響からすると、元首のあらゆる思考が何億倍にも拡大され、あらゆる感情が千もの文明のトーンを決定し、元首の人格の全側面が、千もの文化の倫理に反映されるかのように思えます」

元首は沈んだ声でいった。「その現象については、わたしもすでに指摘し、それに関する考察を進めてきた。元首の命令は、明白な影響よりも、むしろ微妙な影響というかたちで広まっていくらしい。ひょっとすると、それがこの問題の背景かもしれない。いずれにせよ、その影響力という事実からしても、元首にはすでに証明ずみの美点を備えた人物を選ぶべきだという主張の正しさが、いっそう強く裏づけられるわけだ」

「おっしゃるとおりです」と首席長老はいった。「あなたの人格には、まったく非難の余地がありません。しかし、わが長老団は銀河系の諸惑星に見られる権威主義の高まりを深く憂えるものです。そしてそこには、かの共鳴原理の作用がかかわっている疑いがあります。あなたは強烈かつ不屈の意志の持ち主であり、そのあなたの影響が知らず知らずのうちに専制政治の勃興をもたらしたのではないか、とも思えるのです」

つかのま、元首は黙りこんだ。カウチの列を見わたす。候補者たちがぽつぽつ意識をとりもどしはじめたところだ。さまざまな種族がそこにいる。白い肌をしたパラスト星のノースキン人、赤い肌で頑健な体格のハウォロ人、灰色の髪と灰色の瞳を持つ海洋惑星の島人――だれもが生まれ故郷の惑星の選りすぐりだ。意識がもどった候補者たちは、静かにすわったまま、あるいはカウチに横たわったまま、心を落ちつかせ、いまのテストの記憶を頭から追いはらおうとしている。犠牲者も出た。ひとりは死に、もうひとりは正気を失って、カウチのそばにうずくまり、うわごとをつぶやいている。

首席長老はいった。「ひょっとすると、このテストそのものが、あなたの性格の好ましからざる一面を具体的に示しているのかもしれません」

元首は口をひらきかけたが、首席長老は片手を上げてそれを制した。

「まず、説明させてください。あなたのことは公平に扱うつもりです。わたしの発言が終わったら、あとはどうぞいいたいことを存分におっしゃってください。

あらためていいますが、あなたの基本的方針は、ご自分の考案になるテストの細部を見れば明らかです。そこで計測された資質は、あなたが最も重要と考えるもの、すなわち、あなたが生涯の指針とされてきた理想でした。テストの構成は完全に無意識的で、したがって完全に赤裸々であると見てよいでしょう。あなたは元首に必要不可欠な資質を、社会的直観力、積極性、忠誠心、想像力、それに不屈の意志だと考えておられる。強烈な個性の持ち主であるあなたは、ご自分の行動のなかでこれらの理想を体現しようと努力されてきた。つまり、あなたによって考案されたこのテスト、あなたによって調整された測定法で、あなたが最高得点を獲得されたことは、意外でもなんでもないわけです。

比喩をかりて、そのあたりを説明しましょう。かりに鷲が百獣の王を決めるテストをおこなうとすれば、鷲はすべての候補者を飛行能力で評価するでしょう。当然ながら、鷲が勝者となります。同様に、土龍《もぐら》は土を掘る能力を重要とみなすでしょう。土龍の評価システムによれば、土龍が百獣の王に選ばれるわけです」

元首は鋭い笑い声を上げ、薄くなった赤茶色の髪をなでつけた。「わたしは鷲でも土龍でもない」

首席長老はうなずいた。「そうです。あなたは熱意にあふれ、義務に忠実で、想像力に富み、疲れを知らぬお方だ――それはあなたがこれらの特性を盛りこんで作成されたテストでも、またあなたがそのテストで高得点を上げられた事実でも証明されています。しかし、逆にいえば、それ以外のテストが存在しないところに、あなたの性格の欠陥が露呈された、といえなくもありません」

「で、なにが足りないというのだ？」

「同情、思いやり、親切」首席長老は椅子の背に体をあずけた。「奇妙です。あなたから数えて三期前の元首は、これらの性質をゆたかに備えていました。彼の任期中には、人類同胞主義にもとづく偉大な人道主義的システムが、銀河系のいたるところに誕生しました。これも共鳴の一例といえましょう――いや、話が脱線しましたかな」

元首は皮肉っぽく唇をゆがめた。「では、たずねていいかね――諸君はもう次期の銀河系元首を選んだのか？」

首席長老はうなずいた。「明確な選択がすでになされました」

「その候補者のテスト成績は？」

「あなたの得点システムによりますと一七八〇点。彼はアーサー・ケイヴァーシャムとして失敗を演じました。警官に対して裸体の利点を説明しようとしたのです。急場しのぎの言い逃れをする能力が、彼には欠けていました。あなたのようなとっさの機転がきかなかったのです。アーサー・ケイヴァーシャムとなった彼は、自分が全裸であることに気づきました。しかし、真っ正直な男なので、処罰を逃れる手段を見つけるよりも、自分の現状の肯定的な側面を説明しようとしたのです」

「その男のことをもっと話してくれ」と元首は手みじかにいった。

「剣士ベアウォルドとしての彼は、自分の小隊をメダリオン山の上にあるブランド族の巣まで率いていきました。しかし、巣を焼きはらうのではなく、女王に呼びかけて、無意味な殺戮をやめるよう訴えたのです。女王は戸口から手を伸ばし、彼をなかにひきずりこんで殺しました。またもや失敗――しかし、コンピューターはこの率直な取り組みかたに高得点を与えました。

テルラッチでの彼の行動ぶりは、あなたと同様に申し分ないものであり、イマジコンでの出来はまずまずでした。一方、あなたの出来はイマジストの巨匠に匹敵するもので、これはまさしくすばらしい業績といえます。

ラック人による拷問は、今回のテストでいちばん苛酷な部分でした。あなたはご自分が果てしない苦痛に耐えられることをご存じだった。そのため、ほかのすべての候補者も、やはりこの特質を備えているべきだというのが、あなたの前提でした。さて、新しい元首は、悲しいほどにこの特質を欠いています。彼は繊細な心の持ち主なので、ある人間がべつの人間に意図的に苦痛を与えるという考えに耐えられないのです。つけ加えますと、この最後のエピソードでは、候補者のだれひとりとして完全な得点を上げることができませんでした。あなたに匹敵する得点を上げたのは、ほかにふたりだけで――」

元首は興味を示した。「そのふたりとは？」

首席長老が指さした――ひとりはごつごつした顔つきの筋骨たくましい長身の男で、雪花石膏の欄干のそばに立ち、うららかな遠景をむっつりとながめている。もうひとりは中年の男で、あぐらを組み、泰然自若《たいぜんじじゃく》とした表情で一メートル先の一点を見つめている。

「そのひとりは強固な意志を発揮しました」と首席長老はいった。「彼はひとことも発することを拒みつづけました。もうひとりは、不愉快な状態におそわれたとき、局外者のような客観性をたもちつづけました。しかし、ほかの候補者たちはそれほどうまくあのテストを乗りきれなかったようです。大部分のものには治療が必要でしょう」

　ふたりの目は、正気を失った男にそそがれた。男は小さくひとりごとをつぶやきながら、アーチ廊下を行ったりきたりしている。

「どのテストもけっして無価値ではありません」と首席長老はいった。「われわれは多くのことをまなびました。あなたの得点システムによれば、このコンテストでの評価の最高位はあなたです。しかし、わが長老団が設定したべつのいくつかの基準によると、あなたの順位はもっと低くなります」

　唇をひきしめて、元首はたずねた。「では、その愛他主義と、親切と、同情と、寛容さの化身とは、いったいどの人物なんだ？」

　正気を失った男がふらりと近づいてきて、四つんばいになり、悲しげな声をもらしながら壁ぎわに近づいた。男は冷たい石に顔を押しつけ、ぼんやりと元首を見あげた。ぽかんとあいた口、よだれに濡れたあご、きょろきょろ動く両眼。

　首席長老は深い同情のこもった笑みをうかべ、その男の頭をなでた。「これがその人物です。これがわれわれの選んだ新しい元首です」

　銀河系の旧元首は唇を結び、遠い火山のように瞳を燃やし、じっとすわりつづけた。

　その足もとでは、新しい元首、二十億の太陽の帝王が、一枚の枯れ葉を拾いあげ、それをくわえて、もぐもぐと嚙みはじめた。

悪魔のいる惑星

浅倉久志訳

The Devil on Salvation Bluff

正午に数分まえ、ふいに太陽が南へ傾いて沈んだ。

メアリ修道女はブロンドの髪から日除けヘルメットをもぎとると、長椅子へ投げつけた――夫のレイモンド修道士がめんくらうような荒々しさで。

夫は、まだ身をふるわせている妻の両肩をつかんだ。「どうしたというのだね？　おちつきなさい。かんしゃくを立ててもはじまらんよ」

メアリ修道女の頰にぽろぽろと涙がこぼれた。「でかけるというときにかぎって、日が沈むんだわ、いつもそう！」

「まあまあ――なにごともしんぼうさ。いまに別のが昇る」

「だって、まだ一時間さきかも知れませんのよ。それとも、十時間さきかも！　わたしたちにはだいじな仕事があるのに！」

レイモンド修道士は窓に近づくと、糊のきいたレースのカーテンを細目にあけて、外の闇をのぞいた。「いまからでかければ、夜がくるまでに山の上へ行けるだろう」

「夜がくるまで？」メアリ修道女は叫んだ。「じゃ、いまのこれはなんだとおっしゃるの？」

レイモンド修道士は、むっとしていいかえした。「わたしのいうのは、時計での夜だよ。ほんとうの夜だ」

「大時計……」ほっと息をついたメアリ修道女は、椅子に沈みこんだ。「もし大時計がなかったら、いまごろはわたしたち、みんな気がくるっていたでしょうね」

窓のレイモンド修道士は、〈救済の崖《サルベーション・ブラフ》〉の方角を見上げた。いまは見えないが、そこには時計台がそそり立っているのだ。メアリも彼に加わった。しばらく、ふたりは闇のなかに目をこらした。

やがて、メアリが吐息していった。「ごめんなさいね、とりみだしたりして」

レイモンドは、かるくその肩をたたいた。「グローリー星の暮らしは、笑いごとじゃないからなあ」

メアリはきっぱりとかぶりをふった。「わたしがいけなかったんです。コロニーのことを考えなくては。開拓者が弱音を吐いたりはできませんわ」

ふたりは寄りそうと、おたがいの体に安らぎをもとめた。

「ごらん！」と、レイモンドが指さした。「火だ！　それも旧フリートヴィルの方向で！」

けげんな面持で、ふたりははるかな火の粉を見まもった。

「原住民は、ぜんぶニュー・タウンへおちついたはずなのに」メアリ修道女はつぶやいた。「それとも、なにかのお祭かしら……わたしたちにもらった塩のことで……」

レイモンドはすっぱい微笑をうかべると、ここグローリー星の生活法第一条をのべた。「あいてはフリット族だ。なにをやるか知れたもんじゃない」

メアリはさらに普遍的な真理を口にした。「それは人間みんなにいえることですわ」

「フリット族はとくにだよ……連中は、われわれの心づくしや助力をことわってまで、死んでゆくんだからな！」

「わたしたちは最善をつくしましたわ」メアリはいった。「わたしたちがわるいのじゃありません！」

――まるで、事実はその逆なのをおそれているような口ぶりだった。

「だれも、われわれを責めることはできんよ」

「視察官のほかはね……コロニーを作るまで、フリット族はあんなに栄えていたのに」

「われわれが邪魔したわけじゃない。われわれは、侵入も、妨害も、干渉もしなかった。それどころか、骨身をけずって、連中の世話をしたんだよ。ところがそのお返しに、柵をひきぬき、用水路をこわし、塗りたてのペンキに泥んこを投げつけるんだから！」

メアリ修道女は低い声でいった。「わたし、フリット族が憎くなるときがありますわ……この星、このコロニーが憎くなるときが……」

レイモンド修道士は妻を抱きよせると、ひっつめにした金髪をそっと撫でた。「太陽が一つでも昇れば、気分もよくなるよ。でかけようか？」

「でも暗いわ。昼間でもグローリーは気骨の折れる土地なのに」

レイモンドはぐいとあごを突き出すと、大時計のほうを見上げた。「いまは昼間だよ。大時計が昼間だと告げている。それが現実なんだ。ほかに、われわれがすがれるものがあるかね？　それだけが、真実と正気のきずななんだよ」

「わかりましたわ。行きましょう」

レイモンドは妻の頬にくちづけした。「きみは勇気のあるひとだよ、メアリ。コロニーのかがみだ」

メアリはかぶりをふった。「いいえ、ほかのだれより勇気があるわけじゃありませんわ。わたしたちがこの星へきたのは、ここをふるさとにして、まことの生活を送るためでした。仕事がくるしいのは承知の上でした。みんなの肩に責任がかかっているんです。弱音を吐いてはいられませんわ」

レイモンドはもう一度妻にキスした。もっとも、メアリのほうは、にこやかに抗議しながら、顔をそむけたが。

「いや、やはり勇気がある、とわたしは思うね——それに、とてもすてきだ」

「ライトをおねがいしますわ」とメアリ。「いくつも持ってゆきましょう。この——このにくらしい暗闇がいつまでつづくか、見当もつきませんものね」

ふたりは徒歩で山道を登りはじめた。コロニーでは、自家用車は社会的害悪と考えられているのだ。行手には、闇で見えないが、フリット族の居留地グラン・モンターニュがそびえ立っている。その峨々《がが》とした山肌は、背後のコロニーの整然とした農場や、柵囲いや、道路とおなじように、肌にはっきりと感じとれた。ふたりは用水路を渡った。曲りくねった川の水を、網の目のような灌漑水路にひきこんであるのだ。レイモンドのライトが、コンクリートの川床を照らし出した。ふたりは呪詛《じゅそ》の言葉より雄弁な暗闇を、じっとみつめながら立ちつくした。

「水がない！　連中がまた堤を切ったんだ」

「なぜ？」メアリがたずねた。「なぜ？　あの人たちは川の水を使いもしないのに！」

レイモンドは肩をすくめた。「そもそも、用水路というものが気にいらないんだろう」と、ため息をついた。「とにかく、手をつくしてみるだけさ」

斜面を縫って、くねくねと道はつづいた。ふたりは、地衣に覆われた恒星船の残骸のそばを通りすぎた。五百年まえ、この惑星グローリーに不時着したものなのだ。

「とても信じられませんわね」とメアリがいった。「フリット族が、かつてはわたしたちとそっくりな男女だったなんて」

「わたしたちは、ああはならないよ」レイモンドが穏やかに訂正した。

メアリ修道女はぶるっと身ぶるいした。「フリット族と、あの山羊！　どっちがどっちだか、見わけのつかないときがありますわ！」

数分後、レイモンドは泥穴に落ちこんだ。ぬるぬるの粘土層に地下水のたまったそれは、危険な底なし沼だった。もがき、息を切らせ、メアリの必死の力ぞえをかりて、彼はようやく上に這い出し、身ぶるいしながら立ち上がった――怒り、凍え、ずぶ濡れで。

「きのうは、こんないまいましいしろものはなかったんだ！」彼は顔や着衣にへばりついた泥をこそげ落とした。「こういうなさけないことが、ここの暮らしをつらくしているんだよ」

「いまに、それもきっとよくなりますわ」そこでメアリは声をはげまして言った。「わたしたちは、戦い、打ち勝つのです！　なんとかして、グローリーに秩序を持ちこむのです！」

ふたりが、進むか戻るかを議論している最中に、赤《レッド》ロバンダスが鐘のような頭を北西の地平線にのぞかせたおかげで、現状の見きわめがつくようになった。レイモンド修道士のカーキの巻ゲートルと白シャツは、むろん泥まみれだった。メアリ修道女の身なりも、あまり見られたざまではない。

レイモンドは気落ちしたようにいった。「バンガローへひき返して、着替えなくちゃ」

「レイモンド――そんなひまはありませんわ」

「こんな格好でフリット族に会えば、それこそ物笑いだよ」

「むこうは気づかないと思いますけど」

「これに気づかなければ、ぼんくらだ」レイモンドはやりかえした。

「時間がありませんわ」メアリは断固とした口調でいった。「視察官はきょうにもやってくるかもしれないのに、フリット族は蠅のように死んでゆきます。それはわたしたちのせいだなんていわれてごらんなさい――福音《ゴスペル》コロニーは、おしまいですわ」ややあって、メアリはおもむろにつけたした。

「むろん、そうなってもフリット族への援助はやめられませんけれど」

「それにしても、清潔な服装のほうが、いい印象を与えると思うな」レイモンドは自信なさそうにいった。

「まあ、あの人たちが、清潔な服装なんてこれっぽっちも気にするもんですか。バカバカしい走りまわりようを見てもわかるわ」

「それもそうだ」

小さな黄みどりの太陽が、南西の地平線に姿を見せた。「アーバンが昇るな……まっくらやみかと思うと、一度に三つも四つも太陽が出るんだから！」

「それだけ作物も育ちますよ」メアリがやさしくいった。

半時間登りつづけたふたりは、ひと息入れると、谷ごしに愛するコロニーを見おろした。七万二千人の働く、碁盤の目のような緑の農場。磨き上げたような純白の家並。ぴかぴかの窓ガラスと、雪のようなカーテン。芝生と、チューリップの咲きほこる花壇。キャベツとケールとカボチャがぎっしりと実った野菜畠《ばたけ》。

レイモンドは空を見上げた。「いまに雨がくるぞ」

「まあ、どうして？」

「このまえ濡れねずみになったときのことをおぼえているかね？　アーバンとロバンダスが、二つとも西の空にあった」

メアリは首を横にふった。「そんなこと、意味がありませんわ」

「なにかがなにかを意味するはずだ。それが宇宙の法則だよ――われわれの思考の土台でもある」

尾根から土ぼこりを舞い立てて、一陣の風が吹きおろしてきた。土ぼこりは、黄みどりのアーバンと赤《レッド》ロバンダスが張りあう陽ざしのもとで、複雑な色と影の膜になって渦を巻いた。

「これがあなたのおっしゃった雨ね」風の唸りの中で、メアリは叫んだ。レイモンドは黙々と足をはやめた。やがて風はやんだ。

メアリはいった。「雨にしろ、なんにしろ、来てみるまであてにはできませんわ。このグローリーでは」

「データが足りないだけのことだよ」レイモンドは言いはった。「予測不可能といっても、なにも魔力的なものがあるわけじゃない」

「予測不可能――ほんとうにそのとおりね」メアリはグラン・モンターニュの麓をふりかえった。「ありがたいことですわ、大時計があるのは――たよれるなにかがあるのは」

山道はつのの ように生えた杭や、灰いろの藪や、むらさきの茨のあいだを抜けて、うねうねとつづいていた。ときには道がなくなり、測量師のように行手を見きわめねばならぬこともある。また、土手や壁で行きどまりになった道が、十フィートほど上、あるいは下のレベルで、そのままつづいていることもあった。ふたりは当然のように、こうした小さな障害を克服していった。しかし、ロバンダスが南に傾き、アーバンが北に落ちかかると、さすがにふたりも不安におそわれた。

「太陽が夕方の七時に沈むなんて、ちょっと考えられませんわね」メアリがいった。「だって、それじゃあんまり正常で月並すぎますもの」

七時十五分に、ふたつの太陽は沈んだ。あとは十分間の壮麗な残照につづいて、十五分間の薄暮、そしていつまでと予想のつかぬ夜が訪れるはずだった。

地震のおかげで、ふたりは日没を眺めるどころではなくなった。落石が山道を打ちすえにかかったのだ。にょっきり突き出た花崗岩のうしろへ身をひそめるあいだにも、大石が音を立てて道にぶつかり、山腹をごろごろと転げ落ちていった。

岩の驟雨《しゅうう》はようやくおさまり、ときおり思いだしたようにつぶてが反《は》ねかえるだけになった。

「すんだのかしら？」メアリが、かすれた声でささやいた。

「そうらしい」

「のどが渇いたわ」

レイモンドは水筒を手渡した。メアリは飲んだ。

「フリット族の村まで、あとどのぐらい？」

「旧フリートヴィルかね、それともニュー・タウン？」

「どっちでもよくなりましたわ」メアリは疲れたようにいった。「もうどっちでも」

レイモンドはためらった。「じつをいうと、どっちへの距離も、わたしは知らないんだ」

「とにかく、ここで夜あかしはできませんわね」

「また、朝がきたらしいよ」レイモンドがいった。白色矮星のモードが、北東の空を銀に染めはじめている。

「いいえ、夜ですわ」メアリは静かに絶望して言いはなった。「大時計でゆくと夜ですわ。銀河系の太陽が一つ残らず——ふるさとの太陽までふくめて——空に出たとしてもおなじよ。大時計が夜だというなら夜ですわ！」

「しかし、足もとは見えるからね……ニュー・タウンはこの尾根を越えたすぐむこうだ。あの大きな杭に見おぼえがあるんだよ。このまえきたときも、あれはあった」

ニュー・タウンが言ったとおりの位置にあったことには、むしろレイモンドのほうがめんくらったかたちだった。ふたりは村に足を踏み入れた。「いやに静かだな」

そこにはコンクリートとすきとおったガラスでできた、三ダースの小屋が並んでいた。一戸ごとに、濾過水と、シャワーと、洗濯槽と、手洗所がとりつけてある。フリット族の偏見に妥協して、屋根は草ぶき、そして部屋の中仕切りもない。小屋はぜんぶからっぽだった。

メアリはその一軒をのぞきこんで、「まあっ！」と鼻にしわをよせた。「ひどい匂い！」

二つめの小屋は、きれいに窓ガラスがなくなっていた。レイモンドは苦虫をかみつぶしたような顔になった。「背中を赤むけにして、わたしが運び上げたガラスを！　そのお礼がこれなのか！」

「お礼はいいとしても、視察官のことが心配ですわ。きっとこの——」と、メアリは身ぶりして——「不潔さをとがめるでしょう。つまりは、わたしたちの管理不行届きということで」

カッカと湯気を立てながら、レイモンドは村を見まわった。彼はニュー・タウンが完成した日のことを思いだした——移民たちのバンガローとほとんど遜色のない、三十六戸の真新しい小屋がならぶモデル村の完成した日。中央礼拝堂にひざまずく勤労奉仕者たちのまえで、バーネット大補祭はおごそかに祝福の言葉をのべたのである。五、六十人のフリット族も、山を下りて見物にきていた——目をまるくした、みすぼらしい群集だった。男たちは骨と皮と蓬髪《ほうはつ》のかたまり。女たちは小ずるく、でぶでぶに肥って、それに不身持——かどうかは眉唾だが、ともかく移民たちはそう信じていたものだ。

祈りが終わると、バーネット大補祭は、金色に塗った大きな合板製の鍵を、彼らの族長に贈呈した。

「族長よ、あなたの手にこの鍵を——種族の未来と福祉のしるしをゆだねますぞ。それを守り、それをいつくしんでいただきたい！」

族長は七フィートもの背丈があった。体は槍のように細く、切れこみの深い横顔は、海亀を思わせるように鋭くとがっている。脂じみた黒いボロをまとい、山羊皮の飾りをつけた長い棒を持っていた。部族のうちで、彼だけが移民たちの言葉を話せるのだった。それも、意外に正しいアクセントで。

「わしの知ったこっちゃないだ」族長はしわがれ声で悠然といった。「みんな好きにする。それがいちばんいいだ」

こういう態度にでくわすのは、バーネット大補祭も決してはじめての経験ではなかった。むろん、心の広い男なので、腹を立てはしない。不合理としか思えない態度をとっている相手を、説きふせにかかった。「あなたがたは、文明の恩恵にあずかりたくないのですか？　神をあがめ、清く正しい生活を送りたくはないのですか？」

「ごめんだ」

大補祭はニッコリと笑った。「いや、ともかくわたしたちは、できるだけのことをしてあなたがたをお助けしますよ。文字や計算を教え、病気をなおしてあげることもできる。むろん、身ぎれいにして、規則正しい生活に慣れてもらわなくてはね——それが文明というものですから」

族長はぶつぶつと唸った。「山羊の飼いかたも知らんやつが」

「われわれは伝道団ではない」バーネット大補祭はなおもいった。「しかし、あなたがたがまことの道を学ぼうとされるなら、いつなりとお力ぞえするつもりなのです」

「ふっふん——おまえたち、これでどんな得があるだ？」

大補祭は微笑した。「なにも。われわれは隣人どおしです。力ぞえするのは当然ですよ」

族長はうしろをふりむくと、部族のものになにごとかどなった。彼らは、あわてふためいた幽霊のように、髪をふりみだし、山羊皮を風にはためかせながら、岩山を駆け登りはじめた。

「どうしたのです？　どうしたのです？」大補祭は叫んだ。「ここへ戻りなさい」部族のあとを追って山を登りはじめた族長に、彼は呼びかけた。

族長は、岩の上からわめきかえしてきた。「おまえたち、みなくるってるだ」

「いけません、いけません」大補祭は叫んだ。それは芝居の一場面のように印象的だった。白髪の大補祭が、野性の部族をしたがえた野性の族長を呼びとめているところは、三つの太陽の移ろい変わる光の下で、聖者が半獣神たちに命令をくだしている図とも見えたのである。

大補祭は、手をつくして族長をニュー・タウンにひきもどそうと試みた。その半マイル上にある、旧フリートヴィルは、グラン・モンターニュの風と雲の吹きだまりのような鞍部、山羊でさえやっとのことで岩にしがみついているような場所に位置しているのだ。寒くてじめじめした荒涼としている土地だった大補祭は旧フリートヴィルの欠点を一つ一つこきおろした。だが、族長はニュー・タウンよりはましだと、頑強に主張した。

問題を解決したのは、五十ポンドの塩だった。大補祭がついに日ごろの主義をまげて、贈賄にふみきったのだ。約六十人の部族は、ひとごとのようなちゃらんぽらんな態度で、新築の小屋に引っ越してきた。まるで大補祭からバカバカしいゲームをすすめられた、とでもいいたげに。

大補祭はあらためて村に祝福を送り、移民たちはひざまずいて祈りを上げた。フリット族は新居の戸口や窓から、ふしぎそうにそれを見まもった。別に二、三十人が岩山を駆けおりてくると、連れてきた山羊の群れを小さな礼拝堂へ追いこみはじめた。バーネット大補祭は微笑をこわばらせたが、さすがにそれをとめはしなかった。

やがて、移民たちは整然と列を組んで谷に帰っていった。彼らとしては最善をつくしたわけだが、さて自分たちがなにをやってのけたかとなると、はっきりしないのだった。

それから二ヶ月もたたないというのに、ニュー・タウンはもう見すてられたのだ。レイモンド修道士とメアリ・ダントン修道女は村のすみからすみまでを見まわった。小屋は暗い窓と、あくびをしたような戸口を日にさらしている。

「どこへ行ってしまったのでしょう?」メアリは声を低めてたずねた。

「連中はくるってるよ」とレイモンド。「底ぬけの狂人だ」彼は礼拝堂に近づくと、ドアから首をつっこんだ。ふいにドアをつかんでいる指のふしが白くなった。

「どうかしましたの?」メアリが気づかわしげにたずねた。

レイモンドは彼女を押しもどした。「死体だ……十、十二、十五人ほどの死体が中にある」

「レイモンド!」ふたりは顔を見あわせた。「どうして? なぜ?」

レイモンドはかぶりを振った。おなじ思いでふたりはきびすを返すと、旧フリートヴィルの方角を見上げた。

「いまから、そのわけを調べにゆこう」

「でも、こんな――こんなすてきな場所を」メアリは、はり裂けるような声でいった。「あの人たちは――けだものだわ! ここが愛せないなんて!」彼女はレイモンドに涙を見られぬように背をむけて、谷のほうを眺めた。ニュー・タウンは、彼女にとってあまりにも大きい意味をもっているのだ。この岩の一つ一つを彼女はまっ白に洗い上げて、それぞれの小屋のまわりへきちんとした境界線になるようならべたのだった。足蹴にされて歪んだ石の境界線が、メアリの心をいっそう傷つけた。「フリット族なんか、もう好きなようにさせればいいわ。不潔でだらしない生活を送ればいいのよ。あんまりだわ。無責任すぎるわ!」

レイモンドはうなずいた。「登ろうよ、メアリ。わたしたちには義務がある」

メアリは涙をぬぐった。「あの人たちも神のお創りになったものでしょうけれど、わたしにはそのわけがわかりませんわ」彼女はレイモンドの顔をちらとうかがった。「いいえ、神の御業《みわざ》は不可解、なんていわないで」

「わかったよ」とレイモンドはいった。ふたりは、旧フリートヴィルへと岩をよじ登りはじめた。眼下の谷が、しだいしだいに小さくなった。モードが天頂に昇り、そこで静止するようすをみせた。

ふたりは足をとめて、一息ついた。メアリはひたいの汗をぬぐった。「わたしの頭がへんなのかしら？　それともモードが大きくなったのかしら？」

レイモンドは見上げた。「すこしふくれたようだ」

「新星《ノヴァ》になったのか、わたしたちがむこうへ墜落しているのか、どっちかですわ！」

「この星系ではなんだって起こりうるからな」レイモンドは吐息した。「かりにグローリーの軌道になにかの規則性があるとしても、いまのところは分析もできてない状態だ」

「わたしたちが四つの太陽のどれかにのみこまれることは、充分ありうるわけね」メアリが考え深げにいった。

レイモンドは肩をすくめた。「この星系は、もう数百万年も、こんな調子でぐるぐる回っているのさ。それがなによりの保証だよ」

「たった一つの保証なのね」メアリはこぶしを握りしめた。「せめて、この世界のどこかに確実といえるものがあったら――それを見て、これは不変だ、あてにできる、といえるものがあったら！　でもそんなものはなにひとつないわ！　いまに気がくるいそう！」

レイモンドは生気のない微笑をうかべた。「もうおよし。それでなくとも、コロニーは頭の痛い問題をかかえているんだから」

メアリは、たちまち冷静にかえった。「すみません……ごめんなさいね、レイモンド。ほんとうに」

「わたしも心配なんだ。きのうも、休息ホームでバーチ院長と話したんだがね」

「いまでは何人ぐらい？」

「三千人近くだ。毎日どんどんふえている」彼はほっと息をついた。「グローリー星には、神経をすりへらすなにかがあるんだよ――まちがいなく」

メアリは大きく息を吸うと、レイモンドの手を握りしめた。「戦いましょう、あなた。打ち勝ちましょう！　いまに、きまりがつきますわ。わたしたちで、すべてを立てなおしましょう」

レイモンドは頭を垂れた。「神の御助けあってのことだよ」

「モードが沈みそう」メアリがいった。「明るいうちに、旧フリートヴィルまで登ってしまいましょう」

数分後、ふたりは一ダースほどの山羊が、おなじぐらいの人数の子供たちに追われてくるのにでくわした。ボロを着ている子もいれば、山羊皮をまとっている子もいた。残りは洗濯板のような肋《あばら》を風に吹かれながら、すっぱだかで走りまわっていた。

山道を折れたふたりは、別の山羊の群れにでくわした――こんどは百頭あまり。世話をしているのは、たったひとりの腕白坊主だった。

「あれがフリット族のやりかただよ」レイモンドはいった。「十二人の子供が十二頭の山羊を連れてゆくかと思うと、一人が百頭を世話してみたり」

「きっと、なにか精神に障害があるのね……精神障害って遺伝しますの？」

「そいつは疑問だね……おや、旧フリートヴィルの匂いがしてきたぞ」

モードが、長い薄暮を約束するような角度で空を去った。痛む足をひきずりながら、レイモンドとメアリは村の中へと歩いた。うしろには山羊と子供たちが、見わけがつかぬほどまじりあって、くっついてきた。

メアリがうんざりしたようにいった。「あのこざっぱりした、きれいなニュー・タウンをひきはらって、こんなごみ溜めに住むなんて」

「その山羊を踏んじゃだめだ！」レイモンドは手をそえて、道の真ん中のかじりとられた死骸をよけさせた。メアリはくちびるを噛んだ。

族長は岩の上に座って虚空をみつめていた。彼は驚きも喜びもみせずに、ふたりを迎えた。子供たちの一団が、粗朶《そだ》と乾いた丸太を山に積み上げている。

「なにがはじまるんです？」レイモンドはとってつけたような陽気さでいった。「宴会ですか？　踊りですか？」

「男四人、女二人。気がくるって死んだだ。これから焼くだ」

メアリは薪の山を眺めた。「火葬の習慣があるとは知りませんでしたわ」

「こんどは焼いてみるだよ」族長は手をのばすと、メアリのふさふさとした金髪にさわった。「ちょっとのま、わしの女房になれ」

メアリはとびのくと、震え声でいった。「おことわりですわ。わたしはレイモンドの妻です」

「いつもか？」

「いつも」

族長は首を横にふった。「おまえたちくるってるだ。じきに死ぬだ」

レイモンドはきびしい声でいった。「なぜ用水路をこわしたりするんです？　われわれはもう十回も修理させられたんですよ。ところがそのはたから、フリット族が闇にまぎれて堤を切ってしまう」

族長は答えた。「用水路はくるってるだ」

「くるってはいない。灌漑を助け、農夫の役に立つものなんです」

「どこまでいってもおなじすぎるだ」

「というと、まっすぐってことかね？」

「まっすぐ？　まっすぐ？　それどういう言葉か？」

「一本の線――一つの方角ということですよ」

族長は体を前後にゆすった。「見ろ――山。まっすぐか？」

「いや、むろんちがう」

「おてんとさま――まっすぐか？」

「ちょっと待ってください――」

「わしの足」と、族長は左足を伸ばしてみせた。骨ばっていやに毛深い。「まっすぐか？」

「いや」レイモンドはため息をついた。「あなたの足はまっすぐじゃない」

「では、なぜ用水路まっすぐに作るか？　くるってるだ」彼は腰をおちつけた。それで話題はけりがついたのである。「なぜきたのか？」

「それは」とレイモンドはいった。「フリット族がたくさん死んでゆくからですよ。われわれで役に立てることがないかと思って」

「ほっといてくれ。わしのことでない。おまえたちのことでない」

「あなたがたに死んでほしくないのですよ。なぜニュー・タウンに住まないのです？」

「フリット族、気がくるうだ。岩からとびおりるだ」族長は立ち上がった。「こっちくるか。食べものあるだ」

ふたりは嫌悪をこらえながら、山羊の焼肉をかじった。なんの儀式もなく、四人の死体が火に投げこまれた。踊りはじめるものもいる。

メアリはレイモンドをつっついた。「踊りの型を見れば、その種族の文化が理解できるんですって、よく見て」

レイモンドはみつめた。「なんの型もなさそうだよ。二、三歩跳ねて座りこむのやら、ぐるぐる走りまわるのやら。手をひらひらさせてるだけのもいる」

メアリは囁いた。「みんなくるっているわ。正真正銘の狂人だわ」

レイモンドはうなずいた。「ほんとうだ」

雨が降りだした。赤《レッド》ロバンダスが東の空を焦がしたが、昇るつもりはまったくなさそうだった。雨がひょうに変わった。メアリとレイモンドは小屋に駈けこんだ。何人かの男女がふたりにつづいて中に入ると、手持ちぶさたなままに、さわがしく愛戯をはじめた。

メアリは悲痛な声で囁いた。「なにもわたしたちの目のまえでしなくても！　つつしみの持ち合わせはないのかしら！」

レイモンドは思いつめたようにいった。「わたしは、あの雨のなかへは出てゆかんぞ。連中がなにをしようが勝手だ」

メアリは、彼女のシャツを脱がせにきた男に平手打ちを食わせた。男はとびのいた。「犬とおんなじだわ！」メアリはあえいだ。

「抑圧がないんだな」レイモンドは無感動にいった。「抑圧は精神障害を意味するのに」

「じゃ、わたしは精神がこわれているのね」メアリは口をとがらせた。「わたしには抑圧がありますもの！」

「わたしにもだ」

ひょうがやんだ。風が雲を山あいから吹きはらった。空が晴れた。レイモンドとメアリは、胸をなでおろして小屋を出た。

薪の山はずぶ濡れだった。黒焦げの死体が四つ、灰の中に横たわっている。だれもかえりみるものはいない。

レイモンドは考えこみながらいった。「口まで出かかっているんだがね——いま思いついて……」

「なにをですの？」

「このフリット族に関する悩みを、いっきょに解決する方法だよ」

「というと？」

「つまり、こういうことさ。フリット族は、くるっていて、わからずやで、無責任だ」

「同感」

「視察官がやってくる。われわれは、コロニーが原住民——この場合にはフリット族だ——になんの脅威もおよぼしていないことを、証明しなくちゃならない」

「フリット族に、むりやり生活水準を改善させようとしても、むだですわ」

「そう。だが、もし連中を正気にひきもどすことができたら？　もし、連中の集団精神障害に対する、治療法のきっかけでもつかめたら……」

メアリは唖然とした顔つきだった。「たいへんな仕事だわ」

レイモンドはかぶりを振った。「厳密思考でやってみたまえ。問題はこうだ。ここに生存を保ってゆけないほど精神に障害のある原住民の一団がいる。だが、われわれはなんとか彼らの生存を保たせねばならない。解答は、精神の障害をとりのぞけ、となる」

「そういわれればもっともだけれど、いったいどこから手をつけますの？」

族長が、細長いすねをむきだしにして、岩から下りてきた。山羊の小腸の切れはしをしゃぶっている。「まず、族長から手をつけなくちゃ」とレイモンドはいった。

「猫の首に鈴をつけるようなものね」

「塩だよ」とレイモンド。「やつは塩のためなら、生みの親の皮でも剝ぐ男だ」

レイモンドは族長に近づいた。相手はまだ彼が村にいたのにびっくりした表情だった。メアリはうしろから見まもった。

レイモンドは説得をはじめた。族長は、最初のぎょっとした表情から、しだいにふくれっつらに変わった。レイモンドは相手をなだめすかした。そして、とっておきの切札を持ちだした——族長が肩にかついで山に戻れるだけの塩。族長は七フィートの高みからレイモンドを見つめると、あきれたように両手を上げ、とことこと歩いて岩の上に腰かけ、山羊の腸を嚙みはじめた。

レイモンドはメアリのところへ戻った。「くるそうだよ」


バーチ院長は、族長にせいいっぱいの愛想をふりまいた。「これは光栄ですな！　あなたのような高名なかたにおいで願えるとは！　すぐによくなることはうけあいますよ！」

例の棒で、地面にあてずっぽうの曲線を書いていた族長が、穏やかにレイモンドへたずねた。「塩はいつくれるだ？」

「もうすぐですよ。そのまえに、バーチ院長と行ってもらうところがあります」

「さあ、おいでなさい」バーチ院長はいった。「そこまで乗ってゆきましょう」

族長はくるりと背を向けると、すたこらグラン・モンターニュのほうへ歩きだした。

「だめ、だめ！　戻らなくちゃ！」レイモンドは叫んだ。族長は足を早めた。

レイモンドは走りよると、骨ばった膝にタックルした。族長は園芸用具のゆるい袋のように倒れた。

バーチ院長が鎮静剤を注射し、まもなく、ぐったりとにぶい眼になった族長は救急車のなかへ運びこまれた。

レイモンド修道士とメアリ修道女は、がたごとと道を走り去ってゆく救急車を見送った。濃い土ぼこりが巻き上がり、緑いろの陽ざしの中を漂った。影にも青むらさきの色がついているようだった。

メアリは声をふるわせていった。「わたしたちのしていることは、正しいことなんでしょうか？……族長があんまりかわいそうで……まるで殺すために四本の足をくくられた、あの人たちの山羊みたい」

レイモンドはいった。「われわれは、最善と思われることをやるしかないんだよ」

「でも、これが最善なのかしら？」

救急車は見えなくなった。土ぼこりもおさまった。グラン・モンターニュの上で、黒と緑の雷雲から稲妻がひらめいている。ファーロが、天頂で猫眼石のように輝いた。時計台――信頼のきずな、正気のきずなである時計台は、正十二時をさしていた。

「最善……」メアリは思案げにいった。「相対的な言葉ね……」

レイモンドはいった。「もし、フリット族の精神の障害をとり除けたら――もし彼らに、清潔で秩序正しい生活を教えこむことができたら――それはたしかに最善といえるわけだよ」ややあって、彼はつけくわえた。「とにかく、コロニーにとってはね」

メアリは嘆息した。「そういうわけね。でも、族長があんまりみじめに見えて……」

「明日、彼を見舞に行こう。いまは、眠ることだよ！」

レイモンドとメアリが目ざめたときには、ピンクの輝きが、閉ざした日除けのあいだから洩れていた。たぶん、ロバンダスがモードといっしょに昇っているのだろう。

「時計を見てくださいな」と、メアリはあくびした。「昼かしら、夜かしら？」

レイモンドは肘をついて体を起こした。時計は壁に作りつけられてある。〈救済の崖〉の大時計そっくりの模型で、親装置からの電波パルスで動かされているのだ。「午後の六時——を十分すぎている」

ふたりは起き上がると、シャツとゲートルで身支度をととのえた。整然としたキチネットで食事してから、レイモンドは休息ホームに電話した。

バーチ院長の声が、きびきびとサウンド・ボックスからひびいた。「神よ汝を助けたまえ、ブラザー・レイモンド」

「神よ汝を助けたまえ、院長。患者はどんなふうでしょうか？」

バーチ院長は口ごもった。「あれから鎮静剤をうちづめでね。病根はかなり深いようだよ」

「なおすことはできそうですか？ これは重大問題でしてね」

「やってみるしかないな。今夜、治療をはじめようと思っている」

「わたしたちも行ってはいけないでしょうか？」とメアリ。

「おのぞみなら……八時では？」

「まいります」

休息ホームは、グローリー・シティの郊外にある、細長く平べったい建物だった。新しい両翼が最近になってつぎたされたのだ。裏には間に合わせのバラックも幾棟か見えた。

バーチ院長は、頭の痛い表情でふたりを迎えた。

「場所も時間も、ひどく逼迫《ひっぱく》していてな。あのフリット族が、そんなに重大なのかね？」

レイモンドは、族長を正気にもどすことが、みんなにとって重大な意味を持つことをうけあった。

バーチ院長は肩をすくめた。「療養の必要な移民が、つめかけてるんだがね。待ってもらうしかないんだろうな」

メアリは真剣にたずねた。「では——まだ状態は前のとおりですか？」

「ホームには五百ベッドしか用意がなかったんだよ」バーチ院長はいった。「いまでは、三千六百人の患者がいる。地球へ送還した千八百人は勘定にいれずにだ」

「しかし、事態は好転してるんでしょう？」レイモンドがたずねた。「植民地も、いちおう難関を越えましたし、不安はないはずです」

「不安が原因ではないらしい」

「じゃ、なにが原因です？」

「新しい環境のせいかな。われわれは地球型の人間だ。ここの環境になじめないんだよ」

「でも、それはおかしいですわ」メアリが反撥した。「わたしたちは、ここを地球の共同社会そっくりに作り上げました。それも、理想的なかたちに。家だって、花だって、木だって、地球そっくりですのに」

「族長はどこにいます？」レイモンド修道士がきいた。

「うん、いまは隔離病棟へとじこめてある」

「狂暴なんですか？」

「敵意はないんだがね。外に出たがるんだ。破壊的なこと！　あんなのははじめて見たよ」

「診断は？——大ざっぱにでも？」

バーチ院長は悲しげに首をふった。「まだ分類もしかねているところだよ。見たまえ」彼はレイモンドに報告書を渡した。「連係テストの結果だ」

「知能ゼロ」レイモンドは顔を上げた。「彼はそれほどバカじゃありませんよ」

「ところがさにあらずだ。ま、じつをいうと、それは漠然とした指数ではあるがね。ふつうのテストは、彼には無効なんだよ――主題把握テストなんかは。われわれ自身の文化的背景で判断することになるからな。しかし、このへんのテストは――」と、報告書を指ではじいて、「――基本的なものだ。動物にも試みているものなんだ――栓を穴にさしたり、色を組み合わせたり、不調和な図形をみつけたり、迷路の抜けみちを探したりするテストだよ」

「で、族長は？」

バーチ院長は、悲しそうにかぶりをふった。「もしマイナスの得点というのがあれば、さしずめそれだろうね」

「どういうことです？」

「そう、たとえばだね、小さなまるい栓を小さなまるい穴にさしこむかわりに、彼はまず星型の栓を二つに折って、そいつをむりやり横むきに押しこむ。それでついには盤のほうもこわしてしまうんだな」

「しかし、なぜ？」

メアリがいった。「彼に会いましょう」

「安全なんでしょうね？」レイモンドはバーチ院長に念を押した。

「ああ、うけあうよ」

族長は、きっかり十フィート角の、気持ちのいい部屋に監禁されていた。ベットは白、シーツは白、掛布は灰色。天井はおちついた緑、床はおちついた灰色だ。

「まあ！」メアリは快活にいった。「ご精の出ること！」

「たしかにご精の出るこった」バーチ院長はきりきりと歯がみしていった。

シーツも掛布も、びりびりに引き裂かれている。ベットは部屋の真中で横にひっくりかえり、壁はめちゃくちゃに汚されてある。族長はマットレスを二つ折りにして座っていた。

バーチ院長はきびしい声でいった。「なぜこんなむちゃをするのです？　気のきいたまねとでも思ってるんですか？」

「おまえたち、わしをここさ入れた」族長はぺっとつばを吐いていった。「ここさわしの好きになおすだ。わしの家、わしの好きになおすだ」彼はレイモンドとメアリを見やった。「どのぐらい、まだいるか？」

「もうすぐですわ」とメアリはいった。「わたしたちは、あなたを助けてあげたいんです」

「くるってることという、みんなくるってる」族長のアクセントはすっかり崩れていた。摩擦音や声門閉鎖音が、ぎしぎしと耳ざわりだった。「なぜ、ここ連れてきたか？」

「一日か二日のしんぼうですわ」メアリがなだめるようにいった。「そしたら塩をあげます――たくさん」

「一日――おてんとさまのいるあいだか？」

「いや」レイモンド修道士はいった。「いいですか？」と、壁の時計を指さして――「この針が二回りすると――それが一日です」

族長は皮肉な笑いをうかべた。

レイモンドはいった。「これが、われわれの生活のきまりをつけてくれる。われわれを助けてくれるのです」

「〈救済の崖〉の大時計とおなじですのよ」とメアリ。

「あれおっきな悪魔だ」族長は真顔でいった。「おまえたち、いい人間。だけど、みなくるってるだ。

フリートヴィルくるか。わし助けてやる。山羊たくさんある。おっきな悪魔に石投げればいい」

「だめよ、そんなことをしては」メアリは静かにいった。「さあ、お医者さまのいうことをよく聞いてね。こんなむちゃをするのは——とてもわるいことですのよ」

族長は手で頭をかかえた。「ここ出してくれ。塩いらない。うち帰るだ」

「きなさい」バーチ院長はやさしくいった。「痛くはしないから」彼は時計を見上げた。「第一回の治療の時間だ」

族長を治療室まで連れてゆくには、ふたりの看護師の手が必要だった。族長はクッション張りの椅子に座らされ、自分の体を傷つけないように両手両足をしばられた。彼はかすれた声で、すさまじい悲鳴を上げた。「悪魔が、おっきな悪魔が——わしのいのちとりにくるだ……」

バーチ院長は看護師にいいつけた。「壁の時計に覆いをかけろ。患者はあれを見て興奮してるんだ」

「じっとしていらっしゃい」メアリは教えた。「わたしたちは、あなたを助けようとしているんです——あなたと、部族ぜんたいを」

看護師が、Dベータ・ヒプノジンを注射した。族長の緊張がゆるみ、目がうつろに見ひらかれた。骨ばった胸がゆっくり、上下した。

バーチ院長は声をひそめて、メアリとレイモンドにいった。「いまは非常に暗示を受けやすくなっているから——静粛に。音を立ててはいかんよ」

メアリとレイモンドは、隅の椅子にそっと体をすべりこませた。

「こんにちは、族長」とバーチ院長はいった。

「こんにちは」

「気分はらくですか？」

「まぶしい——白すぎるだ」

看護師がライトを弱めた。

「よくなりましたか？」

「よくなった」

「あなたの悩みは？」

「山羊が山に登りきりだだ。足いためるだ。谷にくるってるやつらいて、出てゆかないだ」

「『くるってる』とはどういうことですか？」

族長は黙っていた。バーチ院長は、メアリとレイモンドの耳もとで囁いた。「彼なりの正気の定義を分析することで、彼の錯乱の手がかりがつかめるんだがね」

族長は静かに横たわっている。バーチ院長はあやすようにいった。

「あなたの生活のことを話してみてください」

族長はためらわずに答えた。「ああ、いいだよ。わしは族長だだ。みなの話わかるだ。わしのほか、物事わかるものだれもいないだ」

「たのしい暮らし、というわけですな？」

「そう。なにもかもいいだ」族長はとぎれとぎれの言葉で話しつづけた。ときおり意味不明なところもあったが、彼の生活の輪廓は、はっきりうかび上がってきた。「なんでものんびりやるだ——心配ない、苦労ない——いいことばかりだ。雨降る、たき火いいきもち。日なた暑い、風吹く、いいきもち。山羊たくさん。みんな腹ふくれるだ」

「心配や苦労はないのですか？」

「あるだ。くるってるやつら谷にいるだ。町こさえる。ニュー・タウンこさえる。よくない。まっすぐ――まっすぐ――まっすぐ。よくない。くるってるだ。それわるい。塩たくさんくれるよ。だけど、わしらニュー・タウン住まない。山の村さもどるだ」

「谷の人びとがきらいなのですか？」

「あれらいい人間よ。だけどくるってる。おっきな悪魔が、あれら谷さ連れてきただ。おっきな悪魔いつも見てるだ。じきに、みなチックタックチックタック――おっきな悪魔みたいなるだ」

バーチ院長は当惑したように顔をしかめて、レイモンドとメアリをふりかえった。「どうもかんばしくないね。彼は自信がありすぎるよ。率直そのものだ」

レイモンドはおそるおそるいった。「治療はできるでしょうか？」

「精神障害を治療するためには、まず正体をつきとめなくてはね。いままでのところ、まったくお手あげだな」

「蝿のように死んでゆくのは、正気じゃありませんわ」メアリが囁いた。「でも、それがフリット族のやっていることなんです」

院長は患者のところに戻った。「なぜ、あなたの村の人たちは死ぬのです？　なぜ、ニュー・タウンで死んでゆくのです？」

族長はかすれた声でいった。「下を見るだ。きれいな景色ない。くるってる細工してあるだ。川ない。まっすぐの水。目が痛いだ。わしら用水こわす、いい川つくるだ……小屋どれもおなじ。おなじもの見てると気がへんになるだ。くるっちまったもの、殺してやるだ」

バーチ院長はいった。「いまのところは、これぐらいにしとこう。もう少し症状を観察してみてからだ」

「ええ」レイモンド修道士は悩み深げにいった。「もう一度わたしたちも、よく考えてみます」

ふたりはホームの中央待合室を出た。ベンチは入院志望の患者とその家族、保護監督員や付添いであふれかえっていた。外はうっとうしい空模様だった。黄ばんだ光が、空のどこかにアーバンのあることを物語っている。大粒のねっとりした雨が、ぽたぽたと地面を打ちつけはじめた。

レイモンド修道士とメアリ修道女は、ロータリーの縁でバスを待った。

「なにかがまちがっている」レイモンド修道士はわびしげにいった。「なにかが、ひどくまちがっている」

「それがわたしたちでないとは、自信がもてなくなりましたわ」実の熟していない果樹園から、サラ・ガルヴィン街を上がったグローリー・シティの中心へと、メアリ修道女はあたりの風景を見まわした。

「未知の惑星は、つねに闘争の場だよ」レイモンド修道士はいった。「信仰を持ち、神を信じ——そして戦うしかない！」

メアリが彼の腕をつかんだ。彼はふりむいた。「どうしたんだね？」

「だ、だれかが藪の中を走ってゆくのが見えましたの」

レイモンドは首をのばした。「わたしには見えないね」

「族長のように見えたんですけれど」

「気のせいだよ、きっと」

ふたりはバスに乗り、まもなく、白い壁と花壇のあるわが家におちついた。

通話器が鳴った。バーチ院長だった。声がうわずっていた。「きみたちを心配させたくはないのだが、族長が逃げたんだよ。この付近にはいない——行方不明だ」

メアリは小声でいった。「やっぱり！　やっぱり！」

レイモンドは真剣にたずねた。「まさか危険はないでしょうね？」

「ない。狂暴性のあるタイプではないからな。しかし、とにかくわたしなら、ドアに錠をおろすね」

「知らせていただいてすみませんでした、院長」

「どういたしまして、レイモンド修道士」

一瞬、ふたりは黙りこんだ。「これからどうしますの？」メアリがきく。

「ドアに錠をおろすよ。それからぐっすりと眠ろう」

真夜中に、メアリはハッと起き上がった。

レイモンドは寝がえりをうった。「どうかしたかい？」

「それがわかりませんの」とメアリ。「何時かしら？」

レイモンドは壁の時計を眺めた。「一時五分まえだ」

メアリ修道女はじっと横になった。

「なにかきこえたのかい？」レイモンドはきいた。

「いいえ。なんていうか――痛みが走って。なにか事件があったのですわ、レイモンド！」

彼はメアリをひきよせると、金髪の頭を肩に抱きしめた。「われわれとしては、最善をつくしたのだよ、メアリ。あとは神のご意志にゆだねるだけだ」

ふたりはなんども寝がえりを打ちながら、うとうととまどろんだ。やがて、レイモンドは手洗いに起きた。外は夜だった――北の地平線のバラ色の輝きをのぞいて、空はまっくらだ。赤《レッド》ロバンダスが、地平のすぐ下をさまよっているのだろう。

レイモンドは眠そうな足どりでベッドに戻った。

「何時ですの、あなた？」メアリの声がした。

レイモンドは時計に目をこらした。「一時五分まえだよ」

彼はベッドに入った。メアリが体をこわばらせている。「いま、なんとおっしゃって？　一時五分まえ？」

「ああ、そうだよ」とレイモンドはいった。しばらくして、彼はベッドを這いだし、台所へいった。「ここも一時五分まえで止まっている。大時計に電話して、パルスを送ってもらおう」

彼は通話器のところへいって、しかるべくボタンを押した。応答がない。

「出ないぞ」

メアリがかたわらにいた。「もう一度やってみたら？」

レイモンドは、相手のナンバーを押した。「こいつはおかしい」

「故障係を呼びましょう」メアリがいった。

レイモンドは故障係のボタンを押した。質問をしないうちから、きびきびした声がいった。「大時計はただいま故障中です。しばらくごしんぼうください。大時計は故障中です」

レイモンドには、その声のぬしがわかったような気がした。彼は映話ボタンを押した。声がいった。

「神よ、汝を守りたまえ、ブラザー・レイモンド」

「神よ、汝を守りたまえ、ブラザー・ラムスデル……いったい、なにごとが起こったんだね？」

「きみの被保護者のしわざだよ。レイモンド。そら、フリット族のひとりだ——完全に気がくるったらしい。大時計の上に大石を落っことしたんだ」

「彼が——そんなことを——」

「彼が地すべりをひき起こしたのさ。われわれには、もう大時計がないんだよ」

コーブル視察官は、グローリー・シティの宇宙港でひとりの出迎えにも会わなかった。彼は舗装エプロンをしきりに見まわした。ひとりぼっちである。滑走路のはしで紙くずが風に吹かれていた。ほかには動くものがない。

妙だな、と視察官は思った。これまでは、いつも歓迎委員が手まわしよく彼を出迎えて、心温まる、だが少々退屈なもてなしをつとめてくれたものだ。まず、大補祭のバンガローで祝宴、陽気なスピーチと近況報告、それから中央チャペルでの礼拝式をすませて、グラン・モンターニュの麓へのきちょうめんな同行、と相場がきまっていた。

コーブル視察官の目から見ても、彼らはたしかにりっぱな人たちであった。ただ、あまりにもご誠実でご清潔で、おもしろみというものがないのだ。

視察官は公用宇宙艇の二人の乗組員に指図を残すと、グローリー・シティの方角へ歩きだした。高みにあった赤《レッド》ロバンダスが、すでに東へ傾きはじめている。彼は地方時間をチェックしようと、〈救済の崖〉のほうに目をやった。煙のような木立が視界をさえぎっていた。

急ぎ足に道をたどっていたコーブル視察官は、だしぬけに立ちどまった。まるで空気をためすように鼻をひくひくさせ、ぐるりと一回転、あたりを見まわした。眉をしかめて、ゆっくりと歩きだす。

移民たちが模様替えをしているのだ、と彼は考えた。なにをどんなふうに、ということはまだ断言できない。たとえばあそこの柵――一部分がもぎとられたままだ。道路の横の溝には、雑草が生い茂っている。溝をしらべていた視察官は、そのむこうの立琴草のうしろでなにかの動く気配に感づいた。若い声もする。好奇心にかられたコーブルは、溝をとびこえると、立琴草をかきわけた。

十六歳ぐらいの若者と娘が、浅い池のなかに立っているのだった。娘はしおれた水生花を手にもち、若者とくちびるを重ねている。ふたりはおどろいて彼を見上げた。コーブル視察官は退却した。

道路にもどった彼は、前後を見まわした。いったい、みんなはどこにいるのだろう？　農場もからっぽだった。だれも働いていない。コーブル視察官は肩をすくめると、歩きつづけた。

休息ホームのまえを通りすぎながら、彼はふしぎそうにそれをみつめた。以前の記憶より、ずいぶんと大きくなったようである。両翼と、それに間に合わせのバラックまでがつけ加えられていた。車回しの砂利が、いつもの小ぎれいさとほど遠いことに、彼は気づいた。その脇にとまった救急車も、ほこりだらけだ。病院ぜんたいが、どこか荒れ果てた様相だった。視察官は一瞬、ぎくりと足をとめた。音楽？　休息ホームから音楽が？

彼は車回しを建物へと近づいた。楽の音《ね》がしだいに大きくなってくる。コーブル視察官は、ゆっくりと正面のドアを押しあけた。待合室には十人たらずの人びとが――奇怪な衣装をまとっていた。烏の羽根、染めた草の葉に、ガラスと金属のとっぴな首飾り。講堂から割れんばかりにひびいてくるのは、熱狂的な三拍子《ジッグ》舞曲だった。

「視察官！」金髪のすてきな美人がいった。「コーブル視察官じゃありませんか！　ようこそ！」

コーブル視察官は女の顔をしげしげと眺めた。小さな鉄の鈴を縫いこんだ、つぎはぎのジャケットを着ている。「そういうあなたは――メアリ・ダントン修道女ですな？」

「もちろんですわ！　なんていいときにいらっしゃったんでしょう！　ちょうど仮装舞踏会をやっておりますのよ――コスチュームからいっさい揃えて」

レイモンド修道士が、力いっぱい視察官の背中をどやしつけた。

「ひさしぶりですなあ、ご老体！　一杯いきましょう――初物のリンゴ酒ですよ」

コーブル視察官はあとずさった。「いや、いや、ありがとう」咳ばらいしていった。「ほかをまわってくるから……じゃまたいずれ」

コーブル視察官は、グラン・モンターニュのほうへと足を進めた。そこで気づいたのは、バンガローがなまなましい緑や、青や、黄に塗りかえられていることだった。柵はほとんどがひき倒され、庭は草の伸びほうだいにまかせた感じだった。

彼は旧フリートヴィルへの道を登って、族長と会った。フリット族は明らかに、搾取にも、買収にも、詐欺にも、虐待にも、奴隷化にも、強制的な改宗にも、組織的ないやがらせにも、あっていないようすである。族長はすこぶるごきげんだった。

「わしがおっきな悪魔を殺してやっただ」彼は視察官に教えた。「いまはみんなうまくいってるだよ」

コーブル視察官はそっと宇宙港へもどって出発するつもりだったが、バンガローのそばを通りすぎようとして、レイモンド修道士に呼びとめられた。

「朝食はおすみですか、視察官？」

「夕食よ、あなた！」メアリ修道女の声が家の中からきこえた。「アーバンがいま沈んだばっかりですもの」

「しかし、モードが昇ってきたぞ」

「とにかく、ベーコンエッグをどうぞ、視察官！」

視察官はくたびれていた。それに熱いコーヒーの香りもする。「ありがとう。じゃ、おじゃましようか」

ベーコンエッグのあと、二杯目のコーヒーをすすりながら、視察官はいった。「元気そうですな、おふたりとも」

金髪をほどいたメアリ修道女は、おせじぬきに美しかった。

「はりきってますよ」レイモンド修道士がいった。「万事はリズムの問題でしてね」

視察官は目をぱちぱちさせた。「リズム？」

「もっと正確にいいますと」メアリ修道女がいった。「リズムの欠如ですわ」

「すべては、時計がなくなったときにはじまったんです」レイモンド修道士がいった。

コーブル視察官は、じょじょに物語をつなぎ合わせた。三週間後、サージ・シティにもどった彼は、キーファァー視察官にいきさつを打ち明けた。

「つまり、それまで彼らは、エネルギーの半分を——そう、にせの現実とでもいうべきものへすがりつくことに使い果たしていたんだな。だれもかれも、新しい惑星をおそれていた。彼らはそれを地球に見立てた——そいつをしばり上げ、組み伏せ、あげくは地球だという暗示にかけようとまでした。むろん、やるまえから勝負はきまっていたようなものさ。グローリー星は、きわめつけの出たとこまかせな世界だ。あわれなやっこさんたちは、その壮大な無秩序、不滅の混沌に、地球的リズムと地球的慣習をむりやり持ちこもうとしたのだよ！」

「連中の気がふれたのもむりはないな」

コーブル視察官はうなずいた。

「最初、大時計がとまったときには、もうだめだと思ったらしい。神のみ手に魂をゆだねて、あきらめかけた。そうして二、三日たったんだろう——気がつくと、彼らはまだ生きていた。それどころか、生活をたのしんでさえいたんだ。暗くなれば眠り、日が出れば働くというやりかたで」

「退職後の隠居にはうってつけの土地らしいな」キーファー視察官がいった。「グローリー星での魚釣りはどうだね？」

「たいしたことはないな。だが、山羊追いってのは、きみ、じつにいいもんだぜ！」

海への贈り物

浅倉久志訳

The Gift of Gab

〈浅海《あさうみ》〉は昼下がりだった。いつからか風は止《や》み、海がけだるい絹のぬめりを広げている。南では、黒い驟雨《しゅうう》の箒が雲の下に懸かっていた。そのほかはどこもかしこも、ピンク色のもやが濛々《もうもう》と立ちこめている。

〈浅海〉の水面を覆いつくしているのは、海藻の部厚いかさぶたである。その一つの上に、養殖鉱業社《バイオ・ミネラル》のいかだ——幅百フィート、長さ二百フィートの金属板——は支えられていた。

四時かっきりに、マストの上の汽笛が当直の交替を告げた。副主任のサム・フレッチャーは食堂から出て、甲板を横ぎり、事務室のドアを開けると、中をのぞいた。いつもなら机に座って生産報告書を書き入れているはずの、カール・レイトの姿が見えなかった。フレッチャーは後ろをふりかえって、甲板から処理工場の方角を見渡してみた。どこにもレイトは見あたらなかった。妙なことだ。フレッチャーは事務室に入って、今日の収穫トン数をチェックした。

三塩化ロジウム……………四・〇一
硫化タンタル………………〇・八七

トリピリジル塩化レニウム……○・四三

合計トン数をフレッチャーは計算した。五・三一——水準なみの成績だ。二人のあいだの生産量の賭けは、依然フレッチャーのリードだった。明日は月末。もうレイトのヘイグ&ヘイグは貰ったようなものだ。そのときの未練がましいレイトの抗議を想像して、フレッチャーはニヤリと笑い、ふと口笛を洩らした。屈託のない、自信に溢れた気分である。あとひと月で契約の六ヶ月が満了する。そうすれば、六ヶ月分の俸給を抱えて、スターホウムへ帰れるのだ。

いったい、レイトはどこへ行ったのだろう？　フレッチャーは窓の外をのぞいた。視野に入るものは、まずヘリコプター——惑星サブリア特有の集中豪雨に備えて、甲板に支索止めしてある——そして、マスト、黒い影になった発電機、水タンク、ぐっといかだの端へ行って、微粉機《パルベライザー》、濾過塔、ツベート筒（底部に活栓のついたガラス筒）、貯蔵庫。

黒い人影がドアに現れた。フレッチャーはふりかえったが、それは昼番の作業員アゴスチノだった。いましがた、フレッチャー組の作業員ブルー・マーフィーと交替を終わってきたのである。

「レイトはどこだ？」フレッチャーはきいた。

アゴスチノは事務室の中を見回した。「ここにいると思ったんですがね」

「処理工場じゃないのか」

「いや、あたしゃ、いまそこから来たんで」

フレッチャーは部屋を横ぎって、手洗所をのぞいた。「ここにもいない」

アゴスチノはきびすを返した。「さ、ひとっ風呂浴びてくるか」出しなにもう一度ふりかえって、

「フジツボの在庫が切れかかってるんですが」

「採集船《はしけ》を出すようにしよう」フレッチャーはアゴスチノにつづいて甲板に出ると、処理工場に足を向けた。

はしけの繋がれたドックの脇を抜けて、粉砕室に入った。一号ロータリーは、タンタル（希有金属元素。鋼に似て展性延性に富み、薬品に侵されない）抽出用のフジツボを粉砕している。二号ロータリーは、レニウム（やはり希有金属元素）を豊富に含んだナマコの細粉化。球型粉砕機は、オレンジピンクのロジウム塩（ロジウムは、白金族元素の一つ）の瘤塊《りゅうかい》を含んだサンゴの投入を待っていた。

赤ら顔と、乏しくなった赤毛の持ちぬし、ブルー・マーフィーが、軸受、シャフト、チェーン、軸箱、バルブ、ゲージの点検をやっていた。破砕機の轟音を打ち負かすように、フレッチャーは声をはり上げた。「レイトが来なかったか？」

マーフィーはかぶりを振った。

そのまま足を進めたフレッチャーは、泥化物から金属塩の最初の分離にとりかかっている濾過室を通り、林立したツベート筒のあいだを抜けて、ふたたび甲板に出た。レイトはいない。おそらく、ひと足先に事務室へ行ったのだろう。

だが、事務室はからっぽだった。

フレッチャーはそのまま食堂へ回ってみた。アゴスチノが、鉢いっぱいの唐辛子《チリ》料理を忙しく口に運んでいる。とがった顔の司厨員、デイヴ・ジョーンズが調理室の入口に立っていた。

「レイトを見ないか？」

ジョーンズは、一言で間にあうところはぜったいに二言しゃべらぬ主義である。彼はうっそりと首を振っただけだった。

アゴスチノが、顔を上げた。「はしけを当たってみましたか？　養殖棚へ出かけたのかもしれませんぜ」

フレッチャーは不審げな顔をした。「マールバーグがどうかしたのか？」

「掘削バケットの歯を替えてるんです」

フレッチャーはドックにあったはしけの並びぐあいを思い出してみた。もし、はしけの管理者のマールバーグが修理に手をとられていたとすれば、レイトが自分で出かけたとしてもふしぎはない。フレッチャーはコーヒーのカップを手にとった。「じゃあ、それだ」フレッチャーは腰をおろした。「ただで超勤を引き受けるとは、レイトにも似合わんな」

マールバーグが食堂に入ってきた。「カールはどこへ行った？　バケットの替えを追加注文しとけよ」

「魚釣りにでも行ったんでしょう」とアゴスチノ。

マールバーグはこの冗談で笑って、「獲物はイトウナギかな。それともデカブラックかな」

デイヴ・ジョーンズが唸るように、「おれは、料理するの、ごめんだ」

「デカブラックだって、まんざらでもなかろう」とマールバーグ。「オットセイに似ちゃいるがね」

「オットセイが食えるもんか」ジョーンズが吐き出すようにいった。

「似てるっていやあ、ジュゴンのほうに近いな」とアゴスチノがいった。「十本腕のヒトデを頭につけたジュゴンだ（〈デカブラック〉は「10」の意のギリシャ語dekaと「腕」の意のラテン語brachiumを合わせたと思われる造語）」

フレッチャーはカップを置いた。「レイトはいつごろ出かけたんだろうな？」

マールバーグは肩をすくめた。アゴスチノも答えられない。

「養殖棚までは一時間かそこらだ。もう帰ってきていい」

「エンコしたのかもしれませんな」とマールバーグ。「もっとも、はしけの調子はよかったがね」

フレッチャーは、立ち上がった。「呼び出してみるか」食堂を出たフレッチャーは事務室に戻り、内線《インターカム》スクリーンのダイアルをＴ３に合わせた――フジツボ採集船のチャンネルである。

スクリーンは空白のままだ。

フレッチャーは待った。採集船のブザーが鳴っている証拠に、ネオン電球が明滅している。

応答はない。

フレッチャーは漠然とした不安を感じた。部屋を出ると、マストへ行き、昇降機で望楼《キューポラ》へ昇った。ここからだと、半エーカーのいかだと、五エーカーの海藻表殻《ひょうかく》と、それらをとりまいた大洋の広がりが見渡せるのだ。

はるか北東、〈浅海〉の切れるあたりに、遠洋開発社《ペラジック・リカバリー》の新しいいかだが、煙霧でぼやけかかった小さな黒点になって浮かんでいた。南のほう、赤道海流が〈浅海〉の裂け目めがけて注ぎこんでくるあたりには、フジツボの養殖棚が長くゆるいカーブを作って続いている。北のほう、〈深海〉から頭をもたげたマクファースン岩礁脈があと三十フィートで海面に顔をのぞかせようというところへアルミニウムの杭が打たれているのは、ナマコ捕りのわなを支えるためだ。そこかしこに浮かんだ海藻の塊《かたまり》は、錨で底へつながれたものもあるし、潮流の活動で固定されているものもある。

フジツボ養殖棚の列に双眼鏡を向けたフレッチャーは、すぐに採集船を見つけた。腕をしめ、倍率を調節しながら、操縦室にピントを合わせてみる。誰もいない。もっとも、双眼鏡が震えるので、確かとはいえなかった。

フレッチャーはひとわたり採集船を見回した。

カール・レイトは、どこにいるのだろう？　操縦室のなかの物陰か？

フレッチャーは甲板に降り、処理工場へ回って中をのぞいた。「おうい、ブルー！」

マーフィーが、大きな赤い手をボロで拭きながら顔をのぞかせた。「採集船はいるんだが、レイトがスクリーンに出てこないんだ」

マーフィーは、はげ上がった頭をかしげながら、ドックまでフレッチャーについてきた。ランチはそこに係留されてある。フレッチャーはもやい綱を引いて、ランチの船尾を手前に回すと、そのデッキにとび降りた。

マーフィーの声が呼びかけてきた。「わたしも行きましょうか？　工場のほうはハンスに頼んでゆきます」ハンス・ハインツは機関士である。

フレッチャーはためらった。「それには及ぶまい。レイトがどうかしたとしても——ま、おれだけでなんとかするさ。ただ、スクリーンだけはよく見ててくれ。連絡をよこすかもしれんから」

フレッチャーはキャビンに入り、腰をおろすと、天蓋《ドーム》を閉めてポンプを始動させた。

ランチは横揺れと跳躍をくりかえし、スピードを加えて、しだいにその鼻づらを海面下に突っこんでいった。やがて、天蓋《ドーム》だけを残して水中にもぐってしまった。

フレッチャーはポンプを切った。艇首から吸いこまれた海水が蒸気に変わって、船尾から吐き出されてゆく。

養殖鉱業社のいかだは、桃色のかすみの中の灰色のしみに変わった。逆に、採集船と養殖棚の輪郭がくっきりと浮き上がり、しだいに大きさを増してきた。フレッチャーは動力を止めた。浮上した艇は惰力で採集船の黒い船体に近づき、そのままマグネット球で密着した。これだと、採集船もランチもそれぞれ独立して、波のうねりと動きを合わせることができるのだった。

フレッチャーは天蓋《ドーム》を滑らせると、採集船の甲板へとび上がった。

「レイト！　おーい、カール！」

返事はない。

フレッチャーは甲板を見回した。レイトは大男である。腕力もあり、動きも早い――それでも、事故が起こらぬとはいえなかった。フレッチャーは操縦室に向かって甲板を歩いて行った。一号船倉を通りすぎた。ここは黒緑色のフジツボの山だ。二号船倉では、せり出したクレーンから養殖棚へ伸びたバケットが、いまにもそれを海面へ持ち上げようとしている。

三号船倉は、まだ荷が入っていない。操縦室はからっぽだった。

採集船のどこにも、カール・レイトは見つからなかった。

ヘリコプターかランチで連れ去られたのかもしれない。それとも、足をすべらせて海へ落ちたのだろうか。まわりの暗い海面を、フレッチャーはゆっくりとチェックしていった。突然舷側から身を乗り出した彼は、水面の反射を透かして、その向こうを見きわめようとした。だが、水底に青白いものとして見えたのは、一頭のデカブラックが、人間の背丈ほどある繻子《しゅす》のように滑らかな体をひっそりと動かしている姿にすぎなかった。

フレッチャーは思案げな目を北東の方角にこらした。遠洋開発社のいかだが、桃色のとばりの奥に浮かんでいる。それは三ヶ月前にできたばかりの新しい企業で、いぜん養殖鉱業社の生化学を受けもっていたテッド・クリスタルが、持ちぬしと作業監督を兼ねているのだった。サブリアの大洋は無尽蔵といえる。金属の需要も無限に近い。二つのいかだが競争者となることは、いかなる意味からもありえなかった。どう想像をたくましくしたところで、クリスタルやその部下がカール・レイトをおそうなどとは、フレッチャーには考えられないのである。

レイトは海に落ちたのにちがいない。

フレッチャーは操縦室にひきかえし、はしごを伝って最上船橋へ昇った。もう一度、むだとは知りつつ、船のまわりの海面を探ってみる――〈浅海〉の裂け目をゆうに二ノットの早さで通過してゆく潮流が、レイトの体を〈深海〉へ運び去っただろうからだ。フレッチャーは水平線に目を走らせた。養殖棚の列がピンクの夕闇に溶けこんでいる。北西の空に突き出ているのは、養殖鉱業社のマストだ。遠洋開発社のそれは見えなかった。目のとどくかぎり、生きものの姿はない。

スクリーンのブザーが船室から聞こえた。フレッチャーは中に入った。ブルー・マーフィーが、いい、かだから彼を呼んだのだった。

「ニュースは？」

「なにもなしだ」とフレッチャー。

「どういう意味です？」

「レイトは、ここにもいない」

大きな赤ら顔に皺がよった。「じゃ、誰がいるんです？」

「誰もいない。どうやらレイトは、海に落ちたらしいんだ」

マーフィーは、ひゅーっと口笛を鳴らした。いうべき言葉がないようだった。やがて、「どんなぐあいで、また？」

フレッチャーはかぶりを振った。「わからんね」

マーフィーはくちびるをなめた。「店を閉めたものでしょうかね」

「なぜ？」フレッチャーが聞いた。

「つまり――哀悼のしるしに、ですよ」

フレッチャーは陰気くさく笑って、「いや、営業はつづけるさ」

「ご随意に。だが、フジツボは不足ですぜ」

「カールの荷揚げした分が、ひと船倉半――」そこでためらったフレッチャーは、ほーっとため息をついて、「もうすこし、揚げた上で帰るか」

マーフィーはへきえきしたように、「ぞっとしない仕事ですな、サム。あんたって人は、神経がないみたいだ」

「カールには、もうどっちだって同じことさ」とフレッチャー。「いつかはフジツボを採らなきゃいけないんだ。ふさぎこんでいてもしかたがない」

「あんたのいう通りでしょう」マーフィーは自信なさそうにいった。

「二時間ほどで戻るからな」

「落っこっちゃいけませんぜ、レイトのように」

スクリーンが空白に戻った。フレッチャーは考えた。あと一ヶ月、新しい乗組員たちが到着するまでは、自分がいかだの監督者なのだ。あまりありがたくはないが、責任は果たさねばならぬ。

ゆっくりと甲板に戻った彼は、巻揚げ機の操作台に上がった。まる一時間、養殖棚を海から引き揚げ、削り刃が暗緑色の殻を船倉にこそげ落とすのを待って、ふたたび棚を海に戻す、そんな作業がつづいた。レイトが姿を消すまえに働いていたのも、ここなのである。この操作台から、どうやって海に落ちるというのだ？

不安が小きざみにフレッチャーの神経を遡って、脳にたどりついた。彼は巻揚げ機を止めると、操作台を離れた。そこで、つと足をとめた。甲板のロープに目を釘づけにされたのである。

奇妙なロープだった――てらてらと、半透明の光沢、太さは一インチもあろう。それが甲板にゆるいとぐろを巻いて、片はしは船べりへ垂れている。フレッチャーは近寄ろうとしてためらった。ロープ？　ぜったいに、これは採集船の備品ではない。

用心しろ、とフレッチャーは思った。

掻き落としのみが一挺、起重機の支柱に吊り下げてあった。小さな手斧に似た道具である。なにかの原因で、自動式の削り刃が故障したとき、手で養殖棚をこそげ落とすのに使うのだ。それがロープの向こう、二歩の距離にある。フレッチャーは、甲板に降りた。ロープがふるえた。とぐろが縮まり、フレッチャーの足首にぴしゃりと巻きついた。

突進したフレッチャーは、掻き落としのみを摑んだ。ロープが残酷なひと曳きを加えた。フレッチャーは、ばったりとうつ伏せに倒れ、のみをとり落とした。蹴る、もがく。が、それをしりめに、ロープは彼を舷側へと運んでいった。フレッチャーは死にものぐるいに手を伸ばして、ようやくのみをとりもどした。ロープは、手すり越しに彼をひきずりこもうと、足首を持ち上げにかかっている。フレッチャーは体をねじ曲げ、めったやたらにロープを撲りつけた。ロープはだらりととぐろを開き、舷側を蛇のように伝い下りていった。

やっとの思いで立ち上がったフレッチャーは、よろよろと手すりにつかまった。水底めざして滑り下りたロープは、やがて油っぽい空の反射のなかに姿を消した。いっとき、波がしらがフレッチャーの視野に直立したかたちで止まった。海面下三フィートに、デカブラックが一頭、泳いでいる。ヒトデの腕のように放射状に伸びたピンクゴールドの腕の房、そしてその真中の、おそらくは眼であろう黒いしみ、それだけがフレッチャーに見えた。

死の間近さに惑い、脅え、気圧《けお》されながら、フレッチャーは船べりから後じさりした。自分の間抜けさ加減、向こう見ずな不注意さを呪いたかった。のこのこと荷揚げなどしていたとは、焼きが回ったもいいところだ。思えば、レイトの死が事故でありえぬことは最初からはっきりしていた。なにものかが、レイトを殺したのである。そこへ、自分も殺してくれと、フレッチャーは名乗りを上げて行ったわけだ。

彼は足を引きずりながら、操縦室に入ると、ポンプを始動させた。船首の孔から吸いこまれた海水が、勢いよく射出口から噴き出した。採集船は養殖棚を離れた。フレッチャーは針路を北西、養殖鉱業に向けると、もう一度甲板に出た。

もう日暮れに近い。えび茶色に昏《くら》みかかった空。血をとかしたような夕闇が、ねっとりと周辺にまつわりはじめた。サブリアの二つある太陽の大きいほう、鈍い赤色巨星ギデオンが、つるべ落としに沈んだ。しばらくは、青緑色のアトリュスの光だけが雲とたわむれた。夕闇はいつか淡いみどりに変わり、錯覚の関係か、まえのピンクより明るさの増した感じだった。アトリュスが沈み、空は暗黒になった。

行く手に養殖鉱業社の檣灯《しょうとう》が見え、近づくにつれて、しだいに空へせり上がっていった。照明の中に、黒い人影の輪郭が浮き上がっている。乗組の全員がフレッチャーを迎えているのだった。二人の作業員、アゴスチノとマーフィー。採集船の整備員マールバーグ。生化学者のデーモン。賄《まかない》係のデイヴ・ジョーンズ。無電技師のマナーズ。機関士のハンス・ハインツ。

フレッチャーは、はしけをドックに入れ、フェルト化した海藻の軟らかい階段を昇って、無言の男たちのまえで足をとめた。一同の顔を見回す。いかだで待っていた彼らのほうが、かえってレイトの死の異常さをなまなましく感じているらしい。表情にそれが現れていた。

暗黙の質問に答えるように、フレッチャーはいった。「事故ではなかった。なにが起こったかも、わかった」

「なんです？」誰かがたずねた。

「犯人は白いロープのようなやつだ」フレッチャーはいった。「そいつが海から這い上がってくる。人間がそばに近寄ると、足にからみついて、船からひきずり落とすんだ」

マーフィーが声を低めて訊いた。「たしかですか?」

「おれもやられるところだった」

生化学者のデーモンが懐疑的な声を出した。「生きたロープですか?」

「そうとも思えるな」

「ほかに考えられるのは?」

フレッチャーはためらってから、「舷側から見おろしてみたんだ。デカブラックが見えた。確実なのが一頭、ほかにも二、三頭いたかもしれない」

沈黙が下りた。一同はあらためて海面を見やった。マーフィーがいぶかしそうに、「じゃあ、デカブラックが犯人だと?」

「それはわからん」こわばった鋭い声で、フレッチャーは言いかえした。「白いロープだか繊維だかが、おれに巻きついてきた。そいつを叩き切って、舷側から下を眺めたら、デカブラックが見えたのさ」

一同は驚きと怖れの入り混じった囁きをかわしあった。

フレッチャーはきびすを返して、食堂のほうへと歩き出した。ドックに残った人びとは海をみつめながら、ひそひそと小声で喋りあっていた。いかだのライトは、彼らの背後から闇に向かって注がれている。しかし、目に映るものはなにもない。


その夜更け、オフィスの二階にある実験室への階段を昇ったフレッチャーは、マイクロフィルムのビューアーにかかりきっているユージン・デーモンの姿を見いだした。
デーモンは、顎長《あごなが》の細面《ほそおもて》で、まっすぐな金髪と狂信者のような目を持っていた。勤勉で細心だが、前任者――サブリアで独立操業するため、養殖鉱業を辞めていったテッド・クリスタル――の影に隠されたような仕事ぶりだった。クリスタルの才能が偉大すぎたのである。地球産のヴァナジン蓄積型ナマコ（ヴァナジンは稀有元素であるが、しばしば鉄鉱中に含まれ、また原索動物（ホヤなど）の体液中にも含まれることがある）を惑星サブリアの海水に適応させたのも彼だし、タンタル含有フジツボを虚弱な珍種から現在の強壮で生産性の高い品種に育て上げたのも彼なのだ。デーモンはクリスタルのかけた時間の二倍は働き、日課的な仕事は能率的にやってのけていたが、クリスタルの場合、問題からその解決へ、一足とびに飛躍できた直感と想像力が、デーモンには不足しているのだった。

実験室に入ってきたフレッチャーを、彼はちらと見上げたが、すぐまたマイクロ・スクリーンとにらめっこにかかった。

フレッチャーはしばらく見物してから、「なにを探している?」と、きいた。

デーモンは、フレッチャーを、ときには興がらせ、ときにはいら立たせる、例の重々しい、ちょっとペダンチックな口調でそれに答えた。「あなたを襲ったという、その白い『ロープ』とやらを、索引から割り出しているところですよ」

フレッチャーはあいまいな合いづちを打っておいて、マイクロ・ファイルのセット・ボタンを調べにいった。デーモンが送りこんだコードは、『長い』『細い』、および〈サイズ分類　E、F、G〉だった。これだけの指示に基づいて、選択器《セレクター》はサブリア生物界の全リストの中から七枚のカードを抽出していた。

「なにか見つかったか?」フレッチャーはたずねた。

「いや、まだ」デーモンは別のカードをビューアーに挿しこんだ。〈サブリア産環形動物　RRS14924〉というタイトルで、体節をもった細長い虫の図解がスクリーンに映った。縮尺からすると、約二・五メートルの体長である。

フレッチャーはかぶりを振った。「やつはその四、五倍の長さはあった。それに、節もなかったと思う」

「目下のところ、これが最有力候補でしたが」とデーモンは探るようにフレッチャーの顔をうかがった。「たしかでしょうね——その白い長いロープだったことは?」

それには耳をかさずに、フレッチャーは七枚のカードを拾い上げると、それをファイルに戻し、コード表を繰《く》って、選択器《セレクター》をセットし直した。

コードを暗記しているデーモンには、ダイアル面を見ただけで、こんどの指示が読めた。〈付属器官〉——〈長い〉——〈サイズ分類　D、E、F、G〉。

選択器《セレクター》は、三枚のカードをビューアーに送りこんできた。

最初のは、ガンギエイのような泳ぎかたをする青白い円盤で、四本の長いひげをひきずっていた。

「これじゃない」フレッチャーはいった。

二番目のは、まっ黒な弾丸形の体をした水棲昆虫で、体尾に鞭毛《べんもう》がある。

「これでもない」

三番目のは、セレン、硅素《けいそ》、弗素《ふっそ》、それに炭素で構成された原形質をもつ、軟体動物の一種だった。炭化硅素でできた半円形の甲羅の隆起から、細い捕捉触手が伸び出ている。

その生物は『ストリッカル・モニター』と名づけられていた。サブリア生物分類学の先駆者として有名な、エステバン・ストリッカルの名に因んだのである。

「こいつがお尋ね者らしいな」とフレッチャー。

「移動能力のないやつが？」デーモンが異議を唱えた。「ストリッカルは、北部〈浅海〉の巨晶花崗岩《ペグマタイト》脈で、デカブラックと共生しているこいつを発見したらしいですね」

フレッチャーは、解説を読み上げた。「触手はきわめて柔軟であり、明らかに食物収集と胞子撒布の機能をもった探索器官であると思われる。このモニターは通常、デカブラックの群落付近で見出される。この二つの生命体の相利共生《シンビオシス》は、考えられぬところではない」

デーモンは、もの問いたげにフレッチャーを眺めた。「それで？」

「養殖棚のそばにもデカブラックがいた」

「モニターに襲われたというのは、どうも解せないな」疑わしそうにデーモンはいった。「なんといっても、向こうは泳げないのですよ」

「そうだろうとも、ストリッカルによれば、な」

口を開きかけたデーモンは、フレッチャーの表情に気がついて、穏やかな声にもどった。「もちろん、誤謬の可能性はあります。いくらストリッカルでも、惑星の全生物界が相手では、概要以上のことはなかなか解明できなかったでしょうから」

フレッチャーはスクリーンを眺めていた。「これが、クリスタルが自分で採集してきた一ぴきを分析した結果だ」

二人はストリッカル・モニターの体に含まれた元素と主要化合物の表を睨んだ。

「商業的価値はゼロだ」とフレッチャー。

デーモンは、なにやら自分だけの考えを追っているようすだった。「クリスタルは実際に海底まで行って、モニターを捕らえてきたんですか？」

「そうだよ。潜水艇《ウォーター・バッグ》に乗ってね。海底にいた時間のほうが多かったかもしれない」

「ま、流儀は人それぞれだけど」そっけなく、デーモンはいった。

フレッチャーはカードをファイルに戻して、「きみの好みに合おうと合うまいと、やつは腕のいい野外調査員だった。それだけは認めてやるんだな」

「ぼくの見たところ、野外調査段階は完全に終わりに来てますよ」デーモンは呟いた。「すでに、生産体制も軌道に乗ったことだ。当面の問題は、収穫をいかに増やすかでしょう。まちがいだと言われることは覚悟してますがね」

フレッチャーは笑い出すと、デーモンの骨ばった肩をぽんと叩いた。「誰が揚げ足をとるものか、ジーン。ひとりの人間では探求しつくせないほど分野が広がっていることは、もうはっきりした事実なんだ。四人がかりでも、てんてこ舞いするぐらいの」

「四人がかり？」と、デーモン。「一ダースといったほうが正しいな。炭素型グループ一つだけの地球生物に比べて、サブリアには三つの違った原形質相があるんですからねえ。ストリッカルでさえ、うわっつらをひっ掻いただけにすぎませんよ！」

しばらくフレッチャーを見まもった彼は、ふしぎそうにたずねた。「こんどはなにを探すつもりです？」

フレッチャーはまたもや索引を繰りはじめていたのだった。「ここへ調べにきた目的のものさ。デカブラックだよ」

デーモンは、ぐっと椅子の背にそりかえった。「デカブラック？　どうしてまた？」

「われわれのまだ知らぬことが、サブリアにはいくらもある」穏やかに、フレッチャーはいった。

「きみはデカブラックの群落を見に海へ潜ったことがあるか？」

デーモンは、きゅっとくちびるを嚙んだ。「いいえ。あるわけがないでしょう」

フレッチャーはデカブラックのカードをダイアルした。

ファイルからビューアーへ、かちっと音を立ててカードが入った。スクリーンに映ったストリッカルの模写原図は、多くの点で立体カラー写真よりも豊富な知識を伝えてくれた。描かれている標本は六フィートあまりの体長で、青白いオットセイに似た体の末端に、三枚の推進用のひれを備えている。頭部から放射状に出ているのが、この生物の名前の由来となった十本の腕である——柔軟なそれの長さは、おのおの十八インチぐらい、その中央に、ストリッカルが眼ではないかと推定した黒い円盤があった。

フレッチャーは、この生物の生息地、食習慣、繁殖法、原形質分類についての、いささか簡略な説明にざっと目を走らせてから、不満そうに眉を寄せた。「大して実のない感じだな——こういう重要な種族を扱ったにしては。解剖のほうを調べてみるか」

デカブラックの骨格は、ドーム型の頭骨に始まり、三本のしなやかな軟骨性背椎《はいつい》に枝分かれして、おのおのが尾びれにつながっている。

カードのデータはそれだけで終わっていた。

「クリスタルがデカブラックの観察をやったという話でしたね」唸るようにデーモンがいった。

「その通りだ」

「彼があなたの言うほど腕っこきの野外調査員なら、データはどこにあるんです?」

フレッチャーはニヤリと笑った。「文句はほかへ言ってくれ。おれも雇い人だからね」そういって、カードのデータを再びスクリーンに映し出した。

〈総括的所見〉で、ストリッカルはこう述べていた。『デカブラックはサブリアのA類グループ、すなわち、硅素‐炭素‐窒素型生物に属するものと思われる。ただし、重要な逸脱的特徴も存在する』そして、デカブラックと他のサブリア産種族の関連について、二、三行の考察をつけ加えているのだった。

クリスタルのほうは、単にこう注釈を入れているだけである。『産業的利用性を検討。特記すべきものなし』

フレッチャーは感想をさし控えた。

「どの程度のチェックを、彼はやったんです？」

「例の華々しいやりかたでさ。潜水艇で潜ってゆき、銛《もり》で一頭仕止めて、実験室まで引きずってきた。三日間、解剖にかかりきっていたよ」

「それにしてはお粗末じゃありませんか」ぶつぶつとデーモンは呟いた。「ぼくに三日間くれて、デカブラックのような新種を研究させてごらんなさい。一冊の本ができ上がりますよ」

二人はデータの映写がくりかえされるのを眺めた。

突然、デーモンが骨ばった指でスクリーンをつついた。「見えますか？　抹消の跡がある。フィルムの余白に黒い三角がついてるでしょう？　削除のしるしですよ」

フレッチャーはあごを撫でた。「しだいに深まる謎また謎、か」

「まったく言語道断だ」デーモンが憤慨の叫びを上げた。「理由も訂正も書き入れずに、データを抹消するなんて」

フレッチャーは、ゆっくりとうなずいた。「どうやら、誰かがクリスタルと話しあってみる必要がありそうだな」じっと考えてから、「うむ――善は急げ、だ」事務室に下りた彼は、遠洋開発社のいかだを呼び出した。

スクリーンに出たのは、クリスタル本人だった。桜色の肌をした金髪の大男で、頭の鋭さをカムフラージュするような、人好きのする魅力があった。同じように、その小肥りの体の下には隆々とした筋肉が隠されているのだ。クリスタルは用心深いあいそのよさで、フレッチャーに声をかけてきた。

「どうだい、そっちのぐあいは？　ときどき、きみたちの仲間に戻ろうかと思うことがあるよ――一本立ちでやるってのも、楽なもんじゃなくてな」

「じつは、こっちで事故があったんだ」フレッチャーはいった。「それで、ひと言警告しとこうと思って」

「事故？」クリスタルは気がかりそうな態度だった。「なにがあったんだ？」

「カール・レイトが、採集船で――出たままになってしまった」

クリスタルは愕然とした。「そりゃあ、たいへんだ！　どうしてまた……」

「どうやら、なにかに海へひきずりこまれたらしい。たぶん、相手は、軟体動物のモニター――ストリッカル・モニターだろう」

クリスタルの桜色の顔に、けげんそうな皺がよった。「モニター？　採集船は浅瀬にいたのか？　だが、そこまで水は浅くないはずだ。どうも解せんな」

「おれにもだ」

クリスタルは、白い金属の立方体を指のあいだでいじり回しながら、「ふしぎとしかいいようがないな。で、レイトは――死んだ？」

フレッチャーは暗い表情でうなずいた。「そうと見ていいだろう。こっちでは全員に、ひとりで出歩かぬよう警告したところだ。きみのいかだでも、そうしたほうがいいと思う」

「わざわざ、すまなかったな、サム」クリスタルは眉をひそめ、気がついたように、さっきの金属の立方体を下においた。「これまでサブリアでは、事故ひとつなかったのに」

「採集船の下に、デカブラックがいたのをおれは見た。やつらが関係しているかもしれないな」

クリスタルは無表情だった。「デカブラック？　あの無害なやつがかい？」

あいまいに、フレッチャーはうなずいた。「ところで、そのデカブラックをマイクロ・ライブラリで調べようと思ったんだがね。いくらも資料がないんだ。かなりのデータが抹消されてるらしい」

クリスタルは、ブロンドの眉をぐっと吊り上げた。「なぜそれを、おれに？」

「その抹消をやったのが、きみかもしれんからさ」

クリスタルは気を悪くしたようだった。「また、なんだって、おれがそんなことをしなけりゃならんのだ？　養殖鉱業社のために、おれはずいぶんつくしたつもりだぜ、サム――きみもそれは承知のはずだ。そりゃあ、いまのおれは自分の儲けを追う立場だ。たしかに、楽な商売ではないことも認めるが」金属の立方体をいじりかけたクリスタルは、フレッチャーの目に気づいて、机のはしへそれを押しやった。そばにコーシイの〈定数と物理的諸関係の宇宙《ユニバーサル》ハンドブック〉が置いてある。

間をおいて、フレッチャーはたずねた。「ところで、デカブラックの資料は消したのか、消さなかったのか？」

クリスタルは眉をよせて考えこんだ。「まちがいのわかったデータを一つ二つ抹消したことがあったかもしれん――たいして重要なものじゃないさ。ぼんやりとだが、ファイルからそれを抜いた記憶がある」

「いったい、どんなデータだろうな？」皮肉な声で、フレッチャーはたずねた。

「はっきりは、憶えてない。たぶん、なにか食習慣のことじゃないかな。デックたち、プランクトンを食べてるものと、はじめは考えたんだ。だが、どうも違うらしいんだな」

「ほう？」

「サンゴ礁に生えるウミキノコを餌にしている。まあ、ここらだと思う」

「それだけか、削除したのは？」

「それ以外には思いつかんね」

フレッチャーは金属の立方体に視線を戻した。ハンドブックの背文字でいって、ちょうど Universal の v の字の枝分かれから、of の o の中央までが、それで隠れている。「なんだい、机の上のもの？　冶金学《やきん》にでも凝ってるのか？」

「いや、いや」とクリスタルはいった。金属塊をとり上げると、しげしげと眺めながら、「ただの合金のかけらさ。試薬への耐性を検査しているんだ。とにかく、ありがとう、サム」

「レイトの殺されかた、なにか心当たりでもないか？」

クリスタルは驚いた表情で、「なぜ、おれにきく？」

「このサブリアで、誰よりもデカブラックのことをよく知っているのが、きみだからだ」

「残念だが、力になれそうもないね、サム」

フレッチャーはうなずいた。「じゃ、また」

「おやすみ、サム」

空白にかえったスクリーンを、フレッチャーは睨みつづけた。モニターという軟体動物——デカブラック——抹消されたマイクロフィルム。そこには、行くさきはわからぬながら、たしかに、あるつながりが隠されている。デカブラックが関係しているとなれば、クリスタルも怪しい。フレッチャーには、さっきのクリスタルの抗議が額面どおりにとれなかった。どうもわけありで、なんにつけても嘘を言っているような気がするのである。たとえば、あの金属の立方体だ。彼の質問を受け流すのに、クリスタルは少々とぼけすぎ、あわてすぎていたように思えた。

フレッチャーは、自分の書棚から〈ハンドブック〉を出した。ｖの字の枝分かれからｏの字の中央までを計ってみる。四・九センチ。さてだ、もしあの金属塊が、そうした見本の通例である一キログラムのブロックだとすれば——フレッチャーは計算をはじめた。一辺四・九センチの立方体の容積は、一一九ｃｃ。その重量が一〇〇〇グラムと仮定すると、一ｃｃ当たり八・四グラムの密度になる。

フレッチャーはその数字を見つめた。数字だけとった場合、それほどまで暗示的なものはそこにない。百種類もの合金がそれにあてはまるのだ。かぼそい仮定をたよりにしたところで、はたして——そう思いながら、やはり彼の手は〈ハンドブック〉を繰った。ニッケル　一ｃｃ当たり八・六グラム。コバルト　八・七グラム。ニオブ　八・四グラム。

座り直したフレッチャーは、じっと考えた。ニオブ？　高価で、製造のめんどうな元素だ。限られた天然資源と、満たされぬ需要。この思いつきは彼をわくわくさせた。ニオブの生物資源をクリスタルは開発したのだろうか？　もしそうなら、一財産はまちがいない。

フレッチャーは椅子に沈みこんだ。へとへとに疲れきった感じである——精神的にも、肉体的にも。カール・レイトのことが頭を離れない。その死体がふわふわと夜の海を漂い、光のとどかぬ世界まで何マイルもの水中を沈んでゆくさまを想像してみた。なんの理由があって、レイトの生命は奪われねばならなかったのだ？

レイトの死の無意味さ、あっけなさが、フレッチャーには、やりきれないほど腹立たしかった。カール・レイトのような立派な男には、サブリアの暗い海へひきずりこまれるより、もっとましな死にかたがあるはずだった。

フレッチャーは弾かれたように立ち上がると、つかつかとオフィスを出て、実験室への階段を昇った。

デーモンは、まだいつもの仕事に没頭していた。彼は現在、三つの課題を抱えているのだった。そのうち二つは、サブリアの藻類から白金を分離する計画、あとの一つは、アルファード・アルファ海綿の、レニウム含有量を増加させる試みである。どの場合においても、彼の基本的なテクニックは同じだった。突然変異の発生に好適な条件下で、つぎつぎの世代を、より濃厚な金属塩溶液になじませてゆく。やがて生命体の中には、その金属の機能的な用途を見いだすものが現れる。そうした種族を隔離し、サブリアの海水に移す。少数のものは、このショックに堪えて生存する。さらに、あるものは新しい条件に適応して、いまでは不可欠な養分となった金属を吸収しはじめるのだ。

品種陶汰によって、後者に属する生物の有望な能力は、いっそう強化されてゆく。あとは、それの大規模な養殖によって、無限の富を持ったサブリアの海水から、まもなく新しい資源が獲得できることになるのだった。

フレッチャーが実験室に入ったとき、デーモンは、海藻の培養皿を、正確な幾何学的直線の列に並べているところだった。肩ごしに、不期限そうな目でデーモンはふりかえった。

「いま、クリスタルと話してきた」フレッチャーはいった。

デーモンは興味を示した。「彼、なんといいました?」

「二、三、推定のまちがいをフィルムから削ったかもしれないそうだ」

「ばかばかしい」デーモンは一笑に付した。

テーブルに近づいたフレッチャーは、考え深げに海藻の培養皿の列を眺めた。「ジーン、きみはサブリアでニオブにお目にかかったことがあるか？」

「ニオブ？　いや。これというほどの量にはでくわしませんね。もちろん、海水には含有の痕跡があります。たしか、サンゴの一種にもニオブの条痕が出ていたと思いました」そこでせんさく好きな小鳥のように首をかしげると、「なぜ、そんなことをきくんです？」

「ただの思いつきさ。あてずっぽうの」

「クリスタルの返事じゃ、納得できなかったようですね」

「全然」

「それじゃ、つぎの手は？」

フレッチャーは、ぐいとテーブルに身を乗り出した。「まだ決めてない。ぼくにできることはあまりなさそうだ。ただ――」と彼は口ごもった。

「ただ、どうなんです？」

「ただ、自分で水中探査をやってみる手はあると思う」

デーモンは、あっけにとられた。「そんなことをして、なんのご利益《りやく》があるんです？」

フレッチャーは微笑した。「それがわかってれば行く必要はないさ。いいかね、クリスタルはまず海に潜った。そして陸に上がってからマイクロ・ファイルを細工したんだ」

「それはわかっていますが」とデーモン。「やはり……どうも無鉄砲な気がしますね。ああいう事故のあった後では」

「なんともいえんね」フレッチャーはテーブルから離れた。「とにかく、明日までようすを見るよ」

実験日誌を書き入れているデーモンを残して、フレッチャーは主甲板へ降りた。

ブルー・マーフィーが階段の下で待ち受けていた。「どうした、マーフィー?」フレッチャーはきいた。

円《まる》い赤ら顔が困惑の皺を刻んでいた。「アゴスチノのやつ、あんたといっしょでしたか?」

フレッチャーは足をとめた。「いや」

「半時間まえにわたしと交替するはずだったんですがね。宿舎にもいない。食堂にもいないんです」

「こんちくしょう」とフレッチャー。「またか?」

マーフィーは肩ごしに海をふりかえった。

「一時間まえには食堂にいたそうですがね」

「いっしょに来い。いかだを調べてみよう」

処理工場、マストの望楼《キューポラ》――思いつくかぎりの場所を二人は探してみた。採集船は全部ドックに残っている。ランチと二連小舟《キャタマラン》も、曳綱《ひきづな》のはしで波に揺れている。ヘリコプターも甲板の上に、だらりと回転翼を垂れていた。

アゴスチノは、いかだのどこにも見あたらない。誰も彼の行くさきを知らないし、また、出て行った時刻もはっきり覚えていなかった。

食堂に集ったいかだの乗組員たちは、不安そうな身じろぎをくりかえしながら、舷窓から海面を見守るのだった。

フレッチャーに言えることは、わずかしかなかった。「われわれをつけ狙っている正体不明のしろものがなんであるにしろ、そいつはわれわれの不意を襲えるし、またその機会をうかがってもいる。気をつけるんだぞ、みんな――注意の上にも注意してくれ!」

マーフィーが、固めたこぶしでやんわりとテーブルを叩いた。「だが、こっちのとる手は? のろまな牛みたいに、じっと座ってるんですかい？」

「サブリアは、学問的には安全な惑星とされている」とデーモン。「ストリッカルや惑星名鑑にしたがうと、ここにはわれわれに危害を加えるような生物は存在しないんだ」

マーフィーは、ふふんと鼻を鳴らした。「どんな顔でストリッカルの爺さんがそれを言ったか、見てやりたいものさ」

「学問の力とやらで、レイトとアゴスチノを生きかえらせてもらうか」デイヴ・ジョーンズがカレンダーを眺めた。「あと、ひと月だな」

「人員の補充がくるまで、一部制でやろう」フレッチャーはいった。

「増援と言いましょうや」マールバーグが呟いた。

「明日、おれは」とフレッチャーはいった。「潜水艇で、ひとわたりようすを調べてみる。それまで、みんな手斧か庖丁を持ったほうがいい」

窓と外の甲板に、軟らかな物音がひびいた。「雨だ」とマールバーグはいって、壁の時計を眺めた。「もう夜中だぜ」

ざーっという唸りとともに、雨が壁を打ちすえはじめた。甲板を川のように水が流れ、檣灯《しょうとう》が横なぐりのしぶきをぎらぎらと照りかえした。

フレッチャーは、滝に変わった窓を透かして処理工場のほうを眺めた。「今夜はこのへんで幕にするか。いくら騒いでみても——」すがめるように窓のそとを見つめていた彼は、突然ドアを開けて、雨の中に駆け出していった。

しぶきが、彼の顔を鞭のように打ちすえた。見えるものは、雨の中のライトの光芒だけである。そして、いちめん暗灰色にてらてらと輝いた甲板に仄白《ほのじろ》く残ったもの。古ぼけた白いプラスチック・ホースのようなそれ。

かかとをなにものかが捕らえた。足をすくわれた彼は、ずぶ濡れの甲板にしたたかに投げ出された。うしろで、どたどたと足音が聞こえた。興奮した罵り声と、刃物を打ちおろすひびき。フレッチャーの足音がすっと軽くなった。

とび起きたフレッチャーは、よろめきながらマストにつかまった。「なにかが処理工場にいるぞ」彼は叫んだ。

人びとは雨をついて走り去って行った。フレッチャーも後を追った。

しかし、工場の中には生きものの気配はなかった。ドアは開け放たれ、部屋部屋には煌々と明かりがついている。両側に並んだ、ずんぐりした微粉機。そのうしろの高圧タンク、水槽、六色に色分けされたパイプ。

フレッチャーは元スイッチをひねった。機械の唸りと摩擦音が止んだ。「錠をおろし、宿舎へ帰ろう」


朝は、夕暮れの正反対だった。まずアトリュスのかもし出す青白い緑。ギデオンが雲のうしろに昇るにつれて、それがしだいにピンクに温まってゆく。荒れ模様が近いのか、どの方角にも雷雨が黒いカーテンを引いていた。

フレッチャーは朝食をとり、電熱フィラメントの編みこまれた作業タイツに着替え、さらにプラスチック・ドームのついた防水衣を着こんだ。

小型潜水艇《ウォーター・バッグ》は、いかだの東端の吊り柱《ダビット》に吊り上げられていた。透明プラスチックの貝殻形で、金属製の中央隔壁にポンプを内蔵している。潜水した際、バルブはいったん開いて、船内に海水を充満させてから、あらためて閉じる。こうして圧力の半分を船体に、残りの半分を閉じこめられた海水に受け持たせた潜水艇は、四百フィートの深さまで潜航できるのである。

フレッチャーは操縦席に体を沈めた。マーフィーが、空気タンクからのホースをフレッチャーのヘルメットにつなぎ、接合部をネジで締めた。マールバーグとハンス・ハインツが、吊り柱《ダビット》を外にせり出した。マーフィーは昇降レバーのそばに近づいた。一瞬、そこでためらった彼は、ピンクの斑《まだら》に彩られた暗い大洋と、フレッチャーの顔を見比べていた。

フレッチャーは手を振った。「着水させろ」一同のうしろの隔壁についた拡声器から、その声がひびいた。

マーフィーはレバーを引いた。潜水艇はゆっくりと下降した。バルブから溢れこんだ海水が、またたくまにフレッチャーの体を頭の上まで浸した。ヘルメットの排気弁から、ぶくぶくと泡が立ちのぼった。

フレッチャーは、ポンプのテストを終えてからフックをはずした。潜水艇は斜めに海へ潜っていった。

マーフィーが、ほーっと息をついた。「おれには、どう転んでもあの度胸は出ないね」

「潜水艇なら、なにかに襲われても逃げる手がある」デーモンはいった。「かえって、いかだのわれわれより安全かもしれない」

マーフィーは彼の肩をぽんと叩いた。「デーモンのだんな、それなら木登りにかぎるぜ。マストのてっぺんまで登れば安全なものさ。やつらがあそこまで追いかけてくるこたあ、まずないだろうからね」甲板から百フィート上の望楼《キューポラ》を、マーフィーは見上げた。「じつは、おれもあそこへ行きたいんだ——三度のめしを運んでくれるやつさえいれば」

ハインツが海面を指さした。「見ろ、泡だ。いかだの下をくぐった。北に向きを変えたぞ」

しだいに嵐が強まってきた。いかだの上に降り注ぐ波しぶきで、ずぶ濡れを覚悟せねば甲板は歩けたものではない。雲がちぎれ、ギデオンとアトリュスがようやくその輪廓——血のような橙《だいだい》と青緑色——をのぞかせた。にわかに風が止んだ。海はぶきみな凪《な》ぎに押しひしがれた。乗組員たちは食堂でコーヒーを啜りながら、不安げな早口で喋りあうのだった。

落ちつかぬようすで実験室へ上がったデーモンが、やがて食堂へ駆けもどってきた。「デカブラックがいる！　いかだの下だ。いま、観測デッキから見えた！」

マーフィーは肩をすくめた。「触らぬ神だね」

「一頭、つかまえたいんだが」とデーモンはいった。「生きたやつを」

「このうえ、面倒の種をこさえようっていうのかね？」唸るように、デイヴ・ジョーンズがいった。

デーモンは辛抱強く説明した。「われわれはデカブラックについてなにひとつ知らない。彼らは高度に発達した種族だ。われわれの持っていたデータは、クリスタルが全部抜き捨ててしまった。だから、標本として、どうしても一頭は手に入れたいんだ」

マーフィーは立ち上がった。「網ですくい上げてみよう」

「よし」とデーモン。「じゃ、大型水槽を用意しておく」

乗組員たちは、蒸し暑さの加わった甲板に集まった。海は油を流したように滑らかである。いかだのきわのくすんだ朱色から頭上の青白いピンクまで、かすみが海と空を一様にぼかし染めにしていた。吊り桁《ブーム》が舷側に張り出された。三角網がとりつけられ、ゆっくりと海中に下ろされてゆく。ハインツが巻揚機の横に立った。マーフィーは手すりから体を乗り出しながら、ひたむきに水面を見つめた。

青白い影が、いかだの下から浮かび上がった。「揚げろ！」マーフィーはどなった。

曳綱がぴんと伸びきった。滝のようなしぶきを降らしながら、網は水面から持ち上がった。その中央に六フィートのデカブラックが、ぴくぴくとのたうちながら、水を求めて鰓《えら》を軋《きし》らせていた。吊り桁《ブーム》が船内に向かって回転した。網がはずれ、デカブラックはプラスチック水槽の中に滑りこんだ。

捕らえられたそれは、やみくもに突進した。そのたびに、プラスチックの壁にこぶができる。やがて静かになったそれは、触手を胴体のほうに折り畳んで、水槽の中央にじっと浮かんだままになった。水槽の周囲には全員がむらがっていた。黒い大目玉が、透明な壁の向こうから、それを睨みかえしているようだった。

マーフィーはデーモンにたずねた。「さて、どうするね？」

「すぐ手が届くように、水槽を実験室の外の上甲板まで上げてもらいたい」

吊り上げられた水槽はデーモンの指定した場所におさまった。いそいそとデーモンは、観察の下準備にとりかかった。

「お安いご用だ」

乗組員たちはそれから十分か十五分ほどデカブラックを眺めていたが、やがて思い思いに食堂へと戻っていった。

時がすぎた。折々の突風が海をかきむしり、鋭い三角波をきざんだ。午後二時、拡声器が笛のような唸りをもらした。体をこわばらせた乗組員たちは、頭をもたげた。

フレッチャーの声が振動板をふるわせた。「いかだの諸君、ごきげんよう。現在位置、北西約二マイル。曳き揚げの用意乞う」

「はあっ！」叫んだマーフィーはニヤリと歯を見せた。「やっこさん、やったな」

「四対一で、だめだと思っていたがね」と、マールバーグ。「賭けの引きうけ手がなくて、助かったようなもんだ」

「さあ、ぐずぐずするな。準備のすまぬうちに帰ってきちゃいけない」

乗組員たちは着船場に急いだ。潜水艇が、そのきらきらと輝く艇尾に暗い波のざわめきをひるがえしながら、滑るように海から浮かび上がってきた。

それは、静かにいかだへにじり寄った。フックが船首と船尾の外鈑《がいばん》にとりついた。巻揚げ機が唸りを上げると、潜水艇はバラストの水を吐き出しながら海面から持ち上がった。

操縦席のフレッチャーは、緊張と疲労をありありと見せていた。ぎくしゃくと潜水艇から這い出して伸びをすると、防水衣のジッパーをはずし、ヘルメットを脱いだ。

「やあ、ただいま」一同を見回して、「帰ったのが、意外かね？」

「賭けてりゃ、損するとこでしたよ」とマールバーグ。

「なにかありましたか、収穫が？」デーモンがたずねた。

フレッチャーはうなずいた。「大ありだ。そのまえに、着替えさせてくれ、びしょ濡れなんだ——汗で」上甲板に置かれた水槽を見て、彼は足をとめた。「いつ、あんなものを？」

「昼ごろ、網で生け捕ったんですよ」とマーフィー。「デーモンが調べてみたいと言いましてね」

フレッチャーは肩の力が抜けたように、じっと水槽を見上げた。

「なにか、悪いことでも？」デーモンがたずねた。

「いや、いま以上には悪くなりっこないさ」フレッチャーはきびすを返すと、宿舎のほうへ急いだ。

乗組員たちは食堂で彼を待つことにした。二十分して、フレッチャーは姿を見せた。コーヒーを一杯ついでから、彼は腰をおろした。

「実はな」とフレッチャーはいった。「はっきりとはいえないが――どうも面倒が起こったらしい」

「デカブラックですか？」とマーフィー。

フレッチャーはうなずいた。

「思ったとおりだ！」勝ち誇ったように、マーフィーはいった。「あの目玉野郎、最初見たときから虫が好かねえ」

デーモンは顔をしかめた。感情的判断は、彼のとるところではないのである。「いったい、どういう状況なんです？　少なくとも、あなたの見たところは？」

フレッチャーは慎重に言葉を選びながら、「これまでこっちが思ってもみなかった事態が進行しているんだ。まず第一に、デカブラックは集団生活を営んでいる」

「というと――彼らに知能があるとでも？」

フレッチャーはかぶりを振った。「そうとはいいきれないがね。可能性はある。もっとも、彼らが群居する昆虫のように、本能だけで動いている可能性も同様にあるんだが」

「しかし、どうしてまた――」デーモンが口をひらきかけた。

フレッチャーは手で制して、「とにかく、なにが起こったかを話そう。質問はそのあとで、好きなだけやってくれればいい」とコーヒーを一口飲んだ。

「水に潜りはじめは、むろん警戒の気持ちが強くて、おれは目を皿にしていた。潜水艇の中なら、いちおうは安全だ――しかし、妙な出来事がつづいているので、いくらか神経もとがっていた。

水中に入ってすぐ、おれはデカブラックを見つけた――それも、五、六頭だ」フレッチャーは言葉を切って、コーヒーを啜った。

「向こうは、なにをしてました？」デーモンがたずねた。

「たいして、なにもしてなかった。海藻にくっついた大きなモニターのそばをうろついているだけなんだ。モニターの触手は、ロープのように垂れ下がっていた——はるか下のほうまでだ。おれは、デックたちがどうするかと思って、ためしに潜水艇で近寄ってみた。すると、やつらは後じさりする。いかだの下であまり長居したくなかったので、舵を北にとって、〈深海〉へ行くことにした。その途中で、妙なものが目にとまったんだ。じつのところ、いったんやりすごしたんだが、もう一度見るためにひき返したぐらいだった。

　そこにいたのは、約一ダースのデックだ。それに、モニターが一ぴき——これはすごく大きなやつだった。まるで巨人だ。そいつがひと塊《かたまり》の風船だか気泡だかにぶら下がっている——さやの一種が浮袋の役をしていて、それをデックたちが押してよこしてるんだ。こっちの方角へ」

「こっちへですか、え？」マーフィーが腕を組んだ。

「それで、どうしました？」マナーズがたずねた。

「ま、こいつは、ただの罪のない遠足かもしれなかった——だが、油断は禁物だ。なにしろ、このモニターの触手ときたら、大索《ホーサー》なみなんだからね。おれは浮き袋に潜水艇をぶつけて、そのいくつかを破裂させ、残りを散り散りにしてやった。モニターはまるで石ころのように下へ沈んでいった。デックたちは向きを変えて逃げてしまった。このラウンドは、おれの勝ちだったらしい。そのまま北へ進みつづけると、まもなく〈深海〉への斜面《スロープ》の入口までできた。それまでは水面下二十フィートで航行していたのだが、ここでは二百フィートまで潜った。ライトを点《つ》けねばならなかったのはもちろんだ——この赤い日光は、あまり水中へ浸透してゆかないんだよ」フレッチャーはまた一口コーヒーを啜った。「〈浅海〉を横ぎるあいだ、おれは海藻の林を避けて、もっぱらサンゴ帯の上を通ってきた。とところが、陸棚から〈深海〉へのスロープに移ったとたん、サンゴがまるで突拍子もないものに変わったんだ——たぶん海水の動き、それに栄養と酸素の豊富なせいなんだろう。白、うす青、うす緑——尖塔から円塔、傘型、テーブル型、アーチ型と、百フィートもの高さに成長したやつが並んでいる。

気がつくと、おれは断崖の突端にいた。これはショックだった——たったいままでおれのライトが照らしていたサンゴの白い塔——それがいきなり消えてしまったのだから。〈深海〉の真上に来たわけだ。おれはいささか不安になった」フレッチャーはニヤリと笑った。「もちろん、根も葉もない心配さ。音響測深機でチェックしてみた——海底は一万二千フィートの下だ。やはり気が進まないので、回れ右してひき返すことにした。そのとき、右手の方角に明かりが見えたんだ。おれは自分のライトを消して、そっちを調べに行った。明かりはみるみる広がって、まるで市街《まち》の上を飛んでるようなぐあいになった——そして、事実そうなのだった」

「デカブラックの町ですか？」とデーモン。

フレッチャーはうなずいた。「そうなんだ」

「すると、つまり——彼らが自分でそれを造ったと？　明かりから、いっさいを？」

フレッチャーは渋い顔で、「それが、おれにもはっきりしないんだ。サンゴは、ちょうど彼らが泳いで出入りでき、また家として利用できるような空洞をいくつも備えた格好に生長している。彼らが雨露を防ぐ必要のないのはたしかだ。われわれが家を建てるような意味で、こうしたサンゴの洞窟を作ったわけではないだろう——しかし、天然のサンゴとは、とうてい思えないんだ。まるで、サンゴを自分たちの好みに合うように育てた、そんなふうなんだよ」

マーフィーは疑わしそうに、「じゃ、知能があるってことですか」

「いや、そうとはかぎらんさ。なにしろ、蜂だって、ひと揃いの本能以外になんの道具もなしで、あれだけ精巧な巣を作るんだから」

「あんたの意見はどうなんです？」デーモンが訊いた。「それから受けた印象というやつは？」

フレッチャーはかぶりを振った。「それが困るんだ。どんな標準を当てはめていいものかわからない。『知能』というのは、さまざまなものを指す言葉なのに、ふつう、われわれは人為的、専門的な意味でしかそれを使わないんでね」

「どうもわかりませんな」とマーフィー。「いったい、デックには知能があるのかないのか、どっちなんです？」

フレッチャーは笑い出した。「人間には知能があるのだろうか？」

「もちろんでさあ。少なくとも、そういうことになってますね」

「いや、おれの言いたいのは、デカブラックの精神を推しはかるのに、人間の知能という物指しは使えないってことなんだ。彼らを判断するには、まったく別の価値基準――デカブラック流の価値基準――が要るのさ。人間の使う道具は、金属、陶器、繊維、すべて無機物だ――少なくとも、死んだものだ。だが、生きた道具――支配種族が専門的な用途に利用する、専門化された生物――に依存する文明だって想像することはできる。かりにデカブラックがこの方式で生活していると考えてみたら？彼らはサンゴを自分たちの望むかたちに生長させた。そして、モニターを起重機や昇降機や罠の役目に、また水面上からなにかを摑む役目に利用している」

「ということは」とデーモン。「デカブラックに知能があるのを信じることでしょう？」

フレッチャーは、かぶりを振った。「知能なんて、単なる言葉さ――定義の問題にすぎない。人間的な定義をデックの行動に適用できるものだろうか？」

「こちとらの頭にはむりだ」マーフィーはいって、椅子に沈みこんだ。

デーモンは、ひき下がらない。「ぼくは、形而上学者でも語義学者でもない。でも、決定的な試験の方法はあるはずだし、やってみてもいいんじゃないかな」

「それがわかったとして、どんな違いがあるんだね？」マーフィーがきいた。

フレッチャーが答えた。「法律の上で、大きな違いが出てくるのさ」

「ははあ。『保護責任の原則』ですか」

フレッチャーはうなずいた。「土着の知的生物を傷つけたり殺したりしたということになれば、惑星からつまみ出されることも覚悟しなくちゃならない。前例もあることだし」

「その通りですよ」とマーフィー。「アルカイド第二惑星にいたとき、グラヴィトン商会がそれでやられましてねえ」

「だから、もしデックに知能があるとなると、われわれも用心の必要がある。水槽のデックをおれが気にしたのは、そのためなんだ」

「ところで――やつら、どっちなんです？」マールバーグがたずねる。

「テストの方法はあります」デーモンがくりかえした。

一同は期待の目で彼を眺めた。

「ほう？」マーフィーがきいた。「なんだね？」

「コミュニケーションだ」

マーフィーは、ゆっくりとうなずいた。「すじの通った話だ」とフレッチャーを見て、「どうでした、やつらのコミュニケーションは？」

フレッチャーは首を左右に振った。「明日、カメラと録音機を持ってもう一度行く。それではっきりするだろう」

「ところで」とデーモン。「せんだってのニオブの件、なぜ聞いたんです？」

そのことは忘れかけていたフレッチャーだった。「クリスタルが、それの塊をデスクの上に置いてたんだ。いや、それだとは言いきれないが」

デーモンはうなずいた。「なるほど。偶然の一致かもしれないが、デックの体にはふんだんにそれが詰まってるんですよ」

フレッチャーは目を見はった。

「血液もそうですし、内臓には高濃度で含まれています」

フレッチャーは、カップを口まで運びかけた手を止めて、「商売として成立するぐらいにか？」

デーモンはうなずいた。「おそらく、内臓だけで百グラム以上」

「おやおや」とフレッチャー。「これは面白くなってきたじゃないか」


夜中から、どしゃ降りの雨になった。すさまじい突風が雨と波しぶきをさらい上げ、叩きつけた。乗組員はあらかたベッドに入っている。炊事係のデイヴ・ジョーンズと、無電士のマナーズだけが、チェスの盤を囲んでいた。

新しい音響が風雨の唸りをかき破った――金属の呻き、軋るような不協和音が、やがて放っておけぬひどさに膨れ上がる。マナーズは椅子から跳ね起きて、窓をのぞいた。

「マストが！」

雨をすかして朦朧と見えるそれは、葦のようにそよぎ、一揺れごとに振幅の弧を広げていた。

「どうしよう？」ジョーンズが叫んだ。

張索の一本がぷつりと切れた。「いまはどうしようもないさ」

「フレッチャーを呼んでくる」ジョーンズは宿舎への廊下へ走り出ていった。

マストはぐいと一振れし、嘘のような角度でしばらく静止してから、処理工場の真上へ、横ざまに倒れた。

やって来たフレッチャーは、急いで窓から外を眺めた。檣灯のなくなったいかだの上は、暗く、不気味だった。フレッチャーは肩をすくめ、目をそらした。「今夜のところはどうにもならんな。いま甲板へ出ては、いのちが幾つあっても足りない」

翌朝。残骸の検査から、張索のうち二本が、鋸《のこぎり》か刃物のようなもので切断されていたことがわかった。軽量構造のマストは手早く細断され、そのねじれた細片が甲板の隅に片づけられた。いかだは、にわかに、のっぺらぼうで平べったいものに変わった。

「誰か、それともなにかが」とフレッチャーはいった、「われわれをできるだけ困らせようとしているんだ」鉛色がかったピンクの海面の向こう、遠洋開発社のいかだが視界の外に浮かんでいるあたりを、彼はじっと睨んだ。

「つまり、クリスタルのことでしょう」とデーモン。

「疑惑はもっている」

デーモンは、ちらと水平線に目をやった。「ぼくは確かだと思いますね」

「疑惑じゃ、証拠にならん」とフレッチャー。「第一、われわれを襲って、クリスタルになんの得があるだろう?」

「じゃ、デカブラックになんの得がありますか?」

「わからん。早くそいつを知りたいものだ」フレッチャーは潜水服に着替えにいった。

潜水艇の準備が行なわれた。フレッチャーは艇首の台座にカメラを取りつけ、外殻の振動板に録音機をつないだ。そして操縦席に入ると、天蓋《ドーム》を閉めた。

潜水艇は海中に下ろされた。海水をいっぱいに呑みこむと、それはきらめく背中を波間に没していった。

乗組員たちは工場の屋根をつぎ貼りし、仮工事のアンテナをしつらえた。

時間が過ぎた。たそがれの訪れ、そして、すもも色の夕暮れ。

拡声器がひゅーんと唸り、ぱちぱちとはぜた。疲労と緊張のこもったフレッチャーの声がひびいた。

「スタンバイ。ただいま帰航中」

乗組員たちは手すりのそばに群がり、夕闇の中に瞳をこらした。

にぶく光った波がしらの一つが、そのまま形を保ちつづけ、しだいに近づくと潜水艇の姿に変わった。

フックが下ろされていった。潜水艇は水を吐き出し、敷台《チョック》の上に吊り揚げられた。

甲板にとび降りたフレッチャーは、ぐったりと吊り柱《ダビット》によりかかった。「こう潜水つづきじゃ、音《ね》を上げるよ」

「なにか見つかりましたか?」待ちきれないように、デーモンがきいた。

「全部、フィルムにおさめてきた。この耳鳴りがおさまりしだい、お目にかけよう」

フレッチャーが熱いシャワーを浴び、食堂へ降りて、ジョーンズの支度した大皿のシチューを平らげているあいだに、マナーズはフレッチャーの撮影したフィルムを映写機に入れた。

「二つのことに、おれは確信がもてた」フレッチャーはいった。「第一――デックには知能がある。第二、彼らのあいだにコミュニケーションがあるとすれば、それは人間には探知できない方法でだ」

デーモンは意外そうに目をぱちぱちさせた。承服できぬように、「だが、そいつは自家撞着じゃないのかな」

「まあ、見ていたまえ。いまにわかる」

マナーズが映写機をスタートさせた。たいしてなにも写っていない。スクリーンがぱっと明るくなった。

「最初の二、三フィートには、たいしてなにも写っていない」フレッチャーはいった。「おれはいきなり陸棚の端まで出て、それから〈深海〉のへりをぐるっと回ってみた。ここはまるで奈落の縁《ふち》だ――崖がまっすぐに切り立っている。きのう発見したやつから西へ約十マイルのところで、おれは新しい大集落を見つけた――ほとんど都市とでもいえるやつを」

「『都市』という表現は、文明を連想させますね」と知識をひけらかすようにデーモンが言う。

フレッチャーは肩をすくめた。「もし文明が、環境の改造を意味するのなら――どこかでそんな定義をおれは聞いたことがあるんだ――彼らには、たしかに文明がある」

「だが、コミュニケーションはないと？」

「フィルムで見てもらうんだな」

スクリーンは暗い海水の色に染まっていた。「おれは〈深海〉の上で、くるっと向きを変えてから、ライトを消し、カメラをスタートさせて、ゆっくりと接近した」

青白い星団がスクリーンの中央に現れ、火花の群がりに分裂していった。それは輝きを増し、大きさを広げた。そのうしろに、おぼろげな輪郭が出現した。そそり立つサンゴの尖塔、城郭、そして層楼。接近するにつれて、その区別がはっきりしてきた。スクリーンから、録音されたフレッチャーの説明がきこえた。「構築物の高さは五十フィートから二百フィートまで、いろいろ。全体の幅は約半マイルだ」

画面が広がる。尖塔の表面に黒い孔が現れた。青白いデカブラックの群れが静かに泳ぎ入り、泳ぎ出ている。「集落の手前にある地域に注目しよう」声がいった。「陸棚とも、貯蔵所とも見える。この高さからではよくわからない。百フィートほど下降してみる」

画面が変わった。スクリーンが暗くなった。「いま、下降中だ——深度計は、三百六十フィート……三百八十……あまりよく見えない。カメラに写ってくれてるといいが」

フレッチャーは、感想をつけ加えた。「おれが目で見たより、よく写っている。例のサンゴの明りは、それほど下まで届いてこないんだ」

スクリーンにはサンゴの城砦の基部と、ほとんど平坦な幅五十フィートの段丘が映った。カメラは急に回れ右して、その崖ぶちから暗黒をすかした。

「おれは、好奇心にかられた」とフレッチャーはつづけた。「この陸棚は天然のものには思えない。実際、そうじゃないんだ。下のほうの輪郭が見えるか？　やっと判別できるぐらいだが。この陸棚は、手の加わったものなんだ——テラス、ポーチ、それに当たるものだ」

カメラはふたたび段丘に向き直った。こんどは、それにぼんやりとした色彩の区分けがあるのがわかった。

録音された声がいった。「この色のついたところは、まるで区切られた野菜畠《ばたけ》だ——あのそれぞれに、別な種類の海藻だか動物だかが集めてある。もうすこし近づいて見よう。おや、モニターだ」

二、三ダースの重そうな半球から画面は移って、鋸のようなぎざぎざのあるウナギに似たものが、段丘に吸盤でとりついているところが映し出された。つぎは浮き袋、それから、おそろしく長い、くねくねとした尾を持った、黒い円錐の集団。

デーモンが当惑したように、「なにが彼らをあそこに住まわせているのだろう？」

「それはデカブラックに聞いてほしいな」とフレッチャー。

「聞きかたさえわかればね」

「これまでのところじゃ、知能的な動きは見あたりませんぜ」マーフィーがいった。

「まあ、見ていろ」

視界に二頭のデカブラックが現れた。黒いしみの眼が、画面から食堂の人間たちを睨んでいる。

「デカブラックだ」スクリーンからフレッチャーの声が説明した。

「ここまでは、彼らもこっちに気づかなかったらしいんだ」フレッチャーの生《なま》の声がつけ加えた。

「ライトを消していたので、背景と見わけがつかなかったのだろう。たぶん、ポンプの動きで感づいたんだ」

二頭のデカブラックは同時に向きを変え、さっと陸棚のほうへ下降していった。

「わかるか」とフレッチャー。「彼らはある課題をまえにした。そして同じ解答に、二頭が同時に到達したんだ。そこにコミュニケーションはなかった」

デカブラックの姿は、陸棚の暗い一区画の上の青白いしみに縮まっていった。

「なにが起こっているかはわからなかったが」とフレッチャーはつづけた。「おれはそこを逃げ出すことにした。そのとき――カメラには写ってないが――どすんと艇に衝撃があった。誰かが石を投げたような感じだ。おれの正面のドームへまともになにかがぶつかってくるまで、おれにはなにが起っているのか、さっぱり見当がつかなかった。見ると、そいつは、編針《あみばり》のような長い鼻づらをした、小さいトビウオなんだ。デックたちが新手《あらて》を考え出さぬまえに、おれはとっとと逃げ出した」

スクリーンが暗くなった。フレッチャーの声がしゃべりはじめた。「いま、〈深海〉の上を〈浅海〉の縁《ふち》と平行に進んでいる」えたいの知れぬかたち、水にかすんだ青白い房が、ゆらゆらとスクリーンを横ぎった。「おれはそれからまた陸棚へとってかえした」フレッチャーはいった。「そして、きのうの集落を見つけた」

ふたたびスクリーンは、うす青、うす緑、白の尖塔と楼閣を映し出した。「いまから接近する」フレッチャーの声が流れた。「あの孔の一つをのぞいてみる」尖塔が膨れ上がった。前方に、黒い孔が口を開けた。

「この辺で、おれは前照灯《ノーズ・ライト》を点けた」黒い孔が、にわかに十五フィートの奥行をもった、燦然《さんぜん》たる円筒形の部屋に変わった。部屋の壁はぴかぴかした色とりどりの球で、クリスマス・ツリーのように飾られている。一頭のデカブラックが部屋の中央に浮かんでいた。末端がこぶになった半透明の触手が部屋の壁から伸びて、デカブラックのオットセイに似た滑らかな毛皮を按摩しているように見えた。

「なにをやっているのかわからなかったが、このデック、おれがのぞいたのが気にいらなかったらしい」

デカブラックは部屋の奥へと退却した。こぶのついた触手は、ひきちぎれたように壁にすっこんだ。

「となりの孔をのぞいてみた」

サーチライトがさしこんだとたん、その黒い孔も煌々《こうこう》たる部屋に変わった。一頭のデカブラックが、桃色のゼリーの球を目のまえで捧げるようにして浮かんでいる。壁の触手は見えなかった。

「こいつは全然動こうとしない。眠っているのか、催眠にかかったのか、それとも怖気《おじけ》づいたのか。おれはそこを離れようとした——とたんに、ものすごい衝撃だ。てっきり、あの世行きかと思った」

スクリーンの映像が、ぐらぐらっと揺れた。なにか黒いものが画面をかすめて落下していった。

「おれは上を見上げた。一ダースほどのデックがたむろしているだけだ。どうやら向こうは大きな岩を浮き上がらせておいて、そいつをおれの真上に落としたらしい。おれはポンプを始動させて、いいかだに戻ることにした」

スクリーンが空白になった。

デーモンは感銘したようすで、「彼らが知能的な行動をとるという点では同感ですね。音のほう、なにか採れましたか？」

「ゼロだね。録音機は回しっぱなしにしておいた。採れたのは船体への衝撃音だけだ」

デーモンは不満そうに顔をしかめた。「だが、なにかの方法でコミュニケーションをしているはずだ――でなくて、どうしてやってゆけるというんです？」

「テレパシーでも使わないかぎりはな」とフレッチャーはいった。「その点では、慎重に観察してみた。彼らはおたがいに、なんの音も動作も使わない――なに一つだ」

マナーズが質問した。「電波を出すんじゃありませんか？　それとも赤外線？」

デーモンは、不機嫌な声でいった。「それは水槽のやつで調べてみたよ。答はノーだ」

「まあまあ、あわてなさんな」とマーフィー。「コミュニケーションをしない知的生物だって、あるだろうに」

「あるものか」とデーモン。「音、符号、放射線――方法は違っても、コミュニケーションは欠かせないんだ」

「テレパシーはどうなんだ？」ハインツが提案した。

「これまでそんな例にはお目にかからなかった。ここでそれに出くわすとも考えられない」デーモンがいった。

「おれ個人の意見だが」とフレッチャー。「似通った思考の彼らには、コミュニケーションの必要がないのじゃないか？」

デーモンはあいまいに首を振った。

「かりに、彼らが共通思考という基盤に立っているものとしよう」フレッチャーはいった。「そして、この方向に彼らが進化したものとしよう。人間は個別的だ。したがって、言語が必要になる。デックは相似的だ。彼らには事の成り行きが言葉なしにわかる」数秒間、彼は考えをめぐらしていた。「ある意味では、彼らもコミュニケーションを持っているともいえる。たとえば、一頭のデックが家のまえの庭園を拡張しようと思ったとする。おそらく、そいつは別の一頭が近づくまで待って、おもむろに岩をかつぎ出すだろう――自分のやりたいことをそうして示すわけだ」

「実例によるコミュニケーションです」とデーモン。

「その通り――もし、それをコミュニケーションと呼べるならね。そいつはある程度の共同作業を意味する――だが、世間話はもちろん、未来への計画や過去からの伝統も、とうてい望めない」

「おそらく時間の感覚さえないんだ！」とデーモンが叫んだ。

「彼らの生来の知能を評価することはむずかしい。それは非常に高いものかもしれないし、低いものかもしれない。コミュニケーションの欠如ということは、大変なハンディキャップのはずだ」

「ハンディキャップはともかく」マールバーグがいった。「やつら、われわれをすっかりあわてさせましたぜ」

「それだよ、いったいなぜなんだ？」でかいこぶしでテーブルを叩いたのは、マーフィーだった。

「それが問題だ。やつらになに一つ手を出したわけじゃない。なのに、突然レイトがやられ、アゴスチノがやられた。そのつぎはマストだ。今夜、やつらがなにを考えつくか、誰にわかる？　いったいなぜか？　わたしの知りたいのはそれだね」

「おれが」とフレッチャーはいった。「明日テッド・クリスタルに聞こうと思うのも、その質問なんだ」

フレッチャーは明るいブルーの綾織《ツイル》を着こみ、静かな朝食をとり終えると、飛行甲板に出た。すでにマーフィーとマールバーグがヘリコプターの支索をはずし、風防につもった潮の膜を拭きとっている。

フレッチャーはキャビンに入り、点検ノブをひねった。緑のランプ――異状なしだ。

マーフィーが、なかば期待をこめていった。「わたしもいっしょに行きましょうかね、サム――面倒があるといけない」

「面倒？　なぜ面倒があるなんて思うんだ？」

「わたしゃ、クリスタルを信用してませんからね」

「おれもだ」フレッチャーはいった。「しかし――面倒は起こるまい」

彼は、回転翼を始動させた。ラムジェットがかかった。ヘリコプターはふわりと持ち上がり、傾きかげんにいかだを離れて、北東へと飛び立った。養殖鉱業社は不定形をした海藻塊の上の、燦めく薄板に変わった。

空はうっとうしく曇り、風はなく、決まって数週間おきに起こる、すさまじい雷雨を控えて、満を持しているかのようだった。なるだけ早く用事を片づけることだ、そう考えて、フレッチャーはスピードを速めた。

何マイルかの大洋が後ろに去った頃、遠洋開発社が前方に見えた。

いかだから南西二十マイルのところで、クリスタルの粉砕機と濾過塔への生原料を満載したはしけに、フレッチャーは追いついた。船の乗り手は二人とも、プラスチック・ドームの中にうずくまっている。遠洋開発社も同じ悩みを抱えているらしい、とフレッチャーは思った。

クリスタルのいかだは、養殖鉱業社のそれとあまり違いがなかった。ただ、こちらにはマストがまだ健在であり、処理工場が動いているだけのことである。どんなトラブルがあったにせよ、彼らはまだ操業を停めていないのだ。

フレッチャーはヘリコプターを飛行甲板に着陸させた。回転翼を停めたとき、クリスタルが事務室から現れた――円いおどけた顔をした金髪の大男である。

フレッチャーは甲板にとび降りた。「やあ、テッド」と警戒のこもった声であいさつする。

クリスタルはニコニコと微笑みながら近づいた。「やあ、サム！　まったく、ひさしぶりだな」きびきびと握手をかえしてから、「どうだ、ちかごろの景気は？　カールは気の毒なことをしたな」

「それなんだ、きょうの話は」フレッチャーは甲板を見回した。二人の乗組員が見張りに立っている。「きみのオフィスじゃいけないか？」

「ああ、いいとも」案内に立ったクリスタルは、オフィスのドアをひき開けた。「さあ、どうぞ」

フレッチャーは中に入った。クリスタルはデスクのうしろに回った。「座りたまえ」と自分の椅子に腰をおろして、「さて――どんな話かね？　いや、それよりもまず一杯どうだ？　きみはたしかスコッチだったな？」

「ありがたいが、きょうはよしとこう」フレッチャーは座り直した。「テッド、いまおれたちは、このサブリアで大変な問題に遭遇しかかっている。だから、おたがいに遠慮のないところを言ったほうがいいと思うんだ」

「ちがいない。先をつづけたまえ」

「カール・レイトが死んだ。アゴスチノもだ」

クリスタルの眉が驚きでぐっと吊り上がった。「アゴスチノも？　どうして？」

「わからない。とにかく、行方不明なんだ」

クリスタルはしばらくこの知らせを反芻しているようすだった。やがて、困惑したように首をかしげて、「どうも、訳がわからんな。いままでこんなトラブルは一度もなかったのに」

「こっちじゃ、なにごともないのか？」

クリスタルは眉を寄せた。「そう――これといってないね。きみの知らせで、警戒もしているし」

「デカブラックのしわざらしいんだ」

クリスタルは目をぱちぱちさせ、くちびるをひき締めたが、無言だった。

「テッド、きみたち、デカブラックに手をつけているのか？」

「さあ、そいつだな、サム……」言いよどんだクリスタルは、デスクの上を指で弾きながら、「それはフェアな質問じゃなさそうだぜ。かりに、われわれがデカブラックに――それとも、ポリプ（ヒドロ虫類で、口と触手をもった固着性の個体）でも、コケモドキでも、イトウナギでも同じことだ――手をつけているにしても、それをここで、きみに喋るわけはないやね」

「きみの商売上の秘密なんかに関心はないんだ」フレッチャーはいった。「要点はこうだ。デックは明らかに知能をもった種族らしい。いっぽう、きみがニオブの採取のために彼らを捕獲しているという、信ずべき根拠がある。どうやら彼らは全力を上げて、相手構わずの報復に出ているようだ。すでにわれわれの仲間の二人が殺された。ここで行なわれていることをおれが知る権利は、じゅうぶんにあるはずだ」

クリスタルはうなずいた。「きみの立場はわからぬでもない――だが、その論理の過程にはついてゆけないね。たとえば、きみはまえに、モニターがレイトを殺したといった。こんどはデカブラックだという。それに、ニオブの採取ってのはまた、どこから思いついたんだね？」

「おたがいに子供だましはやめようじゃないか、テッド」

クリスタルはこの言葉にショックを受け、気分を害したようだった。

フレッチャーはつづけた。「きみは養殖鉱業社に勤めていた時代に、すでにデックが豊富なニオブの資源であることを発見していた。そして、関係資料を社のファイルから抹消し、スポンサーを探して、このいかだを建造した。それ以来、きみはデカブラックの捕獲をつづけているんだ」

クリスタルはぐっと椅子の背にそりかえると、冷ややかにフレッチャーを一瞥《いちべつ》した。「すこし結論に飛躍しすぎてやしないか？」

「もしそうなら、堂々と否定すればいい」

「きみの態度はいささか気に食わんな、サム」

「気に入られようと思って来たのじゃない。こっちは二人の人間と、マストまで失っている。操業も停止しているしまつだ」

「それは、気の毒だと思うが――」

フレッチャーは相手を制して、「クリスタル、これまでのところ、おれはきみに有利な解釈をとってきたのだぜ」

クリスタルは驚きを示した。「有利な？」

「デックに知能のあることも、彼らが保護法案の適用に該当することも、きみが知らなかった、という推測に立っていたんだ」

「それで？」

「いま、きみはそれを知ったわけだ。こんどは、知らなかったという逃げ口上はきかない」

クリスタルは無言だった。やがて、「サム——なんともはや、驚きいったご託宣だな」

「では、否定するのか？」

「あたりまえだ！」はげしい見幕でクリスタルはいった。

「デカブラックの生体処理も、やっていないんだな？」

「まあ、待たないか。サム、ここはとにかくおれのいかだだ。きみに乗りこまれて、勝手な指図を受けるいわれはない。それぐらいは気がついてもよさそうだぜ」

まるで汚らわしいものにでも触れたように、フレッチャーは身をずらした。「はっきり返答ができないのか」

クリスタルは、ぐっと椅子の背にそりかえると、両手を組み、頰をふくらませた。「そうするつもりはないね」

フレッチャーがさっき来る途中で追い抜いたはしけが、いかだに帰ってきた。それが係留桟橋につながれるのを見まもりながら、フレッチャーはたずねた。「あのはしけ、なにを積んでいる？」

「はっきり言おう、よけいなお世話だ」

立ち上がったフレッチャーは、窓に近づいた。クリスタルのはらはらした抗議の声を、フレッチャーは聞き流した。はしけの二人は、まだ操舵室から出てこない。タラップが荷役《にえき》用ブームで下りてくるのを待っているようすだった。

好奇心と当惑をつのらせながら、フレッチャーは目をこらした。タラップは雨どい形で、合板《ごうはん》の高い壁がついている。

彼はクリスタルをふりかえった。「あそこじゃ、なにをやらかしてるんだ？」

クリスタルは顔を朱に染め、下くちびるを嚙みしめていた。「サム、きみは突然ここへ押しかけてきて、いわれのない非難をしたすえ、さもおれを卑劣漢のように罵った――それでも、おれは我慢した。きみも事故で気が転倒しているのだと思うし、同業のよしみにひびを入らせたくないからだ。ここにある資料を見てもらえば、ぜったいに、きみの言うような事実のありえないことが――」彼は雑多なパンフレットの束を選りわけはじめた。

フレッチャーは窓のそばで、クリスタルと甲板での人の動きを半々に見守っていた。

タラップが下ろされた。はしけの乗員たちはすぐにも陸揚げにかかるようすだった。

フレッチャーは自分の目で調べようと決心した。そして、ドアのほうに歩きかけた。

クリスタルの顔が仮面のようにこわばった。「サム、警告する。外へは出るな！」

「なぜ？」

「おれがそう言うからだ」

フレッチャーはドアをひき開けた。クリスタルは椅子から立ち上がりかけて、のろのろと腰をおろした。

フレッチャーはドアを後に、甲板を横ぎって、はしけに向かった。

窓ごしに彼を見ていた処理工場の男が、盛んになにか手まねしている。

いったんためらったフレッチャーは、はしけをふりかえった。あと数歩で船倉の中がのぞけそうだった。彼は歩を進め、首を伸ばした。視野の隅で、男の手まねが半狂乱の烈しさになり、つぎにその姿が窓から消えるのが見えた。

船倉は、ぐったりしたデカブラックの白い体でいっぱいだった。

「ひっこむんだ、ばかやろう！」処理工場から、どなり声が飛んだ。

かすかな物音がフレッチャーを警戒させたのかもしれない。あと戻りする代わりに、彼はいきなり甲板に身を伏せた。海のほうから、羽音のような唸りを上げて、小さな物体が彼の頭上をかすめた。隔壁に当たったそれは、ぽとんと下に落ちた——針に似た長い鼻づらを持ったトビウオの弾丸だった。それは羽ばたきして、さらに向かってくる。起き上がったフレッチャーは背を丸め、オフィスに向かってジグザグに走った。

魚の投げ矢がもう二本、体すれすれに襲ってきた。フレッチャーは頭から先にオフィスへとびこんだ。

クリスタルはさっきのまま、デスクから動いていない。肩で息をしながら、フレッチャーはそっちへ近づいた。「おれが串刺しにならなくて残念だろう？」

「出るな、と警告したはずだ」

フレッチャーは甲板をふりかえった。船員たちが雨どい形のタラップを処理工場へ駆け下りてゆくところだった。ギラギラと光るトビウオの群が、海面から跳ね上がっては、合板にぶち当たっている。

フレッチャーはクリスタルに向き直った。「はしけのデカブラックを見たぞ。何百という数だな」

クリスタルは最初の落ちつきをとり戻していた。「ほう？　もしそうなら、どうだというのかね？」

「彼らに知能があることを、きみはおれ以上に承知しているはずだ」

うす笑いしながら、クリスタルはかぶりを振った。

フレッチャーはかんしゃくを破裂させた。「きみひとりのために、サブリアはめちゃくちゃにされてしまうんだ」

クリスタルはなだめるように手を上げた。「落ちつけよ、サム。たかが魚じゃないか」

「そいつに知能があって、仕返しに人命を奪うとなれば、放っておけない」

頭をふりふり、クリスタルはいいかえした。「やつらに知能があるのかねえ？」

フレッチャーは、辛うじて自分の声を見つけ出した。「そう、あるんだ」

クリスタルはフレッチャーにつめよった。「どうしてそれがわかる？　やつらと話でもしたか？」

「もちろん、話はしない」

「やつらの、ちょっとした社会様式のことか？　だが、オットセイにだって、それはあるぜ」

フレッチャーはつかつかと近づくと、クリスタルを睨みすえた。「きみと定義を議論するつもりはない。ただ、デカブラックの捕獲を止めてもらいたいのだ。このままでは、どちらのいかだにとっても、人命の危険がある」

クリスタルは、こころもち胸を張った。「なあ、サム、おれを脅迫しようたって、むりだぜ」

「二人の人間がきみのために殺された。おれもこれで三度、生命がけの目にあわされている。きみのポケットに金を入れてやるために、これ以上危ない目を我慢するつもりはない」

「そう早合点するな。第一、まだなにも立証――」

「立証は、じゅうぶんだ！　とにかく、捕獲だけはやめろ！」

クリスタルはおもむろにかぶりを振った。「どうやってやめさせるつもりか、拝見したいものだな、サム」机の下から出した手に小さな拳銃が握られていた。「おれのいかだの上で、勝手なまねはさせんぞ」

フレッチャーは素早い反応で相手の不意をついた。クリスタルの手首をつかんで、机の角に叩きつける。拳銃が火を噴き、デスクに弾痕を刻んで、手からポロリと床に落ちた。息を軋らせ、悪態をついて拳銃を拾い上げようとしたクリスタルに、フレッチャーはデスクの上から跳びかかり、椅子ごと彼を押し倒した。顔を狙ってクリスタルの蹴り上げた爪先がわずかに頬に当たり、フレッチャーは思わず膝を折った。

二人が拳銃にとびついたのは、同時だった。一瞬早く手におさめたフレッチャーは、ゆっくりと起き上がると、壁ぎわに後退した。「これでおたがいの立場がわかったというものだ」

「拳銃をおろせ！」

フレッチャーはかぶりを振った。「きみを逮捕する——市民による逮捕だ。監督官の到着するまで、養殖鉱業社に来ていてもらおう」

クリスタルは、どぎもを抜かれたようすだった。「なんだと？」

「養殖鉱業社へ同行してもらおう、といったんだ。あと三週間すれば監督官が来る。そのとき、きみを彼に引き渡す」

「気が狂ったな、フレッチャー」

「かもしれん。きみを信用するよりはましだろう」フレッチャーは拳銃で彼をうながした。「さあ、行くんだ。ヘリコプターまで」

クリスタルは冷ややかに腕を組んだ。「おれは行かんぞ。拳銃を振りまわされたぐらいで驚くものか」

フレッチャーは腕を上げ、狙いを定めると、引金をひいた。一条《ひとすじ》の閃光が、クリスタルの尻をかすった。とび上がったクリスタルは、あわてて焼け焦げのあとを手ではたいた。

「つぎの一発はもうすこし奥へゆくぜ」とフレッチャーはいった。

クリスタルは、藪の中の猪のような形相だった。「おれがきみを誘拐罪で告発できるのは承知なのだろうな」

「これは誘拐ではない。正式な逮捕だ」

「養殖鉱業社を告訴して、全資産を吐き出させてやる」

「そのまえに、こっちがきみを告訴するだろうよ。さあ、行かないか！」

帰還したヘリコプターを全乗組員が出迎えた。デーモン、ブルー・マーフィー、マナーズ、ハンス・ハインツ、マールバーグ、そしてデイヴ・ジョーンズ。

甲板に降り立ったクリスタルは、尊大な態度でかっての同僚たちを見渡した。「諸君にひとこと言っておきたいことがある」

乗組員たちは無言で彼を見かえした。

クリスタルは親指で、ぐいとフレッチャーを指さした。「サムがちょいと厄介ごとを背負いこんだ。おれは彼に、訴訟でぎゅうという目に逢わせてやるといったし、またそうするつもりでいる」と、顔から顔を見回して、「サムの肩を持つかぎり、諸君も従犯になる。忠告するが、彼から銃を取り上げて、おれをいかだまで送り返したほうがいい」

ぐるりと円陣を眺め渡した彼は、冷淡さと敵意に迎えられただけだった。不機嫌そうに肩をすくめて、「よかろう。フレッチャーと同じ処罰を覚悟するんだな。誘拐は重罪だぜ、忘れるな」

マーフィーはフレッチャーにたずねた。「このシラミ野郎をどうしますかね？」

「カールの部屋へ放りこもう――あそこなら、誂えむきだ。さあ、来るんだ、クリスタル」

クリスタルを監禁したあと、フレッチャーは食堂に戻って全員に申し渡した。「いまさら注意する必要もないだろうが――クリスタルには気をつけろ。策略にたけた男だ。彼とは話をするな。用も頼まれるな。彼がなにかを欲しがったら、おれに知らせるんだ。わかったな？」

デーモンが心配そうにきいた。「すこし行き過ぎじゃないですか？」

「ほかに代わるべき案があるのか？」とフレッチャー。「あれば、喜んで聞かせてもらうが」

デーモンはじっと考えて、「彼にデカブラックの捕獲をやめるよう、承知させては?」

「だめだ。まっこうから拒絶した」

「では」と気の進まぬ調子でデーモンはいった。「やむを得ませんな。しかし、そうなると彼の犯罪行為を立証せねばならない。クリスタルが養殖鉱業社に一杯食わせたことなど、監督官は問題にしないでしょうから」

「もしこれが失敗するようなことになれば、いっさいの責任はおれがひきうける」

「バカをいいなさんな」とマーフィー。「われわれはどこまでもいっしょですぜ。あんたのやったことにまちがいはない。実際いって、あのブタ野郎、デックにくれてやればよかった。やつらがなんて言うか、楽しみだったのに」


数分後、フレッチャーとデーモンは、捕われのデカブラックを見に実験室へ上がった。デカブラックは十本の腕を胴体と直角に広げ、黒い眼でガラス越しにこちらを見つめながら、ひっそりと水槽の中央に浮かんでいた。

「やつに知能があるなら」とフレッチャーはいった。「われわれがやつに対して抱いていると同じぐらいの興味を逆にこっちに対して持っていることだろう」

「ほんとうに知能があるのかどうか」デーモンは強情だった。「なぜ、われわれと交信を試みてこないんです?」

「監督官がきみと同じ考えでないことを望みたいね。なにしろ、クリスタルへの容疑をきっちりと固めてある」

デーモンは眉をひそめた。「ベヴィントンはあまり想像力のあるほうじゃなし。じつを言って、官僚タイプのコチコチでしょう？」

フレッチャーとデカブラックはおたがいを眺めあった。「やつに知能があるのは、たしかだ――だが、どうやってそれを立証する？」

「もし知能があるなら」とデーモンは執拗に言いはった。「コミュニケーションができるはずです」

「むこうでだめなら、こっちでやるか？」

「どういう意味です？」

「やつにそれを教えるのさ」

デーモンのとほうに暮れたような表情を見て、フレッチャーは思わず笑い出した。

「なにが面白いんです」と、デーモンは不服そうに、「とにかく、あなたの提案は……なんていうか、型破りすぎる」

「だろうな」とフレッチャー。「だが、どうあろうと、やらなくてはならん。きみの言語学の下地はどの程度だ」

「お恥ずかしいものですよ」

「おれのはそれ以上にお粗末さ」

二人はデカブラックを見つめた。

「忘れないで下さいよ、やつを生かしておくことを。つまり、餌を与えなくちゃいけないんです」デーモンは痛烈なまなざしをフレッチャーに浴びせて、「やつがものを食べることは認めるのでしょうね？」

「光合成で生きているのでないことだけはいえるな」フレッチャーはいった。「ここの海底には、それだけの光はない。たしかマイクロフィルムには、サンゴに生えるキノコを食べると書いてあった。

ちょっと待ってくれ」彼はドアのほうに歩き出した。

「どこへ行くんです？」

「クリスタルに確かめるのさ。彼なら、胃の内容物を検査したことがあるからね」

「ぜったい教えませんよ」フレッチャーの背に、デーモンは保証した。

十分後、フレッチャーは戻った。

「どうでした？」とデーモンが懐疑的な声できいた。

フレッチャーはひとり悦に入ったようすで、「サンゴに生えるウミキノコが大部分だ。あとは、海藻の若芽《わかめ》、ゴカイ類、ウミオレンジが少々」

「クリスタルがそこまで教えたんですか？」デーモンは目を丸くした。

「そうさ。おれは、彼とデカブラックを、客人としてまったく平等にもてなすつもりだと説明してやったんだ。デカブラックが腹いっぱい食えば、クリスタルにもそうさせるとね。それだけでやつは折れたよ」


しばらくのち、フレッチャーとデーモンは、デカブラックが暗緑色のボール状のウミキノコをせっせと平らげるのを眺めていた。

「きょうで二日」とデーモンは渋い顔でいった。「そのあいだに、われわれはどれだけのことを知りました？　まったくゼロです」

フレッチャーはそれほど悲観していなかった。「いや、消極的意味で進歩はあったさ。やつが聴覚器官を持たぬこと、音に反応せぬこと、やつ自身、どんな音を出す能力もなさそうなこと、これだけはまずたしかだ。だから、やつとの交信には、視覚的手段に訴えるしかない」

「うらやましいような楽天主義だな」デーモンはいった。「あんちくしょうときたら、コミュニケーションの能力や欲望があるのやらないのやら、いまだに見当さえ摑ませないんですからね」

「辛抱だよ。おそらく、やつにはこっちの意図がまだわからないんだ。殺される心配で、それどころではないんだろう」

「やつに言葉を教えるだけならまだしも」とデーモンは愚痴っぽい口調で、「まず、コミュニケーションが可能だということをやつに知らせなくちゃならないとはね。それがすんだら、新しい言語の発明か」

フレッチャーはニヤリと笑った。「さあ、仕事にかかろうや」

二人はデカブラックをつぶさに眺めた。相手も水槽ごしに黒い眼部で二人を見かえしてくる。「視覚的な信号の型を、ひと通りこしらえなくちゃいかんな」とフレッチャーはいった。「十本の腕が、やつのいちばん敏感な器官だ。あれを司《つかさど》っているのは、たぶん、やつの脳でも、もっとも高度に発達した部分だろう。とすると——デックの腕の運動に基づいた信号の型を考えればいい」

「それだけで、じゅうぶんな語彙が得られますかね？」

「そう思うな。あの腕は柔軟な筋肉のチューブだ。少なくとも五種類のはっきりした態位はとれるだろう。前方水平、前方斜め上、直立、後方斜め上、後方水平、と。やつにはその腕が十本あるのだから、組み合わせは十の五乗——つまり十万あるわけだ」

「なるほど、じゅうぶんだ」

「あとは語彙と構文法を考えればいい——機械屋と生化学者にはちょいと骨の折れる仕事だが、なんとかやってみよう」

デーモンはにわかに興味を示しはじめた。「なに、一貫性と、しっかりした基本構造の問題ですよ。

デカブラックになんらかの理解力があれば、教えこめるはずです」

「もしだめなら」とフレッチャーはいった。「われわれは、まな板の鯉だ――クリスタルのやつに、この養殖鉱業のいかだを乗っ取られてしまうんだ」

二人は実験室のテーブルにひたいを集めた。

「デックには言語がない、という仮定で進めるんだな」とフレッチャー。

デーモンはもごもごとなにごとか呟き、いら立たしげに髪の毛をかきむしった。「証拠がないですよ。率直にいって、そうは思えませんな。そりゃあ、理屈の上でなら、彼らが集団的な感情移入《エンパシー》とか、なにかそんなもので動いているとも考えられるでしょう――だが、それと、事実彼らがそれで動いているか、という問題とでは、何光年かの開きがあります。

まえに話の出た、テレパシーで動いているのかもしれない。それとも変調したX線を発振しているのか、われわれには未知の亜空間、あるいは超空間、内空間で、モールス符号的な通信を行なっているのか――ほとんどあらゆることが考えられます。

ぼくの見たところ、いちばんの可能性は――そうあってほしいものですが――彼ら独自の符号《コード》システムによったコミュニケーションの手段の存在です。あなたもご存じのように、体内的なコード・システム、コミュニケーション・システムが彼らにあることはまちがいない。神経＝筋肉間のフィードバックの環《わ》がそれです。複雑な生命体では、この体内のコミュニケーションはぜったいに欠かせない。言語の有無を異星生物の分類の目やすにする意味も、独立した思考体の集まりである共同社会と、外見的な知能を備えた昆虫型の共同社会を区別することにあります。

さて、もしデカブラックのそれが蟻の穴や蜂の巣のようなものだった場合は、われわれの負け、クリスタルの勝ちでしょう。蟻に言葉を教えることはできない。巣のグループとしての知能はあっても、個体の知能はないからです。だから、われわれとしては、彼らに言語がある——それとも、より一般的にいえば、一定の型式のコード・システムと相互交信があるものと考えなくてはならない。

　同時に、それはわれわれの感知できぬ媒体によっていると考えられます。ここまではいいですか?」

　フレッチャーは、うなずいた。「作業仮説としてはそこいらだろう。デックがわれわれに交信を試みたらしい形跡がないのは、はっきりしているんだ」

「ということは、彼らに知能がないからかな?」

　フレッチャーはそれを聞き流して、「デックの慣習とか、感情とか、性質とかがもっとわかってくれば、この新しい言語にも体系ができるさ」

「めっぽうおしとやかな性質らしいが」とデーモン。

　デカブラックは、のろのろと腕を前後に動かした。眼の部分が、二人の人間をのぞきこんでいるようだった。

「では」とフレッチャーはため息をつきながら、「記号のシステムからはじめるか」マナーズの作ったデカブラックの頭部模型を、彼は運んできた。腕は柔軟な針金の束で作ってあり、どの方向にも折り曲げることができる。「いちばん上になったこの腕から、右回りに0から9まで番号をつけよう。五つの態位——前方、斜め前方、直立、斜め後方、後方——をそれぞれA、B、K、X、Yと呼ぶことにする。Kは正位置だ。腕がKにあるときは意味をもたないものとしよう」

　デーモンはうなずいて同意を示した。「なかなか合理的ですよ」

「まず第一歩は、どう見ても数詞からだな」

　二人は協力して命数法を考え、一覧表（393ページ）を作成した。

デーモンはいった。「一貫性はあるが――どうも、しち面倒だな。たとえば、五千七百六十六を表わすのに、これだけの動きが必要なんですよ……ええと、0B、5Y、それから、0X、7Y、それから0Y、6Y、もひとつ、6Y」

「こいつが信号であって、音声ではないことを忘れないでもらいたいね」フレッチャーはいった。「それに、ゴセンナナヒャクロクジュウロクだって、相当に面倒だぜ」

「あなたのいう通りかもしれない」

「つぎは――単語だ」

デーモンは、椅子の背にそりかえった。「単語を寄せ集めただけじゃ、言語とはいえませんよ」

「せめて、もう少し言語理論でもわきまえてればな」とフレッチャーはいった。「もちろん、抽象概念は敬遠することにしよう」

「英語の基本構造が参考になるかもしれませんね」とデーモンは考えこんだ。「それと、英語の品詞が。つまり名詞は事物、形容詞は事物の属性、そして動詞は事物の経験する転移か、あるいは転移の欠如」

フレッチャーも頭をひねった。「もっと単純化もできるぜ。名詞と動詞と動詞的修飾語だけに」

「使いものになるかな？　じゃあ、たとえば『大きないかだ』を、どう言い表わします？」

「『大きくなる』という意味の、動詞を使うのさ。『いかだ・膨れた』まあ、そんなところだ」

「ふふん」とデーモンは不満そうに、「大して表現力のありそうもない言語ですな」

「どうして？　おそらくデックたちは、われわれの与えたものを彼らの要求にそって修正してゆくだろう。基本的な概念のひと通りを教えこめば、あとは彼らが引き受けるさ。それとも誰か本当にこの仕事のわかる人間が、それまでに来てくれるかもしれない」

数	0	1	2	(以下これに準ずる)
信号	0Y	1Y	2Y	
	10	11	12	(〃)
	0Y,1Y	0Y,1Y:1Y	0Y,1Y:2Y	
	20	21	22	(〃)
	0Y,2Y	0Y,2Y:1Y	0Y,2Y:2Y	
	100	101	102	(〃)
	0X,1Y	0X,1Y:1Y	0X,1Y:2Y	
	110	111	112	(〃)
	0X,1Y:0Y,1Y	0X,1Y:0Y,1Y:1Y	0X,1Y:0Y,1Y:2Y	
	120	121	122	(〃)
	0X,1Y:0Y,2Y	0X,1Y:0Y,2Y:1Y	0X,1Y:0Y,2Y:2Y	
	200	201	202	(〃)
	0X,2Y			
	1,000			(〃)
	0B,1Y			
	2,000			(〃)
	0B,2Y			

コロン（：）は複合信号すなわち、二つ以上の分離した運動を表わす。

「オーケイ。さっそく、そのベーシック・デカブラック語に、とりかかりましょう」

「まず、デックの役に立ちそうな、そしてよく知っていそうな概念を書き出していってみよう」

「ぼくが名詞をやります」とデーモン。「あなたは、動詞をやって下さい。それと、動詞的修飾語とやらもね」彼は1と番号を打って、その下に『水』と書いた。


少なからぬ討論と修正のすえ、基本的な名詞と動詞、そのおのおのに該当する信号のささやかなリストができ上がった。

水槽のまえにはデカブラックの頭部をまねた例の模型が置かれ、そのそばにランプを並べた数の表示板が立ててある。

「翻訳機《コード・マシン》があれば、通信文をタイプするだけですむんですがねえ」とデーモンがいった。「あとは器械が模型の腕にパルスを伝えるってわけです」

フレッチャーはうなずいた。「まことに結構。部品と、それをいじくる何週間のひまがあればな。残念ながら、どっちもないときてる。さあ——始めようぜ。最初は数からだ。きみがランプを操作しろ。おれは模型を動かす。きょうは一から九までだ」

何時間かが経った。デカブラックは黒い眼で観察しながら、静かに泳いでいる。

餌をやる時間が近づいた。デーモンは暗緑色のキノコの球を見せびらかした。フレッチャーは、模型の腕で『食物』にあたる信号を送った。幾きれかの餌が水槽に落とされた。

デカブラックは、静かにそれをチューブ状の口でのみこんだ。

デーモンは模型を相手に餌をやるパントマイムをしてみせた。フレッチャーが模型の腕を『食物』の信号に動かした。デーモンは模型の口へキノコのボールをこれ見よがしに近づけ、それから水槽に向き直って、デカブラックに餌を投げこんだ。

　デカブラックは一部始終を無感動に眺めていた。


　二週間が過ぎた。フレッチャーはクリスタルと話しあうために、むかしのレイトの居室を訪れた。クリスタルは、ちょうどマイクロフィルム・ライブラリの一冊を読んでいるところだった。

　クリスタルはスクリーンの映像を消し、ベッドの縁に足を回して、起き直った。

　フレッチャーはいった。「あと何日かで、監督官がやってくる」

「それで？」

「きみの過失が悪意でなかったかもしれないと考えてみたんだ。少なくとも、その可能性はある」

「大きなお世話だ」

「悪意のなかった過失をたてにとって、きみを迫害したくはない」

「ご親切なこった――いったい、なにが望みなんだ？」

「デカブラックが知的生物だという認定を得るのに協力してくれるなら、きみに対する告発をとり下げてもいいと思っている」

　クリスタルは眉を上げた。「泣かせるじゃないか。で、おれのほうの苦情はこの胸にしまっておくのかい？」

「もしデックに知能があるとすれば、苦情はないはずだ」

　クリスタルは鋭くフレッチャーを一瞥して、「ばかに元気がないな。デックが、しゃべってくれないのか、え」と、自分の冗談に笑った。

　フレッチャーは腹立ちをこらえた。「努力はつづけている」

「だが、思ったほど知能がない、という気がしてきたんだな？」

フレッチャーは立ち去ろうときびすを返した。「いまいるのは、まだ十四しか信号を知らないんだ。一日に二つか三つは覚えてゆくがね」

「おい！」クリスタルは声をかけた。「ちょっと待て！」

フレッチャーは戸口で立ちどまった。「なんのために？」

「いまのは嘘だろう」

「そう思っとくさ」

「デックが信号とやらをやるのをおれに見せてみろ」

フレッチャーはかぶりを振った。「外へ出て、風邪をひかれると困るからね」

クリスタルはけわしい目で睨んだ。「そいつはまた、理不尽な態度じゃないか？」

「そうは思わんな」とフレッチャーは部屋を見回した。「なにか欲しいものは？」

「ない」とクリスタルはいって、スイッチを入れた。天井のスクリーンに、あらためて本のページが浮かび上がった。

フレッチャーは部屋を出た。ドアが閉まり、ボルトが下りた。クリスタルはすばやく起き上がると、異様な身軽さで床に降り立ち、ドアに近づいて耳をすました。

フレッチャーの足音が廊下をしだいに遠ざかった。クリスタルは大またの二歩でベッドに戻り、枕の下を探って、卓上スタンドから外しておいた電線をとり出した。二本の鉛筆が電極代わりにくっつけてあった。軸木に刻み目を入れ、露出した黒鉛の芯に導線の端を結びつけてあるのだ。回路の抵抗には卓上スタンドの電球が使われていた。

彼は窓ぎわに近づいた。いかだの東端までの甲板が見渡せた。事務室の後ろから処理工場の裏の貯蔵所までも視界に入った。

甲板には誰もいない。循環式の小煙突から立ち昇る白いひと筋の蒸気と、その向こうで馳せめぐっている朱とピンクの雲のほかに、なに一つ動くものはなかった。

きつく結んだくちびるから音のない口笛を洩らしながら、クリスタルは仕事にかかった。コードのプラグをすそ板のソケットにさしこみ、二本の鉛筆を窓に近づけてアーク放電を作り、すでに窓の半分まで焼き切っておいた溝をさらに伸ばしてゆく――鍛造《たんぞう》の緑柱石ガラスを切断するには、この方法しかないのである。

根気の要る、微妙な仕事だった。弱々しい、とぎれがちの火花。発煙がクリスタルののどをむせかえらせた。涙ぐんだ目をしばたたき、顔をあちこちとねじ曲げながら、クリスタルは夕食の三十分前、五時半までがんばったすえ、道具をしまった。日が暮れてからは、閃光が目につく怖れがあるので、仕事ができない。

何日かが過ぎた。朝ごとに、ギデオンとアトリュスはどんよりとした空を緋色と淡みどりに彩った。そして、夕《ゆうべ》ごとに、悲しげな暗い夕焼けを残して西の海に沈んでゆくのだった。

応急のアンテナが、実験室の屋上から宿舎の上に建てられた柱へ張り渡してある。ある日の午後早く、マナーズは喜びに弾むような短い汽笛をたてつづけに吹き鳴らした。半年ごとに惑星サブリアを訪れる定期船LG―19の接近の知らせが届いたのである。明日の夕方には中継ロケットが、監督官と補給品、それに養殖鉱業社と遠洋開発社両方の新しい勤務員を乗せて、軌道から降下してくるのだ。

食堂では、幾本となく酒瓶の栓が抜かれた。声高に休暇のプランが語られ、哄笑《こうしょう》がうず巻いた。かっきり時刻どおりに、中継ロケット――四隻のそれ――が、雲を切り裂いて降下してきた。二隻は養殖鉱業社のそばに着水した。もう二隻が、遠洋開発社のいかだを指して降りて行った。

ランチで曳綱がひっぱられ、ロケットはドックにたぐり寄せられた。

最初にいかだへ乗りこんだのは、ベヴィントン監督官だった。濃紺と白の制服を一分のすきもなく着こなした、活溌な小男である。政府の代表者として多種多様な規則、法律、条例を解釈してゆくのが彼の役目なのだ。軽犯罪の裁判、犯罪者の拘留、宇宙法違反行為の捜査、生活条件と安全管理の確認、関税、保証金、税金の取り立て、ざっとこれだけの権限が彼に与えられている。つまり、政府のもつすべての役割を一手にひき受けているのだ。

かりに監督官ら自身が綿密な監視の目にさらされていなかったとしたら、この種の仕事は、かっこうな収賄と小暴政の場所になっていたかもしれない。

ベヴィントンはこの機関の中でも、もっとも良心的でくそまじめな男と目されていた。格別の人気はないにしても、尊敬の目で見られていることはたしかだった。

いかだの端で、彼はフレッチャーの出迎えを受けた。鋭く相手に一瞥をくれたベヴィントンは、フレッチャーがいやにニヤニヤしているのを、けげんに感じた。フレッチャーは、例のモニターの一ぴきが海から触手を伸ばしてベヴィントンの足首を捕らえる劇的場面をひそかに空想していたのである。だが、邪魔は入らなかった。ベヴィントンは無事いかだに乗り移った。

彼はフレッチャーと握手をすませると、甲板をきょろきょろと見回しはじめた。「レイト君はどこだね？」

フレッチャーはぎくりとした。いつのまにか、レイトの不在に慣れっこになっていたのだ。「え？——レイトは死にましたよ」

こんどはベヴィントンの驚く番だった。「死んだ？」

「事務室に来ませんか」とフレッチャーはいった。「わけを話しますから。この一ヶ月、大荒れでしてね」彼はむかしレイトのいた部屋の窓を見上げた。こちらを見おろすクリスタルの顔がそこにあるはずだった。だが、窓には人影がない。ハッとフレッチャーは立ちどまった。人影がない！　それどころか、ガラスさえもないのだ。彼は甲板を駆け出した。

「きみ、きみ！」ベヴィントンが叫んだ。「どこへ行くんだ？」

フレッチャーは肩ごしにこう返事するあいだだけ立ちどまった。「いっしょに来て下さい！」食堂への廊下を駆けてゆく彼のあとを、ベヴィントンは困惑と驚きに顔をしかめながら、急ぎ足で追った。

フレッチャーは食堂の中をのぞきこみ、つとためらってから、ふたたび甲板にひき返して、からっぽの窓を見上げた。クリスタルはどこにいるのか？　いかだの前部甲板には来なかったのだから、あと考えられるのは処理工場だけだ。

「こっちです」フレッチャーはいった。

「待ちたまえ」とベヴィントン。「いったい、これはどういう――」

しかし、すでにフレッチャーは、いかだの東側を処理工場さして走り出していた。そこでは中継ロケットの乗員たちが、これから積む稀金属のつまったケースを検査している。近づいたフレッチャーとベヴィントンを、彼らは目で迎えた。

「こっちへ誰か来なかったか？」フレッチャーがきいた。「金髪の大男が？」

「そこへ入って行った」乗員のひとりが処理工場を指で示した。

フレッチャーは脱兎のように工場へとびこんだ。濾過塔のそばに、ハンス・ハインツが腹の虫のおさまらぬ表情で突っ立っていた。

「クリスタルは来たか？」あえぎながら、フレッチャーはきいた。

「来たかもなにも！　まるで、ハリケーンでしたぜ。おまけに、顔に一発くれてゆきやがって」

「どっちへ行った？」

ハインツは指さした。「前甲板のほうです」

フレッチャーとベヴィントンは先を急いだ。ベヴィントンは不機嫌にたずねた。「いったい、なんの騒ぎだ？」

「いまに説明しますよ」フレッチャーはどなった。甲板に走り出ると、はしけとランチのほうに目をこらした。

テッド・クリスタルの姿はない。

残る方角はただ一つしか考えられなかった。宿舎へひきかえしたのだ。フレッチャーとベヴィントンを完全にひと回りさせたわけである。

突然、ある考えがフレッチャーの頭に浮かんだ。「ヘリコプターだ！」

だが、ヘリコプターは、ぴんと張りつめた支索になにごともなく繋がれていた。マーフィーがけげんな表情で後ろをふりかえりながら、二人のほうに近づいた。

「クリスタルを見なかったか？」フレッチャーはたずねた。

マーフィーは指さした。「たったいま、あの階段を昇ってゆきましたぜ」

「実験室だ！」はり裂けるような声でフレッチャーは叫んだ。のどもとまで跳ね上がった心臓を抑えつけ、マーフィーとベヴィントンを従えて、彼は階段を駆け上がった。せめて、デーモンが甲板や食堂でなしに、実験室にいてくれれば！

実験室は空《から》だった——デカブラックの水槽を除いて。

水槽の水が青色に濁っている。デカブラックはその十本の腕をよじり、ひきつらせながら、水槽の隅から隅へとのたうち回っていた。

　フレッチャーはテーブルの上にとび上がると、水槽めがけてとびこんだ。相手の身もだえする体に腕を回して、抱え上げようとした。しなやかな体はあがきながら彼の腕をすり抜けてしまった。フレッチャーはもう一度相手の体をつかみ、死にもの狂いで水槽の外へ押し上げた。

「しっかりつかむんだ」歯を食いしばりながら、マーフィーに指図した。「テーブルに寝かせろ」

　デーモンがとびこんできた。「どうしたんです?」

「毒を投げこまれたんだ。マーフィーに手を貸してやれ」

　デーモンとマーフィーは、ようやくデカブラックをテーブルに寝かせた。フレッチャーがどなった。

「どいてろ——洪水がゆくぞ!」彼は水槽の側面の止め金を外した。柔軟なプラスチックがくしゃくしゃとひしゃげた。一千ガロンの水が、ざあっと床に溢れ出した。

　フレッチャーの皮膚は、ひりひりと痛み出している。「酸だ! デーモン、バケツを持ってきて、デックを洗ってやれ。水を絶やすな」

　換水装置のポンプはまだ海水を水槽に吐き出しつづけていた。フレッチャーは、酸の浸みこんだズボンを脱ぎ捨てると、手早く体の洗浄をすませ、給水パイプの筒先を持って、水槽の中の酸を洗い落としはじめた。

　デカブラックは、尾びれをけいれんさせながらぐったりと横たわっていた。フレッチャーは吐き気と重い疲労を感じた。「炭酸ソーダでやってみろ」そうデーモンに教えた。「いくらかでも酸を中和できるだろう」そこで、にわかにあることを思いついて、彼はマーフィーをふりかえった。「クリスタルを連れてくるんだ。逃がすなよ」

　その瞬間を選んだように、クリスタルがひょっこりと実験室に入ってきた。軽い驚きをうかべて部屋を見回すと、水を避けて椅子の上にとび上がった。

「なにが始まったのかね？」

フレッチャーは荒々しく答えた。「いまにわかる」マーフィーに向かって、「やつを逃がさぬようにしろ」

「人殺し！」悲しみと心労にひしがれた声で、デーモンが叫んだ。

クリスタルは、虚をつかれたように眉を上げた。「人殺し？」

ベヴィントンは、フレッチャーとクリスタルとデーモンに視線を往復させた。「人殺し？　なにごとだね、これは？」

「法律に規定されたとおりですよ」フレッチャーはいった。「知的生物の生命を故意に奪う。これが殺人でなくてなんです？」

水槽の洗浄が終わった。彼は止め金を締めた。新しい海水がしだいに溜まりはじめた。

「よし、デックを中に入れろ」

デーモンはあきらめたようにかぶりを振った。「むだですよ。ピクリともしない」

「とにかく入れてみるんだ」とフレッチャー。

「クリスタルのやつもいっしょに放りこんでやればいい」デーモンは激しい口調でいった。

「きみ、落ちつかないか」ベヴィントンはたしなめて、「そういう言葉は控えなさい。ここでなにが持ち上がっているのか、わたしにはわからんが、耳に入ったかぎりでは、どうも気に入らんな」

面白そうに見物していたクリスタルが口をはさんだ。「わたしにもなんの騒ぎかわかりませんな」

フレッチャーたちは、デカブラックを抱え上げて水槽の中に入れた。

水は約六インチの深さしかない。水面の上がりぐあいは、フレッチャーの我慢できぬほどのろくさかった。

「酸素だ」と彼はどなった。デーモンがロッカーに走った。フレッチャーはクリスタルに向き直った。

「おれが、なにを喋っているのか、わからないというのか？」

「きみのペットが死んだだけだ――それをおれのせいにするのはよしてもらおう」

デーモンがフレッチャーに酸素ボンベの吸入マスクを渡した。フレッチャーはそれを水につっこみ、デカブラックの鰓《えら》に近づけた。ぶくぶくと酸素の泡が上がった。フレッチャーは水をかき回して、鰓蓋《ぶた》へ送った。水は九インチの高さまで上がっていた。「炭酸ソーダを」とフレッチャーは肩ごしに命じた。「酸の残りを中和できるだけでいい」

ベヴィントンは心細げにたずねた。「生き返りそうかね？」

「わかりません」

ベヴィントンはクリスタルに流し目をくれた。相手はあわててかぶりを振った。「わたしは、無関係ですよ」

水面が上がった。デカブラックのぐったりとした腕が、メデューサの髪の毛のようにばらばらにほぐれた。

フレッチャーはひたいに滲《にじ》んだ汗を拭った。「せめて、方法さえわかればなあ！　人間ならブランデーでもやるところだが、それでは逆に殺してしまいかねないし」

腕がぎゅっとこわばり、四方に伸びた。「おっ、うまいぞ」息をついたフレッチャーは、デーモンを招いた。「ジーン、ここを代わってくれ――酸素を鰓へ送りつづけるんだ」マーフィーがバケツの水で床を洗い流したあとへ、彼は跳びおりた。

クリスタルは熱心にベヴィントンに説明していた。「この三週間はまったく生命がけでしたよ！

フレッチャーはぜったいに頭がおかしいんだ。さっそく医者を呼ぶにかぎりますよ——それも、精神病医を」フレッチャーの視線を感じた彼はそこで言いやめた。フレッチャーはゆっくりと部屋を横ぎってきた。クリスタルは、ベヴィントンをふりかえった。監督官は当惑しきった顔つきだった。

「わたしは正式に」とクリスタルはいった、「養殖鉱業社ぜんたいと、特にサム・フレッチャーに対して、告訴の申し立てをしたい。法の代理人であるあなたに、わたしの身体に加えられた犯罪行為の加害者として、フレッチャーの逮捕を請求します」

「ふむ」とベヴィントンはフレッチャーに警戒のまなざしを投げた。「もちろん調査はするつもりでいる」

「わたしを拳銃で脅して誘拐したんですぜ！」クリスタルは叫んだ。「まる三週間、わたしを監禁したんだ！」

「きみにデカブラック殺しをつづけさせぬためさ」とフレッチャー。

「その言葉を使ったのは、これで二度目だな」険悪な声でクリスタルはいった。「監督宮が証人だ。名誉毀損で訴えてやる」

「真実が名誉毀損であるものか」

「デカブラックを網でとった、それがどうしたっていうんだ。おれは海藻も伐採するし、シーラカンスも獲る。きみだって、同じことをやってるじゃないか」

「デカブラックには知能があるんだ。そこが違う」フレッチャーはベヴィントンに向き直った。「やつはそれをじゅうぶん承知なんですよ。金儲けとなれば、生きた人間の骨からカルシウムを製造することだってやる男なんだ」

「この大嘘つきめ！」クリスタルが叫んだ。

ベヴィントンは手を上げて制止した。「静かにせんか！　誰かがなんらかの証拠を示さないかぎり、調査の進めようがない」

「やつになんの証拠があるもんですか」クリスタルは言いはった。「やつはわたしのいかだをサブリアから追い出したいんだ――企業競争に堪えられないんだ！」

フレッチャーはそれを聞き流した。ベヴィントンに向かって、「証拠といわれましたね。デカブラックがあの水槽にいることと、クリスタルがそれに酸を浴びせたことが、なによりの証拠ですよ」

「では、率直なところを聞こう」とベヴィントンは、クリスタルをじっと見すえた。「きみがあの水槽に酸を入れたのか？」

クリスタルは腕を組んだ。「バカげた質問はやめて下さい」

「入れたのか？　言い抜けは許さんよ」

クリスタルは一瞬ためらってから、きっぱりと言いきった。「いや、入れません。わたしがそうしたという証拠もないはずです」

ベヴィントンはうなずいた。「よろしい」フレッチャーをふりかえって、「さっき証拠といったね。どんな証拠だ？」

フレッチャーは水槽に近寄った。そこではデーモンが、まだデカブラックの鰓に酸素の加わった海水を送りつづけていた。

「どうだ、容態は？」

デーモンは自信なさそうに首を振った。「ようすが変です。内臓まで酸にやられたのでしょうかね？」

フレッチャーは長く青白いかたちを、しばらくじっと見つめた。「とにかくやってみよう。それ以外に手はない」

彼は部屋を横ぎると、車のついたデカブラックの模型を前に押し出してきた。クリスタルはプッと笑い出すと、問題外だというように背を向けた。

「なにを見せてくれるというのかね？」ベヴィントンがたずねた。

「デカブラックに知能があり、コミュニケーションが可能であることを見せたいのです」

「それはそれは」とベヴィントンはいった。「珍しい見ものじゃないか、え？」

「そのとおり」フレッチャーはノートを開いた。

「どうやって相手の言葉を覚えたのだね？」

「相手のじゃない――われわれ二人がこしらえたコードですよ」

ベヴィントンはしげしげと模型を眺め、ノートブックに目を移した。「それが信号なのか？」

フレッチャーはその方式を説明した。「彼は五十八の単語を知っています。一から九までの数字は入れずにですよ」

「なるほど」とベヴィントンは席についた。「始めたまえ。きみのショウだ」

クリスタルがふりむいた。「こんなイカサマは見たくもない」

ベヴィントンがいった。「ここに残って、きみの権利を守ったほうがいいね――きみがやらねば、誰もやってはくれんぜ」

フレッチャーは模型の腕を動かした。「どうも装置がお粗末ですがね。時間と費用があれば、もっとましなものができるでしょう。では、数字から始めます」

クリスタルが、せせら笑うようにいった。「兎だって、仕込めばそれぐらいはできるぜ」

「まもなく」とフレッチャーはつづけた、「もっと複雑な交信もやってみます。誰が毒を投げこんだかも質問することにしましょう」

「おい、待て！」クリスタルがわめいた。「そんなやりかたで罪をかぶせられてたまるか！」

ベヴィントンはノートに手を伸ばした。「どうやって質問するのだ？　どんな信号を使うのかね？」

フレッチャーは指でそれを教えた。「まず、疑問符です。質問という観念は、デカブラックにとって、まだ完全にのみこめぬ抽象概念であるらしい。で、われわれは便宜上、『どちらが欲しいか？』というような選択の形式をとることにしました。たぶん、こっちの意図するところはわかってくれるでしょう」

「なるほど——疑問符か。それから？」

「デカブラック——熱い——水——受けとる。『熱い水』は酸のことです。疑問符・人間——熱い——水——与える？」

ベヴィントンはうなずいた。「よくわかった。始めたまえ」

フレッチャーは信号にかかった。黒い一つ目玉がそれを見まもった。

デーモンが心配そうにいった。「ようすが変です——すごく不安がってる」

フレッチャーは信号を完了した。デカブラックの身体が一、二度動き、それから当惑したようにけいれんした。

フレッチャーはさっきの信号をくりかえしてから、もう一つおまけに、「疑問符——人間？」と、つけ加えた。

腕がゆっくりと動いた。

「〈人間〉」と、フレッチャーはその信号を読んだ。

ベヴィントンはうなずいた。「人間か。だがどの人間だろう？」

フレッチャーはマーフィーにいった。「水槽の前に立ってくれ」そして信号を送った。「熱い――水――与える――人間――疑問符」

デカブラックの腕が動いた。

「〈ゼロ〉」フレッチャーは信号を読んだ。「ちがう、といってる。デーモン、水槽の前へ行け」彼はデカブラックに信号した。「熱い――水――与える――人間――疑問符」

「〈ゼロ〉」フレッチャーは、ベヴィントンをふりむいた。「水槽のまえへ行って下さい」そして信号。「〈ゼロ〉」

みんなの視線がクリスタルに集まった。「きみの番だ」とフレッチャーはいった。「前に出たまえ、クリスタル」

クリスタルはゆっくりと前に進んだ。「おれはカモにはされんぞ、フレッチャー。仕掛けの種は見えすいている」

デカブラックがさかんに腕を動かしはじめた。フレッチャーは信号を読み上げた。ベヴィントンは肩ごしにノートをのぞきこんだ。

「〈熱い――水――与える――人間〉」

クリスタルが烈しく抗弁をはじめた。

ベヴィントンは彼を静まらせた。「水槽のまえに立ちたまえ、クリスタル」そしてフレッチャーに、「もう一度、質問を」

フレッチャーは信号した。デカブラックは答えた。「〈熱い――水――与える――人間。黄色。人間。速い。来る。与える――熱い――水。行く〉」

実験室に沈黙が下りた。

「これできみの主張が明らかになったわけだな、フレッチャー」ベヴィントンが、ぴしゃりと断定した。

「そう簡単に有罪にはできんぞ」とクリスタル。

「黙りたまえ」ベヴィントンが大喝した。「なにが起こったかは、すでに明白だ――」

「明白なのは、これから起こるほうのことだぜ」怒りに嗄《しわが》れた声でクリスタルはいった。フレッチャーの拳銃を構えている。「ここへ来るまでに、ちょうだいしておいたのさ。どうやら、この勝負――」

彼は目をすがめると、水槽に向かって拳銃を構えた。引金にかけた指に力がこもった。フレッチャーは心臓が凍りつくのを感じた。

「おい！」叫んだのはマーフィーだった。

クリスタルは身をよじった。マーフィーはバケツを投げつけた。クリスタルはマーフィーを撃ったが、あたらない。デーモンが後ろからとびかかり、クリスタルは拳銃をそっちに向けた。白い閃光が、デーモンの肩ぐちに走った。傷ついた馬のように悲鳴を上げながら、デーモンは骨ばった腕をクリスタルに巻きつけた。走り寄ったフレッチャーとマーフィーが拳銃をとり上げ、クリスタルの腕を背中にねじり上げた。

ベヴィントンは荒々しくいった。「こんどこそ、ことが面倒になったぞ、クリスタル。さっきまでは違ったにしてもな」

フレッチャーがいった。「やつは何百何千というデックを殺している。カール・レイトとジョン・アゴスチノにも間接的に手を下したようなものです。さぞ申し開きが大変でしょうよ」

交替要員たちはすでにLG―19からいかだに移っていた。フレッチャー、デーモン、マーフィーたち旧乗組員は、六ヶ月の休暇をまえに、食堂に顔をそろえた。

デーモンは左手を肩から繃帯で吊した姿だった。右手でコーヒー・カップをモソモソといじりながら、「なにをしたものかと考えてるんですよ。べつにプランもない。じつを言うと、ちょっと虚脱ぎみでね」

フレッチャーは窓に近づくと、暗い緋色の海を眺めた。「おれはここに残るよ」

「何ですって?」とマーフィーが叫んだ。「わたしの空耳かな?」

フレッチャーはテーブルに戻った。「自分でもよくわからんのさ」

マーフィーは完全な無理解のしるしにかぶりを振った。「本気とは思えない」

「おれは一介の技術者、つまり労働者だ」フレッチャーはいった。「権力への欲望もないし、宇宙を作り変えようという野心もない――だが、デーモンとおれはどうやら、なにかのきっかけを作ってしまったらしい――とてつもなく重要な、なにごとかの――おれはそれを最後まで見とどけたいんだ」

「つまり、デックにコミュニケーションを教えることですか?」

「そうだよ。クリスタルは彼らを攻撃した。彼らはやむなく自衛の手段を講じた。ある意味では、クリスタルが彼らの生活を改革したといえる。デーモンとおれはまったく新しいやり方で、一頭のデックの生活を改革した。だが、これは、ほんの序の口だ。そこに潜む可能性を考えてみたまえ! 恵まれた土地に住む一群れの人間があったとする――われわれに似た、ただし、話すということを知らぬ人間が。その彼らに、誰かが新しい世界への門戸を開く――これまで彼らが経験したこともないような知的刺激をだ。その彼らの反応、新しい生活態度の変化を考えてくれ! いまのデックがちょうどそれなんだ――違うのは、われわれがまだ手をつけたばかりということだけだ。彼らがなにをなしとげるか、想像するだけでも嬉しいじゃないか――その事業に、おれはなんとしても参加したい。たとえ参加することができないにしても、この仕事をやりかけのままで投げ出したくはない」

デーモンがだしぬけにいった。「ぼくも残りましょう」

「あんたたち、二人とも気がふれたね」とジョーンズがいった。「おれは、とっとと逃げ出すことにするよ」


LG―19が立ち去ってから、三週間が経った。いかだの作業は変哲もない日課に変わっていた。交替につぐ交替。倉庫は新しい鋳塊《インゴット》、新しい稀金属のブロックで満たされていった。

フレッチャーとデーモンは、デカブラックを相手に長い時間を過ごした。きょうは、その大いなる実験の日だった。

水槽がドックの端へと運ばれた。

フレッチャーはもう一度、最後のメッセージを信号した。「人間――きみ――信号――見せる。きみ――おおぜい――デカブラック――連れてくる。人間――信号――見せる――疑問符」

腕が同意の動きを示した。フレッチャーは後ろにさがった。水槽はゆっくりと水面におろされ、海中に沈んだ。

デカブラックは浮き上がり、しばらく海面を漂ってから、暗い水底へと潜りはじめた。「プロメテウスが出かけてゆく」デーモンはいった。「神々の贈り物をたずさえて」

「へらず口の贈り物、といったほうがよかないか」笑いながら、フレッチャーがいった。

青白いかたちが視界から消えた。

「十対五十で、帰ってこないほうに賭けるね」新しい主任のカルダーが二人に提案した。

「おれは賭けはしない」フレッチャーはいった「期待するだけさ」

「もし彼が帰ってこなかったら、どうするつもりだ？」

フレッチャーは肩をすくめた。「別のやつを捕らえて、またやり直すことになるかな。いずれは実を結ぶさ」

三時間が過ぎた。もやが立ちこめはじめた。雨が空をおぼろに変えた。

舷側から目をこらしていたデーモンが顔を上げた。「デックが見える。だが、われわれのか、どうか？」

一頭のデカブラックが水面に浮び上がった。腕を振っている。「デカブラック——おおぜい。信号——見る」

「デーモン教授」フレッチャーはいった。「最初の授業をどうぞ」

エルンの海

浅倉久志訳

The Narrow Land

エルンの脳のてっぺんで一対の神経が結びついた。そこで意識が生まれ、エルンは暗闇と、締めつけられるような感じを知覚した。不愉快な感覚だった。エルンは末端部分に力をこめ、殻を押してみた。周囲のどこを押しても抵抗がある。ただひとつの方向を除いて。そっちを蹴とばし、頭突きを食わせているうちに、まもなく割れ目ができた。締めつけてくる圧力がいくらか弱まった。エルンは身をくねらせて薄膜をひっかいた。薄膜が破れ、とつぜん不快な液が滲みだした。自分とはべつの生き物の体液だ。むこうは向きを変え、末端部分を伸ばしてきた。エルンは身をすくめ、手さぐりする相手をなぐりつけた。不気味なほど力が強く、大きな相手に思えた。

しばらくの休止期間があった。両者ともが相手を憎いと思った。両者ともおなじ種類の生き物なのに、どこかがちがう。まもなく、ふたつの小生物は、聞こえないほど小さなキイキイ声を上げ、戦いをはじめた。

あげくの果てに、エルンは相手を絞め殺した。身をひき離そうとして、体組織の癒着が起こり、ふたつがひとつになったことを知った。エルンの体は、敗北した相手に包みこまれ、融合して前より大きくなっていた。

しばらくのあいだ、エルンは休息し、自分の意識をさぐった。そのうちにまた、あの締めつけられるような感じが、耐えがたいほどに強まってきた。エルンが押しのけ、蹴とばし、新しい亀裂を作るのといっしょに、殻がふたつに割れた。

エルンは軟泥の中に這いだした。上に向かうと、眩しい光、いがらっぽく乾いた空虚がそこにあった。真上から鋭いさけびが上がった。巨大なものが舞いおりてきた。エルンは身をかわし、黒くカチカチ鳴るくちばしからあやうく逃れた。ばたばたもがいて、冷たい水の中にすべりこみ、水中に身を沈めた。

水中にはほかの仲間が住んでいた。どっちを向いても、おぼろな形が見える。あるものはエルンとよく似ていた——目のとびだした青白い幼生で、幅のせまい頭の上には、肉冠《とさか》の代わりに薄い膜が張っていた。ほかのものはもっと大柄で、脚や腕に関節が発達し、肉冠はピンと立ち、厚い皮膚は銀灰色だった。エルンは身じろぎして、四肢を動かした。泳いでみた。最初はおっかなびっくりだったが、じきにうまくなった。空腹感がおそってきた。エルンは食べた——幼虫や、水草の根についた根粒や、そのほかのこまごましたものを。

こうしてエルンは幼年期にはいり、徐々に水の世界での生きかたをまなんだ。時間の経過をおしはかるすべはなかった。そもそも時間の目安がないのだ——この世界には光と闇の交代がなく、エルン自身の成長をべつにすれば、なんの変化もない。この浅海で記憶に残る出来事といえば、悲劇ばかりだ。無鉄砲に沖へ遊びにでかけた水の子が、潮に流され、嵐の壁の下へと姿を消す。鱗を持った鳥たちが、水面で遊んでいる水の子をときおりさらっていく。いちばん恐ろしいのは、塩水沼のひとつに住む鬼だ——これは長い腕と平たい顔を持つ怪物で、頭のてっぺんに四すじの骨ばった隆起がある。一度、エルンはもうすこしで取って食われそうになった。塩水沼の葦の根もとに隠れていた鬼が、だしぬけにおそいかかってきたのだ。水が渦巻くのを感じて、エルンはとっさにとびのいた。間一髪でよけたが、鬼のかぎ爪に脚をかきむしられた。鬼はエルンを追いかけて、まぬけなさけびを上げ、急に向きを変えると、エルンの遊び友だちのひとりをつかまえ、水底に腰をすえて獲物をむさぼり食いはじめた。

やがて肉食鳥を追いはらえるほど大きくなったエルンは、水面でのんびりくつろぎ、空気を味わい、見晴らしの大きさに驚嘆するようになったが、目に見えるものはなにひとつ理解できなかった。空はにぶい灰色のもやにおおわれ、海上はほかよりもいくらか明るいが、風に鞭うたれた雲か通り雨がときたまやってくるほかは、なんの変化もない。すぐ近くには沼沢地がある。塩水沼と、低い小島の集まりだ。小島には青白い葦がはびこり、黒くてこの上もなく脆い、もつれあった藪と、ひょろりとした木がまばらに生えている。そのずっとむこうは黒い闇の壁だ。反対側の沖の方角には、水平線をさえぎるようにして、稲妻に打ちすえられる雲と雨の壁がある。闇の壁と嵐の壁が平行に伸びて、この中間領域の境界を形づくっているのだ。

水の子の中でも年上のものは、水面に群れたがった。彼らはふたつの種類に分かれていた。多数派は、ほっそりしたしなやかな体と、幅のせまい骨ばった頭を持ち、頭には一すじの肉冠があり、目がとびだしている。この単冠たちは移り気な性質だ。たわいのない口論がとつぜん喧嘩に変わり、はじまったと思うと終わってしまう。性別ははっきりしている。約半数が雄、あとの半数が雌。

それと対照的な少数派は、複冠、つまり頭に二すじの肉冠のある水の子だ。こちらはもっと大柄で、頭の横幅が広く、目はあまりとびだしておらず、性質はおとなしい。性別はまだそれほど目立っておらず、肉冠ひとつの子供たちのおふざけを、批判的にながめている。

エルンは自分が後者の集団に属すると思っているが、肉冠はまだ目立たないし、どちらかといえば、ほかのものよりいっそう横幅の広い、がっしりした体格だった。性的発達は遅れているが、雄なのはまちがいない。

水の子の中でも最年長者は、単冠のものも、複冠のものも、すこし言葉がしゃべれる。それは知るすべもない時代と起源からこの生き物に伝わってきた言葉だ。やがてエルンもその言葉をおぼえ、それからは浅海での出来事を話しあって、長い期間をのらくらと過ごした。たえず稲妻のひらめく嵐の壁は、いつ見ても胸がおどるが、水の子の注意をおもに集めているのは、沼沢地とそのむこうに盛りあがった陸だった。言葉といっしょにもたらされた言い伝えのおかげで、水の子は自分らの運命がその陸地にあること、〝人間〟と呼ばれる生き物の中にあることを知っていた。

ときおり〝人間〟が、岸辺の泥に隠れた平魚をさがしたり、なにかの謎めいた目的で葦の中をかきわけていくのが見える。そんなとき、水の子たちは、ある未知の感情にうながされて、さっさと水中にもぐってしまうが、単冠の中でもいちばん大胆な子供たちだけは、水面から目だけを上に出し、人間たちのふしぎな行動を熱心に見まもった。

人間たちが現われるたびに、水の子のあいだでは議論がわきおこった。単冠たちはこう主張した。いずれはだれもが人間になり、乾いた陸の上を歩くのだ、それが祝福された状態なのだ。より懐疑的な複冠たちは、水の子が陸に上がる可能性だけを認めた——なにしろ、そういう言い伝えなのだから——しかし、そのあとでなにが起こるのか？　言い伝えも、この点ではなんの参考にもなってくれないし、議論は想像の域にとどまっていた。

ようやくエルンは人間を間近に見ることができた。水底でエビをあさっている最中に、力強く規則的に水をはねちらす音がしたので見あげると、長く大きな姿が三つも見えたのだ。なんとすてきな生き物だろう！　彼らの泳ぎかたには力と美があった。あの鬼でさえ、この生き物にはきっとかなわないぞ！　エルンは用心深く距離をおいて彼らのあとを追いながら、もっと近づいて自分の存在を知らせようか、とも考えた。人間たちと話をして、陸の生活のことを教えてもらえたら、どんなに面白いだろう……。人間たちは泳ぎやめて、遊びたわむれている水の子の群れをながめ、あっちこっちを指さしはじめた。いっぽう、水の子たちは遊びを中断して、ふしぎそうに彼らを見あげた。恐ろしい事件が起きたのは、そのときだった。複冠の子供の中でいちばん大きいのは、〈名づけ親のズィム〉といって、エルンから見ると年かさの賢い生き物だった。仲間たちに名前をつけることが、ズィムの特権だ——エルンの名前も、ズィムからもらったものだった。いま、偶然にそのズィムが、なにも気づかずに人間たちの視野の中へさまよいこんだ。人間たちはズィムを指さし、のどの奥から鋭いさけびを発して、水面下にもぐった。ズィムは驚きのあまり凍りつき、一瞬ためらってから、さっと逃げだした。人間たちは追跡をはじめ、あっちへこっちへとしつこくズィムを追いまわした。つかまえようとしているのは明らかだ。ズィムは恐怖に逆上して、深い淵を越え、遠く沖まで泳ぎつづけた。やがて潮流にさらわれて、ズィムは嵐の壁へと運びさられてしまった。

人間たちは怒りのさけびを上げ、四肢で水をかきみだしながら陸へもどっていった。

好奇心をゆり動かされて、エルンはそのあとをつけた。大きな塩水沼を横ぎったすえに、固く乾いた泥の岸辺に着いた。人間たちは両足で岸にのぼり、葦の中を抜けていく。エルンは水中でゆっくり漂いながら、かずかずの相容れない衝動に身ぶるいした。どうしてあれほど堂々とした生き物が〈名づけ親のズィム〉をいじめて、あんな運命に追いやったのだろう？　陸は近い。岸辺の泥に人間の足跡がくっきりと残っている。その足跡の行く先はどこなのか？　この葦の茂みのむこうには、どんなにすばらしく新しい見晴らしがひらけているのか？　エルンはそろそろと岸へ向かった。両足を地面につけて歩こうとした。脚がくにゃくにゃして、たよりない感じだ。よほど精神集中しないと、片足をもう片足の前に出せない。水の支えがないと、自分の体がやけに重たく、不器用に感じられる。

葦のむこうで、驚きのさけびが上がった。エルンの両足は急に動きのコツをのみこみ、ぶざまな跳躍ではあったが、浜の下手まで体を運んでくれた。エルンは水中に飛びこみ、必死で塩水沼を泳ぎもどった。うしろからは人間たちが追ってきて、水をかきみだしている。エルンはわきのほうへもぐり、腐りかかった葦の茂みのうしろに隠れた。人間たちは塩水沼を抜けて浅海まで出ていき、あたりを探しまわりながら、むなしい努力をつづけた。

エルンは隠れ場にとどまった。ひきかえしてきた人間たちは、エルンの隠れ場から一身長たらずのところを通りすぎた。ぎらつく目、そして呼吸のたびに暗く黄色い口の中までが見えるほどの近さだった。すらりとした体格と、とんがり頭と、一すじの肉冠は、エルンやズィムとちがって、むしろ単冠の水の子に似ているようだった。これはぼくの仲間じゃない！　ぼくは人間じゃない！　この謎に混乱し、激しい興奮と不満をかかえて、エルンは浅海にもどってきた。

しかし、いまではすべてが前とおなじではなくなった。昔の気楽な生活、あの無邪気な気分は消えうせてしまった。いまではある前兆がそこはかとなく感じられ、そのためにこれまでの愉快な生活習慣が味気なく思われてきた。エルンはいつも陸に気をとられるようになり、これまでの遊び友だちだった単冠の水の子を、新しい警戒の目でながめはじめた。急に彼らが自分とはべつの異質な生き物に思え、そしてむこうも複冠の水の子を不信の目でながめて、エルンやその仲間が近づくと、わっといっせいに泳ぎ去るのだった。

エルンは陰気で無口になった。昔の満足は、どこかへけしとんでいた。空白を埋めあわせてくれるものはない。あれからもう一度、人間たちが塩水沼を横ぎって泳いできたが、エルンを含めた複冠の水の子たちは、みんな葦の下に隠れた。人間たちはそれで興味をなくしたのか、しばらくのあいだ、曲がりなりにも昔のような生活がつづいた。しかし、変化の予感はあった。あの葦の島のうしろ、葦の島と闇の壁のあいだには、いったいなにがあるのか？　人間たちはどこで、どんなすばらしい環境に住んでいるのか？　極力鬼を警戒しながら、エルンはいちばん大きな塩水沼を横ぎった。両側には青白い葦のはびこる島があり、あっちこっちに黒い骸骨樹や、ちょっとさわっても崩れそうに脆いもつれ藪があった。塩水沼は枝分かれして、灰色の暗い空を映した静かな小さい入江から、徐々にせばまって黒い軟泥でできた細い水路になった。

エルンはあえてその先へ進まなかった。もしだれかに尾行されていたら、逃げ場がない。ちょうどそのとき、ふしぎな黄色い生き物が、きらめく無数の鱗をチリンチリンと鳴らして、真上の空にうかんだ。エルンを見つけると、鳥は高らかに一声鳴いた。遠くで荒々しい声がそれに応じるのを、エルンは聞いたような気がした――人間たちだ。エルンはくるりと向きを変え、いまきた道をひきかえしたが、鈴鳥は、上空を舞いつづけた。エルンは水面下にもぐり、必死で塩水沼を泳ぎもどった。まもなくずっとわきのほうへもぐってから、用心深く顔を出した。黄色の鳥は、エルンがもぐった場所の真上で不規則な輪を描いている。高らかな鳴き声が、いまではホーホーという悲しそうな声になっていた。

エルンはほっとして浅海にもどった。はっきり思い知らされたのは、どうしても陸に上がりたければ、歩きかたをおぼえなければだめだということだ。複冠の仲間までがいぶかしげな顔をする前で、エルンはもよりの島の泥地で、葦のあいだを歩く練習にとりかかった。すべてはまずまず順調に運んで、まもなくさほど苦労せずに歩けるようになったが、まだ島々の奥にある陸へ上がろうとはしなかった。その代わりに、嵐の壁を右、陸地を左に見ながら、岸にそって泳ぐことにした。どこまでもどこまでもエルンは泳ぎつづけた。これまでのいつよりも遠くをめざした。

どこまでいっても、嵐の壁は変わらない。雨の渦と、稲妻に切り裂かれた濃いもやがあるだけだ。闇の壁もやはり変わらない。水平線の漆黒が、それとわからないほど徐々に薄れて、ほんのり明るい空の灰色に溶けこんでいる。細い陸の帯はどこまでも果てしなく伸びていた。エルンは新しい沼沢地や、葦の島々を見いだした。段々になった泥の多い前浜や、鋭い岩鼻も見えた。やがて、海岸がカーブしながら遠ざかり、闇の壁のほうへしりぞいて、漏斗形の湾を作りだした。湾の中には、凍りそうに冷たい川が流れこんでいた。エルンは海岸へ泳ぎより、砂利浜を這いあがって、おぼつかない両足でふらつきながら立った。遠い湾の対岸にも、べつの沼沢地と葦の島々が目の届くかぎりつらなっていた。あたりに生き物の姿はなかった。砂利浜の上にいるのはエルンだけだ。まだおぼつかない両足でふらふらしてはいるものの、熱心にあっちこっちをながめている、小さい灰色の姿があるだけだ。カーブを描いた川の上流は、闇の中に消えている。湾の水は身を切るように冷たく、流れは速い。エルンはその先へ進むのをあきらめた。海にもどり、いまきた道をひきかえした。

なじみぶかい浅海にもどって、エルンは以前の生活を再開した——水底でエビをあさり、鬼をからかい、人間たちに用心しながら水面に浮きあがって、葦の島の上で両足を鍛えた。あるとき、海岸を訪れたエルンは、とても珍しいものを見た——ひとりの女が泥の中に卵を埋めている。葦の陰からエルンは夢中でそれをのぞいた。この女は男たちほど大柄でなく、男のように荒々しい顔だちをしていないが、頭の隆起はやはりよく目立つ。女が着ているのは、暗赤色の織物だった——生まれてはじめて衣服というものを見て、エルンは人間たちの進んだ生活に驚嘆した。

女は自分の仕事に夢中だった。やがて女が去ったあと、エルンは卵を見にいった。どの卵も、薄い泥の層と、葦を巧みに編んだ小さな覆いで、鱗鳥の襲撃から守られている。巣の中には三孵《かえ》し分の卵があった。一孵しが三個、一列に並び、卵のひとつひとつが泥の仕切りで隣の卵と隔てられている。

これが水の子の起源だ、とエルンはさとった。自分の誕生の状況を思いだした。自分がこうした卵から生まれたのは明らかだ。泥と覆いをかけ、卵をもとどおりの状態にしてから、エルンは水中にひきかえした。

時は過ぎた。人間たちはもうやってこない。あれほど強い興味を示していた仕事を、もう彼らは忘れてしまったのだろうか、とエルンはふしぎだったが、この問題ぜんたいが彼の理解の範囲を超えていた。

ふたたびエルンはじっとしていられなくなった。この点で、彼はみんなとちがうようだった。仲間のだれひとりとして、浅海の外に出たものはいない。エルンは海岸ぞいに、こんどは嵐の壁を左に見て出発した。鬼の住む塩水沼を横ぎると、むこうは通りすぎるエルンをにらみつけて、威嚇のしぐさをした。エルンは急いでそこを離れた。もっともいまの彼は、鬼の好む獲物としては大きすぎたが。

浅海からこちら側の海岸は、反対側の海岸より変化があって面白かった。エルンは三つの高い島にでくわした。島々の頂には毛色のちがう植物が生い茂っていた。黒い骸骨樹。黒い指につかまれたような、ピンクと白の葉をつけた茎。つやつやした鱗におおわれた、ひだのある円柱。そのてっぺんで鱗が大きくひろがって、灰色の枝葉に変わっている。やがて島々は後方に去り、陸が海からじかにせりあがった。エルンは潮流を避けて岸ぞいに泳ぎ、まもなく海に突きだした砂利浜の岬にたどりついた。エルンは浜に上陸してあたりの風景をながめた。浜の上手は傘の木の林におおわれ、斜面はそこから急にけわしく盛りあがって岩の断崖になり、その頂には黒と灰色の植物が生えている。エルンの経験の中でもいちばん異様なながめだった。

エルンは海中にもどり、泳ぎつづけた。風景は低くなだらかになり、また沼地が多くなった。黒い軟泥の州のそばを泳いだが、そこにびっしりと生えたのたくる糸のような黄緑色の海草には近づかないように気をつけた。やがて、バタバタシュウシュウという音に海のほうを見やると、巨大な白蛆が、水の中をかきわけていくところだった。静かに浮かんでいるエルンのそばを、巨大な蛆はくねくねと通りすぎていった。エルンは旅をつづけた。ひたすら泳ぎつづけていると、この前の旅とおなじように海岸がうしろへしりぞき、闇の壁へと向かう湾になった。エルンはその海岸に上陸し、貧弱な茶色の地衣しか生えない陰気な風景を、遠くのほうまで見わたした。湾に流れこむ川は、この前に見た川よりもいっそう大きく、流れが速く、そしてちらほら氷の塊が浮いていた。嵐の壁に向かって寒風が吹きつけ、白い峰のつらなりを作りだしていた。かろうじて目の届く対岸にも、まったく変化やちがいはないようだった。この細い陸の帯の果ては、どこにも見えない。嵐の壁と闇の壁に挟まれて、永遠のむこうまで伸びている。

エルンは浅海にもどった。自分のまなんだ知識にまだ完全な満足は味わえなかった。ほかの仲間が知らない驚異を見てきたとはいえ、そこからなにを教えられたというのか？　なにもない。まだ疑問の答は出ていない。

変化は起こりつつあった。それは無視しようがなかった。エルンの仲間は、全員が水面で空気を呼吸して暮らすようになったのだ。エルンの好奇心にうっすら感染したのか、みんなが落ちつかなげに陸を見つめるようになった。性差が目立ってきた。性のたわむれも流行《はや》りはじめたが、未発達な器官をかかえた複冠の水の子は、それに加わらずに、軽蔑の目でながめていた。肉体だけでなく、社会的にも、水の子は二派に分かれた。あざけりや非難が交わされ、ときには短い小ぜりあいが起きた。エルンは複冠の水の子に味方したが、自分の頭をさぐってみても、まだおぼろげなでこぼこしか見つからず、そのことでなんとなく恥ずかしさを味わった。

なにかが起こりそうだという予感はだれにもあったのに、人間の襲来で、水の子たちは不意をつかれた。

二百もの数の人間が、塩水沼を渡り、泳ぎながら浅海をとりかこんだのだ。エルンとごく少数の仲間は、葦の島によじ登って姿を隠した。ほかの水の子たちは驚きのあまり、かたまってぐるぐる泳ぎまわるだけだった。人間たちはさけびをあげ、腕で水をかいた。もぐり、向きを変え、水の子たちを追いたてて、塩水沼を越え、乾いた泥の岸辺へ連れていった。そこで彼らは水の子たちを選りわけ、いちばん大柄なものだけを岸へ追いあげ、小さいもの、幼いものを浅海に帰らせ、そして複冠の水の子をつかまえては、鋭い喜びの声を上げた。

選別は終わった。囚われの水の子はいくつかの組に分けられ、小道をよたよた歩かされた。まだ足弱で歩けないものはかつがれていった。

エルンは、遠くからこの一部始終を夢中でながめた。人間と水の子が姿を消したあと、水から出て岸に上がり、連れさられた友だちのあとを見送った。これからどうする？　浅海にもどるか？　これまでの生活は、もはや単調で味気ないものにしか思えない。だが、人間たちの前に出ていく気はない。彼らは単冠だ。乱暴で気が荒い。ではどうする？　エルンは海と陸を交互に見くらべ、とうとう自分の青春に陰気な別れを告げた。これからは陸で暮らそう。
二、三歩小道を歩きかけて、エルンは足をとめ、耳をすました。
静寂。

わずかな物音でも下生えの中へとびこむ構えで、エルンは用心深く先に進んだ。ぬかるんでいた足もとの土がしだいに乾いてきた。葦がなくなり、いいにおいのする黒蘇鉄が小道の両側に現われた。頭上には細くしなやかな小枝が伸び、ガスでふくらんだ葉がなかば浮きあがり、なかば枝に支えられていた。エルンは前よりいっそう用心深く歩き、しょっちゅう足をとめては耳をすました。もし人間に出あったら？　殺されるだろうか？　エルンはためらい、いまきた方角をふりかえった……。もう決心したはずだぞ。エルンはなおも足を進めた。

物音。それほど遠くない前方だ。エルンは小道をそれて、小さい丘の蔭に伏せた。

だれもやってこない。蘇鉄のあいだを忍び足で抜けていくと、まもなく黒い葉のむこうに人間の村が見えた――ただ目をまるくするばかりの巧妙で複雑な仕組み！　すぐそばには、食べ物のはいった大きな箱があり、そのもうすこしむこうには、いくつかに仕切られた草ぶきの小屋があって、その中には長い棒や、輪に巻いたロープや、顔料や油の壺がおいてあった。黄色の鈴鳥たちが破風《はふ》の上にとまり、たえまなくクックックッと騒がしく鳴いていた。箱も小屋も、大きな壇をとりまく広場に面しており、広場では明らかに重要な儀式がはじまっていた。壇の上には、木の葉を編んだ帯をしめた四人の男と、暗赤色のショールに、鈴鳥の鱗で飾った高い帽子をかぶった四人の女が立っていた。壇の横では、単冠の水の子たちが、みじめな灰色の塊のようにうずくまっていた。ときおり目が光ったり、肉冠がぴくっと動いたりするほかは、まったく個々の見わけがつかなかった。

ひとりまたひとりと水の子が四人の男のところへ連れていかれ、そこで綿密に調べられる。たいていの雄の子供はそこで自由の身になり、観衆の仲間入りをする。ほぼ十人にひとりの割りではじきだされた失格者は、石の大槌で撲殺され、嵐の壁のほうを向いてならべられる。雌の子供は、壇のもう一方の端へ連れていかれる。そこでは四人の女が待ちかまえ、震えている雌の子供をひとりひとり調べる。約半数が壇から解放され、ひとりの女に預けられて、小さな仕切り部屋の中に導かれる。ほぼ五人にひとりは、頭に白い塗料を塗られ、近くの囲いの中に追いやられる。その囲いの中には複冠の水の子も捕らえられている。そのほかのものは、石の槌で一撃を受ける。死体は、闇の壁に向けてならべられる……。

エルンの頭上で、鈴鳥の愚かしい鳴き声がした。エルンは茂みの中へ首をひっこめた。鳥は鱗を鳴らし、頭上を舞いつづけた。人間たちが両側から駆けつけてきて、エルンを追っかけまわし、とうとう彼をつかまえた。エルンは村までひきずられ、驚きと興奮のさけびの中で、壇上に押しあげられた。僧侶の役目を果たしているらしい四人の男は、エルンをとりかこみ、検査をはじめた。新しく驚きのさけびが上がった。僧侶たちは困惑したようにうしろへさがり、しばらく小声で打ち合わせてから、女僧侶に合図をした。石の槌が持ちだされた——しかし、槌はとうとうふりおろされずにすんだ。群衆の中からひとりの男が壇上に飛びあがって、僧侶たちと議論をはじめたのだ。彼らはぶつぶつつぶやきあいながら、もう一度エルンの頭を注意深く調べた。それからひとりがナイフをとりだし、べつのひとりがエルンの頭を押さえた。ナイフが彼の頭皮に食いこみ、中央にある隆起の左側、つぎに右側を縦に切り裂いて、ほぼ平行する二本の切り傷を作った。オレンジ色の血がエルンの顔にしたたり落ちた。苦痛で彼は身をこわばらせた。ひとりの女がなにかどろどろしたものを手にすくってきて、傷口に塗りこんだ。それからみんなはあとにさがり、ささやきあいながら見物した。エルンは彼らをにらみつけた。恐怖と苦痛で気が狂いそうだった。

エルンは小部屋のひとつに連れていかれ、中に押しこまれた。入口にかんぬきが落とされ、かんぬきが革紐でゆわえつけられた。

エルンは儀式の残りを見まもった。死体は手足を切られて煮られ、みんながそれを食べた。頭を白く塗られた雌の子供たちは、これまでエルンが自分の仲間だと思っていた複冠の子供たちといっしょの組になった。エルンはふしぎだった。なぜ自分はあの組に入れられなかったのか？　なぜ最初に槌でなぐられそうになり、つぎにナイフで傷つけられたのか？　この状況は不可解だった。

雌の子供の一部と、複冠の子供たちは、一団になって茂みの中へ連れ去られた。残った雌の子供たちは、余分な手続きぬきで、村の一員になった。雄の子供たちは、もっと形式ばった教育を受けた。村の男が自分の手もとにひとりずつを引きとり、きびしい規律を教えこむのだ。日常の礼儀作法から、縄の結びかた、武器の使いかた、言葉、踊り、さまざまなさけびの種類などを。

エルンはほったらかしにされた。食事も、思いだしたように与えられるだけだった。監禁されてどれぐらいになるのか、見当がつかなかった。変化のない灰色の空は、時間を測るのになんの目安にもなってくれないのだ。おまけに、一定の合い間の連続という時間の観念は、エルンの心には無縁だった。彼が虚脱状態におちいらなかったのは、両隣の小部屋で行なわれた訓練のおかげといえる。そこでは単冠の雄の子供たちが、言葉と礼儀作法を教わっていた。エルンは、実際に訓練されている連中よりも、ずっと早く言葉をおぼえた。エルンと複冠の仲間がしゃべっていたのは、遠い過去の黄金時代から伝わった、この言葉の痕跡だったのだ。

エルンの頭を縦に走る二すじの長い傷口はやがて癒え、そのあとに瘢痕《はんこん》組織が盛りあがって、二本の平行した隆起を作りだした。それといっしょに、成熟を示す黒い羽毛に似たやわらかいうぶ毛が生えてきて、頭ぜんたいをおおってしまった。

以前の仲間は、だれもエルンにかまいつけなくなった。村の習慣に同化されたのだ。浅海での古い生活は、すでに彼らの記憶から遠のいてしまったのだろう。昔の仲間が牢獄の前をさっさと通りすぎていくのを見て、エルンは彼らと自分のあいだの差がどんどん大きくなるのを実感した。むこうはすらりとして、しなやかで、敏捷だ。背が高く、鋭い顔だちのトカゲに似ている。エルンはのろまで、顔だちは平べったく、頭の幅も広い。皮膚は厚く丈夫で、灰色が濃い。いまのエルンは、もう人間に劣らず大柄だが、あれほどひきしまって身軽ではない。必要なときになると、人間は恐ろしいほどの敏捷さを発揮する。

怒りのあまり、エルンは一、二度入口のかんぬきをへし折ろうとしたが、こらしめに棒でつつかれるのを知って、この割りに合わない努力を断念した。気持ちがいらだち、退屈でならなかった。いまでは両隣の小部屋が性交だけに使われるようになり、この活動をエルンは冷静な興味で観察することにした。

やっとのことで、小部屋の入口がひらかれた。エルンは外に飛びだした。番人たちの不意をついて逃げだすつもりだったが、ひとりの男が彼をつかまえ、もうひとりが彼の体にロープを巻きつけた。エルンはあっさり村から連れだされた。

男たちの態度からは、なにを考えているのかさっぱりわからない。彼らは小走りに黒い茂みの中を抜け、エルンを〝左海〟と呼ばれる方角へ連れていった。つまり、左に海が見える方角という意味だ。小道は内陸へ向きを変え、小さい禿げ山を越えて、悪臭を放つ黒い植物のはびこる湿地帯へとくだっていた。

行く手に大きくそびえ立つのは、巨大な傘の木の森だった。どの木もおそろしく高く、どの幹も人間の胴体ほど太く、ふくれあがった葉の一枚一枚は、エルンの囚われていた小部屋を五つ六つ包みこめそうに大きかった。

だれかがそこで働いていたらしい。たくさんの木が切り倒され、枝葉を落とした幹がきちんと積みあげられ、大きな葉は長方形に切りわけられて、ロープに干してある。丸太を支える枠は、ていねいな細工で精密に作られており、エルンはだれがこんなに細かい仕事をしたのかと疑問を持った。村の男たちでないのはたしかだ。彼らが建てたものは、エルンが見てもぞんざいなのだから。

森の中を一本の道が通っていた。糸を張ったようにまっすぐで、幅も一定、両側の区切りは、白い小石を二本の平行線のように並べてある。村の男たちがいくらがんばっても、こんなにすばらしいものは作れないだろう、とエルンは思った。

村の男たちの態度がこそこそして、落ちつかなくなった。彼らの目的がなんであっても、こっちの利益にはなりそうもない。そう判断して、エルンはあとに残ろうとしたが、いやおうなく前に押しやられていった。

通路が急に折れ曲がって、焦茶色の蘇鉄林に挟まれた湿地を横ぎり、やわらかな白い苔の野原に出た。その中央に、大きなすばらしい村があった。男たちは木蔭で足をとめ、軽蔑のこもった声を出し、侮辱のしぐさをした――エルンの見たところ、それは嫉妬からきているらしかった。エルンの捕獲者たちの村が浅海の環境より一段上だとしたら、野原のむこうに見える村は、捕獲者たちの村より一段も二段も上だったからだ。そこにはきちんと間隔をおいて、八列に並んだ小屋があった。材料は鋸で挽いた厚板で、装飾のつもりか、それとも象徴の意味があるのか、こみいった青と栗色と黒の紋様がついていた。中央大通りの右海と左海の両端には、高くとがった屋根を持つ、ほかの小屋よりも大きな家があり、その屋根はほかの小屋とおなじく黒雲母の板で葺《ふ》いてあった。どこを見ても無秩序なところはなく、塵ひとつない。この村は、単冠の人間の村とちがって、潔癖なほどきちんとしている。村のうしろには大きな断崖が見えるが、それはエルンが海岸ぞいの探検をしたときに見たのとおなじものだった。

野原のへりには六本の杭が一列にならんでおり、男たちはそのいちばん端の杭にエルンを縛りつけた。

「ここは〝ツー〟の村だ」男たちのひとりがいった。「おまえのようなやつらが住んでいる。おれたちがおまえの頭を切ったことはいうなよ。まずいことになるぞ」

彼らはうしろにさがり、長虫草の茂みの下に隠れた。エルンは必死に縛《いまし》めから逃れようとした。この結果がどう出るとしても、自分の利益になるとは思えなかった。

　村人たちはエルンに気づいたようだった。十人の村人が、野原を横ぎってきた。先に立っているのは、堂々とした四人のツーで、注意深く土を踏みしめ、ひどく気どった足どりで歩いてくる。そのあとにつづくのは六人の若い娘のワンだが、傘の木の葉で作ったガウンを着て、驚くほどあかぬけしている。この娘たちは訓練がいきとどいていた。生まれつきのくねくねした動作ではなく、ツーの態度を入念にまねて歩いていた。エルンは魅せられたようにそれを見つめた。細い頭をした〝ワン〟たちよりも、もっとがっしりして鈍重なこの〝ツー〟たちのほうが、自分とおなじ種族に見えたのだ。

　先頭のふたりは明らかに同等の権威があるらしかった。みんなの模範として、威厳たっぷりにふるまっているこのふたりの衣服は、儀式ばった、精巧なものだった――房べりのついた黒と茶と紫のショールと、灰色の膜に留め金のついたブーツ、それに金属の線条細工のすね当て。嵐の壁の側のツーは、ぎらぎら光る金属の刺《とげ》のついた冠、闇の壁の側のツーは、高い二列の黒い飾り毛がついた冠をかぶっている。そのうしろのふたりは、すこし地位が下らしい。複雑な折り目とひだのある帽子をかぶり、身長の三倍もある鉾槍《ほこやり》を持っている。しんがりを歩くワンの娘たちは、それぞれに包みをかかえている。エルンはそれが昔の仲間なのに気づいた。選別の儀式のあと、どこかへ連れさられた少女の一部だ。彼女たちの皮膚は暗赤色と黄色に染められていた。くすんだ黄色の帽子、黄色のショール、黄色のサンダルという身なりで、教えられたとおりに小股で上品に歩いていた。

　先頭のツーがエルンの両側で足をとめ、重々しくもったいぶったやりかたで彼を検分した。鉾槍を持ったふたりが、脅かすような目でエルンをにらんだ。娘たちは内気そうなポーズをとっていた。ツーたちは、エルンの頭皮を縦に走る二すじの瘢痕組織の隆起に気づいて、ふしぎそうに目をすがめた。やがて、なにかあいまいな意見の一致に達したらしい――「よし、健康そうだ。すこし体が太めで、奇妙な隆起はあるが」

鉾槍のひとりが、自分の武器を杭に立てかけ、エルンの縛めを解いた。エルンはなかば逃げだしたい誘惑にかられながら、用心深く立ちあがった。金属の刺のついた冠をかぶったツーがたずねた。

「言葉が話せるか?」

「うん」

「それではいかん。『はい、眩しき嵐の長老よ』といえ。それがしきたりだ」

エルンはこの叱責を奇妙に思ったが、ツーたちの性質を思えば、べつに驚くにはあたらなかった。いまは用心深く協力するのがいちばんよさそうだ、とエルンは思った。ツーたちは、横柄でむらっ気だが、どうやら危害を加えるつもりはないらしい。娘たちは杭のそばに包みを並べた――ワンの村の男たちに対する支払いだろう。

「では、いっしょにこい」黒い羽飾りのツーが命じた。「足もとに気をつけ、正しく歩け! 腕をふってはならん。おまえはツーだ。重要な個体だ。〈道〉にしたがって、正しいふるまいをしなくてはならん」

「はい、眩しき嵐の長老よ」

「わしに答えるときは、『暗き寒冷の長老よ』といえ!」

混乱して、不安になったエルンは、白い苔の野原を歩きだした。こんどの道は黒い小石で縁どられ、黒い砂利を敷きつめ、湿気で光っている。その道が、高い焦茶色の扇の木の林に挟まれた野原を、かっきり二分していた。先頭にふたりの長老、つぎにエルン、それから鉾槍を持ったふたりのツー、そして最後に六人のワンの娘がつづいた。

道は村の中央大通りにつながり、大通りの先は、四角い木片で舗装された四角い広場だった。闇の壁の側には高い塔がそびえたち、その頂には一組の奇妙な黒い物体が飾られていた。嵐の壁の側には、それとまったくおなじ形の白い塔がそびえたち、こちらの頂には稲妻をかたどった飾りがあった。幅の広がった大通りの正面には、すこし奥まったところに長い二階建ての家が建っていた。エルンはそこへ導かれ、小部屋をあてがわれた。

鉾槍持ちより階級が上だが、長老たちよりは下のツーがふたり、エルンの監督に当たることになった――〈眩しき嵐の師範〉と〈暗き寒冷の師範〉だ。エルンは体を洗われ、油をすりこまれ、そしてまたもや頭皮の傷痕をふしぎそうに検査された。これはワンたちのいかさまではないか、つまり、自分をツーに売りつけるため、脳天に偽の隆起を二本こしらえたのではないか、とエルンは疑いはじめた。もしそうなら、やはり自分はワンの中の奇妙な一種かもしれない、と思った。エルンの性器が、ツーの両性具有的というより、むしろ萎縮した器官よりも、ワンのそれに似ているのは事実だった。この疑念で、エルンは前以上に不安になり、師範たちから帽子を与えられて、やっと安心した。半分が銀の鱗、半分が黒光りする鳥の羽毛で作られたその帽子は、エルンの頭をすっぽりおおってくれたし、胸の上に垂らし、腰帯で締めるショールが、エルンの性器を隠してくれたのだ。

ツーの村のあらゆる様相や活動とおなじく、この帽子にも着用の規則があった。「〈道〉はこう教えている。日常の活動では、かならず黒を夜に向け、銀色を混沌に向けて立て。儀式や、そのほかの重要な状況では、帽子を逆にかぶれ」

エルンの守らなければならない礼儀作法のなかで、これなどはいちばん簡単でやさしい部類だった。

ふたりの師範は、エルンの礼儀作法をさかんに批判した。

「おまえはふつうの生徒よりもなんとなく粗野で鈍重だな」と〈眩しき嵐の師範〉がいった。「頭の傷が影響したのだろう」

「これからのおまえは念入りな訓育を受ける」と〈暗き寒冷の師範〉がいった。「今後は、自分の心がまったくの空虚であると思え」

エルンの昔の仲間だった四人を含めて、十人あまりの若いツーが、おなじ訓育を受けていた。だが、指導は個人単位なので、めったに仲間と会う機会はなかった。エルンは熱心に勉強し、せっせと知識を吸収したので、師範たちもしぶしぶ彼を賞賛するようになった。初歩の学問に熟達したところで、エルンは昇格し、宇宙論と宗教に進んだ。「われわれが住んでいるのは〈陸の帯〉だ」と〈眩しき嵐の師範〉が教えた。「この陸はどこまでも果てしなく伸びている！　なぜ確信をもってそう言いきれるのか？　それは、対立する眩しき嵐と暗き寒冷の要素が聖なるものであり、無限である、と知っているからだ。したがって、その対立の領域である〈陸の帯〉も、おなじく無限なのだ」

エルンは勇をふるって質問した。「嵐の壁のむこうにはなにが存在するのですか？」

「あの壁に〝むこう〟はない。『嵐の混沌』は有りて在るもので、稲妻が闇を照らす。これが男性原理だ。女性原理である『闇の寒冷』も、また有りて在る。女性は怒りと火を受けいれ、それを鎮める。ツーであるわれわれは、その両者を共有する人間だ。われわれは平衡状態にあり、したがって優秀なのだ」

エルンは前からふしぎに思っていた話題を持ちだした。「ツーの女は卵を産みますか？」

「ツーの女やツーの男というようなものは存在しない！　二柱の神の仲立ちにより、ワンの女の一孵《ひとかえ》しの卵が並置されたとき、われわれは生まれた。ひとつおきの配列によって、女と男がつねに並び、中性かつ冷静な二重の個人が生まれる。これが頭蓋にある一対の隆起で象徴されているわけだ。ワンの男とワンの女は不完全な生き物であり、つねに交わりたい衝動に駆りたてられている。融合だけが真のツーを生みだす」

いまの質問が師範たちを狼狽させたことはエルンにもよくわかったので、それ以上つっこんでたずねるのはあきらめた。へたをすると、自分の風変わりな特徴に気づかれてしまいそうだ。訓育を受けているあいだに、エルンはどんどん体格がよくなった。成熟を示す肉冠が頭の上に生えてきた。性器も目に見えて発達してきた。さいわい、どちらも帽子とショールで隠れている。エルンはどことなくほかのツーとちがうのだが、もし師範たちがその事実に気づけば、混乱や幻滅を味わうぐらいではすまないだろう。

ほかにもエルンの悩みはあった。つまり、奴隷にされたワンの娘たちを見て、身内にわきおこる衝動だ。だが、そんな性向は下劣なものと定められている。ツーのふるまうべき道ではない！　もしエルンの欲望を知れば、師範たちは怖気《おぞけ》をふるうだろう。だが、もしツーでないとしたら——自分はいったい何者だ？

エルンは熱い衝動を静めようと、ひたすら勉学に精を出した。彼はツーの科学技術を勉強しはじめたが、それはツーの社会のあらゆる側面とおなじように、きちんと整理され、形式ばった教義になっていた。エルンは沼鉄鉱の採取法と、鉱石を溶かし、鋳型に入れ、鍛え、焼きいれと焼きもどしをする方法をまなんだ。ときおり、そんな技術がそもそもどんなふうにして発達したのだろう、と疑問を持った。経験主義という思考法は、〈二重の道〉とは正反対のものだからだ。

エルンはある教課のときに、うっかりこの問題を口に出した。ふたりの師範がいる前でだ。〈眩しき嵐の師範〉は、きびしい口調で、すべての知識はふたつの基本原理から施されたものだ、と答えた。「いずれにせよ」と〈暗き寒冷の師範〉がいった。「その質問は的外れだ。有りて在るものは、それゆえに最適なのだから」

「そのとおり」と〈眩しき嵐の師範〉がいった。「おまえがそんな質問をしたということ自体が、思考の無秩序さを暴露しているぞ。そんな思考は、ツーよりも〝奇形〟に似つかわしいものだ」

「〝奇形〟とはなんですか？」エルンはたずねた。

〈暗き寒冷の師範〉が峻厳なしぐさをした。「またしてもおまえの思考は、でたらめな連想と、権威に対する不満に傾いているな！」

「〈暗き寒冷の師範〉よ、謹んで申しあげます。わたしはただ〝誤謬〟の性質をまなびたかっただけです。それと〝正道〟とのちがいを知ることができるように」

「〝誤謬〟などに関係なく、〝正道〟だけを自分に吹きこめばよいのだ！」

エルンはこの観点で満足するしかなかった。ふたりの師範は、部屋を出ていきしなにちらとエルンをふりかえった。小声の会話の断片が、エルンの耳に飛びこんできた。「――驚くべき邪道――」「――頭の上の二すじの隆起という証拠がなければ――」

すっかり動揺して、エルンは自分の小部屋の中を歩きまわった。自分はほかの生徒とちがう。それだけは明らかだ。

生徒たちの食堂で、ワンの娘たちが食べ物を給仕しにくるあいだに、エルンはこっそり仲間を観察した。彼らの体格そのものはエルンよりほんのすこし小さいだけだが、全体の釣合いがちがって見える。彼らの体はずん胴に近く、さまざまな特徴や突起がそれほど目立たない。もし、自分がツーでないとしたら、いったいどういう人間なのだろう？　〝奇形〟？　〝奇形〟とはなんだ？　男性のツーのことか？　エルンはこの考えを信じたくなった。それなら、ワンの娘たちに対する自分の関心が説明できる。トレイを運んですべるように行き来する娘たちを、エルンはながめた。たとえワンであっても、彼女たちはまちがいなく魅力的だ……。

考えこんで、エルンは自分の小部屋にもどった。やがて、ワンの娘が通りかかった。エルンは彼女を小部屋の中に呼びよせ、自分の希望を述べた。娘は驚きと不安を示したが、それほどいやがりはしなかった。「あなたは中性のはずなのに。ほかのみんながどう思うかしら?」

「どうも思わないさ。このことをだれも知らなければ」

「たしかにね。でも、そんなことが可能なの? わたしはワンで、あなたはツー……」

「可能かどうかは知らない。しかし、正統なしきたりがどうだろうと、ためしてみないでどうして真実がわかる?」

「いいわ。じゃ、お好きなように……」

そこへやってきた見回り人が小部屋をのぞき、唖然としてふたりを見つめた。「なにをしている?」見回り人はしげしげとふたりをながめ、それからまろぶように広場へ駆けだしてさけんだ。「奇形だ、奇形だ! われわれの中に奇形がいるぞ! 武器をとれ、奇形を殺せ!」

エルンは女を外に押しだした。「みんなの中に混じって、なにをいわれても否定しろ。わたしはここを出る」エルンは大通りへと駆けだし、左右をながめた。鉾槍隊がこの非常事態を知らされ、正規の服装に着替えているところだ。その隙に乗じて、エルンは村から逃げだした。やがてツーたちが、脅し文句と儀式的な呪語をさけびながら、彼を追ってきた。柱木の森と、沼沢地へ向かう右海の道は、エルンにとっては行きどまりだ。そこで左海へと向かい、大きな断崖をめざした。扇の木と長虫草の斜面を逃げまわり、とうとう斜面に生えたキノコの下に隠れて、鉾槍隊をやりすごした。やっとつかのまの休息がとれた。

隠れ場から出たエルンは、どこへ行こうかと迷いながらたたずんだ。奇形であるなしはべつにして、ツーたちは不合理なほどの敵意を示している。なぜ彼らは自分を目のかたきにするのか? こちらはなんの害も与えていないし、故意に彼らを欺いたおぼえもない。責任はワンにある。ツーを欺くために、彼らはエルンの頭に傷をつけた――この状況については、エルンにはなんの責任もない。当惑し、落胆して、エルンは海岸へくだりはじめた。すくなくともそこなら食い物が見つかるだろう。泥炭湿地を横ぎっている最中に、鉾槍隊が彼を見つけた。さっそく「奇形！　奇形！　奇形！」とさけびが上がった。ふたたびエルンは命からがら逃げだすことになり、蘇鉄と柱木の混じった森を抜けて、いまや行く手に大きくそびえ立つ断崖めざして登りはじめた。

巨大な石の壁が行く手をさえぎった。明らかに大昔に作られたものらしく、黒と茶色の地衣におおいつくされている。石の壁ぞいに、エルンはよろよろと走りつづけた。追いすがってきた鉾槍隊は、まだ「奇形！　奇形！　奇形！」というさけびをやめない。

石の壁に割れ目が見つかった。エルンはその中に飛びこみ、羽根藪の蔭にうずくまった。鉾槍隊は、割れ目の前で立ちどまった。さけび声が静まり、議論がはじまったようだった。

エルンはいまに発見されるだろうと、暗い気分で死を待ちうけた。この茂みではたいした隠れ場にはならない。鉾槍隊のひとりが、とうとう意を決したのか、おっかなびっくりで割れ目をくぐろうとしたが、急に驚きの声を上げてとびのいた。

足音が遠ざかっていき、やがて静寂がおりた。エルンは隠れ場から用心深く這いだし、割れ目から外をのぞいた。ツーたちの姿はない。奇妙だ、とエルンは思った。こちらがすぐそばにいるのを知っていたはずなのに……。エルンはうしろをふりかえった。十歩ほどの距離に、生まれてはじめて見るような巨人が、剣を杖にして立ち、思案深げに彼を見つめていた。その男の巨体は、いちばん大柄なツーの倍もありそうだった。やわらかな革で作ったくすんだ茶色の上着をまとい、よく光る金属の腕輪を両手にはめている。皮膚は濃い灰色でしわがより、角のように固そうだ。両手と両足の関節は骨ばって、梁や控え壁のように出っぱり、見るからに力が強そうだ。頭は横幅が広く、大きな凹凸がある。深くおちくぼんだ眼窩の中の両眼は、燃えさかる水晶のようだ。頭の上には、ぎざぎざした肉冠が三すじ縦に並んでいる。剣のほかに、肩に背負っているのは、大きな筒先のついた奇妙な金属製の仕掛けだった。巨人はゆっくりと一歩踏みだした。エルンはふらふらと後退したが、自分にもわからないなにかの理由で、そこから逃げだす気は起きなかった。

巨人はしわがれた声でいった。「なぜやつらに追われた？」

エルンは、相手が自分を即座に殺さなかったことに勇気を得た。

「〝奇形〟と呼ばれて、追われました」

「〝奇形〟？」三すじの肉冠のある男は、エルンの頭をながめた。

「おまえはツーだ」

「ワンがこの頭を切り裂いて傷痕を作り、それからわたしをツーに売りとばしたんです」エルンは傷痕をなでた。その両側と、中央に、傷痕とおなじぐらいよく目立つおとなの肉冠が、ぜんぶで三つ手にふれた。肉冠は急速に成長している。もし、あんな失敗をしなくても、いずれは帽子をぬいだとたんに、ツーたちに見破られただろう。エルンは謙虚にいった。「どうやらわたしは〝奇形〟のようです。あなたとおなじように」

巨人はそっけなく答えた。「いっしょにこい」

ふたりは茂みの中を抜けた。小道は斜めに断崖を登ってから、横にそれ、谷間にはいった。池のそばに、円錐形のとがり屋根のある塔を両翼に配した、巨大な石の会堂があった――長い歳月で朽ち果ててはいるが、エルンの想像を絶した、仰天するほどの壮麗さだ。

木製の門をくぐって、ふたりは中庭にはいった。エルンの目には比類なく魅力的な場所だった。いちばん奥には、並び立つ巨岩と、上から張りだした大きなぶあつい一枚岩が、洞穴に似たものを作りだしていた。その石室の内部には、ちょろちょろ流れる水と、羽毛のような黒い苔と、青白い蘇鉄と、編んだ葦でおおい、水苔の詰め物をした長椅子があった。中庭そのものは沼の庭園で、葦と、水に浸った植物と、樹脂のにおいがした。これは非凡な庭だ、とエルンは思った。たんに魅力的なだけではない。ワンも、ツーも、目先の目的だけにとらわれて、ほかの工夫をしないのだから。

巨人はエルンを連れて中庭を横ぎり、石室の中にはいった。その半分はさわやかな小雨を受けいれるように屋根がなく、床には固めた水苔が敷いてあった。屋根の下には巨人の生活に必要なものがそろっていた——壺や大箱、机や戸棚、刃物や道具が。

巨人は長椅子を示した。「すわれ」

エルンはおずおずとすわった。

「腹がへったか?」

「いいえ」

「おまえの欺瞞はどうして発見された?」

エルンは自分の奇形が暴露されるまでの状況を物語った。巨人が非難がましい態度を見せないので、エルンは勇気づけられた。「ずっと前から、わたしは自分が〝ツー〟とはちがうようだと思っていました」

「おまえは明らかに〝スリー〟だ」と巨人はいった。「中性のツーとはちがい、スリーは明らかな男性だ。おまえがワンの女に興味を持ったのも、それで説明がつく。運のわるいことに、スリーの女はいない」巨人はエルンをながめた。「おまえは、自分がどんなふうに生まれたかを教えられたか?」

「ワンの卵が融合して生まれたのです」

「そのとおりだ。ワンの女は、一孵《ひとかえ》し三個、雄と雌のいりまじった卵を生む。その組み合わせは、つねに雄・雌・雄。自然の摂理でそう決まっているのだ。産卵管の内部に鞘ができる。卵が外に出ると、その括約筋が閉じ、卵をすっぽり包んでしまう。もし女がうっかりして、卵を分けるのを忘れると、一孵しの卵の中でふたつがふれあう。雄が雌の殻の中に侵入する。そこで融合が起き、ツーが孵る。だが、まれには三つの卵が融合することもある。雄がまず雌と融合し、それで強化されて、三つめの卵に侵入し、もうひとつの雄を同化する。その結果孵るのは、スリーの雄だ」

エルンは最初の記憶をよみがえらせた。「わたしはひとりでした。それから雄と雌の殻にはいっていきました。長い戦いでした」

スリーはじっと考えこんだ。エルンは、相手の気をわるくしたのではないかと、気が気でなかった。とうとうスリーがいった。「わしの名は〈最後のマザル〉という。いまおまえがここにきたために、もう〝最後の〟というつけたりは不要になった。わしは孤独に慣れている。年をとり、気むずかしくもなった。つきあうのに骨が折れるかもしれない。もしそう思えば、自由にどこへでもいって暮らすがいい。もし、ここにいたければ、わしの知っていることを教えてやろう。ただ、それはむだな作業かもしれんがな。いまにツーどもが大軍でやってきて、われわれふたりを殺すだろうから」

「わたしはここに残ります」とエルンはいった。「いまのところ、わたしの知っていることといえば、ツーの儀式だけです。それは二度と使う機会もないでしょう。ほかにスリーはいないのですか？」

「みんなツーに殺された──〈最後のマザル〉を除いてはな」

「そしてエルンと」

「そうだ、いまはエルンがいる」

「左海と右海の方角にはいないのですか？　あの川のむこうは？　ほかの海岸は？　あそこにはほかの人間がいないのでしょうか？」

「だれにわかる？　嵐の壁は闇の壁と向かいあっている。陸の帯はそのあいだに挟まれて長く伸びている——どこまで？　だれにわかる？　もし、無限の彼方まで伸びているとすれば、すべての可能性が考えられる。もしそうなら、ほかのワンや、ツーや、スリーがいることだろう。もし陸の帯が混沌のあたりで終わっているなら、われわれが唯一の存在かもしれん」

「わたしは右海へも左海へも長い旅をして、どちらの旅でも大きな川にでくわしました。陸の帯はどこまでも伸びて、終わる気配がありません。無限の彼方までつづいているように思えます。事実、そうでないと考えるのはむずかしい」

「かもしれん、かもしれん」マザルはぶっきらぼうにいった。「こい」彼はエルンを案内して、広間の中を見せた。工房や貯蔵所、記念品や、戦利品や、名前のない品物でいっぱいの小部屋のいくつかを。

「だれがこんなすばらしい品物を使っていたのですか？　昔はおおぜいのスリーがいたのでしょうか？」

「一時はな」マザルは風のようにかすれた、わびしい声で答えた。

「あまりにも遠い昔のことで、うまく話せない。わしが最後だ」

「なぜ昔はおおぜいだったのに、いまはこんなにすくなくなったのですか？」

「それは気のめいる物語だ。ワンの一部族が海岸に住んでいたと思え。彼らの慣習は沼沢地のワンとちがっていた。おとなしい部族で、偶然に生まれたひとりのスリーに支配されていたのだ。そのスリーは〈最初のメナ〉という名で、女たちにわざと卵を融合させる方法を教えた。それでおおぜいのスリーが生まれてきた。偉大な時代だった。われわれはワンの荒々しい生きかたにも、ツーの堅苦しい生きかたにも満足できなかった。われわれは新しい生活を作りだした。鉄と鋼の使いかたをまなび、この会堂や、ほかのいろいろのものを建設した。ワンもツーもわれわれからいろいろな知識を教わり、利益を得た」

「それがどうしてあなたがたに戦いをしかけたのですか？」

「われわれの自由な生きかたが、彼らの恐怖を呼びおこしたのだ。われわれは陸の帯を探検にでかけた。左海へも、右海へも、多くの里程を旅した。ある探検隊は、暗き寒冷を抜けて、氷の荒野に達した。歩くのに松明《たいまつ》が要るほど暗いところだ。また、われわれは筏を作り、それで嵐の壁の下をさぐろうとした。筏には三人のワンが乗っており、長いロープで岸につないであった。われわれが筏を岸にひきよせてみると、三人のワンは稲妻に撃たれて死んでいた。こうした行為で、われわれはツーの長老たちを怒らせた。彼らはわれわれを不敬と罵り、沼沢地のワンの部族をけしかけた。彼らは海岸のワンを虐殺し、それからスリーに戦いを挑んだ。待ち伏せ、毒、落とし穴——敵は容赦を知らないやつらだ。われわれもツーを殺した。だが、ツーはつねに生まれてきても、スリーはもう生まれない。

その戦争のことを話せば、長い物語になる。わしの仲間のひとりひとりがどんなふうに死んでいったかを話せばな。その中で最後まで生き残ったのがわしだ。わしは決して壁の外に出ず、また、ツーもわしを襲おうとはしなかった。この火炎銃が怖いからだ。しかし、いまはこれぐらいにしておこう。さあ、おまえの好きなところへ行くがよい。ただ、壁の外へは行くな。あそこはツーがいて危険だ。そこの大箱の中に食べ物がある。寝るのは苔の上がいい。自分が見たものについてよく考えろ。質問があれば、わしが答えよう」

マザルは去っていった。エルンは洞穴の滝で体を洗い、大箱の中の食べ物を食べ、それからいま聞いた話をよく考えようと、灰色の野原を歩きまわった。やがてマザルが好奇心にかられたのか、ようすを見にやってきた。

「どうだ」とマザルはたずねた。「いまはなにを考えている？」

「これまで疑問だったことがいろいろ理解できました」とエルンは答えた。「それと、あのワンの娘をあとに残してきたのが残念です。協力的な質《たち》だったのに」

「これは個人個人によってちがう。昔のわれわれはおおぜいの女を召使としてかかえていた。女たちの思考能力はそれほど大きくはなかったが」

「もしスリーの女がいれば、卵を産んで、そこからスリーの子供が孵るのではないでしょうか？」

マザルは荒々しいしぐさをした。「スリーの女はいない。スリーの女などというものはない。この過程から、そんなものが生まれる道理はない」

「その過程をうまく操作すれば？」

「ばあっ。ワンの女の排卵は、われわれの操作ではなんともならんのだ」

「ずっと前に、ワンの女が巣作りをしているのを見たことがあります。彼女は三孵し分の卵を並べました。もし、充分な数の卵を集めて、その配列を変え、融合をさせれば、ある場合には女性要素が優勢になるでしょう」

「それは異端の提案だ。しかも、わしの知るかぎり、一度も試みられたことがない。うまくいくわけがない……。かりに女が生まれたとしても、繁殖力がないかもしれん。それとも本当の奇形が生まれるかもしれん」

「われわれはその過程の産物です」エルンは主張した。「一孵しの卵に二個の雄の卵があったから、われわれは男性になった。もし雌が二個と雄が一個か、三個ともが雌だったら、その結果、女が生まれないとどうしていえます？　繁殖力については、実際にためしてみなければ知りようがないでしょう」

「そんな過程は考えられん！」マザルはすっくと立ちあがり、肉冠をぴんと立ててどなった。「もうそれ以上は聞きたくない！」

年老いたスリーの反応にめんくらって、エルンは力なく立ちあがった。のろのろと向きを変え、右海へ、石の壁のほうへと歩きだした。

「どこへ行く？」マザルがうしろから声をかけた。

「沼地へ」

「そこでなにをするつもりだ？」

「卵を見つけ、スリーの女が生まれてくるように手をかします」

マザルがすごい目つきでにらんだので、エルンは必死で逃げだす用意をした。やがて、マザルがいった。「もし、おまえの計画に理があるとすれば、わしの仲間はみんなむだ死にしたことになる。存在そのものが徒労に思えるだろう」

「たぶん、この計画からはなにも生まれてこないでしょう。もしそうなら、なにも変わらないわけです」

「その試みは危険だぞ」とマザルがつぶやいた。「きっとツーが警戒している」

「海岸へおりて、沼沢地まで泳いでいきます。むこうは気がつきませんよ。いずれにせよ、わたしとしては自分の命を張るのにこれ以上の目的はないわけです」

「では、行くがいい」マザルはこの上なくしわがれた声でいった。「わしは年老い、進取の気性もなくなった。ひょっとすると、わが種族をこれからでも再生できるかもしれん。では、行け。用心を重ねて、ぶじにもどって来い。生きているスリーは、おまえとわししかいないのだから」

マザルは石の壁の前を巡回した。ときには柱木の森まで遠出をして、耳をすまし、ツーの村を見おろした。エルンが去ってから長い時が経ったように思える。ようやく——遠くの騒ぎが聞こえた。

「奇形だ！　奇形だ！　奇形だ！」というさけび。

三すじの肉冠を怒りに逆立たせ、マザルは無我夢中で声のするほうへ突進した。エルンが木の間から現われた。やつれはて、泥によごれ、そして藺草《いぐさ》で編んだかごをかかえている。必死に彼を追ってくるのは、ツーの鉾槍隊。そしてそのわきに、戦さ化粧をしたワンの男の一団も現われた。

「こっちだ！」とマザルはどなった。「壁へ行け！」マザルは火炎銃を構えた。怒り狂った鉾槍隊は、その脅威にも動じなかった。エルンはよろめきながら、マザルの横を駆けぬけた。マザルは筒先の狙いをつけ、引き金をひいた。火炎が鉾槍の四人を包みこみ、彼らはもがきながら森の中へ逃げこんだ。ほかのものも前進をやめた。マザルとエルンは壁ぎわまで後退し、割れ目の中に隠れた。興奮のあまり無鉄砲になった鉾槍隊が、ふたりのうしろから飛びこんできた。マザルは剣をふるった。ツーのひとりの首がふっとんだ。ほかの連中はおおぜいの死にあわてふためき、急いで退却した。

エルンは卵を抱きかかえたまま、ぐったりと地上にくずおれた。

「いくつある？」マザルがきいた。

「巣をふたつ見つけました。どちらからも三孵し分ずつの卵を」

「どちらの巣も、一孵し分ずつべつにしてあるだろうな？　巣がちがうと、卵がうまく融合しないかもしれんぞ」

「べつべつにしてあります」

マザルは死体を壁の割れ目まで運び、外へほうりだしたあと、まだ近くにひそんでいるワンの男たちめがけて生首を投げつけた。だれもマザルにおそいかかろうとしなかった。

もう一度会堂の中にもどると、マザルは卵を石の長椅子の上においた。満足そうな声をもらしながらいった。「どの一孵しも、丸い卵が二個と、長円形の卵が一個――雄と雌だ。それに、組み合わせのことは推測するまでもない」マザルはちょっと思案した。「二個の雄と一個の雌からスリーの雄が生まれる。二個の雌と一個の雄からは、その逆の結果が出るはずだ……。当然、雄の卵が余ってくるな。スリーの雄がふたり生まれることはまちがいない。もし三個の雄の卵が融合すれば、もっとおおぜいになるかもしれん……」マザルは考え深げにつづけた。「四個の卵を融合させてみたい誘惑にもかられるな」

「いや、用心にしくはないと思います」とエルンはいった。

マザルはたじろぎ、不快そうに問いかけた。「おまえの知恵はわしの知恵よりはるかに大きいというのか？」

エルンは丁重にへりくだったしぐさをした。ツーの学校でまなんだ作法のひとつだった。「わたしは浅海の水の子の中で生まれました。われわれの最大の敵は、塩水沼に住む鬼でした。こんど卵をさがしているときにも、またあの鬼を見かけました。あの鬼はあなたとわたしを合わせたよりも大きい。四肢はぶよぶよです。頭はおかしな形をして、赤い肉垂がいくつもぶらさがっています。そして、頭の上には四すじの肉冠が生えています」

マザルは黙りこんだ。ようやくいった――「われわれはスリーだ。スリーだけを生みだすようにしたほうがいいな。では、仕事にかかろうか」

卵は、池の水から三歩ほど離れた冷たい泥の中に並べられた。

「あとは待つだけだ」マザルがいった。「たのしみに待つだけだ」

「彼らが生き残れるように、わたしが手をかします」エルンはいった。「彼らに食べ物をやり、安全に守ってやります。そして――もし女が生まれたら……」

「ふたりの女が生まれてくるさ」マザルがいった。「それはたしかだ。わしは年老いているが――いや、まだまだわからんぞ」

訳者あとがき

白石　朗

たいへんお待たせいたしました、〈ジャック・ヴァンス・トレジャリー〉の第三巻『スペース・オペラ』をお届けいたします。

この第三巻、ごらんのようにヴァンスの長篇と中短篇四篇のカップリングのかたちです。いささか不規則な体裁ではありますが、原書にも親しみのある古手のＳＦファンなら二作品を背中あわせに製本して一冊にした合本ペーパーバック、通称〝エースダブル〟を連想してくださるかもしれません。じっさいヴァンスの初期作品の多くがこのエースダブルで刊行され、そのなかには長篇と短篇集を合本にした例もありました。本書は背中あわせにはできませんでしたが、訳者としてはエースダブルの遠い末裔に携われた気分です。しかも四篇の中短篇は、ヴァンス作品を生涯愛して、紹介と翻訳に多大な功績を残された浅倉久志氏がみずから選んだ逸品ぞろい。

収録中短篇についてはまたのちほど述べるとして、まずはこの和製ダブルブックの片面を占める長篇、われらが名匠ジャック・ヴァンスが一九六五年に発表した『スペース・オペラ』*Space Opera* とは、はたしてどのようなお話なのかを少々――。

舞台は文明が爛熟した未来の地球。物語は、莫大な資産をもつ上流階級の貴婦人であるデイム・イサベル・グレイスが、謎の惑星ルラールからやってきた〈第九歌劇団〉の公演を貴顕の社交場である華やかなオペラ劇場で観賞するシーンで幕をあけます。筋金いりのオペラ愛好家であるデイム・イサベルは、玄妙にして不可思議なルラール人の舞台芸術に魅せられますが、事件はその夜起こりました。なんとなんと、地球滞在中のルラール人の歌劇団全員が一夜にして忽然と消え失せてしまったのです！

デイム・イサベルはルラール人を母星から連れてきた宇宙船の船長ゴンダーに調査を命じますが、同時に天才的な計画を思いつき、すっかり夢中になります。広くてすてきな宇宙には、ルラール人のように音楽を解する教養豊かで風雅な知的種族もたくさんいるにちがいない。異星に住んで独自の文化をそなえたヒューマノイドたちに、われらが地球文明の精華にして真髄、人類芸術の最高到達点である名作オペラを鑑賞させようではないか！　これこそ啓蒙の手だてにして、異文化の相互理解への道だ！

かくして最高のオーケストラと最高の歌手たちをとりそろえ、組み立て式の劇場をそなえた宇宙船〈ポイボス号〉は、ルラール人消失の謎を解明し、同時にオペラの布教と伝道を目的として、はるかなる宇宙へと勇躍旅立ちます。しかし――地球歌劇団一行は行く先々で想像を絶する異星人たちに遭遇し、そのたびに右往左往や七転八倒を強いられるとは知るよしもありませんでした……。

題名になっている〝スペース・オペラ〟という語は、アメリカSF界では古く一九四〇年代から、おおざっぱに宇宙を舞台にした単純明快で荒唐無稽、ときに泥くさい冒険活劇をいささか揶揄したり侮蔑したりする意味あいでつかわれていました（一九七〇年代以降、英米ではSFの進化にともなってこの言葉の意味や定義がしだいに変化しますし、一九六〇年代から紹介がはじまった日本では独自の受容のされかたをしていくのですが、それはまた別の話）。石鹸会社がスポンサーだったラジオの連続メロドラマを〝ソープ・オペラ〟と呼んだり、低予算で量産される西部劇を〝ホース・オペラ〟と呼んだりする例もあり、そこから派生した語だというのが一般的な理解のようですね。

そんなこんなで題名に『スペース・オペラ』と銘打たれたペーパーバック・オリジナルを手にした当時のＳＦ読者は、ヒーローやヒロインが大宇宙をまたにかけて飛びまわっては光線銃をぶっぱなし、半裸の女性に不埒な真似をするＢＥＭどもを成敗していく痛快な冒険活劇を予想したことでしょう。

しかし、われらがジャック・ヴァンスは大方のそういった予想を軽やかに裏切りました。『スペース・オペラ』とはなんぞや？　直訳すれば――『宇宙歌劇』じゃん！　この長篇はその手の〝一発ギャグ〟がスタート地点かもしれません。しかしそこはほうっておくと傑作を書いてしまうヴァンスのこと、肩の力の抜けた、のびのびとした筆致が幸いしたのでしょう、この作家のたぐいまれな美点や特質がたくまざるかたちで表出しているように思えます。

宇宙ツアーの先々でいくつかの惑星に立ち寄ってオペラを披露することで、その惑星独自の環境にあわせて進化した、いずれ劣らぬ異質な知的生物と地球人類とが遭遇して思わぬ事態にいたる――そう、これはヴァンスが生涯を通じてもっとも得意としてきた〝文化異類学的《ゼノグラフィカル》ＳＦ〟の真骨頂です（作家にして評論家、近年ヴァンス作品の新たな傑作選も編んでいるテリー・ダウリングが一九八〇年に提唱したこの語については、浅倉久志編『奇跡なす者たち』に付された酒井昭伸さんの訳者あとがきに詳述されています）。

本書はプロットの要請上、これまたヴァンスが得意としていた旅行記《トラヴェローグ》の体裁をとります（強烈なキャラクターであるデイム・イサベルの〝暴走〟によって噴出するユーモアに着目して、いっそ〝珍道中もの〟と呼びたいところ）。一行はあちこちの惑星をつまみ食い的に物見遊山《ものみゆさん》していくわけで、いきおいひとつひとつの異星文化については必要最小限の描写しかなされませんが、選びぬかれた少数のディテールによるツボを押さえた描写であればこそ、凡庸な作家が幾千万も贅言《ぜいげん》を費やしても比肩しえないまでに奥行きを感じさせ、異質なものを異質のまま体感させるヴァンスのたぐいまれな手際が光っています。

　さらにエピソードの羅列形式でおわるかと見せつつ、中盤からは宇宙船〈ポイボス号〉のゴンダー船長の隠された思惑、ツアー出発直前に乗船した美女マドック・ロズウィンをめぐる微笑ましい恋のさやあてに隠されたSF的な真実など、全篇をつらぬくプロットがしだいに浮かびあがってきて読者の興味を持続させるあたりは、当時ミステリーでも頭角をあらわしていたヴァンスの心憎い職人芸が感じられます。それもそのはず、本書前年の一九六四年には〈魔王子〉シリーズの第一作『復讐の序章』と第二作『殺戮機械』をはじめ全六冊を刊行。六五年には本書やエラリー・クイーンの代作『チェスプレイヤーの密室』など四冊。翌六六年には海洋冒険SFの金字塔 *The Blue World* や『天界の眼　切れ者キューゲルの冒険』、『ノパルガース』、〈マグナス・リドルフ〉ものの最初の短篇集のほか、クイーンの代作とジョン・ホルブルック・ヴァンス名義のミステリーまで発表するという八面六臂《はちめんろっぴ》の大活躍の時期にあたります。

　ヴァンスらしさといえば、未来の架空の百科事典や評論や研究書の引用。本書でも名物の脚注方式ではないものの、あちこちでお馴染みのこのテクニックが利用されていて愛好者なら思わずにやりとするのでは。もちろんジャズを愛好し、二十五歳からコルネットの演奏にはげんでいたほどの音楽好きだったというヴァンスの素顔が随所にのぞいているのも大きな魅力。開巻早々の惑星ルラールの〈第九歌劇団〉の幽玄かつ官能的な描写や、さまざまな制約のある異星でのオペラの描写はもちろん、ひょっとしたら船員時代のヴァンスの体験がもとになっているのかと思わせる船内での音楽描写も読みどころのひとつでしょう。

この作品、かねてから『大いなる惑星』の続篇 *Showboat World* (1975／改題 *The Magnificent Showboats of the Lower Vissel River, Lune XXIII South, Big Planet*, 1983) とプロット上の類似点が指摘されていましたが、テリー・ダウリングとジョナサン・ストラーンの指摘では晩年の〈マイロン・タニー〉もの二作――*Ports of Call* (1998) と *Lurulu* (2004) ――にも興味深い類似要素があるとのこと。そういうことなら、さっそく読まなくっちゃ。

なお頻出するクラシック関係の用語については、SFやミステリーばかりかクラシックにも造詣の深い評論家の酒井貞道さんに懇切丁寧なご教示をいただき、不案内な訳者の粗忽なミスの数々が防げたことをここで付言しておきます。また翻訳には一九七九年にDAWブックスからドン・メイツの愛らしい装画で刊行されたペーパーバック版を使用し、八四年にアンダーウッド＝ミラー社から刊行された限定版ハードカバー（といっても本文はピラミッド・ブックスから六五年に刊行された本書初版の拡大コピー）や、ファン出版による全四十四巻（＋補巻二）の全集〈ヴァンス全作品集成《インテグラル・エディション》〉（通称VIE、二〇〇九年完結）準拠の電子書籍版なども適宜参照しました。

さて本書後半は、浅倉久志氏の翻訳によるヴァンス中短篇四篇を収録しました。名翻訳者の浅倉さんがわが国に紹介なさったSF作家は枚挙にいとまがありませんが、その筆頭がジャック・ヴァンスであることは本書を手にとる方々にはいうまでもないでしょう。

「ぼくはヴァンスの小説が、バラの花にやどった雨のしずくよりも、子猫の口ひげよりも、ピカピカの銅の湯わかしよりも、あったかな毛糸の手袋よりも好きなのです」とは、創元推理文庫から七五年に刊行された『冒険の惑星Ⅳ』に浅倉さんが寄せた名解説の一節（現在は国書刊行会から出ている浅倉さんの著書『ぼくがカンガルーに出会ったころ』で読めます）。ヴァンス作品を〝わたしのお気に入り《マイ・フェヴァリット・シングズ》〟と語るその言葉どおり、浅倉さんは長い翻訳キャリアを通じてヴァンス作品の紹介と翻訳を熱心につづけ、『大いなる惑星』や〈魔王子〉シリーズといった長篇はもとより、雑誌やアンソロジーに中短篇を継続的に発表されていました。そのうち「月の蛾」「最後の城」「無因果世界」の既訳三篇に訳しおろし二篇をくわえた計五篇は、ご自身の編集による問答無用の全八篇の傑作集『奇跡なす者たち』に収録されました。しかし二〇一一年九月の同書刊行時点では、単行本未収録の浅倉訳ヴァンス作品が六篇のこっていました。

その一篇「とどめの一撃《クー・ド・グラース》」は本〈トレジャリー〉第一巻『宇宙探偵マグナス・リドルフ』に収録されました。また一篇は、SFマガジン一九八〇年七月号掲載の「十七人の乙女」。『天界の眼』の訳者あとがきで中村融さんがお書きのように〈滅びゆく地球〉シリーズ中の〈キューゲル〉ものの一篇で、本国ではのちに長篇 *Cugel's Saga*（1983）に組みこまれました。いずれ、この長篇が〈切れ者キューゲル〉第二弾として翻訳される日を待とうではありませんか。

そこで本書には、それ以外の全四篇の浅倉訳ヴァンス作品を収録しました。期せずしてSF色の強い作品がそろいました。初出はいずれもSFマガジン。本文は作品発表年代順の配列ですが、ここでは同誌掲載順で簡単な解説を添えておきます。

「海への贈り物」“The Gift of Gab” アスタウンディング誌一九五五年九月号　邦訳・SFマガジン一九六六年四月号　→中村融編『黒い破壊者　宇宙生命SF傑作選』（創元SF文庫、二〇一四年）

記念すべきSFマガジンへのヴァンス初登場作品。浅倉さんによる以下の紹介文とともに、金森達氏のイラストで掲載されました（割注は引用者注）。

ジャック・ヴァンスは本誌には初登場ですが、実はすでにハヤカワ・ミステリでスパイ小説が一冊紹介されています。ジョン・H・ヴァンス名義で発表され、六〇年の新人長篇賞を受けた、『檻の中の人間』がそれ。

ヴァンスは、今年五〇才。一九四五年頃からSFを書きはじめ、当時から新人ばなれした筆致が、カットナーの変名でないかというデマを生んだくらいでした。以来、官能的なまでに生々しい異世界の描写で、SF界の特異な存在と見なされてきました。アメリカ作家によくあるように、彼も、採果人夫、ホテルのボーイ、鉱夫、商船の船員、ジャズ・コルネット奏者など、多彩な職業を経てきたようです。とくに、水上生活への愛着は、相当のものらしく、ポール・アンダースン、フランク・ハーバートと組んだ、ハウス・ボートの共同所有者であることでも有名です。

彼の作品は、初期の代表作 *The Dying Earth*（『終末期の赤い地球』）や、六二年度のヒューゴー賞中篇“The Dragon Masters”（『竜を駆る種族』）のように、奔放な想像力に支えられたファンタジイが多いのですが、いっぽうでは因果律の否定された世界を大胆にとり上げた短篇や、不死テーマを扱った、がっちりした構成の長篇など、本格的なSFも幾つか書いています。

ヴァンス初期の作品。発表誌がジョン・W・キャンベル時代のアスタウンディング誌らしく、海洋惑星で水中生物を養殖して資源を採取する方法などSF的な要素もぬかりなくとりいれられていますし、メインテーマである異星の海洋生物とのコミュニケーションも、当時としては斬新なものだったことでしょう。筋立てにはミステリー／企業エスピオナージュ風の味つけもされていますが、読後なにより印象に残るのは、異星の養殖鉱業施設に打ちつける荒々しい波の音や、砕けちる波しぶき、そして潮の香りまでも感じさせる迫真の描写ではないでしょうか。発表後は、ミステリー作家としても有名なエドマンド・クリスピンがSFアンソロジー *Best SF Three : Science Fiction Stories* (1958) に収録したほか、ヴァンス贔屓《びいき》として知られるロバート・シルヴァーバーグも自身編集のアンソロジーに再録、さらに目利きアンソロジストの中村融さんも宇宙生命テーマのSFアンソロジーに収録するなど、きわめて評価の高い作品です。

なお浅倉さんによる紹介文にある「因果律の否定された世界を大胆にとり上げた短篇」は「無因果世界」。そのあとに言及のある不死テーマの長篇は *To Live Forever* (1956) のことと思われます。

この作品から五カ月後、浅倉さんの記念すべき訳業がまた一篇、SFマガジンのページを飾ります。『竜を駆る種族』の一挙掲載です。このときの裏話はハヤカワ文庫SFの同書の新装版（二〇〇六）に寄せられたあとがきにくわしく記されています。

「悪魔のいる惑星」“The Devil on Salvation Bluff” フレデリック・ポール編 *Star Science Fiction Stories No.3* (1955) 邦訳・SFマガジン一九六七年十月号（深谷節名義）

宇宙船の不時着で地球とは大幅に異なる環境の惑星に到着してから五百年後、あくまでも地球流の暮らしを堅持している人々が直面した困難とは？　地球流生活の指針が原題にある〈救済の崖《サルヴェイション・ブラフ》〉の上にそびえて地球時間を厳しく刻みつづける〈大時計〉であり、先住民フリット族はそれを〝悪魔〟と呼んでいる、というシンボリックな設定の一篇。複数の太陽をもつ惑星の異様な自然描写も印象的です。

この作品は、作家としても高名なフレデリック・ポールが編集したオリジナルアンソロジー『スター』シリーズの第三巻に掲載されました。のちの六〇年代初頭、ポールはギャラクシイ誌とイフ誌というふたつの雑誌の編集長に就任、スタイリッシュなSFやファンタジーをつぎつぎに送りだしてSF界に新風を吹きこむのですが、それにはヴァンスもひと役買いました。ポール時代のギャラクシイ誌に「月の蛾」『竜を駆る種族』『復讐の序章』（分載）「最後の城」、そして『愛の宮殿』（分載）と錚々たる作品を発表したのです。〈魔王子〉シリーズ第二巻『殺戮機械』が抜けていることに気づいた方も多いと思いますが、これはエージェントの手ちがいの結果だったとのこと。そのてんまつについては、同書の浅倉さんによる訳者あとがきにヴァンス自身の言葉をまじえて、くわしく紹介されています。

なお、岩淵慶三氏のイラストが添えられたSFマガジン初出時は浅倉さんの別名義である「深谷節」の名義がもちいられていました。かつての同誌では、ひとつの号におなじ訳者による複数の翻訳が掲載される場合、片方の名義を変えるのが通例でした（ちなみに本篇との同号掲載はウォード・ムーア「ロトの娘」）。

「エルンの海」“The Narrow Land”ファンタスティック誌一九六七年七月号　邦訳・SFマガジン一九九〇年九月号

この作品は、中村融監修の「海へ！　海洋SF特集」の一篇として、加藤洋之氏&後藤啓介氏のイラストでSFマガジンに掲載されました。そのため監修者の中村さんによる作品解説が付されています。ヴァンスの重要な要素である「海洋SF」の側面について、中村さんはこのように語っています。

> 海洋SFを語るとき、ジャック・ヴァンスの名前は欠かせない。未訳の大傑作 *The Blue World*

(1966)の作者だからだ。これは海ばかりの惑星を舞台にしたサヴァイヴァルの物語。

惑星〈青い世界〉で地球人の子孫は平和な暮らしを営んでいた。彼らは浮き島に家を建て、通信塔を介して合図を送りあっている。しかし、この楽園の平和をたったひとつ乱すものがあった。深海に棲む海魔、クラーケンである。この怪物を倒すために、人々は文字どおり血のにじむ努力をする。海ばかりで鉱山がないため、銛にする鉄を手にいれるのに、自らの血を精製するのである。そして人々はクラーケンに戦いを挑んでいく。

この長篇ばかりではない。やはり未訳だが、全三千巻をめざすスペース・オペラ〈アラスター星団〉シリーズ中の一篇、*Trullion: Alastor 2262* (1973) も海に覆われた惑星を舞台にしている。翻訳されたもののなかでは、海洋生物とのコミュニケーションをあつかった「海への贈り物」(本誌一九六六年四月号)、異星の孤島物語「五つの月が昇るとき」(同一九八七年三月号)が代表的な海洋SFだといえる。ヴァンスは長らく船員だったという経歴の持ち主であり、海の描写は見事というほかない。読んでいると波が砕けるところが目にうかび、いつしか潮騒が聞こえてくる。

さて本篇は異星生物のライフ・サイクルを描いたとびきりへんな作品。異質なものを異質なまま書ききるのがヴァンスの作風だが、その真骨頂ともいえる作品である。とにかく前半の海中シーンは絶品。舞台設定の妙とあわせて、異質さを存分に味わってほしい。

この作品が収録された *Dream Castles: The Early Jack Vance, Volume Two* (2012) の編者テリー・ダウリングとジョナサン・ストラーンの序文によれば、後年——一九九〇年代——ヴァンスはトレードマークだったカラフルで真に異質な異星種族の創造への熱意が以前よりも薄れていると洩らしていたとのこと。しかしこの作品を書いていた当時はまだまだ意気軒昂。なかでも本短篇は、この時代に完全に異種族の視点から描いた作品という点で特筆すべきものであり、さらに発表当時は〝フォー〟たちの運命を描く二篇の続篇が予定されていたものの、スケジュールの都合で執筆が実現しなかったというのです。もし書かれていたら、どんな作品になったことかと思わずにいられません。

「新しい元首」 “Brain of the Galaxy” ワールズ・ビヨンド誌一九五一年二月号／別題 “The New Prime” 邦訳・SFマガジン二〇〇四年四月号

SFマガジン誌上で二〇〇四年一月号から二〇〇七年十一月号にかけ、全十回にわたって不定期連載された〈浅倉久志セレクション〉。浅倉さんがお気に入りのSF短篇を軽妙洒脱な解説とともに紹介する好企画でした。「新しい元首」はその第二回に、中村亮氏のイラストに飾られて掲載されました。以下、当時の解説を再録します。

ジャック・ヴァンスはぼくの大好きな作家だ。一九一六年生まれだからもう米寿に近いが、いまも元気で新作を書きつづけている。「異質の文化を色彩ゆたかに描きだす稀有の才能」と絶賛される側面はもちろん、「アメリカSF界屈指のスタイリスト」であるのも大きな魅力。突き放したようなドライ・ユーモアと、摩訶不思議な造語の氾濫する文体が、泣きたくなるほどすばらしい（事実、翻訳という作業ではいつも泣かされてきた）。

ジャズには〝ブラインドフォールド・テスト〟といって、曲だけを聴かせて演奏者を当てさせる意地のわるい遊びがあるが、そのでんで、本文だけを読ませて作家名を当てさせるテストがあったら、ほかの作家の識別にはまるきり自信のないぼくでも、ひょっとしてヴァンスだけは的中するんじゃないかと、そんな気がするぐらい個性的なのだ。

ここに紹介する短篇は、デーモン・ナイト編集のワールズ・ビヨンド誌一九五一年二月号に掲載されたもの。デビュー後六年目の初期作品だが、すでに彼の作風の特徴がはっきりと現れている。特筆しておきたいのは、この作品の意表をついた構成だ。独立した五つの短い物語がやつぎばやにくりだされ、最後に第六の物語ですべての説明がつくという仕組み。ロバート・シルヴァーバーグは、十三人の作家の古典的名作に解説を加えたアンソロジー *Worlds of Wonder* (1987) にこの作品を選んだ上で、この構成についてこう述べている――、「これは達人の手にかかると実に効果的な手法である。……ひとつの短篇で六つの物語がたのしめるという、ねたましいほどの離れ業だ」

そういえば、二十世紀SFの集大成といわれる《ハイペリオン》シリーズの作者ダン・シモンズも、大のヴァンス・ファンであるらしい。同シリーズの最終巻『エンディミオンの覚醒』は、〝世界の創造にかけては斯界きっての名手〟ジャック・ヴァンスに捧げられている。

〝独立した五つの物語〟が多彩な側面をそなえるヴァンス世界のサンプルのように思えて、いずれもが魅力的なことはもちろんですが、その先にあるSF的な着想は、この作品の発表当時とくらべてテクノロジーがはるかに発達したいまの世界をすでに見すえていたかのようにも思えます。皮肉の効いた結末もまたヴァンスならではの味わいでしょう。

本巻をもって〈ジャック・ヴァンス・トレジャリー〉全三巻はいちおうの完結です。この企画の立案者である国書刊行会の樽本周馬氏と、浅倉さん翻訳作品の本巻への収録を快諾してくださり、種々のお力添えをたまわった著作権継承者の方に深甚なる感謝を述べさせていただきます。また眼光紙背に徹する校正者の上池利文さんには、たいへんお世話になりました。そして〈トレジャリー〉既刊二冊に負けず劣らずすばらしい装画で本書を飾ってくださった石黒正数さんにも、ここで最大級の感謝をささげます。みなさま、ありがとうございました。

このあとがき用に、『奇跡なす者たち』巻末の酒井昭伸さんによるヴァンス全著作リストや『天界の眼』の巻末の全中短篇リストを陶然とながめるにつけても思ったのは、翻訳するべき作品はまだまだあるということでした。未訳のまま名のみ高くなっている *The Blue World* あたりはその筆頭でしょうし、さらに〈ガイア星雲〉や〈アラスター星団〉のシリーズで世界捻出者としての手腕をじっくり味わいたくもあります。作家の殊能将之氏がかつてウェブの読書日記で紹介した冒険SF〈ダーデイン〉三部作が気になる方もいらっしゃるのでは？　いやいや、まずはファン垂涎の〈滅びゆく地球〉シリーズの全体像の紹介が先だ、とか、その勢いで八〇年代のファンタジー大作〈ライアネス〉三部作も……という声もきこえてきそうです。全国津々浦々のヴァンス・ファンより、その気運が澎《ほう》湃《はい》として起これば、あるいは〈トレジャリー〉第二弾も夢ではない……かもしれません。無理でしょうか？　いえ、いみじくも本書収録の「エルンの海」の結末で、登場人物がこういっているではありませんか。

「――いや、まだまだわからんぞ」と。

著者　ジャック・ヴァンス　Jack Vance
1916年、サンフランシスコ生まれ。カリフォルニア大学バークリー校を卒業後、商船員の職につき航海中に小説を執筆、45年短篇「世界捻出者」でデビュー。その後、世界中を旅しながら作品を発表、奇怪な世界と異様な文化を活写する唯一無比な作風で息の長い活動を続け、80冊以上の著書がある。主な作品に『終末期の赤い地球』(50)、『竜を駆る種族』(63、ヒューゴー賞受賞)、〈魔王子〉シリーズなど。ミステリ作家としても『檻の中の人間』(60) でエドガー賞新人長篇賞を受賞。84年には世界幻想文学大賞生涯功労賞、97年にはアメリカSF・ファンタジー協会が授与するグランド・マスター賞を受賞、殿堂入りを果たしている。2013年逝去。

訳者　浅倉久志（あさくら　ひさし）
1930年生まれ。大阪外国語大学卒。英米文学翻訳家。訳書にディック『アンドロイドは電気羊の夢を見るか？』、ラファティ『九百人のお祖母さん』、ティプトリー・ジュニア『たったひとつの冴えたやりかた』(以上早川書房) など多数。著書に『ぼくがカンガルーに出会ったころ』(国書刊行会) がある。2010年逝去。

白石朗（しらいし　ろう）
1959年生まれ。早稲田大学第一文学部卒。英米文学翻訳家。訳書にキング『11/22/63』『ドクター・スリープ』『ミスター・メルセデス』タリーズ『覗くモーテル 観察日誌』(以上文藝春秋)、ヒルトン『チップス先生、さようなら』、グリシャム『汚染訴訟』『司法取引』(以上新潮文庫)、ケプネス『YOU』(講談社文庫)、ブラッティ『ディミター』(創元推理文庫)、ヒル『NOS4A2 -ノスフェラトゥ-』(小学館文庫) などがある。

〈ジャック・ヴァンス・トレジャリー〉

スペース・オペラ

2017年５月25日初版第１刷発行

著者　ジャック・ヴァンス
訳者　浅倉久志・白石　朗
発行者　佐藤今朝夫
発行所　株式会社国書刊行会
〒174-0056　東京都板橋区志村1-13-15
電話03-5970-7421　ファックス03-5970-7427
http://www.kokusho.co.jp
印刷製本所　中央精版印刷株式会社
装幀　鈴木一誌＋桜井雄一郎
装画　石黒正数

ISBN978-4-336-05922-2
落丁・乱丁本はお取り替えいたします。

ジャック・ヴァンス・トレジャリー

全3巻

『竜を駆る種族』、〈魔王子〉シリーズなど、独特のユーモアに彩られた魅力あふれる異国描写、壮大なスケールの作品世界で知られ、ダン・シモンズやジョージ・Ｒ・Ｒ・マーティンらに多大な影響を与えたアメリカＳＦ・ファンタジーの名匠ジャック・ヴァンス。ヴァラエティ豊かなヴァンス世界を厳選した本邦初の選集。

宇宙探偵マグナス・リドルフ　浅倉久志・酒井昭伸訳

ある時は沈毅なる老哲学者、ある時は知謀に長けた数学者、しかしてその実体は宙を駆けるトラブルシューター、その名もマグナス・リドルフ！　傑作宇宙ミステリ連作全10篇。

天界の眼——切れ者キューゲルの冒険　中村融訳

快男児キューゲルのゆくところ、火のないところに煙が立つ！　行く先々で大騒動を引き起こす小悪党キューゲルが大活躍する無責任ヒロイックファンタジーシリーズ。

スペース・オペラ　浅倉久志・白石朗訳

惑星を渡り歩く歌劇団の珍道中を描く傑作長篇、そして浅倉久志訳ヴァンス短篇（「新しい元首」「悪魔のいる惑星」「海への贈り物」「エルンの海」）を集成。

＊

奇跡なす者たち　浅倉久志編訳・酒井昭伸訳　〈未来の文学〉

代表作「月の蛾」からヒューゴー／ネビュラ両賞受賞作「最後の城」まで、ヴァンスの魅力を凝縮した本邦初のベスト・コレクション、全８篇。